DUMONT

Sommer 1929 in einer Kleinstadt in Franken: Die Pfarrerstochter Luise träumt davon, das Fliegen zu erlernen. Gegen alle Widerstände gelingt es ihr, ihren Traum zu verwirklichen und Pilotin zu werden. Sie verlässt ihre Heimat und wird in München eine gefeierte Kunstpilotin. Als die Nazis an die Macht kommen, muss sie die Fliegerei aufgeben und kehrt nach Franken zurück. Hier ist plötzlich alles anders: Alle schweigen, ganz egal, was passiert. Angst und Misstrauen beherrschen das Miteinander. In der veränderten politischen Lage geraten Louises Familie und auch ihre Jugendliebe Georg mehr und mehr in Gefahr. Ihr Vater, der Terror und Verfolgung anprangert, wird denunziert und von der Gestapo bedroht und Georg als Mitglied des Widerstands gesucht. Schließlich werden Luises Liebe und ihr Können als Pilotin auf eine schwere Probe gestellt.

Ewald Arenz, 1965 in Nürnberg geboren, hat englische und amerikanische Literatur und Geschichte studiert. Er arbeitet als Lehrer an einem Gymnasium in Nürnberg. Seine Romane und Theaterstücke sind mit zahlreichen Preisen ausgezeichnet worden. Mit ›Alte Sorten‹ (DuMont 2019) stand er auf der Liste »Lieblingsbuch der Unabhängigen« 2019 und sowohl als Hardcover wie als Taschenbuch auf den SPIEGEL-Bestsellerlisten. Sein Roman ›Der große Sommer‹ (DuMont 2021) war 2021 »Lieblingsbuch der Unabhängigen« und steht ebenfalls seit Monaten auf der SPIEGEL-Bestsellerliste. Der Autor lebt mit seiner Familie in der Nähe von Fürth.

Ewald Arenz

Ein Lied über der Stadt

Roman

DUMONT

Von Ewald Arenz sind bei DuMont außerdem erschienen:

Alte Sorten
Der große Sommer
Das Diamantenmädchen
Die Liebe an miesen Tagen
Der Duft von Schokolade
Zwei Leben

MIX
Papier | Fördert gute Waldnutzung
FSC® C083411

Das bei der Produktion dieses Buches entstandene CO_2 wurde durch die Finanzierung von Klimaschutzprojekten kompensiert: climate-id.com/17531-2110-1001/de

4. Auflage 2025
DuMont Buchverlag GmbH & Co. KG,
Amsterdamer Straße 192, 50735 Köln, info@dumont-buchverlag.de

›Ein Lied über der Stadt‹ erschien erstmals 2013 bei ars vivendi, Cadolzburg.

Umschlaggestaltung: Lübbeke Naumann Thoben, Köln
Umschlagabbildungen:
Flugzeug: © Jinny Goodman / Alamy Stock Foto
Wolke: © Stefanie Naumann
Gesetzt aus der Adobe Garamond
Druck und Verarbeitung: CPI books GmbH, Leck
Gedruckt auf säurefreiem und chlorfrei gebleichtem Papier
Printed in Germany
ISBN 978-3-8321-6669-4

www.dumont-buchverlag.de

Für Anna

Erster Teil

1

Wenn Luana im Sommer sang, hielt das kleine fränkische Städtchen den Atem an. Sie saß auf der Terrasse des Pfarrhauses, hatte ihre amerikanische Gitarre auf dem Schoß und sang selbstvergessen die fremden Lieder aus ihrer Heimat. Unten auf der sonnenheißen Gasse, die an der weiß gekalkten Mauer des Pfarrgartens entlang verlief, zügelten die heimkehrenden Bauern die Gespanne, und ihre Pferde zogen die Heuwagen im langsamsten Schritt. Der dicke Apotheker stieg vom Rad und hörte eine Weile zu, ohne zu merken, dass ihm die Zigarre ausging. In den Armenwohnungen, die auf der anderen Seite des Stadtgrabens lagen, verebbte das Geschrei; in den Fenstern erschienen die Köpfe der früh ergrauten Frauen, die mit ihren verarbeiteten Händen blau gemusterte Kissen auf die Fensterbank legten und sich für eine Viertelstunde forttragen ließen. Es war ein Klang in diesen Liedern, den keiner von ihnen hätte benennen können, eine lockende Fremdheit, die nach mehr duftete als die Sommergerüche ihrer kleinen Stadt. Etwas unsagbar Schönes lag in Luanas Liedern; es war, als würfe sie Töne wie fein glitzernde Fäden in die Spätnachmittagsluft; Fäden, die einem unmerklich an der Brust anhingen, in der Nähe des Herzens, und, später am Abend, wenn alles schon vorbei war und die Stadt still wurde, leicht und süß an einem zu ziehen begannen, ohne dass man gewusst hätte, wohin.

Wenn Luana im Sommer sang, unterbrach Luise alles, was sie tat, und kam in den Garten, um ihr zuzuhören. Meistens setzte sie sich ins Gras, den Rücken an den großen Walnussbaum gelehnt, wo Luana sie nicht sehen konnte. Immer hatte Luise das Gefühl, dass sie vielleicht aufhören würde zu singen, wenn jemand zwischen ihre Augen und die Ferne träte, in die sie in diesen Viertelstunden wohl sah.

»Wovon singst du?«, hatte Luise Luana manchmal gefragt, wenn sie später zu ihr auf die Terrasse getreten war.

Luana hatte dann lächelnd die Schultern gehoben und gesagt: »Ach, von allem. Von den Bergen. Vom Urwald. Und vom Meer.«

»Wie ist das Meer?«, hatte Luise dann wohl gefragt.

Luana hatte lächelnd geantwortet: »Wie soll ich das beschreiben? Du musst es selbst sehen. Das Meer kann man nicht erklären.«

»Doch«, hatte Luise bestimmt gesagt, »versuch's mal.«

Luana hatte die Gitarre vorsichtig in die Ecke des Balkons gestellt und ein bisschen überlegt. Ein Nachmittagswind war aufgekommen. Auf den Feldern wogte der Weizen noch jung und grün in der Junisonne, und sein warmer, durchsichtiger Duft wehte durch die Gassen des Städtchens. Luana schloss für einen Moment die Augen und legte den Kopf an die Rückenlehne des Deckchairs, den sie genauso wie ihre weißen Kleider aus Brasilien mitgebracht hatte, als sie mit Paul vor drei Jahren zurück ins Reich gekommen war. Dann öffnete sie die Augen wieder und sah in den makellos blauen Himmel.

»So«, sagte sie dann und deutete nach oben, »das Meer ist wie der Himmel, nur auf der Erde.«

Luise sah auch nach oben. »Der Himmel hat aber kein Ende.«

Luana überlegte kurz, dann nickte sie. »Das stimmt. Das Meer sieht unendlich groß aus, aber irgendwo gibt es immer ein anderes Ufer. Das ist das Schöne daran, nicht wahr?«

Da schüttelte Luise entschieden den Kopf. Ihre kurzen braunen Locken flogen. »Das Schöne am Himmel ist, dass er kein Ende hat.«

Luana hatte wieder nach ihrer Gitarre gegriffen. »Das würde mir Angst machen«, sagte sie, während sie leise stimmte, »wenn etwas kein Ende hat.«

Luise staunte. »Aber warum singst du dann immer von der Unendlichkeit?«, fragte sie.

Luana wandte sich Luise zu. Luise dachte, dass ihr fremdes Gesicht in dem weichen Nachmittagslicht so schön war, wie sie es selbst wohl nie sein würde.

»Tue ich das?«, fragte sie überrascht.

Luise nickte. »So hört es sich an. Nach der Ferne. Nach Unendlichkeit.« Sie zögerte einen Moment. »Nach Fliegen. Ich verstehe ja die meisten Worte nicht«, setzte sie schnell hinzu.

Luana strich über die Gitarre. »Das macht nichts«, erwiderte sie und fing wieder an zu singen.

Das Pfarrhaus war sehr groß und lag, anders als in den meisten Kleinstädten dieser Art, nicht gleich bei der Kirche, sondern zehn Minuten entfernt an der Stadtmauer in einem außergewöhnlich großen Garten. Eigentlich war es fast schon ein kleiner Park, dessen Längsseite sich an der Mauer um die siebzig Meter erstreckte und der in die Stadt hinein sicher noch einmal vierzig Meter maß. Das kam, weil das Gelände bis ins 18. Jahrhundert eigentlich der Friedhof gewesen war, bis er zu klein wurde und man den neuen Friedhof vor den Toren der Stadt angelegt hatte. Und als hundert Jahre später, um 1820, das alte Pfarrhaus bei der Stadtkirche in der letzten großen Feuersbrunst ausbrannte, hatte man das neue in den aufgelassenen Friedhof gebaut. Ein ungewöhnlich unbescheidenes Haus war es, sehr ungewöhnlich für die fränkisch kargen Protestanten. Aber vielleicht lag es an einem letzten Aufflammen von reichsstädtischem Stolz, mit dem die Stadt das Haus gebaut hatte, nachdem sie fünf Jahre zuvor den Bayern zugeschlagen worden war und ihre Bewohner plötzlich zu Untertanen geworden waren. Denn immerhin: Eine Reichsstadt war man gewesen, und auch, wenn das alles lange vorbei war, hatte man den Eindruck, als lebten die Bürger jetzt noch von der Erinnerung.

Das Haus war nun, nach hundert Jahren, nicht mehr pompös und nicht mehr herrschaftlich, sondern bequem und vielleicht ein klein wenig nachlässig geworden wie eine alte Dame, die nicht mehr ausgeht. Wenn Luise im Sommer an der warmen Hauswand lehnte und in den Garten sah, dann bröckelte sie manchmal geistesabwesend am Putz oder schob ihren Fingernagel sacht unter eine dünne altrosa Farbscholle, die dann von der Wand platzte und auf den Steinen der Terrasse wie Eis zersplitterte. Für sie war das Haus schon immer so gewesen, und sie verschwendete keinen Gedanken daran. Das Pfarrhaus war einfach ihr Haus. Sie war drei Jahre alt gewesen, als ihr Vater die Pfarrstelle übernommen hatte und sie hierher gezogen waren. Von München wusste sie kaum noch etwas. Es gab ein paar Bilder in ihrem Kopf, die so schwarz-weiß und verblasst waren wie die Fotografien aus dieser Zeit, und sie war sich nie ganz sicher, ob die vagen Eindrücke von der großen Wohnung mit den hohen Decken ihre eigenen, echten Erinnerungen waren oder sich nur aus den Erzählungen ihres Bruders und den Bildern im Familienalbum zusammensetzten.

Luana sang. Nie sang sie leise, so wie andere Menschen, die nur für sich sangen. Immer sang sie mit voller Stimme. Sie kann vielleicht nicht anders, dachte Luise, sie vergisst sich selbst beim Singen. Der Juninachmittag war so heiß, dass sogar die Katze, die sonst immer auf der Mauer in der Sonne lag, aufgestanden war, sich träge gestreckt hatte und dann die Mauer entlang in den Schatten unter der alten Wagenremise geschlichen war. Vom Holzschuppen kam mit der Sommerbrise der Geruch von altem Holz und auch der von Teer. Die Sonne schien so stark auf das Dach des Schuppens, dass die Teerpappe ganz weich wurde. Sommergerüche.

Manche Wörter aus Luanas Liedern kannte sie: *amanhã* zum Beispiel. Oder *água*. Und vor allem *triste*. Obwohl es »traurig« bedeutete, war es ein schönes Wort, weil es so weich ausgesprochen wurde; das s war so ein besonderes sch, wie sie es im Deutschen nicht hatten. Luise sah in den Himmel, hörte ihre schöne Schwägerin Luana singen, und plötzlich wusste sie, warum ihr diese Lieder so gut gefielen. An dieser Musik war alles so leicht, dass die Wörter und die Töne aufstiegen und sich irgendwann im Blau auflösten wie die kleinen Morgenwolken an einem Sommertag wie diesem. Sie lehnte an ihrem Walnussbaum und sah über die Dächer von Pfarrhaus und Scheune in den Himmel. Es gab nichts, was so perfekt war. Sie hatte in der Schule gelernt, dass die Menschen früher glaubten, der Himmel sei wirklich ein Zelt oder eine Schale, die über die Erde gestülpt war. Das hatte sie nie verstanden. Wenn man in den Himmel sah, dann wusste man doch: Er war so weit und so offen und vor allem so unendlich wie nichts anderes auf der ganzen Welt. Und weil Luise sich nach der Unendlichkeit sehnte, so sehr, dass es manchmal wehtat, wollte sie fliegen, seit sie das erste Flugzeug gesehen hatte.

Es war still geworden. Luana war ins Haus gegangen, um zu kochen. Neben dem Deckchair stand ihre Gitarre an das Tischchen gelehnt. Vom Kirchturm klang es weich herüber. Ein Schlag nur. Ob es Viertel nach fünf oder schon nach sechs war? Im Juni waren die Tage so wunderbar lang, dass man manchmal gar nicht merkte, wenn der Nachmittag zum Abend wurde. Es war so still, dass man denken konnte, man säße auf einer Insel des Schweigens, und alle Geräusche wie das Schlagen der Kirchturmuhr, das Pfeifen der Werkslokomotive aus der Brauerei oder das Geschrei der badenden Kinder unten am Fluss kämen nur wie kleine müde Wellen an den Strand dieser Insel geplätschert. Die Hitze und das leise Summen der Bienen taten ihr Übriges: Ihr wurden die Lider schwer.

In diesem Augenblick erschütterte eine Explosion die Remise. Der Knall, trocken, scharf und laut, riss sie hoch. Noch in das Echo hinein regnete splitternd Glas auf den Boden, und irgendetwas Schwarzes segelte über Luises Kopf hinweg. Sie duckte sich erschrocken, aber es wäre nicht nötig gewesen, das Ding blieb im Laub des Walnussbaums hängen, und Luise erkannte, dass es ein schwarz emaillierter Topfdeckel war. Zwischen ihren Beinen wischte die Katze durch, das Fell vor Entsetzen so gesträubt, dass sie ein Drittel größer erschien als sonst. Luise rannte hinüber zum zerborstenen Fenster der Remise und versuchte hineinzusehen. Ihre Augen mussten sich nach der Sonnenhelle kurz an das Dunkel im Inneren gewöhnen, aber auch so sah sie, dass ihr Vater etwas fassungslos hinter der Werkbank stand, wo ein Bunsenbrenner immer noch mit blauer Flamme unter der Ruine eines Topfes brannte. Es stank durchdringend nach Alkohol.

»Papa«, fragte sie durch das Fenster, »ist dir was passiert?«

Ihr Vater schüttelte fast erbost den Kopf.

»Das hätte nicht geschehen dürfen«, sagte er dann, als sei er persönlich beleidigt worden. Es schien nicht so wichtig zu sein, dass eben das Fenster zu Bruch gegangen war und wahrscheinlich bereits alle Nachbarn am Tor standen.

»Was hast du da eigentlich gemacht?«, fragte Luise, dann fiel ihr etwas auf, und sie rief rasch: »Dein Bart glimmt!«

Sie musste lachen, als ihr Vater sich hastig auf den Bart klopfte. Sie fand, dass er manchmal aussah wie ein russischer Mönch. Er war hager, und den langen Bart hatte er schon auf dem Hochzeitsfoto, das Luise sich vor langer Zeit aus seinem Schlafzimmer heimlich in ihr Nachttischchen geholt hatte und nachts ab und zu ansah.

»Ich habe etwas ausprobiert«, antwortete ihr Vater, »einen Kräuterauszug. Ich dachte, es geht schneller, wenn man den Alkohol heiß macht, aber er ist übergekocht, hat angefangen zu brennen, und dann ist es in den Topf übergeschlagen.«

Er drehte den Brenner aus. Dann sah er an sich herunter, schaute zu Luise hinaus und zuckte in komischer Hilflosigkeit die Achseln. »Ich bin manchmal seltsam, oder?«, fragte er.

Luise hatte plötzlich ein warmes Gefühl, als sie antwortete: »Ja. Manchmal schon.«

Aus dem Haus hörte man es läuten.

»Die Leute wollen wissen, ob du tot bist«, sagte Luise.

Ihr Vater sah verlegen aus. »Würdest du …«, fragte er bittend, »willst du gehen, ja?«

Luise nickte mit halb spöttischem, halb mitfühlendem Gesichtsausdruck und lief hinüber ins Haus, von wo jetzt ungeduldiges und wiederholtes Läuten drang. Am Treppenabsatz im Flur begegnete ihr Luana, die aus der Küche kam und sich die Hände trocknete.

»Ich gehe schon«, sagte Luise hastig, »und für Gottfried brauchst du nicht mehr zu kochen. Er ist tot.«

Luana lachte erst, als sie wieder in der Küche war. Luise öffnete die Tür und sah sich dem Mesner gegenüber, der sie fragte, ob alles in Ordnung sei. Er habe einen Schuss gehört. Den Mesner mochte Luise nicht sehr. Sie hatte ihn noch nie lachen sehen. Manchmal kniete er sogar an Wochentagen in der Kirche vor dem Altar und betete murmelnd. Ein dünner Mann mit unruhigen Augen, die einen selten direkt ansahen. Er war nicht glücklich mit Luises Vater als Pfarrer. »Ein Glaubensfanatiker«, hatte der eines Sonntags seufzend gesagt, als er nach einer langen Diskussion mit dem Mesner über seine Predigt viel zu spät zum Essen gekommen war.

»Alles in Ordnung«, sagte Luise fröhlich, »Papa musste nur den General erschießen. Unseren Hund. Er ist tollwütig geworden.«

Der Mesner sah sie verständnislos an, und Luise fügte erklärend hinzu: »Der Hund. Nicht mein Vater.«

»Sonst ist nichts passiert?«, fragte der Mesner misstrauisch nach.

»Nein«, gab Luise bestimmt zurück, »sonst nichts.«

Dann schloss sie die Tür. Luise hatte eine reiche, überschäumende Fantasie. Das zumindest fanden ihr Bruder und ihr Vater. Im Städtchen dagegen fanden einige, dass die Pfarrerstochter zu oft log. Aber die fanden ja auch den Vater komisch. Es war eine kleine, zuweilen sehr enge Welt, die sie umgab, und Luise dachte manchmal, dass der Garten des Pfarrhauses weiter war als die ganze Stadt.

2

An diesem Abend lag Luise in ihrem Bett und wartete darauf, dass es im Haus still wurde. Weil sie noch zur Schule ging, musste sie auch im Sommer, wenn es abends eigentlich gar nicht dunkel werden wollte, um neun Uhr auf ihrem Zimmer sein. Also hatte sie sich halb ausgezogen, ins Bett gelegt und hoffte nun, dass sie nicht einschlief, bis sie aus dem Fenster steigen konnte. Ihr Raum lag im ersten Stock, aber nach hinten zu den Wirtschaftsgebäuden, und an die Hausmauer lehnte sich der etwas heruntergekommene Hühnerstall, dessen Dach zwar dünn war, aber das Gewicht eines mageren Mädchens, das sich leise von seinem Fensterbrett herabließ, durchaus tragen konnte. Schon seit jeher war das ihr Fluchtweg gewesen, wenn ihr Bruder oder – was viel seltener vorkam – ihr Vater sie eingesperrt hatte, nachdem sie wieder etwas getan hatte, wofür Töchter anderer Väter geschlagen wurden, und er sich anders nicht mehr zu helfen wusste.

Luise lag in ihrem Bett und lauschte in die Nacht. Es gab kein anderes Wort für dieses nächtliche Hören. Man musste sich nicht anstrengen. Da waren ein paar Grillen, wenn auch längst noch nicht so viele wie im August. Da war das ganz leichte Rauschen des Nachtwinds in der Krone des Nussbaums. Das weit entfernt klingende Stoßen eines durchfahrenden Eilzuges. Und in ihrem Kopf: ein Echo von Luanas Stimme. Dass es Dinge gab, die so schön und so traurig zugleich sein konnten! Vielleicht bedeutet das Sehnsucht, dachte Luise, das Glück zu wissen, dass irgendwo dort draußen die Vollendung liegt, das große Wunderbare; und die Trauer, dass man doch den Weg dorthin nicht findet.

Es wurde allmählich still im Haus. Paul und Luana hatten noch mit Papa auf der Terrasse bei einer Flasche Wein gesessen. Das Murmeln ihrer Unterhaltung war manchmal um die Ecke gedrungen und hätte sie beinahe eingeschläfert. Aber jetzt hörte sie die beiden auf der Treppe. Die Tür des Badezimmers. Wasserrauschen. Das Quietschen des Hahns beim Zudrehen. Wieder die Tür des Badezimmers. Weiter weg die Tür des Schlafzimmers, das früher das Bubenzimmer gewesen war. Luise lag und lauschte. Papa war noch auf, aber dann hörte sie den leisen Pfiff, mit dem er den General rief, und gleich darauf das Klicken seiner Krallen auf dem Steinboden des unteren Flurs. Sie lachte leise in ihre Decke, als sie den durchaus lebendigen Hund vernahm. Schließlich, endlich, das vertraute leise Klirren der Scheiben in der Terrassentür und das Schleifen der Läden. Papa würde zwar noch auf sein, aber sein Arbeitszimmer lag im Erdgeschoss und zur Straße hin. Sicherheitshalber wartete sie trotzdem noch und zwang sich, auf dem Wecker die vollen fünf Minuten verstreichen zu lassen, bevor sie fast geräuschlos aus dem Bett stieg, in die weiten Wanderhosen und die Segeltuchschuhe schlüpfte, die Beine vorsichtig übers Fensterbrett hob und sich leise auf das Dach des Hühnerstalls hinabließ.

Die Glockengasse lag verlassen da. Sie verlief unter der Gartenmauer und bog dann in die Torgasse ein, die auf der Innenseite der Stadtmauer entlangführte. Die Schatten der Häuser, der Bäume und der längst erloschenen Straßenlaternen auf dem Katzenkopfpflaster waren scharf und klar. Es war fast Vollmond und die Nacht hell. So lautlos zu laufen gab ihr ein Gefühl der Leichtigkeit. Die Schläfrigkeit von vorhin war verflogen. Vom Marktplatz hörte man das Lachen und ab und zu unverständliche Rufe der

Handwerksgesellen und der Primaner, die noch am Schweppermannbrunnen herumstanden, nachdem sie aus den Wirtshäusern geworfen worden waren. Vom Kirchturm schlug es elf Uhr, kurz darauf gefolgt von der Glocke des Rathausturmes. Luise lief am Schulgarten des Gymnasiums vorbei, roch das Gras, das der Pedell am Tag zuvor gemäht hatte, lief über die Brücke, lief hinter dem Bahnhof über die zwei Geleise und war in der Vorstadt, wo die vier, fünf kleinen Fabriken der Stadt lagen und all die Werkstätten, die in den Mauern der Stadt keinen Platz hatten. Luise fiel in Schritt. Sie war ein bisschen außer Atem, aber das kam nicht nur vom Laufen. Immer hatte sie ein wenig Herzklopfen, wenn sie sich trafen. Als ob ich einen Liebsten hätte, dachte sie spöttisch über sich selbst.

Hier in der Vorstadt war es nicht ganz so still. Die Maschinen der Weberei liefen die ganze Nacht durch. Luise mochte das Geräusch. Es war so ein gleichmäßiges Arbeiten, das sich nach Stärke anhörte und nach Zuverlässigkeit. Vielleicht mochte sie es aber auch deshalb, weil es sich mit ihren nächtlichen Ausflügen verband. Seit fast einem halben Jahr kam sie jetzt mindestens einmal, manchmal auch zweimal in der Woche hierher. Hier waren die Straßen dunkler, weil die Fabrikgebäude so eng beieinanderstanden und viel höher als die Bürgerhäuser waren, auch wenn manche der verrußten Scheiben von der Werksbeleuchtung erhellt wurden.

Luise war da. Zwischen dem neuen Brauereigebäude und einer kleinen Möbelfabrik lag eine Werkstatt, der man noch ansah, dass sie einmal eine Scheune gewesen war, bevor die Gebäude um sie herum gebaut worden waren. Es gab keine Rolltore wie an den anderen Fabriken, sondern noch immer ein großes Scheunentor mit zwei Flügeln und einer kleinen Tür daneben. Durch den Spalt zwischen Tor und Pflaster fiel ein Streifen Licht. Luise atmete auf. Er war da! Sie konnten sich nicht immer verabreden, und manchmal hatte sie schon vor der dunklen Werkstatt gestanden und war nach einer halben Stunde ungeduldigen Wartens enttäuscht wieder nach Hause gegangen. Meistens schlief sie dann schlechter, als wenn sie, so wie sonst, erst am frühen Morgen heimkam. Sie klinkte die Tür auf und trat in die Halle. Sofort war da der vertraute Geruch von Eisen und Schmieröl und Holz. Georg in seiner blauen Schmiedsschürze, dunkle Schmutzstreifen im Gesicht unter der ebenso blauen Leinenmütze, sah mit seinem jungenhaften Lächeln auf zu ihr, dann wischte er sich mit dem Handrücken über die Stirn. Über der Werkbank brannte eine nackte Glühbirne.

»Weißt du was?«, fragte er sie statt einer Begrüßung vergnügt, als habe er ein Geschenk für sie.

»Was?«, fragte Luise und kam näher. Georg hatte eines der Gestellrohre in den Schraubstock gespannt und war dabei, es im richtigen Winkel abzusägen. Als sie bei ihm stand, roch sie das heiß gewordene Öl, das er auf die Säge gab. Jetzt legte er sie beiseite und ging zur Tür des Lagerraums.

»Rate«, sagte er, und Luise musste lachen, weil er sich so freute, sie überraschen zu können. Sie hatte eine Vermutung, aber sie wollte ihm den Spaß nicht verderben. Sie hob die Hände in einer Geste des Nichtwissens.

»Ich habe keine Ahnung, sag schon, komm!«

»Du musst die Augen zumachen«, bestimmte Georg, bevor er die Tür zum Lagerraum öffnete, sie an der Hand nahm und hineinzog. Luise musste wieder lachen. Das mochte sie an Georg. Er konnte sich ganz und gar für eine Sache begeistern; so sehr, dass es schien, als gäbe es nichts Wichtigeres für ihn als nur dieses eine. So hatten sie sich kennengelernt – weil sie beide so waren.

»Darf ich jetzt?«, fragte Luise gespannt.

»Jetzt darfst du«, antwortete Georg stolz.

Luise öffnete die Augen und sah zwei große Ballen auf dem Boden vor sich liegen.

»Nein!«, sagte sie überrascht.

»Doch«, sagte Georg, und man hörte seiner Stimme an, wie er sich freute, »der Stoff ist gekommen.«

Luise trat vor und riss das braune Ölpapier auf, mit dem die Ballen umwickelt waren.

»Endlich«, flüsterte sie.

»Ja«, antwortete Georg, »jetzt wird's langsam. Ich bin auch schon fast mit dem Fahrgestell fertig.«

»Georg«, sagte Luise, als sie sich endlich von dem feinen weißen Leinenstoff lösen konnte, der da säuberlich auf zwei Rollen gewickelt vor ihr lag, »du bist der Beste.«

»Weiß ich doch«, antwortete Georg fröhlich, »und jetzt musst du mal Mädchenarbeit machen. Wird auch Zeit. Und wird dir gut tun«, fügte er in sanftem Spott hinzu, »ich hab die alte Nähmaschine von meiner Oma geholt.«

Luise war zur Werkbank gegangen und befühlte die Schnittkante am Rohr. Noch war sie rau, aber ihre Finger mochten das. Eine plötzliche Angst vor der eigenen Courage kam sie an.

»Meinst du, wir schaffen das wirklich, Georg?«, fragte sie, ohne zu ihm hinüberzusehen.

Georg kam von hinten an sie heran. Eigentlich fassten sie sich nie an, aber diesmal legte er ganz leicht und nur sehr kurz die Hand auf ihren Rücken.

»Wir packen das«, sagte er mit dieser unbekümmerten Zuversicht, die er anscheinend nie verlor, »wir schon.«

Luise holte tief Luft und streckte sich.

»Dann will ich mal mit dem Zuschneiden anfangen«, sagte sie und spürte, wie die Freude am Abenteuer wieder in ihr aufstieg.

Georg, der Schmied, und Luise, die Pfarrerstochter, hatten sich gefunden, um zusammen ein Flugzeug zu bauen.

3

Georg und Luise kannten sich eigentlich, seit sie zwölf und er siebzehn Jahre alt waren. In Luises Familie gab es vielleicht so etwas wie eine Tradition des Freiheitsdrangs. Schon Luises Vater war in seiner Jugend ein Wandervogel gewesen – einer der ersten –, und auch ihr Bruder war in die bündische Jugend gegangen. Frei umherziehen, ohne Regeln, mit Gitarre und Wimpeln durchs Land wandern, in Ruderbooten die Donau hinunter oder mit dem Rucksack auf Schwedenfahrt: Luise hatte von klein auf mitbekommen, was ihnen Freiheit bedeutete. Und so war es ihr ganz natürlich erschienen, ebenfalls zu den Bündischen gehen zu wollen, sobald sie endlich alt genug war. Es war nicht ganz einfach gewesen, als Mädchen in die einzige Gruppe des Städtchens aufgenommen zu werden. Obwohl die Jungen, die ein- oder zweimal in der Woche jenseits der Stadtmauer auf der Schwedenwiese zusammenkamen, spöttisch auf die kleinbürgerlichen Spießer herabsahen, obwohl sie nach einem verlorenen Krieg die alte, verkrustete Ordnung verachteten, die sich innerhalb der Stadtmauern und in den verrauchten Wirtshäusern noch immer so zäh hielt, waren sie doch sehr zurückhaltend, was Mädchen anging.

»Wir wandern manchmal mehr als dreißig Kilometer!«, hatte der junge Student gesagt, der die Gruppe führte, als Luise das erste Mal alleine auf der Schwedenwiese aufgetaucht war und aufgenommen werden wollte. Luise hatte schweigend genickt.

»Wir schlafen alle in einem Zelt, wenn wir auf Fahrt sind«, hatte ein anderer, ziemlich kleiner Junge gesagt, der vielleicht zwei Jahre älter als Luise war, aber kaum größer, »da kann man keine Mädchen brauchen.«

Luise hatte nichts gesagt, aber den Jungen so lange angeschaut, bis der die Augen niederschlug.

»Wir brauchen keine Zimperliesen aus dem Pfarrhaus!« Das hatte Georg gesagt, kurz und böse. Es lag die ganze Verachtung des Handwerksgesellen für die Studierten darin.

Luise hatte eine scharfe Erwiderung auf der Zunge gehabt, aber sie nahm sich zusammen und antwortete nur kurz: »Ich bin zäh.«

Trotzdem wäre sie vielleicht nicht aufgenommen worden, hätte nicht ihr Bruder am selben Abend mit dem Werkstudenten gesprochen, der die Gruppe führte. Paul ließ ihn hoch und heilig versprechen, dass Luise nie davon erfahren würde, denn er kannte seine Schwester. Obwohl sie jünger war als er, konnte sie ihm, wenn sie zornig war, tagelang das Leben sauer machen. Und sie wäre sehr zornig gewesen, wenn sie erfahren hätte, dass man sie erst auf die Fürsprache ihres Bruders hin akzeptiert hatte. So wurde Luise als erstes Mädchen der Stadt bei den freien Wandervögeln aufgenommen und war von da an bei jeder Fahrt dabei.

Es war dann etwa zwei Jahre später gewesen, als sie an einem Spätsommernachmittag auf einem Berg hoch über einem großen Weiher Lager machten. Sie waren sehr früh aufgebrochen und über Land gewandert, hatten die meisten Dörfer gemieden und den Weg lieber über leere Weizen- und Roggenfelder genommen. Der September war fortgeschritten und die Tage jetzt manchmal schon windig und nicht mehr so heiß. Es war eine gute Zeit für ihre Fahrten. Auf dem Berg ragten die zerfallenen Reste des Burgfrieds vielleicht noch sechs, sieben Meter auf, die längst abgetragenen Grundmauern der Burg aber waren überwachsen, und was einmal der kleine Innenhof der Feste gewesen sein mochte, das war jetzt eine Wiese mit einer Feuerstelle in der Mitte. Vom Bergrücken aus hatte man eine wunderbare Aussicht. Auf beiden Seiten lagen Täler, das eine eng, in dem eine Schafherde langsam weidend nach Süden zog, das andere weit und darin der See. Er war in der Mitte schmaler und wirkte von oben wie eine liegende Acht. Der Hang zum Wasser hinab war dicht mit Fichten und Kiefern bewaldet, und der Wind schaukelte sacht die Zweige. Luise hatte, wie die anderen, Holz für das Feuer gesammelt, aber jetzt stand sie auf dem Wall, der vielleicht einmal eine Mauer gewesen war, und sah über die Baumkronen hinunter auf den See. Die Wasseroberfläche, vom Wind bewegt, glitzerte. Zwei Ruderboote wiegten sich im Takt an einem kleinen Steg und sahen sehr klein aus. Obwohl es windig war, gab es keine Wolken, und der Himmel war blau und offen. Ein Turmfalke stand rüttelnd hoch über ihr in der Luft. Als jemand neben sie trat, war sie erstaunt zu sehen, dass es Georg war. In den zwei Jahren, seit sie dabei war, hatte er kaum je mit ihr gesprochen.

»Was machst du?«, fragte er, aber es klang nicht so, als wollte er sie auffordern, weiter Holz zu sammeln oder Wasser zu holen.

»Nichts«, antwortete Luise kurz, aber nicht unfreundlich, »ich schaue.«

Am Rand des Geländes lief eine grob gezimmerte Absperrung entlang, die vor dem steilen Abhang schützen sollte. Es waren kaum mehr als in den Boden gerammte Pflöcke, auf die entrindete Fichtenstämmchen genagelt waren. Georg stützte sich neben ihr auf und sah hinunter zum See, sagte aber nichts weiter. Als sie den Kopf hob, um noch einmal nach dem Falken zu sehen, folgte er ihrem Blick. Ein paar Sekunden beobachteten sie beide, wie der Vogel so ruhig seine Kreise zog, als ob es da oben nicht ebenso wehen würde wie hier unten.

»An solchen Tagen möchte man seine Arme ausbreiten und losfliegen«, sagte Georg auf einmal unvermittelt. Luise warf ihm einen überraschten Blick zu, dann wandte sie den Kopf unsicher wieder ab. Sie war sich nicht ganz im Klaren darüber, warum er das ausgerechnet ihr sagte. Aber dann sah sie aus den Augenwinkeln, wie er rot wurde. Er hatte es ernst gemeint.

»Ja«, meinte sie zurückhaltend, »das wäre schon schön.«

»Ich werde später Flieger«, erklärte Georg nach einer Weile, in der sie beide weiter dem Falken nachgesehen hatten, den seine Kreise allmählich immer weiter nach Osten trugen.

Luise drehte sich zu ihm um. Der Wind wehte ihr von hinten die Locken ins Gesicht, und sie wischte sie mit einer unwilligen Handbewegung fort.

»Gehst du nicht bei deinem Vater in die Lehre?«, fragte sie.

Georg nickte.

»Schon«, sagte er dann, »aber wenn ich Geselle bin, dann mache ich noch eine Lehre als Flugzeugmechaniker. Ich bin gut mit Motoren. Ich kann alles reparieren.«

Er wirkte sehr eifrig und auf einmal viel jünger als sonst. Luise kam sich in diesem Moment stärker und klüger vor als er.

»Wir haben keinen Flugplatz in der Nähe«, sagte sie altklug, »und außerdem: Mechaniker fliegen nicht. Die reparieren immer nur.«

Georgs Gesicht verdunkelte sich. Luise, die das auch gesagt hatte, weil sie aus irgendeinem Grund, der ihr selbst nicht ganz klar war, ihren Traum vom Fliegen nicht teilen wollte, spürte, dass sie ihn verletzt hatte, und es tat ihr leid.

»Vielleicht kannst du trotzdem Pilot werden«, sagte sie, »die müssen ja auch reparieren können.«

Sie hatte das ins Blaue hinein gesagt, ohne Überzeugung. Sie las alles, was übers Fliegen ging, alle Reiseberichte und Zeitungsmeldungen, alle Bücher, die sie bekommen konnte, und sie wusste es eigentlich besser. Es war ja nicht mehr wie vor dem Krieg, als die Flieger noch alles selber tun mussten.

»Nein«, sagte Georg jetzt und wandte sich zum Gehen, »du hast recht. Schmiede werden keine Piloten. Ich gehe mal noch ein bisschen Holz fürs Feuer sammeln.«

Luise hätte ihn gerne zurückgehalten, aber sie wusste nicht, was sie sagen sollte, und so ließ er sie stehen und ging, um den anderen beim Feuermachen zu helfen. Sie sah ihm nach und schämte sich. Es war das gleiche Gefühl, das sie gehabt hatte, als sie einmal einen Groschen aus der Milchkasse in der Küche gestohlen und sich dafür bei Langmayer eine Tüte Bonbons geholt hatte. Es war nie herausgekommen, aber sie konnte sich noch genau erinnern, dass sie sich … falsch gefühlt hatte. Sie wusste kein anderes Wort dafür. Sie sah nach dem Falken. Er war verschwunden. Der Himmel war blau und leer. Auf einmal brannte ihr Gesicht vor Scham, und sie beeilte sich, Wasser zu holen.

Am Abend hatte der Wind nachgelassen, und alle saßen ums Feuer herum, holten vorsichtig Kartoffeln aus der Glut, die sie auf ihrer Wanderung über die Felder aufgelesen hatten, bliesen auf ihre Hände, wenn sie die schwarz gebrannte Schale abbröselten, und sangen. Manchmal, wenn ein Ast durchgebrannt war und auseinanderbrach, stoben die Funken in die Nachtluft, und Luise sah ihnen zu, während sie mitsang, und dachte, dass die einfach so fliegen konnten, dass es war, als würden sie vom Himmel angezogen und nicht, wie sie, von der Erde. Scheu sah sie zu Georg hinüber, der auf der anderen Seite des Feuers saß, lachend Gitarre spielte und hoffentlich vergessen hatte, dass sie gemein gewesen war. In dem Dorf auf der anderen Seite des Tales, das auf halber Höhe des Hanges lag, gingen allmählich, Haus um Haus, die Lichter aus. Die Nacht war mondlos und dunkel. Hier oben, wo das Gras karg und trocken wie auf einer Heide war und die Kalksteine des Berges durchbrachen, zirpten die Grillen überall und waren lauter als das Feuer, nachdem der Gesang allmählich aufgehört hatte. Sie sahen schweigend in die Glut, wie es wohl alle Menschen tun, seit es Lagerfeuer gibt.

Sebastian, ihr Anführer, stand auf und dehnte sich. »Ab in die Falle«, befahl er halblaut und goss das Spülwasser auf das Feuer. Es zischte, und weißer Qualm stieg auf. Luise hatte ein eigenes kleines Zelt, das sie etwas abseits von den anderen aufgeschlagen hatte. Sie wollte eben ihre Decke nehmen und hinüber, aber dann sah sie, dass Georg alleine stand und seine Gitarre in ein Tuch schlug, und ging schnell zu ihm.

»Ich will auch fliegen«, sagte sie leise. »Und du wirst bestimmt Pilot«, fügte sie noch leiser hinzu, als dürfte das kein anderer hören. Georg sah sie an. Sein Gesicht war in der Dunkelheit kaum zu erkennen, aber sie hörte an seiner Stimme, dass er lächelte, als er antwortete.

»Na, vielleicht fliegen wir später beide mal. Schlaf gut.«

Mehr war es gar nicht, aber Luise schlief wirklich gut in dieser Nacht, obwohl anscheinend alle Grillen sich in ihrem Zelt versammelt hatten und sie am frühen Morgen sogar eine aus ihrem Haar befreien musste.

4

Sie arbeiteten nun schon seit einem halben Jahr an ihrem Flugzeug. Nachts konnten sie auch nicht so laut sein wie am Tage, obwohl die Werkstatt in der Vorstadt lag. Georg konnte dann nicht schmieden oder schleifen. Er konnte drehen oder zusammenschrauben, aber nicht hämmern. Und tagsüber hatten sie eben nur selten die Gelegenheit dazu. Georg war mit der Werkstatt seines Vaters eigentlich schon mehr als ausreichend beschäftigt, aber er hatte auch noch an der großen Hauptstraße, die nach München führte, eine Tankstelle eröffnet; die erste der kleinen Stadt. Deshalb waren es vielleicht die Samstagnachmittage, an denen Luise keine Schule hatte und Georgs Vater sich um die Tankstelle kümmerte, obwohl er das nicht gerne tat. Er hatte Fassreifen geschmiedet, Hufeisen und Pflüge, Radreifen und Eggen. Er war kein Freund von Motoren und Maschinen, auch wenn Georg manchmal sagte, es sei doch gar kein Unterschied, ob eine Mähmaschine von Pferden oder einem Motor angetrieben wurde: Georgs Vater mochte weder Automobile noch Motoren, und er hätte seine Werkstatt schon gar nicht für ein Flugzeug hergegeben. Deshalb mussten Georg und Luise auch immer alles wegräumen, wenn sie die Werkstatt verließen.

Sie hatten diesmal wohl länger gearbeitet als sonst. Luise war so begeistert gewesen, dass der Stoff für die Tragflächen endlich gekommen war, aber dann war doch alles – wie immer – viel schwieriger gewesen, als sie gedacht hatte. Allein über das Zuschneiden hatten sie fast eine Stunde lang diskutiert, weil sie keine Pläne hatten. Wo hätte Luise sie auch herhaben sollen? Sie stellte sich vor, einfach in den Laden zu gehen und unschuldig zu fragen: »Entschuldigen Sie, Frau Brauer, haben Sie Schnittmuster für ein Flugzeug?«

Als sie Georg davon erzählte, musste er lachen, obwohl sie sich gerade über das Zuschneiden stritten. Er kannte die alte Frau Brauer, die immer in ihrer schwarzen Witwentracht im Laden stand, klein und so unglaublich prüde, dass sie nicht einmal Bettwäsche verkaufte, wenn ein Mann mit ins Geschäft kam.

Es war einfach immer alles viel schwieriger, als man sich das vorstellte. Georg hatte das Tuch schon zuschneiden wollen, da hatte sie nachgemessen und gemerkt, dass er keine Saumkante zugegeben hatte. Und dann waren die Nadeln der Nähmaschine eigentlich nicht für so festes Leinen geeignet und immer wieder abgebrochen. Aber immerhin – die Decke für die erste Tragfläche war jetzt zugeschnitten und ein Stück schon vernäht.

Georg öffnete das Rolltor, um Luise hinauszulassen.

»Bis bald«, sagte sie und huschte durch den Spalt auf die Straße.

»Bis bald«, sagte Georg, und halb mitleidig, halb spöttisch, »schlaf gut.«

Luise verzog den Mund, als sie sah, dass es schon hell wurde. »Oje. Ich muss mich beeilen.«

Sie lief los, während Georg noch das Licht ausdrehte und das Tor abschloss. Die Luft war kühl und sogar hier im Fabrikviertel rein, die Stadt lag sauber und still. Im Osten war der Himmel schon rot, und Luise hörte die ersten Lerchen. Sie rannte im Dauerlauf die Stadtmauer entlang und nahm alles um sich herum mit der scharfen Klarheit auf, die man nach einer durchwachten Nacht hat, kurz bevor die große Müdigkeit kommt. Es würde wieder ein heißer Tag werden, dachte sie, nicht einmal Dunst lag über dem Horizont, nur das Rot der Sonne, die gleich aufgehen würde. Sie musste sich beeilen, deshalb bog sie von der Stadtmauer ab und lief jetzt quer durch die Stadt. Ein Milchwagen rumpelte vom Nordtor her über den Marktplatz. Die Blechkannen auf der Ladefläche schaukelten und stießen im Takt aneinander. Sie wich in die Kohlengasse aus und hatte das alte Molkereipferd leicht überholt, als sie auf dem Kirchplatz herauskam. Jetzt war sie gleich zu Hause, und sie fiel schnell atmend in Schritt. Sie ging eben unter den Chorfenstern vorbei, als sich die Sakristeitür öffnete und der Mesner herauskam. Er sah sie sofort, und Luise hätte gerne die Augen nach oben gedreht. Ausgerechnet er! Was musste der in aller Herrgottsfrühe in der Kirche sein!

»Guten Morgen«, sagte sie so unbefangen, wie sie konnte, als sei es normal, dass sie kurz vor fünf durch die Stadt rannte.

»Morgen«, antwortete der Mesner knapp und sah sie misstrauisch an. Sie ging weiter, als sei gar nichts, aber sie ärgerte sich. Bestimmt würde er Papa bei nächster Gelegenheit sagen, dass er sie gesehen hatte, und sie musste sich irgendetwas ausdenken, um zu erklären, wieso sie frühmorgens draußen gewesen war.

»Luise«, rief er ihr halblaut mit seiner immer etwas gequetscht klingenden Stimme hinterher. Sie blieb resigniert stehen und drehte sich um.

»Ja?«, fragte sie.

Der Mesner sah sie an. In seinem Gesicht bewegte sich nichts. Dann sagte er: »Euer Hund hat die ganze Nacht gebellt.«

»Tut mir leid«, antwortete Luise automatisch. Dann fiel ihr wieder ein, dass sie den Mesner ja gestern verkohlt und ihm erzählt hatte, der Hund sei tot. Sie wartete. Der Mann, hager und in seinem grauen Kittel, den er immer in der Kirche trug, musterte sie. Sein Blick war unangenehm. Luise fühlte sich, als sei sie nur halb angezogen.

»Ich habe für euch gebetet«, sagte er dann, »das solltest du auch tun. Lügen ist eine Sünde.«

Damit wandte er sich zum Gehen. Luise atmete tief ein. Was für ein Mensch, dachte sie, so was kann es nur hier geben. Sie sah ihm nach, bis sie sicher war, dass er verschwunden war und ihr nicht nachging. Er brauchte ja nicht unbedingt zu sehen, wie sie über die Mauer zurück in den Pfarrgarten kletterte und nicht durch die Haustür ging. Die Sonne war jetzt tatsächlich aufgegangen, und Luise rannte die letzten hundert Meter durch die Glockengasse bis zu der Stelle, wo die Mauer außen einen Vorsprung hatte, auf den man steigen konnte. Man musste dann auf der Mauerkrone noch ein paar Meter laufen, um zum Dach des Hühnerstalls zu kommen, aber da standen innen im Garten Bäume, die einen weitgehend verdeckten. Luise sprang aus dem Lauf auf den Vorsprung, stieß sich ab und zog sich die Mauer hoch. Sie wollte eben aufstehen, als sie durch das Laub des Apfelbaums ihren Vater auf der Terrasse stehen sah. Er war nackt und hatte die Arme weit geöffnet über den Kopf erhoben. Sein Gesicht war der Sonne zugewandt, und zum Glück hatte er die Augen geschlossen. Lichtgebet hieß das, und früher hatte Luise das oft genug mitmachen müssen. Sie kauerte auf der Mauer und musste auf einmal grinsen. So hatte jeder seins: Wenn der Mesner wüsste, dass der Stadtpfarrer morgens nackt auf der Terrasse die Sonne anbetete, würde er wahrscheinlich tot umfallen. Freikörperkultur, Reformkost, Anthroposophie – das waren vermutlich alles Wörter, die er noch nie gehört hatte. Es war schlimm genug, dass Papa auch noch Vegetarier war und bei all den Hochzeits- und Tauffeiern kein Fleisch aß. Das verstand hier keiner.

Jetzt summte er tonlos eine Melodie. Obwohl er mager war und man seine Rippen zählen konnte, hatte er einen ziemlich breiten Brustkorb, der sich im Rhythmus hob und senkte. Luise barg kurz in komischer Verzweiflung das Gesicht in den Händen. Unter ihr die Gasse, wo sie jederzeit jemand auf der Mauer sehen konnte, auf der anderen Seite ihr nackter Vater im Garten. Großartig! Sie beschloss, es darauf ankommen zu lassen, erhob sich und schlich, so leise es ging, auf der Mauer vor zum Hühnerstall. Ihr Vater bemerkte sie nicht, und schließlich glitt sie lautlos von der Mauer auf das Dach des Stalls, bekam ihr Fensterbrett zu fassen und kletterte in ihr Zimmer. Geräuschlos schlüpfte sie aus den Schuhen, aus der Leinenhose und ihrer Bluse und hinein ins Bett. Sie sah auf ihren Wecker. Anderthalb Stunden, bis er klingelte.

Gott, dachte sie erschöpft, was für ein Morgen. Aber dann war sie schon eingeschlafen. Draußen begann ihr Vater zu singen, leise, aber vernehmlich und mit schöner Stimme, »Du güldne Sonne«, und in der Stadt brach der Tag an.

5

Eigentlich mochte Luise die Samstage. Am Samstag hatte sie nur vier Stunden Schule und konnte schon um elf Uhr nach Hause gehen. Aber leider war das ihr Abschlussjahr, und die Direktorin behielt sie oft noch etwas länger da, was sie heute gar nicht gebrauchen konnte. Zum einen hatte sie nur anderthalb Stunden geschlafen, zum anderen sollte sie um halb zwei schon wieder im Kolonialwarengeschäft sein, wo sie im Lager aushalf, um sich etwas dazuzuverdienen. Leinen, Sperrholz, Leim, Drahtseile – das bezahlte sich nicht von allein. Obwohl Georg viel Material in der Werkstatt hatte und fast alle Metallteile entweder aus seinen Regalen kramte oder manchmal auch selbst schmiedete, blieb doch noch sehr viel, was einfach gekauft werden musste. Luise hatte schon längst alle ihre mageren Ersparnisse aufgebraucht und war nun immer auf der Suche nach Geldquellen, denn der Bau ihres Flugzeugs zog sich eben auch deshalb so lange hin, weil es ihnen oft an Teilen fehlte.

Filmstar müsste man sein, dachte Luise, als sie müde aus dem Fenster des Klassenzimmers ins Freie sah. Dann wäre ich reich und könnte mir ein Flugzeug kaufen.

Zum Glück hatte sie ihre Bank auf dieser Seite des Raumes. So konnte man wenigstens mit den Augen ab und zu dem Grau des Schulalltags entfliehen. Auf der anderen Seite des Platzes, an dem die höhere Mädchenschule lag, stand das einzige Kino des Städtchens. Eine schöne junge Frau lächelte von dem Plakat zu ihr herüber. *Die keusche Susanne* hieß der Film. Sie versuchte, den Namen der Schauspielerin zu entziffern, aber es gelang ihr nicht, die Lettern waren zu klein.

Im Klassenzimmer wurde es trotz der geöffneten Fenster allmählich heiß, weil sie nach Südwesten gingen. Vom Marktplatz, der gleich neben dem Schulhof lag, kam gedämpft der Lärm des Wochenmarktes. Hufschlag. Rufen. Das Geknatter eines Motorrads. Luise wäre jetzt tausendmal lieber draußen gewesen. Bei solchem Wetter war es in der Schule wirklich schwer auszuhalten, obwohl es doch nur noch sechs Wochen waren. Mit einem unangenehmen Gefühl dachte sie daran, dass sie Papa immer noch nicht gesagt hatte, dass sie nicht nach München aufs Kolleg gehen würde. Von draußen wehte ab und zu eine Brise herein und brachte den Geruch von Weizen mit sich, der weit vor der Stadt auf den Feldern stand und wohl zu stäuben begann. Hier roch es nach Linoleum und Kreide, nach dem Holz ihres Pultes, auf das die Sonne schien, und nach Tinte. Eine Biene flog herein und summte durch den Raum. Alle achtzehn Schülerinnen der Abschlussklasse sahen ihr zu, wie sie im Zickzack durch das Klassenzimmer flog. Luise wurden die Augen schwer.

»Vielleicht kann uns ja Fräulein Anding erklären, was die Eigenschaften einer logarithmischen Spirale sind.«

Hoppla! Beinahe wäre sie eingeschlafen. Dr. Mandl sah sie spöttisch an.

»Langweile ich Sie?«, fragte er maliziös.

»Nein, nein«, sagte Luise hastig, »die Eigenschaften einer logarithmischen Spirale … also zunächst einmal umkreist sie ihren Ursprung unendlich oft, ohne ihn zu erreichen.«

Dr. Mandl nickte fast unmerklich. Luise atmete auf und fuhr sicherer fort. In Mathematik machte ihr niemand etwas vor. In Mathematik war sie die Klassenbeste. »Alle Geraden, die durch diesen Pol gehen, schneiden ihre Tangenten stets im gleichen Winkel«, führte sie aus, »und …«

Dr. Mandl winkte ab. »Ja, ja. Richtig. Und wozu braucht man so eine logarithmische Spirale? Was meinen Sie?«

Er sah sich im Klassenzimmer um. Die meisten anderen Mädchen wichen seinem Blick aus. Nur Elisabeth sah nicht weg, aber nicht, weil sie so gut rechnen konnte. Sie sah nicht so aus wie Luise, ein mageres Mädchen, sondern war schon ganz und gar eine Frau. »Luder« nannten die anderen sie manchmal halb abfällig, halb respektvoll hinter ihrem Rücken. Sie machte Dr. Mandl nervös, und das wusste sie genau. Luise lächelte in sich hinein. Der arme Dr. Mandl. Er hatte trotz der Sommerwärme sein Jackett nicht abgelegt und schwitzte nicht nur wegen der Hitze. Er nahm Elisabeth nicht einmal dann dran, wenn sie sich meldete. Luise überlegte, dann fiel ihr wieder ein, wo sie etwas über die Spiralen gelesen hatte, doch sie wartete, bis Dr. Mandl wieder sie aufrief.

»Na, Fräulein Anding?«

»Eine logarithmische Spirale beschreibt zum Beispiel die Anordnung von Kernen in einer Sonnenblume«, erklärte Luise selbstbewusst. Das war das Beispiel, das Dr. Mandl am Donnerstag nebenbei erwähnt hatte. »Oder auch die Wirbel in Luftströmungen«, fügte sie dann fast verlegen hinzu.

Dr. Mandl war erstaunt. »Woher wissen Sie das?«, fragte er.

Die Klasse sah zu ihr herüber. Luise war keine Musterschülerin. In Französisch mogelte sie sich nur so durch. Und so sehr oft meldete sie sich auch nicht. Sie wusste selber nicht, warum sie das gesagt hatte. »Ich habe es gelesen«, antwortete sie und konnte nicht verhindern, dass sie rot wurde. Sie las alles, was mit Fliegen zu tun hatte und was man aus der in dieser Hinsicht jämmerlich bestückten Stadtbibliothek bekommen konnte. Und seit sie mit Georg zusammen das Flugzeug baute, hatte sie ihren Vater sogar dazu gebracht, ein paar modernere Bücher über die Flugtechnik für die Pfarramtsbibliothek anzuschaffen, die wahrscheinlich nie jemand außer ihr verwenden würde.

»So«, sagte Dr. Mandl wieder in gewohnt spöttischem Ton, »recht ungewöhnliche Lektüre für ein junges Mädchen.«

Aber er zog sein schwarzes Büchlein heraus und trug ihr mit dem Bleistiftstummel eine Note ein. »Sie werden sich sehr gut machen in München«, bemerkte er noch, als er sich wieder zur Tafel umdrehte.

Luises Freude über das Lob verflog, und sie sah wieder nach draußen. München. Sie wollte nicht nach München. Sie wollte nicht studieren. Sie wollte keine Lehrerin werden.

Ein Summen war zu hören. Luise sah sich nach der Biene um, aber die war längst durch die offenen Fenster wieder in die Rapsfelder geflogen. Die blühten gerade. Das Summen wurde lauter und tiefer. Luise lehnte sich aus dem Fenster, so weit sie konnte, und drehte den Kopf, damit sie so viel wie möglich vom Himmel sehen konnte. Und dann war das Flugzeug schon über der Stadt. Es flog zu hoch, als dass sie hätte erkennen können, was für ein Typ es war, aber auf dieser Linie flog nur die Süddeutsche Aero-Lloyd, und die hatten fast nur Junkers in der Flotte. Luise sah dem Flugzeug nach, bis es den Himmelsausschnitt, den sie von hier sehen konnte, verlassen hatte. Es waren nur fünf- oder sechshundert Meter. Das konnte sie hier unten in zwei Minuten rennen. Hier unten. Und dann war da wieder diese Sehnsucht nach der großen Grenzenlosigkeit; danach, sich einfach in *alle* Richtungen bewegen zu können, nicht nur vor- oder rückwärts. Ganz frei zu sein, nicht nur halb. Auf einmal war sie so traurig, dass ihr die Tränen in die Augen schossen.

Da klingelte es durch die hallenden Gänge des Schulhauses.

Die Stunde war vorbei.

Als sie um kurz nach zwölf Uhr nach Hause ging, spürte man schon an allen Ecken der Stadt die Samstagsgeschäftigkeit, die aufflammte, nur um dann am Nachmittag in einer immer größeren Stille zu enden. Vor den Häusern wurde die Straße gekehrt, auf dem Markt wurden schon die Stände abgebrochen und die Salatstrünke, die Pferdeäpfel und zerbrochenen Kisten auf den Mistkarren geworfen.

Aus den Küchenfenstern in den engen Straßen roch es hier nach kochenden Kartoffeln und Kohl, dort nach Gebratenem und Bohnen und natürlich überall nach roter Grütze oder Johannisbeermarmelade, weil am Samstag ja auch eingekocht wurde und gerade die Beerensaison war. Luise, die für das Frühstück keine Zeit gehabt hatte, weil sie so spät wie möglich aufgestanden war, spürte auf einmal einen wütenden Hunger und beeilte sich. Nach dem Essen würde sie mit Papa reden, nahm sie sich vor. Sie würde ihm sagen, dass sie nicht nach München wollte. Jetzt wurde sie trotz ihres Hungers langsamer. Wieso fiel es ihr so schwer, ihm das zu sagen? Sie war sonst nicht so zurückhaltend, wenn sie etwas von ihm wollte. Sie nutzte es schon manchmal aus, die Jüngere zu sein, das Nesthäkchen. Aber das hier war dann doch anders. Es schien Papa so wichtig zu sein, dass sie auf ein Gymnasium ging; es schien so wichtig zu sein, dass sie studieren konnte. Vielleicht wollte er das aber auch nur, weil er dachte, er müsse irgendetwas gutmachen oder so. Weil sie ohne Mutter aufgewachsen war. Aber sie wollte nun mal weder Lehrerin noch Ärztin werden.

Sie holte tief Luft, stieg die drei Stufen zur Haustür hoch und läutete. Innen bellte der Hund.

Gutes Tier, dachte Luise in einem Anflug von Bosheit, denn der Mesner fiel ihr wieder ein. Wenn ein Tag schon so anfing!

Luana öffnete. Sie trug eine Schürze, aber es gab nichts, was Luana nicht stand. Immer sah sie perfekt aus, wie die Persilfrau auf der einzigen Litfaßsäule der Stadt. Aus der Küche duftete es; nur nicht so wie in den anderen Häusern der Stadt. Reis, erkannte Luise, die anderen Gerüche kamen ihr nur vage vertraut vor. Ein bisschen zitronig roch es noch, und exotisch herzhaft.

»Luana, ich falle um vor Hunger!«, bekannte sie, und Luana lächelte sie an.

»Geh Hände waschen, ich habe schon gedeckt. Wir können gleich essen. Paul ist schon da, und dein Vater kommt sofort.«

Luise rannte die Treppen hinauf zum Bad. Früher hatten sie eine Zugehfrau gehabt, die auch kochte. Sie schüttelte sich innerlich, wenn sie daran zurückdachte. Graupen. Erbsensuppe. Kohlrouladen, obwohl Papa doch kein Fleisch aß. Als Kind hatte es sie oft gegraust, mittags von der Schule nach Hause zu gehen, weil das Essen so schrecklich war. Aber seit Paul aus Brasilien zurückgekommen war, kochte Luana. Sie zahlten keine Miete, doch Papa hatte es beim Dekanat irgendwie erreicht, dass Paul und Luana trotzdem im Pfarrhaus wohnen bleiben konnten. Und so kochte Luana für sie alle. Und sie kochte gerne, das merkte man. Im Winter war sie oft traurig, weil alles so viel düsterer als in ihrer Heimat und das Haus so kalt war. Nicht einmal Paul konnte sie dann zum Lachen bringen. Nur wenn sie in der Küche stand und manchmal mitten im Januar aus einem Glas Erdbeermarmelade und irgendwelchen besonderen Gewürzen, die sie alle paar Monate aus ihrer Heimat geschickt bekam, ein Gericht kochte, aus dem man den Sommer schmecken konnte, dann lächelte sie immerhin. Aber jetzt war Sommer, und Luana sang und lachte fast jeden Tag.

»Vater, wir leben von deinen Gaben. Segne das Haus, segne das Brot. Gib uns die Kraft, von dem, was wir haben, denen zu geben in Hunger und Not.«

Papa betete nie mechanisch. Er überlegte immer, bevor er anfing, selbst wenn es alte Gebete waren. Luise mochte das an ihm. Er war so ganz in allen Dingen, die er tat. Paul murmelte mit. Luana hatte die Hände nicht gefaltet, sondern locker in den Schoß gelegt, aber sie bekreuzigte sich nach dem Gebet. Sie war ja katholisch.

Es gab *Vatapá*. Eins war ganz klar, dachte Luise, als sie sich aus der Schüssel auftat, in der ganzen Stadt wurde das nirgends sonst gegessen. Sie mochte fast alles, was Luana kochte, aber *Vatapá* besonders. Und das Beste war, dass es aus altem Brot gemacht wurde. Nur die Kokosnüsse waren teuer. Undiplomatisch, wie ihr Vater sich manchmal verhielt, hatte er einmal bei Tisch gemeint, dass Kokosnüsse sehr viel kosteten und ob man nicht darauf verzichten könne. Da war Luana wortlos vom Tisch aufgestanden und hatte eine Woche lang nicht mehr mit ihnen gegessen. Papa hatte dann zweimal versucht, etwas zu kochen, aber außer dem General hatte das keiner essen wollen, nicht einmal er selbst. Seitdem wurde kein Wort mehr über die Zutaten verloren, die Luana einkaufte.

Es gab eine scharfe Soße dazu. Als Luise sie das erste Mal probiert hatte, war sie in die Küche gerannt und hatte sie in den Ausguss gespuckt, weil sie dachte, es sei irgendetwas Giftiges. Paul hatte sie ausgelacht. Aber jetzt mochte sie das Scharfe. *Vatapá* war ein bisschen wie Kartoffelbrei, nur tausendmal feiner. Koriander war darin und Zitronen und Knoblauch und noch einiges, was sie nicht benennen konnte. Sie aß hastig.

»Luise!«, mahnte ihr Vater, »du isst wie ein Wolf.«

»Ich bin auch genauso hungrig«, antwortete sie.

Paul lächelte schweigend. Er sprach selten bei Tisch. Um ihn war oft eine schwebende Traurigkeit, die machte, dass man ihn am liebsten an sich gedrückt hätte, aber er war bei aller Freundlichkeit ganz unnahbar. Einmal hatte er mit einer gewissen Bitterkeit gesagt, das einzig Gute, das es in Brasilien gegeben habe, sei Luana. Vielleicht hatte es damit zu tun, dass er in Brasilien keinen Erfolg gehabt hatte und zurückkehren musste. Nur sehr selten erzählte er von seiner Farm in Brasilien, wo er Kautschuk hatte anbauen wollen. Andererseits war ihr Paul, schon als sie noch ein kleines Mädchen gewesen war, immer ernst vorgekommen.

»Ist Brasilien nicht schön?«, hatte Luise da gefragt.

Paul hatte lange überlegt und dann zögernd geantwortet: »Doch. Es ist sogar manchmal wunderschön. Aber es ist nicht … es ist ein Land, das dir nichts verzeiht. Es ist nicht die Heimat. Wenn du dort stolperst, hilft dir keiner auf. Es ist nicht so wie hier.«

Luise verstand nur halb, was er meinte. Durch Luanas Lieder und ihre Erzählungen blieb Brasilien für sie ein Land der Schönheit und der Sehnsucht. Was sie verstand, war, dass Paul weggegangen war, um etwas zu suchen, und dass er es nicht gefunden hatte.

Luise sah ihm kurz zu, wie er seine *Vatapá* aß. Ein bisschen mechanisch und ohne Freude am Geschmack. Vielleicht lag der Grund, dass er traurig war, nicht darin, dass er zurückkommen musste. Sondern dass das Zurückkommen war, als habe man zugeben müssen, dass man in der Ferne nicht finden konnte, was man suchte. Dass es in der Ferne vielleicht gar nichts gab. Wenn ich weggehe, nahm sie sich vor, komme ich nicht zurück, ohne gefunden zu haben, wonach ich suche. Sie holte tief Luft.

»Papa«, sagte sie dann, »kann ich kurz mit dir sprechen?«

»Jaja«, antwortete ihr Vater ein wenig abwesend. Er hatte seinen Teller zurückgeschoben und nach der Post gegriffen, die auf dem Stuhl neben ihm lag. Zerstreut sah er sich nach einem Brieföffner um, dann nahm er einfach sein benutztes Messer. An einem anderen Tag hätte Luise dazu etwas gesagt, aber sie wollte sich jetzt nicht seinen Unmut zuziehen. Manchmal konnte er recht unwirsch reagieren, obwohl er sonst in vielen Dingen sehr verständnisvoll war. Er sah nicht auf, sondern nahm den Brief heraus, dessen Umschlag er eben aufgeschlitzt hatte.

»Ich will nicht nach München gehen«, platzte Luise heraus und ärgerte sich im selben Augenblick, dass sie so undiplomatisch begonnen hatte.

»Was?«, fragte ihr Vater, der nicht gleich verstand. Immerhin legte er jetzt den Brief auf den Tisch.

»Ich … ich will nicht nach München. Ich will nicht aufs Kolleg«, sagte Luise fest.

Ihr Vater schwieg einen Augenblick.

»Woher kommt das so plötzlich?«, wollte er wissen.

Luise hatte die Gabel genommen und malte damit unsichtbare Figuren auf ihrem leeren Teller.

»Es ist nicht plötzlich«, antwortete sie, »ich hatte schon lange vor, nach diesem Jahr aufzuhören. Ich will arbeiten. Und ich …«, sie stockte. Sie wusste nicht, wie sie es sagen sollte, ohne dass es dumm und unreif und wie ein typischer Kleinmädchentraum klang.

»Ja?«, hakte ihr Vater nach. Luana stand auf und räumte die Teller zusammen. Paul schwieg.

»Ich will fliegen«, sagte Luise hastig, »ich will Fliegerin werden.«

Wunderbar. Es klang dumm und unreif und wie ein Kleinmädchentraum.

Ihr Vater setzte zu einer raschen Erwiderung an, aber dann besann er sich und überlegte kurz, bevor er antwortete.

»Luise«, begann er in diesem vernünftigen Ton, den sie nicht leiden konnte, weil er bedeutete, dass einem all das vor Augen geführt wurde, was man selber wusste, aber nicht wissen wollte. »Luise, das kannst du dann immer noch. Ich will ja nur, dass du dir alle Optionen offen hältst. Wenn du jetzt eine Lehre beginnst – wie viel Zeit wird dir bleiben, um das Fliegen zu lernen?«

Er sah sie offen, Verständnis heischend, an. Er war klug genug zu wissen, dass ein Streit nicht helfen würde.

Papa versteht das nicht, dachte Luise. Sie wusste nicht, wie sie ausdrücken sollte, dass es nicht darum ging. Er hatte ja in allem recht. Das war es nicht. Es war doch so, dass man mit so einer Sehnsucht nie recht haben konnte. Dass das Sehnen unlogisch war und vielleicht so etwas wie ein Gebet. Sie wusste nicht, wie sie ihm sagen sollte, dass es um eine große Freiheit ging, die gar nicht diese unwichtigen kleinen Pflichten im Alltag berührte, die sie ja alle erfüllen wollte. Das machte ihr gar nichts aus. Sie wusste nicht, wie sie erklären sollte, dass sie keinen vernünftigen Weg über drei weitere Jahre Studium in München nehmen konnte, weil dafür keine Zeit mehr war. Sie wusste nicht, wie sie ihm ihre Sicherheit mitteilen sollte; diese Sicherheit, dass es hier nicht um ein Steckenpferd oder eine Schwärmerei ging, sondern um ihre Bestimmung. Dass sie ganz tief innen wusste, dass sie zum Fliegen bestimmt war.

Paul hatte sich noch ein Stück Brot genommen, brach es in Stücke und aß bedächtig. Ihr Vater sah sie nachdenklich an. Dann sagte er kurz: »Deine Mutter wollte, dass du studierst.«

Das hatte Luise befürchtet. Es gab nichts, was sie dem entgegenzusetzen hatte. Natürlich hätte sie gewollt, dass ihre Tochter studierte. Sie war ja selber eine der ersten Kinderärztinnen gewesen. Wie konnte sie dagegen schon ankommen? Die Toten hatten ja immer recht!

»Na und? Sie hat ja nicht wissen können, wie ich werde!«, sagte Luise in plötzlichem Zorn.

»Luise!«, warnte Paul mit leiser Stimme.

Ihr Vater beherrschte sich, aber man sah an der Röte, die ihm in das schmale, asketische Gesicht stieg, wie erregt er war.

»Luise, du kannst nicht einfach sechs Wochen vor den Prüfungen kommen und sagen, du wirst danach nicht weiterlernen. Du weißt schlicht nicht, was es bedeutet, diese Möglichkeit hinzuwerfen. Deine Mutter hat jahrelang dafür gekämpft, studieren zu dürfen. Jahrelang! Und du willst diese Möglichkeit einfach wegwerfen. Fürs Fliegen!«

Er hob die Arme in einer Geste völliger Verständnislosigkeit. Zunehmend ereiferte er sich: »Du bist noch kein einziges Mal in deinem Leben geflogen. Du weißt nicht einmal, wie das ist. Aber nicht zur Universität wollen! Weißt du, wie viele Mädchen in Bayern Abitur machen? Wie viele studieren können?«

»Ja, aber was denn auch?«, schlug Luise zurück, »Medizin oder Lehramt oder so. Das will ich nicht.«

»Darum geht es nicht«, antwortete ihr Vater scharf, »es geht darum, dass die Grundlagen geschaffen werden. Du weißt gar nicht, wie gut es dir geht, dass du diese Möglichkeit hast. Und auch wenn du das nicht verstehst, ändert das nichts daran, dass du es deiner Mutter schuldest.«

Luise war zornig aufgestanden.

»Ich schulde meiner Mutter gar nichts!«, rief sie mit vor Wut bebender Stimme. »Ich kann mich ja nicht mal an sie erinnern!«

Ihr Vater sprang auf, und für einen Augenblick dachte Luise, er würde sie ohrfeigen, aber er beherrschte sich.

»Ich schon«, sagte er dann in einem Ton zwischen großer Wut und großer Trauer. Einen Augenblick lang tat Luise ihr Vater leid, aber sie konnte nicht anders, als immer noch wütend zu sagen: »Ich gehe nicht nach München!«

Dann stürmte sie aus dem Zimmer, aber ihr Vater rief ihr hinterher: »Du wirst nach München gehen! Ob du willst oder nicht! Du gehst nach München!«

Luise war in ihr Zimmer gerannt, stand jetzt zitternd am Fenster und sah zornig hinaus. Hinter ihr, an der Wand über ihrem Bett, hingen all die Zeitungsausschnitte mit Berichten über Ernst Udet und Baron von Richthofen, mit den Flugzeugen von Melli Beese, Charlotte Möhring und Thea Rasche. Der Garten lag unter ihr, grün und sommerlich und voller Farben und Düfte, aber sie nahm alles nur am Rande wahr. Sie konnte nicht fort von hier. Es war ja nicht, dass sie Angst vor dem Fremden gehabt hätte. Nicht ein bisschen. Aber hier war Georg! Und ihr Flugzeug. Doch als sie dann an das Skelett dachte, das sie heute Morgen in der Scheune zurückgelassen hatte, war es, als sähe sie auf einmal alles durch die Augen ihres Vaters. Auf einmal kam ihr das Ganze völlig verrückt vor. Wie konnte sie glauben, ein richtiges Flugzeug bauen zu können? Sie war ein Mädchen; noch nicht einmal achtzehn Jahre alt. Sie war noch nie geflogen. Sie hatten keinen Motor für ihr Flugzeug und würden sich nie einen leisten können. Auf einmal konnte sie den Anblick des hohen Sommerhimmels mit diesen wenigen leichten Sommerwolken nicht mehr ertragen. Sie drehte dem Fenster den Rücken zu und starrte in ihr Zimmer. Auf dem Nachttisch stand das Hochzeitsfoto ihrer Eltern. Luise ging die paar Schritte zu ihrem Bett, nahm es auf und sah es an. Es stimmte nicht, dass sie sich nicht an ihre Mutter erinnern konnte. Sie hatte das nur so gesagt, um ihren Vater zu verletzen. Jetzt verachtete sie sich dafür. Sie konnte sich sogar an viele Dinge erinnern. An Augenblicke im Zoo; sie in einem blauen Spielkleidchen und ihre Mutter in einem hellen Sommermantel. Sie abends im Bett, und Mama las ein Osterhasenbuch vor, das sie heute noch hatte. Sie in Mamas Untersuchungszimmer und das kalte Gefühl des Stethoskops auf der Brust, und dann das Geräusch ihres eigenen Herzens, als ihre Mutter sie hören ließ.

Plötzlich kamen ihr die Tränen. Es war gar nicht so die Sehnsucht nach Mama. Das alles war schon so lange her. Aber vielleicht war einfach alles falsch, was sie da tat und dachte. Lautlos und im Stehen weinte sie. Draußen, hoch über der Stadt, zwitscherte eine Lerche. Vielleicht hörte sie sie zum letzten Mal in diesem Jahr – im Sommer sangen Lerchen nicht mehr. Lerchen, dachte sie voll wilder Trauer. Lerchen waren die einzigen Vögel, die nur im Flug sangen. Luise spürte die Tränen von ihrem Gesicht tropfen, aber sie konnte nicht aufhören zu weinen. Und dann hörte sie, wie warm und weich, wie die Sommerbrise, die ihre Vorhänge sacht bewegte, Luanas Gesang aus dem Garten in ihr Zimmer stieg.

Nicht, dachte sie fast verzweifelt, jetzt nicht, und sie musste immer weiter weinen, ohne zu schluchzen; herzzerreißend still.

Coração hörte sie, das hieß »Herz«, *tristeza* und *poesía*, und das alles schwebend traurig-schön, ein Lied, das von der seltsamen Süße des Aufgebens und Abschiednehmens und Nichtwiederkehrens sprach. Luise weinte, als könne sie nie wieder aufhören.

Unten sang Luana.

Hoch oben, im Sommerblau des Himmels über der Stadt, fast unsichtbar, sang die Lerche.

6

Am Sonntag saß sie mit verschlossenem Gesicht in der hintersten Kirchenbank und versuchte, an andere Dinge zu denken, während ihr Vater predigte. Paul saß weiter vorne, auf der rechten Seite. In dieser kleinen Stadt war es wie auf dem Land – Männer saßen auf der rechten, Frauen auf der linken Seite, getrennt durch den Mittelgang. Nur der Chor auf der Empore war gemischt. Luises Vater hatte das am Anfang sehr eigenartig gefunden. Er kam aus München, wenn auch aus einer sehr kleinen protestantischen Gemeinde, aber da waren die Sitten längst anders. Nur hier in Franken war es wohl immer noch so wie im 19. Jahrhundert.

Luise sah mit leiser Verachtung auf das kleine Meer von blauen und schwarzen Kopftüchern, das sich vor ihr bis zur Kanzel erstreckte. Alles war so klein, so festgefahren und so alt. Neben ihr saßen Elisabeth und Eva, die Tochter des Mesners, die so ganz anders war als er. Die beiden steckten immer wieder wispernd die Köpfe zusammen, deuteten mit Blicken auf diesen oder jenen jungen Mann in den Bänken zur Rechten, stießen sich an und lachten dann lautlos. Luise, die sonst manchmal nicht weniger respektlos war, hatte keine Lust zu lachen. Heute hätte sie gerne Luana neben sich gehabt, aber die ging jeden Sonntag in die kleine katholische Kapelle auf der anderen Seite der Stadt.

Es war ein diesiger Tag. Schon jetzt, am Morgen, war die Luft drückend und schwül. Die Kirchenfenster im Chor strahlten nicht wie an klaren Tagen, sondern leuchteten in dumpferen Farben als sonst. Es würde ein Gewitter geben.

Papa war auf die Kanzel gestiegen und hielt, wie immer, kurz inne, während er seinen Blick über die Gemeinde schweifen ließ.

Luise sah aus dem Fenster. Dann las er den Psalm, über den er predigen würde. Luise hörte nur Bruchstücke.

»*… du wollest mich aus dem Netz befreien, das sie mir gestellt haben … du stellst meine Füße auf weiten Raum.*«

Ja, dachte Luise bitter, das tut er eben nicht.

Nach dem Verlesen des Psalms machte ihr Vater noch einmal eine kurze Pause und suchte Luises Blick. Sie sah wieder weg, bis er begann.

»Freiheit«, sagte er, »den freien Raum, auf den Gott einen stellt, ihn kann es nur geben, wenn man auch stehen kann. Und Stehen lernen bedeutet, sich einer Disziplin zu unterwerfen.«

Luise beobachtete den Mesner, der leicht gebeugt auf seinem besonderen Schemel neben der Sakristei saß und zustimmend nickte. Sie verdrehte die Augen. Hoffentlich sah Papa das. Am liebsten wäre sie aufgestanden und gegangen, aber das traute sie sich doch nicht. Die ganze Predigt hörte sich so an, als sei sie auf sie gemünzt, auch wenn ihr Vater ihr keinen Blick mehr zuwarf.

Du stellst meine Füße auf weiten Raum, dachte sie spöttisch. Bestimmt nicht! Das brauche ich nicht. Das kann ich selber, wenn du es nicht tun willst.

Erst jetzt bemerkte sie überrascht Georg auf der anderen Seite. Er ging normalerweise nicht zur Kirche. Sie hatten sich schon oft darüber lustig gemacht: der atheistische Sozialdemokrat und die Pfarrerstochter mit ihrem gemeinsamen Geheimnis. Er saß etwa in der Mitte unterhalb des langen Südfensters, das tief in die meterdicke Wand geschnitten war. Er hatte wohl schon öfter zu ihr herübergesehen, denn als er jetzt endlich ihren Blick gefangen hatte, lächelte er unvermittelt und froh und hob sogar kurz die Hand zu einem lautlosen Gruß.

Ach Georg, dachte Luise mit plötzlichem schlechtem Gewissen. Ihm hatte sie nie etwas davon erzählt, dass sie vielleicht nach München musste. Sie hatte es genauso lang vor sich hergeschoben wie das Gespräch mit Papa. Aber so war es: Sie konnte schon wegen Georg nicht weg. Zögernd hob sie die Hand ganz kurz zu einem Gegengruß und sah, wie er sich glücklich wieder dem Gesangbuch zuwandte.

Elisabeth hatte den Blickwechsel bemerkt, stieß Luise mit fragend-spöttischem Gesichtsausdruck an und machte eine vieldeutige Kopfbewegung in Richtung Georg. Luise verstand, was sie meinte, und schüttelte den Kopf, obwohl sie wusste, dass Elisabeth niemals begreifen würde, was da zwischen Georg und ihr war, weil sie gar nicht glaubte, dass es so etwas wie eine Kameradschaft zwischen Männern und Frauen geben konnte.

Die Glocke läutete zum Vaterunser, und alle standen auf.

Ihr Vater sprach den Segen. Wie es wohl war, dachte Luise gegen ihren Willen, auch seine Tochter segnen zu müssen, mit der man gerade Streit hatte? Sie war froh, dass sie so weit hinten saß; so konnte sie aus der Kirche schlüpfen, bevor ihr Vater an der Tür war, um, wie es die kleinstädtische Sitte verlangte, jedem Kirchenbesucher beim Ausgang die Hand zu geben.

Draußen stand sie noch ein paar Minuten mit Eva und Elisabeth zusammen, und deshalb musste Georg an ihr vorbeigehen, ohne sie fragen zu können, ob sie diese Woche in die Werkstatt käme. Sie hätte ihm jetzt nicht vom Streit mit ihrem Vater erzählen wollen, und noch viel weniger von diesem seltsamen Gefühl des Misstrauens, das sie auf einmal gegen sich selbst hatte. Ob nicht alles wirklich nur ein Mädchentraum war, ob sie sich nicht in etwas verrannt hatte, ob sie, um es klar und geradeheraus zu sagen, ein echtes Ziel hatte oder eben nur einen Traum.

Der Himmel war weiß geworden und die Sonne fahl. Es grummelte von ferne. Die Bürger sahen zu, dass sie zu ihrem Frühschoppen in die Wirtshäuser kamen, bevor der aufkommende Wind ihnen die Hüte von den Köpfen wehte. Die Frauen gingen in kleinen Gruppen nach Hause, um das Essen zu kochen. Einen kleinen Moment sah Luise sich und Elisabeth und Eva in Kopftüchern und schwarzen Kleidern dastehen und reden, in zehn und in zwanzig und in dreißig Jahren.

»Ich muss gehen«, sagte sie unvermittelt und schroff zu den beiden, drehte sich um und ließ sie ohne ein Wort des Abschieds stehen.

»Wohin willst du?«, fragte Paul überrascht, als er sah, wie Luise mit dem Fahrrad aus der Remise kam. Sie hatte sich umgezogen. Jetzt hatte sie wieder ihre Leinenhose, die Segeltuchschuhe und eine alte, weiße Bluse an. Die Strickjacke hatte sie zusammengeknüllt auf den Gepäckständer gespannt. »Es regnet gleich«, fügte er nach einem Blick auf den Himmel hinzu.

Luise zuckte die Schultern. »Ich bin bald zurück«, log sie, »aber zum Essen komme ich nicht.«

Sie stieg auf und trat in die Pedale.

Paul rief ihr nach: »Stell dich unter, wenn es anfängt. Und steig ab, wenn es blitzt!«

Luise hob nur die Hand zum Zeichen, dass sie ihn gehört hatte, dann war sie schon durch das Stadttor in Richtung Süden. Sie hatte den Wind halb im Rücken und fuhr, so schnell sie konnte, obwohl sie gar nicht genau wusste, wohin. Sie wusste nur, dass sie in Bewegung sein musste. In der Vorstadt fielen ein paar Tropfen, und es grummelte wieder, aber noch war das Gewitter nicht da. Aus der Vorstadt auf die Landstraße. Ein Lastwagen zog an ihr vorbei, und die Dieselwolke ließ sie husten, aber sie trat weiter. Sobald das Bärenloch in Sicht kam, bog sie ab. Die lange Steigung durch den Wald begann. Sie hob sich aus dem Sattel und begann, im Wiegeschritt hochzufahren. Sie atmete schnell und tief. Ein Kilometer. Sie wusste gar nicht, warum sie das tat. Vielleicht war es auch nur, um so zu tun, als breche man aus, als könne man wirklich in Bewegung sein. Schwere Tropfen fielen jetzt, und der Wind kam von verschiedenen Richtungen in kräftigen Stößen. Die Fichtenkronen bewegten sich unruhig, es rauschte durch den Wald. Zwei Kilometer. Luises Lungen brannten, aber sie biss die Zähne zusammen und stieg nicht ab. Sie spürte, wie ihr der Schweiß in die Augen rann; sie zwinkerte wütend und schüttelte den Kopf, aber nahm die Hände nicht vom Lenker. Die letzten dreihundert Meter waren so steil, dass das schwere Rad kaum noch vom Fleck kam, aber Luise gab nicht nach.

»Gott – ver – dammt«, fluchte sie bei jedem Tritt keuchend durch die Zähne, und dann war sie oben. Jetzt setzte sie für einen Augenblick die Füße auf die Erde. Ihre Beine zitterten vor Anstrengung. Die Höhe war unbewaldet, und der Wind war hier schon ein Gewittersturm und fegte den immer stärker werdenden Regen in ihr Gesicht.

»Ja!«, schrie sie zornig in den Wind. »Ja!«

Es blitzte. Der Donner folgte in sehr kurzem Abstand, es lohnte gar nicht zu zählen. Und jetzt kam der Regen mit Macht. Es goss wie aus Eimern. Luise hatte ihre Wut im Aufstieg nicht verbraucht, drehte das Fahrrad um und stieg wieder auf, ohne sich die Mühe zu machen, die Strickjacke anzuziehen. Sie trat an und fuhr auf den Wald zu. Als die Straße sich senkte und sie Fahrt aufnahm, beugte sie sich tief über den Lenker und nahm die Ellbogen an den Körper. Solange sie konnte, trat sie noch, dann war sie zu schnell. Der Regen kam immer schräger, sie sah kaum noch etwas, aber sie beschleunigte immer noch. Der Wind pfiff ihr in den Ohren. Das hier war die steilste Straße in der Umgebung, aber nicht steil genug.

»Schneller!«, schrie Luise böse in den Fahrtwind. »Schneller!«

Das Vorderrad flatterte ein wenig, doch sie hielt es eisern fest. Wasser stob von den Reifen, der Regen kam fast senkrecht von vorn, aber es war nicht schnell genug. Ein Blitz, ganz nah, erschreckte sie so, dass sie beinahe den Lenker verrissen hätte; immer noch bremste sie nicht. Es wäre sowieso zu spät gewesen, die Bremsen griffen bei der Nässe gar nicht, jetzt musste das Rad auslaufen. Als sie aus dem Bärenloch wieder auf die Landstraße einbog, war sie immer noch viel zu schnell, um nach einem Auto zu schauen, doch bei diesem Wetter fuhr sowieso niemand. Allmählich, während sie der Stadt zurollte, wurde sie langsamer. Der Regen floss ihr durch die Haare, alles klebte an ihr, und sie fror.

Wenn sie früher das Bärenloch hinuntergefahren war, hatte sie immer geschrien: »Ich fliege!«

Ersatz, dachte sie jetzt voller Selbstverachtung, während sie schlotternd nach Hause fuhr, alles nur Ersatz!

Ihr Vater sah sie, als sie vollkommen durchnässt, die tropfenden Schuhe in der Hand, durch den Flur zur Treppe ging, sagte aber nichts, sondern wandte sich ab, zog sich wieder in sein Arbeitszimmer zurück und schloss die Tür. Sie stieg nach oben, trocknete sich ab und zog sich um. Dann ging sie in ihr Zimmer, riss alle Zeitungsausschnitte von der Wand, alle Ausschnitte, Titelbilder und Fotos aus ihrem Fliegeralbum und verbrannte sie im Küchenherd. Danach öffnete sie ihr Fenster dem immer noch rauschenden Regen, legte sich aufs Bett und dachte den Rest des Nachmittags nach.

7

Obwohl es am Abend etwas aufgeklart hatte, war doch mit dem Gewitter ein Wetterumschwung gekommen, und die folgende Woche blieb unbeständig und kühl. Luise, die sonst von sich selbst sagen konnte, dass sie eigentlich eher ein heiteres Gemüt hatte, fühlte sich in diesen Tagen wie auf schwankendem Boden. Ihre selbstverständliche Überzeugung war auf eigenartige Weise erschüttert, und noch mehr irritierte sie, dass es so wenig gebraucht hatte, um sie zu verunsichern. Sie hatte ja gewusst, dass es eine Auseinandersetzung um das Studium geben würde. Aber dass dieser eigentlich kleine Streit sie so treffen würde, hatte sie nicht erwartet. Darüber hatte sie lange nachdenken müssen. Vielleicht lag es daran, dass sie mit einer Art Kinderglauben fest davon ausgegangen war, sie würde schon auf die eine oder andere Weise eine Fliegerin werden. Die heitere Unbekümmertheit, mit der sie zusammen mit Georg begonnen hatte, das Flugzeug zu bauen, war ihr vielleicht zu sehr wie ein Spiel vorgekommen; ein spannendes Spiel, das vom Glauben an das Unmögliche lebte. Eine Überzeugung gegen alle Widerstände, die sie einfach nicht hatte sehen wollen. Die sie mit Absicht nicht wahrgenommen hatte. Das war vielleicht ihre Sicherheit gewesen. Und was Papa eigentlich nur getan hatte, war, sie zu fragen, wie stark sie glaubte.

Luise war auf dem Weg zur Schule, als sie sich dessen bewusst wurde. Morgens waren ihre Gedanken immer am klarsten. Es waren kühle Morgen, aber sie mochte das, weil dann alles unberührt wirkte und sie das Gefühl hatte, sie müsste nicht in ausgetretenen Wegen denken, sondern könnte ihren Gedanken jede

Richtung geben. Es war ein heller Junitag, doch war ein ganz feiner Sprühregen in der Luft und die Stadtmauer deshalb mit perlender Feuchtigkeit bedeckt. Beim Entlanggehen streifte sie mit der Hand die Steine, und es tropfte von ihren Fingern auf ihr lichtblaues Baumwollkleid. Sie hätte lieber Hosen getragen, nur war das in der Schule verboten. Ob sich eine wie Melli Beese an so ein Verbot gehalten hätte?

Bestimmt nicht, dachte sie. Bei denen war immer alles ganz klar gewesen. Die waren sich immer sicher gewesen, dass nichts anderes als Fliegen infrage kam, hatten sich gegen ihre Väter und alle Schwarzseher durchgesetzt, waren immer einen geraden Weg gegangen, all die Meeses und Möhrings und Rasches. Vielleicht hatten sie einfach einen stärkeren Willen gehabt als sie, und vielleicht war sie eben doch nur ein Mädchen, das ein Mädchen sein sollte. Mussten die Dinge sich nicht genau richtig fügen, wenn sie zur Fliegerin bestimmt wäre? Oder müsste nicht ihr Glaube an die eigene Bestimmung dann so groß sein, dass sie sich durch nichts abbringen ließe, weder durch ihren Vater noch durch sonst irgendetwas? Sie musste auf einmal an den Mesner denken. Der glaubte bedingungslos. Der wusste immer, was richtig und was falsch war. Für Eva war das manchmal sehr schwer, dachte Luise in einem Anflug von Mitleid. Aber das war auch nicht das Richtige, überlegte sie weiter, denn für den war ja alles andere automatisch falsch. Musste man so sein, wenn man aus einem Guss war? Wenn man ungeteilt und fest an sich glaubte? Musste dann alles andere falsch sein? Wahrscheinlich, dachte sie spöttisch, ist etwas dann schon falsch, wenn man überhaupt darüber nachdenken muss.

In dieser Woche ging sie kein einziges Mal zu Georg in die Werkstatt. Auch zu dem Fahrtenabend der Bündischen ging sie nicht, weil Georg dort sein würde und sie eine seltsame Scheu hatte, ihn zu sehen. Er würde sie fragen, wann sie vorhatte zu kommen, aber sie konnte nicht einfach weiter an ihrem Flugzeug bauen, wenn sie nicht wusste, was sie wirklich wollte. Sie gab vor, lernen zu müssen, das schlechte Wetter tat ein Übriges, und so verbrachte sie jeden Abend zu Hause in ihrem Zimmer vor den Büchern. Der Sonnabend kam und verstrich, am Sonntag saß sie wieder zwischen Elisabeth und Eva in der Kirche und vermied es, zu den Männern hinüberzusehen, weil sie Georg eine Antwort schuldete und fürchtete, er könnte wieder dort sitzen. Nach dem Gottesdienst beeilte sie sich, nach Hause zu kommen, ohne noch mit Eva und Elisabeth zu reden, deshalb wusste sie nicht, ob er wirklich da gewesen war.

Obwohl Luises Vater keiner von den typischen Bürgern war, für die der Sonntagsspaziergang mit der Familie eine Institution darstellte, weil er oft lieber alleine und ganz für sich und zu den absurdesten Zeiten unterwegs war, hatte Luise den Sonntagnachmittag schon als Kind nicht leiden können. Es waren leere Stunden, in denen die Stadt wie gelähmt lag, unfähig, sich nach einem allzu opulenten Essen zu rühren, in einem trägen Halbschlaf. Im Winter war es nicht so schlimm, da kam der Abend früh und damit auch der Beginn einer neuen Woche. Aber im Sommer! Als Kind hatte man im Garten keinen Lärm machen dürfen, und wie sollte man spielen, wenn man nicht laut sein durfte? Jetzt, fast erwachsen, ging sie an den Nachmittagen gerne wandern oder radfahren, aber heute war das Wetter unfreundlich und sie lustlos. Sie saß an ihrem Schreibtisch am Fenster, schob die blauen Hefte hin und her, konnte sich jedoch nicht entschließen, sie aufzuschlagen. Hinter ihr auf dem Bett lag ein Buch, das sie angefangen und wieder weggelegt hatte. Sie sah aus dem Fenster in den Regen und spielte mit ihrem Fahrtenmesser. Sie hatte es mit der Spitze der Klinge zwischen Schublade und Tischplatte eingeklemmt und ließ es federn. Immer und immer wieder. Tirrrrr, machte das Messer, und wieder tirrrrr. Ihre Gedanken gingen im Kreis. Da klopfte es an ihrer Zimmertür.

»Ja«, sagte sie gelangweilt, weil sie ihren Vater erwartete.

Es war aber Paul, der hereinkam. »Darf ich?«, fragte er höflich.

Luise machte eine zustimmende Bewegung und wies auf das Bett. Paul legte vorsichtig das Buch zur Seite, dann setzte er sich.

»Was machst du?«, fragte er. »Studieren?«

Luise schüttelte den Kopf und ließ das Messer federn.

Paul sah ihr eine Zeit lang zu. »Weißt du, warum ich aus Brasilien zurückgekommen bin?«, fragte er dann unvermittelt.

Luise hörte auf, mit dem Messer zu spielen und drehte sich zu ihm um. »Weil du Pleite gemacht hast, oder?«

Paul lächelte ganz leicht und verlegen. »Das auch«, gab er zu, »aber das war nicht der eigentliche Grund. Weißt du«, fuhr er fort, legte sich auf seine Ellenbogen zurück und sah im Zimmer umher, während er sprach, »ich hab schon als Kind von Brasilien geträumt. Vom Amazonas. Vom Dschungel und von den Steppen. Ich hab alles gelesen, was es dazu gab. Abenteuergeschichten und Reiseberichte und natürlich Karl May.« Er lachte leise über sich selbst.

»Was?«, sagte Luise, »Karl May ist doch spannend!«

»Schon«, sagte Paul. »Aber er hat das ja alles nie gesehen. Ich wollte … für mich war Brasilien das Land meiner Träume.«

Luise unterbrach ihn fast trotzig. »Ja. Und du bist ja auch hin. Hast du eigentlich Abitur machen müssen?«

»Notabitur«, sagte Paul, »ich habe mich ja noch gemeldet. Das wollte Papa damals auch nicht. Nur war es da schon zu spät. Der Krieg war vorbei, als ich aus der Kaserne gekommen bin. Aber das wollte ich eigentlich gar nicht erzählen.«

»Sondern?«, fragte Luise knapp. Sie wusste nicht, was Paul von ihr wollte. Sie redeten sonst nicht so sehr viel miteinander.

»Eigentlich hat Papa mir sogar geholfen, nach Brasilien zu gehen. Wir haben ja gar kein Geld mehr gehabt in der Inflation. Dann hat er sich umgehört und hier einen Brief geschrieben und da einen, und schließlich konnte ich dann über die Südamerikamission mit. Papa kannte da einen jungen Pfarrer, Ferdinand Schröder, der hat mich schließlich mitgenommen.«

»Was willst du mir eigentlich sagen?«, fragte Luise ungeduldig. »Dass Papa dich unterstützt hat, weil du ein Junge warst? Oder was?«

Paul sagte einen Augenblick gar nichts, und Luise dachte, er würde aufstehen und gehen, aber dann gab er sich einen Ruck und fuhr fort: »Warte. Ich mache es kurz. Eigentlich hat alles geklappt. Ich habe sogar Land von der Regierung bekommen, um eine Farm aufzubauen. Ich habe Luana kennengelernt. Ich habe natürlich alles unterschätzt. Wie schwierig der Kautschukanbau ist. Und das Klima. Und die fremden Sitten und alles. Aber das war es nicht, weshalb ich zurückgekommen bin.«

Luise merkte, dass ihr Bruder auf etwas Bestimmtes hinauswollte, dass es ihm aber nicht leichtfiel, die richtigen Worte zu finden. Paul hatte sich schon immer mit dem Reden schwergetan. Er schwieg lieber. Also hielt sie sich trotz ihrer schlechten Laune zurück und unterbrach ihn nicht mehr.

»Weißt du«, sagte er dann nach einer Weile, »ich hätte nicht Pleite machen müssen. Ich hätte mir noch einmal Geld leihen können. Aber ich habe einfach irgendwann gemerkt, dass Brasilien …«, er stockte kurz, dann fuhr er schnell fort, »dass es ein falscher Traum war. Es hatte nichts mit dem zu tun, wovon ich wirklich geträumt hatte … was der Traum wirklich bedeutete.«

Er schwieg. Luise sah ihn verstockt an.

»Willst du mir sagen, dass Fliegen der falsche Traum für mich ist?«, fragte sie schließlich mit vor unterdrücktem Zorn belegter Stimme.

Paul war vom Bett aufgestanden und hatte einen weißen Kartonstreifen aus der Tasche gezogen.

»Nein«, sagte er ruhig und legte den Karton neben sie auf den Schreibtisch, »nur, dass du herausfinden sollst, ob es wirklich der richtige ist.«

Er steckte die Hände in die Taschen und ging, wobei er die Tür ihres Zimmers offen ließ. Sie sprang auf und knallte sie hinter ihm zu. Erst dann sah sie sich den Karton an. Es war eine Eintrittskarte. Zu einer Kunstflugschau der Flugschule des Ritters von Greim am nächsten Sonntag in Würzburg. Ein Zugbillett hatte Paul auch angeklammert. Paul!, dachte Luise und merkte, wie sie rot wurde, Paul!

8

»Bin heute Abend in der Werkstatt. Kannst kommen, wenn du magst.«

Luise drehte das Zettelchen in der Hand und überlegte. Es war das erste Mal, dass Georg ihr eine Nachricht hatte zukommen lassen. Sie war mit der Nachmittagspost gekommen; er hatte sich vermutlich überlegt, dass dann wohl eher sie als ihr Vater die Post in Empfang nehmen würde. Tatsächlich hatte Luana dem Boten geöffnet und ihr das Briefchen einfach aufs Zimmer gebracht, vertraulich lächelnd, als ob es ein Liebesbillett wäre. Georg hatte keinen Absender auf den Umschlag geschrieben, und Luise dachte belustigt, wie streng und ernst er sich den Herrn Pfarrer als Vater wohl vorstellte. Obwohl sie so mit ihm gestritten hatte, wusste Luise, dass er sich für solche Dinge wie mögliche Liebesbriefe nicht interessierte. Ein Patriarch aus der Kaiserzeit war Papa nun nicht gerade. Tatsächlich hatte er während des Krieges sogar einmal als Revolutionär für eine Woche im Gefängnis gesessen. Manchmal machte sie das ein bisschen stolz. In Wirklichkeit kam ihr vielleicht genau das als das wesentliche Problem vor. Vielleicht war er einfach zu modern für sie. Er wollte, dass sie studierte, und sie war so ein dummes Mädchen, das eben das nicht wollte.

Sie las den Zettel noch einmal. Georg hatte sich richtig Mühe gegeben und sogar mit Füllfederhalter geschrieben. Sie dachte nach. Als Paul ihr die Eintrittskarte für die Flugschau geschenkt hatte, war es, als hätte er in ihr so etwas wie einen Schalter umgelegt. Schon ohne die Schau gesehen zu haben, allein durch die Vorfreude und weil sie diese Freude überhaupt empfand, wuchs in ihr die Sicherheit, dass sie das Richtige tat. Es war nichts, worüber sie gesprochen hätte, aber sie merkte, dass sie nun nicht mehr einfach nur einem Traum nachhing. Sie hatte angefangen, konkret über all das nachzudenken, was Papa gesagt hatte. Und je mehr reale Schwierigkeiten auftauchten – die Flugausbildung, eine Lizenz, das Geld –, desto sicherer wurde sie insgeheim, dass sie die alle überwinden konnte. Es war kein Hochgefühl, eher eine fast frohe Erwartung. Sie sah Arbeit auf sich zukommen und freute sich darauf, endlich beginnen zu können. Deshalb entschloss sie sich, diesen Abend zu Georg in die Werkstatt zu gehen.

Der Tag war verhangen gewesen, und die Nacht war kühl. Luise hatte sich den dunklen Rollkragenpullover übergezogen und war auf dem üblichen Weg aus dem Haus geklettert. Als sie durch die Glockengasse lief, fiel ihr ein Vers aus einem ihrer Kinderbilderbücher ein, und vergnügt flüsterte sie vor sich hin: »Pustewind hat ungefragt … von daheim sich fortgewagt. Und er denkt … eh man's bemerkt, bin ich längst zurückgekehrt.«

Als sie dann später bei den Gärten an der Stadtmauer vorbeikam, sah sie in dem schwachen Licht die großen Blätter einer Rhabarberstaude, blieb stehen, klappte ihr Fahrtenmesser auf und schnitt sich einen Stängel ab. Im Weiterlaufen kaute sie darauf herum; sie liebte den stark sauren Geschmack, der einem die Zähne ein wenig rau machte. Einfach, klar, voll. Leben sollte so schmecken, dachte sie flüchtig, ob süß oder sauer oder salzig, es sollte klar schmecken.

Schließlich hatte sie genug, spuckte den Bissen auf die Straße, warf den Stängel fort und rannte den Rest des Weges, so schnell sie konnte. Es tat gut, sich zu spüren. Als sie am Rolltor ankam, war sie heiß und völlig außer Atem.

»Hast du's so eilig gehabt?«, fragte Georg überrascht, als sie hereinkam.

Sie schüttelte schnell atmend den Kopf. »Einfach gerannt«, keuchte sie, »nur so.«

Dann erst sah sie die Holzkonstruktion auf dem sauber gefegten Ziegelboden der alten Scheune.

»Georg!«, sagte sie, »du hast ... die Flügel sind ja fertig! Und der Rumpf auch!«

Sie trat vor und berührte das Holzskelett des Rumpfes. Es sah ein bisschen aus wie ein Schiff, das noch nicht beplankt war, und wirkte sehr zerbrechlich. Sie kniete sich hin und besah sich die Übergänge, wo die schrägen Streben mit den Längsleisten verbunden waren. Alles war sauber verleimt und verzapft.

»Hast du das allein gemacht?«, fragte sie Georg von unten herauf.

Georg lächelte sie an. Zurückhaltend, aber auch ein wenig stolz. »Ich hatte ein bisschen Zeit diese Woche«, antwortete er.

Sie stand auf. »Großartig«, sagte sie anerkennend, »wirklich saubere Arbeit!«

Georg wurde rot. »Ja?«, fragte er nach. »Ich habe mich genau an deine Zeichnungen gehalten.«

Luise hatte Tage damit zugebracht, aus körnigen Zeitungsfotos, Bildern in der *Deutschen Flugillustrierten* und Modellzeichnungen in Büchern einen Konstruktionsplan zu übertragen. Sie hatten damals beschlossen, sich mit ihrer Konstruktion eng an die M 17 zu halten, die Messerschmitt in Augsburg gebaut und mit der er vor zwei Jahren sogar über die Alpen geflogen war. Die M 17 war fast ganz aus Holz konstruiert und sehr leicht, deshalb hatten sie sich für dieses Flugzeug entschieden. Georg war an einem Sonntag sogar extra zur Flugschule nach Fürth gefahren, weil die dort zwei M 17 besaßen, und hatte sie von allen Seiten mit Luises Box fotografiert. Diese Fotos hingen alle über der alten Werkbank und wurden häufig zurate gezogen.

Die Flügel lagen nebeneinander auf dem Boden, und Luise fuhr mit den Fingern die Streben ab. Jetzt konnte man sich allmählich vorstellen, wie sie aussehen würden. Das Holz fühlte sich glatt und schön an, nur war es eben so eine erstaunlich zarte Konstruktion, dass man sich fast ein wenig ängstlich fragen musste, ob sie einen wirklich tragen würde. Aber dann dachte Luise an die Wespe, die sie einmal unter ihrem Schulmikroskop gehabt hatte. Wie unfassbar fein die langen, schlanken Flügel gebaut gewesen waren. Ein Stups mit dem Finger genügte, um sie zu knicken. Und trotzdem trugen sie.

»Wo hast du das Holz her?«, wandte sie sich dann auf einmal besorgt an Georg. »Was hat es gekostet?«

Georg nahm die Mütze ab und strich sich mit dem Handrücken über die Stirn. In seinem kurzen, dunklen Haar hingen helle Sägespäne. Seine Hand hinterließ einen Schatten von Schmieröl. Er lächelte verlegen und hob die Schultern.

»Nichts«, sagte er dann, »der Almos Martin hat mir die Leisten geschnitten.«

Luise sah ihn zweifelnd an. Die Handwerker mochten untereinander befreundet sein, aber umsonst war nur der Tod.

»Doch«, bekräftigte Georg, »ich hab versprochen, ihm seine Kreissäge zu schärfen. Umsonst«, fügte er hinzu.

Luise blickte immer noch etwas ungläubig auf die Holzskelette der Flügel und des Rumpfs. Es musste eine Menge Arbeit gewesen sein, all die Winkel zu schneiden, die runden Spanten und die Leisten zu biegen. Sie hatte Georg schon länger im Verdacht, dass er mehr Geld in ihr Flugzeug steckte als sie. Er zeigte ihr fast nie irgendwelche Rechnungen und sagte immer, er habe die Sachen unter der Hand gekauft oder im Lager gehabt. Luise betrachtete das mit gemischten Gefühlen. Einerseits wollte sie, dass es mit ihrem Flugzeug voranging, andererseits wollte sie, ohne genau zu wissen, warum, nicht in Georgs Schuld stehen.

»Komm«, sagte er jetzt, »wir legen den Stoff mal drauf, ja?«

Luise holte das Tuch, das sie vor zwei Wochen zugeschnitten hatte. Georg und sie fassten je ein Ende, dann strafften sie das Leinen zwischen sich und breiteten es vorsichtig auf einen der Flügel. Luise holte tief Luft. Nun sah er wirklich aus wie ein Flügel, und er wirkte auch mit einem Mal viel größer.

»Mensch«, sagte sie, plötzlich aufgeregt, »es wird richtig schön!«

Georg, auf der anderen Seite des Flugzeugs stehend, lächelte sie an. »Ich ...«, begann er, stockte, wurde ein wenig rot und fuhr schnell fort, »... ich kann mir so gut vorstellen, wie du aussiehst, wenn du fliegst.«

»Ja«, antwortete Luise ein wenig abgelenkt. Sie überlegte gerade, wie sie den Stoff aufleimen konnte, ohne dass er Falten warf. Man musste ihn auf jeden Fall auf die Unterseite des Flügels überlappen lassen, und dann würde man auch noch einen Streifen brauchen, mit dem man die Kanten überleimte, wo die Bespannung aufeinanderstieß.

»Eine Fliegermütze würde dir gut stehen«, sagte Georg. Luise hatte sich kurzerhand auf den Boden unter den Flügel gelegt und versuchte sich vorzustellen, wie man den Stoff während des Leimens fixierte, damit er nicht verrutschte, wenn man ihn straffte.

»Ich habe keine Fliegermütze«, murmelte sie abwesend.

Sie sah Georgs Beine näher kommen. Er stand immer noch auf der anderen Seite des Flügels, aber sie konnte sein Gesicht nicht sehen. Probehalber legte sie den Stoff um. Der gute Geruch des Leinens mischte sich mit dem des frischen Holzes.

»Na ja«, sagte er, und sie hörte eine gewisse, ungewohnte Verlegenheit in seiner sonst so forschen, fröhlichen Stimme, »ich würde sie dir schenken.«

Da verstand Luise plötzlich, und sie war froh, dass sie gerade unter dem Flügel lag und er ihr Gesicht nicht sehen konnte. Daran hatte sie nie gedacht. Georg war ihr Freund, einer der wenigen, die sie hatte. Ein wunderbarer Kamerad, der sie verstand. Der Einzige, mit dem sie ihr Geheimnis teilte, und der Einzige, der sich nach derselben Freiheit sehnte wie sie. Plötzlich fühlte sie sich schlecht, so wie man sich fühlt, wenn man gedankenlos ein Tier gequält hat, das sich nicht wehren kann, dabei hatte sie gar nichts getan.

»Ja«, sagte sie endlich, und versuchte, ihre Stimme heiter klingen zu lassen, »das wäre schön!«

Georg ging hinüber zur Werkbank, sie kam unter dem Flügel hervor und sah ihn jetzt mit anderen Augen. Georg war nicht sehr groß, aber kräftig. Er trug die blaue Leinenmütze, die sie auf dem Land alle trugen, Bauern wie Handwerker. Sein Haar – immer war sein Haar wild und durcheinander – passte gar nicht darunter. Ein offenes, mutiges Gesicht. Georg war einer, dachte Luise mit einem Gefühl zwischen Wärme und Wehmut, den man bei sich haben wollte, wenn man Schiffbruch erlitt. Aber selbst wenn sie gewollt und überhaupt an Männer gedacht hätte: Er war einfach keiner, in den sie sich verlieben würde.

Jetzt hatte er ein Rad in der Hand und polierte mit einem Lumpen die verchromten Speichen. Er hielt es Luise hin, als sie näher kam.

»Sieh mal. Hab ich von einem Krad. Wir bräuchten noch ein zweites, das genauso groß ist. Aber das wäre ideal, oder?«

Sie nahm ihm das Rad aus der Hand, ohne ihn anzusehen, und war froh, dass sie jetzt nichts sagen musste. Es war abgefahren, aber für Landung und Start brauchte es ja nicht so viel Profil. Sie fasste es an der Nabe und ließ es zwischen ihren Händen laufen. Es hatte überhaupt keine Acht, sondern lief sauber und gerade. Sie lehnte es an den Rumpf, dort, wo später das Fahrgestell angebaut werden würde. Es sah gut aus. Immer mehr wirkte es wie ein echtes Flugzeug. Luise spürte ein wenig von dem schönen Gefühl, das man hatte, wenn man ein Stück vorangekommen war.

»Ich habe überlegt«, sagte Georg, wandte ihr den Rücken zu, nahm einen Sechzehnerschlüssel und begann, die Muttern am Fahrgestell nachzuziehen, »ich habe mir doch die Zündapp wieder hergerichtet.«

Luise nickte. Sie war wieder zu den Flügeln gegangen und richtete den Stoff aus. Georg hatte sich für billiges Geld eine Z 22 besorgt. Letztes Jahr war ein Herr aus Nürnberg mit dem Motorrad bei seiner Tankstelle mit einem Getriebeschaden liegen geblieben. Nachdem er sie dann monatelang nicht abholte, hatte Georg mit ihm telefoniert, und der Mann hatte sie ihm schließlich überlassen, weil ihm die Reparatur zu teuer war.

»Na ja«, fuhr er zögernd fort und zog noch eine Mutter an, »und da habe ich gedacht, ob wir vielleicht zusammen zum Schwimmen fahren wollen. Am Sonntag. Wir könnten eine Vesper mitnehmen, und bis jetzt sieht es nach gutem Wetter aus und …«

Es knackte. Georg sah fassungslos und mit sehr rotem Gesicht auf den Schraubenschlüssel in seiner Hand. Er hatte die Mutter abgedreht, und der Kopf fiel jetzt klingend auf den Boden.

Luise wusste nicht, wo sie hinsehen sollte.

»Ich … ich würde sehr gerne«, sagte sie dann schnell, »aber ich habe … Paul hat mir eine Karte für die Flugschau in Würzburg geschenkt. Das ist am Sonntag. Ich … vielleicht ein andermal, ja?«

»Klar«, antwortete Georg und bückte sich nach dem Mutterkopf, »klar. Der Sommer dauert ja noch ein bisschen. Es war nur … ich habe am Sonntag keinen Dienst an der Tankstelle.«

Luise fiel in diesem Augenblick auf, dass sie ihn nicht gefragt hatte, ob er mitkommen wollte. Jetzt war es zu spät, und vielleicht war es auch besser, aber sie schämte sich ein wenig.

»Ich hol mal den Leim«, sagte Georg, »für die Flügeldecke.«

Er lächelte ihr auf dem Weg ins kleine Lager unsicher zu. Luise war jetzt auch rot geworden. Sie hatte das Gefühl, als ginge alles durcheinander, und Georg tat ihr auf einmal sehr leid.

»Willst du nicht mitkommen?«, rief sie ihm spontan hinterher. »Nach Würzburg? Zur Flugschau?«

»Nein«, rief er aus dem Lager zurück. Man hörte ihn kramen, und seine Stimme klang fast wieder normal. »Ich hab ganz vergessen, dass Helmut auch mitwollte. Ich hätte für dich den Beiwagen anmontiert, aber so geht sich's dann gut aus. Mach ein paar Bilder, ja?«

Er kam mit dem Leimtopf wieder, stellte ihn auf den Esbitkocher und strich ein Hölzchen an. Luise beobachtete ihn und wusste nicht, was sie sagen sollte. Dann füllte zuerst der Geruch des brennenden Esbits den großen Raum, allmählich gefolgt von dem des warmen Leims.

»Komm«, sagte Georg, als der Leim flüssig genug war und er mit dem Topf und dem Leimpinsel zum Flügelskelett herüberkam, »fangen wir an.«

Sie arbeiteten, wie immer, weitgehend schweigend und Hand in Hand. Stets wusste der eine schon, welches Werkzeug der andere brauchte, wo man festhalten musste, oder auch, wo man nicht im Weg sein durfte. Vielleicht ist es deshalb, dachte Luise, vielleicht denkt er deshalb so. Aber für sie war Georg seit jeher jemand wie … wie Paul gewesen. Vielleicht noch mehr. Paul war meist verschlossen, und sie hatte immer eine leise Scheu vor ihm. Das war bei Georg nicht so. Er war wie ein fröhlicher, verlässlicher Bruder, mit dem man auch herzhaft streiten konnte, ohne fürchten zu müssen, ihn zu verlieren. Luise sah auf Georgs Hände, die das Leinen straff über den Rahmen spannten und hielten, damit sie die Kanten mit Leim einstreichen konnte, und in diesem Augenblick blickte sie kurz in sein konzentriertes Gesicht und wünschte mit ganzer Kraft, dass sich nichts verändern sollte.

9

Der Zug nach Würzburg war trotz der frühen Stunde voller Ausflügler. Luise hatte einen Platz in der Holzklasse ergattern können und sah aus dem Fenster, wo die Telegrafendrähte entlang der Bahnlinie in schönem Schwung auf- und niedergingen. Das Gedränge im Waggon nahm von Station zu Station zu. Eine Gruppe Studenten in den Farben ihrer Korporation, die Mützen keck schräg auf den Köpfen, war eben eingestiegen und wohl auf dem Weg zu einer Wanderung durch die Würzburger Weingärten, wie man aus ihren Gesprächen leicht erraten konnte. Sie mussten stehen, weil der Waggon jetzt wirklich voll war. Ab und zu warf einer von ihnen Luise einen lächelnden Blick zu, aber sie gab weder Blick noch Lächeln zurück, und eigentlich verstand sie auch nicht, weshalb ihr zugenickt wurde. Sie hatte ihre Fahrtenkluft an und die Ledertasche mit ihrer Box umhängen, damit sie Fotos machen konnte. So wie Elisabeth sehe ich doch wirklich nicht aus, dachte sie. Der Abend in der Werkstatt klang noch in ihr nach. Wäre er nicht gewesen, dann hätte sie heute Georg sehr gerne neben sich gehabt. Aber jetzt wusste sie nicht mehr, wie sie ihm unbefangen gegenübertreten sollte. Er hatte sich bestimmt alle Mühe gegeben, sie nicht zu bedrängen und sich ganz so zu geben wie immer, aber es war eben doch auf einmal anders. Luise lehnte sich an die harte Rückwand, sah aus dem Fenster und zog in leicht übertriebener, komischer Verzweiflung die Augenbrauen hoch. Sie war eben genau das Gegenteil von Elisabeth. Sie wollte einfach nicht, dass man sich in sie verliebte. Das, sagte sie im Geiste und übertrieb den Tonfalls ihres Vaters, kann ich jetzt gar nicht gebrauchen. Da musste sie dann leise über sich selbst lachen.

Luise hatte keine Vorstellung davon gehabt, wie viele Menschen die Flugschau anzog. Sie war noch nie in Würzburg gewesen, und als sie aus dem Bahnhof trat, um sich zu orientieren, sah sie schon, wie die Massen zur Straßenbahn strömten. Das Flugfeld lag auf dem Galgenberg, wie auf ihrem Eintrittsbillett stand. Zur Sicherheit fragte sie einen Passanten nach dem Weg, aber der winkte nur lässig mit dem Arm in die Richtung der Menschenmenge und sagte: »Denen immer hinterher, Fräulein, dann finden Sie schon hin.«

Luise löste eine Karte für die Tram und drängte sich in den Wagen. Es war noch ziemlich früh am Vormittag, und als sie aufs Oberdeck gekommen war, konnte sie im Vorüberfahren einen Blick auf die alten Straßen der Stadt und auf die Festung Marienberg werfen, die hoch und eindrucksvoll über der Stadt lag. Trotzdem – es hatte alles etwas Verstaubtes, Altmodisches und trotz der pompösen Größe etwas Müdes an sich. Heute war die Zeit der Motoren und elektrischen Straßenbahnen, der Autos und der Flugzeuge. Eine neue Zeit, dachte Luise, eine neue Zeit. Auf einmal war sie ein wenig aufgeregt. Über sich hörte sie ein bekanntes Geräusch und sah nach oben. Ziemlich niedrig flogen da drei Focke-Wulf schräg über sie hinweg. Sie lächelte. Jetzt wusste sie, wo der Galgenberg lag. Obwohl die Focke-Wulf nur Schulflugzeuge und viel zu langsam für den Kunstflug waren, steuerten sie das Flugfeld an. Sie waren klein und langsam, aber sie flogen, dachte sie.

Die Straßenbahn hielt und leerte sich schnell. Luise folgte einfach der Menge, die sich durch die Straßen bergan schob. Hoffentlich bekam sie noch einen guten Platz! Sie wollte doch die Maschinen fotografieren. Sie begann, schneller zu gehen und die anderen zu überholen, und oben, am Tor im Drahtzaun um das

Flugfeld, waren es tatsächlich weniger Menschen, als sie befürchtet hatte. Sie zeigte ihre Karte vor und wurde von einem jovialen, älteren Mann in abgenutzter Flugzeugmontur durchgewinkt. Er deutete anerkennend auf ihre Fahrtenhose.

»Wenn du die Flugzeuge sehen willst, Mädel«, beugte er sich etwas vor, deutete nach rechts und flüsterte vertraulich, »da geht's hinter den Hangar. Sag, der Walther schickt dich. Dann lassen sie dich durch.«

Luise blickte ihn überrascht an.

»Danke«, sagte sie dann fröhlich, »vielen Dank.«

Der Alte hatte sich schon wieder umgedreht und riss weiter Karten ab. Luise schaute sich um. Auf dem Flugfeld stand schon eine Reihe von Flugzeugen. Die Focke-Wulf, die sie vorhin gesehen hatte, rollten eben an den Rand, um den Kunstflugmaschinen Platz zu machen, die aber bislang noch in den Hallen warteten. Sie sah, dass die meisten Leute sich entlang des Flugfeldes verteilten, und überlegte kurz. Wenn sie jetzt zu den Hallen ging, dann würde sie später sicher nur noch einen Platz mit schlechterer Sicht bekommen. Andererseits hatte sie nun die Möglichkeit, alle Maschinen aus der Nähe zu sehen. Schnell entschlossen rannte sie zu den Hallen hinüber. Zwei Mechaniker standen dort im Gespräch und sahen ihr zu, wie sie näher kam.

»Na, wo soll's denn so eilig hingehen, Frollein?«, fragte der Längere im Berliner Dialekt und ohne ein Lächeln.

»Herr Walther am Eingang meinte, dass Sie mich hereinlassen, wenn ich sage, dass ich von ihm komme«, haspelte Luise außer Atem, »ich würde mir so gerne die Flugzeuge anschauen.«

»Herr Walther!«, gab der andere Mechaniker mit Betonung auf »Herr« zurück und lachte dabei. »Das ist kein Herr, junge

Dame. Aber denn geh mal. Ist noch eine halbe Stunde, bis es anfängt. Aber nichts anfassen, ja?«

Luise dankte, ging in die Flugzeughalle und blieb dann kurz stehen. Es roch nach Benzin und nach Leinwand, nach Schmieröl und ein wenig nach heiß gewordenem Eisen. An einer Maschine arbeitete ein Mechaniker, sah kurz auf, als er Luises Schritte hörte, nickte aber nur und wandte seine ganze Aufmerksamkeit wieder dem Motor zu. Luise schritt fast ein wenig befangen die Reihe der Flugzeuge entlang. Es war das erste Mal, dass sie so viele aus der Nähe betrachten konnte. Über zwanzig verschiedene Maschinen standen da gestaffelt eng hintereinander und warteten. Und jede anders! Zwei Fokker gab es da, vier Junkers, aber keine vom gleichen Typ, eine Libelle von Dornier und sogar eine alte Rumpler Taube. Auf der war Melli Beese schon geflogen, dachte sie. Luise hatte die Box geöffnet und kniete sich hin. Zum Glück waren die Rolltore schon ein Stück geöffnet, aber auch so war sie sich nicht sicher, ob das Licht ausreichte. Sie fotografierte die Fahrgestelle, die Bespannungen, die Verdrahtungen und die Flügelverstrebungen; einfach alles, wo sie und Georg bei ihrem Bau Schwierigkeiten hatten. Sie erhob sich und ging weiter. Von draußen hörte sie jetzt das Summen der Menschenmasse, die allmählich das Flugfeld füllte. Blechern kam eine Ansage aus den Lautsprechern, die sie hier drinnen nicht verstehen konnte. Sie sah erschrocken auf die Uhr und beruhigte sich. Es war noch Zeit. Dann sah sie ein Flugzeug, das sie nicht kannte. »Schwalbe« stand darauf, aus den Fieseler-Werken. Ein schönes, leichtes Flugzeug, aber sie hatte weiter hinten schon die Maschine entdeckt, die sie am meisten mochte. Sie ging darauf zu. Da war sie, einfach und schlicht, der Rumpf schon an vielen Stellen ein wenig zerkratzt und die Räder mit Macken: die Messerschmitt M 17. Das war einfach ihr Lieblingsflugzeug. Sie ging um sie herum und konnte jetzt doch nicht anders, als mit den Fingern über die Flügel zu streichen, und als sie über die Nahtstelle fuhr, lächelte sie: Sie hatten es zu Hause richtig gemacht – es fühlte sich genauso an. Am Leitwerk blieb sie stehen und hob die Box, um zu fotografieren, wie die Drähte am Heckruder angebracht waren.

»Eine Spionin?«, kam da plötzlich eine ärgerliche Stimme von hinten. Sie schrak zusammen und verriss die Kamera.

Ein Mann stand in ihrem Rücken. Sie hatte ihn nicht kommen hören, obwohl er in Flugmontur war und Stiefel trug. Die Lederbänder seiner Kappe waren offen, und er sah streng aus.

»Ich … ich bitte um Entschuldigung«, stotterte Luise hastig und deutete auf den Halleneingang, wo die Monteure standen, »man hat mir gesagt … der Herr Walther am Eingang hat gesagt, man würde mich hereinlassen. Ich wollte mir … eigentlich wollte ich nur die Flugzeuge angucken.«

»Der Herr Walther hat das gesagt, so!«, sagte der Mann, aber Luise fand, dass er nicht mehr so streng aussah. In seiner Stimme war etwas Belustigtes. Er deutete auf ihre Kamera.

»Und was fotografieren Sie da an meiner Maschine herum?«

»Das ist Ihre?«

Luise war überrascht. Ihr Gegenüber lächelte, und Luise bemerkte, dass er eigentlich recht jung aussah. So wie Paul vielleicht. Überhaupt hatte der Mann etwas von Paul. Auch Paul wirkte manchmal streng, obwohl er eigentlich nur traurig war und dann doch ganz unverhofft lächeln konnte.

»Irgendjemandem müssen die Flugzeuge ja gehören, Fräulein«, sagte er. »Und das hier ist zufällig meines. Na, und was haben Sie denn jetzt fotografiert? Das Heckruder? Wieso?«

Luise wusste nicht genau, was sie antworten sollte. Sie konnte ja schlecht sagen: Ich baue ein Flugzeug. Sie hob beide Hände ein wenig.

»Ich … na ja, ich wollte wissen, wo die Seilzüge laufen«, antwortete sie verlegen. »Die M 17 ist einfach die beste Maschine, finde ich.«

Sie bereute den Satz in dem Moment, als sie ihn gesagt hatte. Sie hatte nicht vorlaut klingen wollen.

»Jetzt«, sagte der Mann nach einer kleinen Pause, in der er sie musterte, »sollten Sie mir Ihren Namen sagen. Müsste ich Sie kennen? Sind Sie Fliegerin?«

Luise wurde rot. Sie senkte den Kopf und nestelte an der Lederklappe ihrer Box, um sie zu schließen.

»Nein«, sagte sie dann, »ich bin keine Fliegerin. Ich bin noch nie geflogen.«

Zwei Arbeiter kamen durch die Halle und begannen, die Rolltore aufzuschieben. Die Vormittagssonne ließ Luise blinzeln. Der junge Mann betrachtete sie immer noch, ohne etwas zu sagen.

»Aber Sie würden gerne, nicht wahr?«, fragte er dann unvermittelt und viel freundlicher als vorhin.

Luise sah ihn an.

»Ja«, sagte sie dann einfach, »ich will fliegen, seit ich ein kleines Mädchen war. Es gibt nichts anderes, was ich so gerne möchte. Ich will Fliegerin werden.«

Zwei Männer kamen vom Flugfeld in die Halle. Einer in Uniform, der andere im Straßenanzug. Sie unterhielten sich, und der Uniformierte zeigte auf die Maschine, die Luise nicht erkannt hatte. Sie gingen dorthin, lebhaft ins Gespräch vertieft.

»Das ist Ritter von Greim«, sagte Luises Gegenüber etwas leiser als vorhin und deutete auf den Uniformierten. »Ihm gehört die Flugschule hier.«

Luise sah ihm hinterher. Ritter von Greim war ihr natürlich ein Begriff. Einer der Weltkriegspiloten. Sie hatte ihn sich älter vorgestellt.

»Und der andere?«, fragte sie, ebenfalls mit gesenkter Stimme.

»Das ist Fieseler. Mit seiner neuen Maschine. Hat er selber entworfen.«

Luise war völlig überrascht. »Die Schwalbe?«

Am liebsten wäre sie sofort hinübergegangen. Ihr Gesprächspartner musste die kleine Bewegung wohl gesehen haben, denn er fragte: »Sie kennen Fieseler?«

Luise musste vor Aufregung lachen. »Nein! Ja, doch! Nicht persönlich natürlich. Aber Fieseler! Das ist Fieseler?«

»Allmählich habe ich das Gefühl, Sie werden recht enttäuscht sein, wenn Sie meinen Namen hören«, sagte ihr Pilot lächelnd, »anscheinend kennen Sie die Berühmtheiten alle schon.«

»Entschuldigen Sie!«, rief Luise immer noch etwas aufgeregt. »Bitte: Wie heißen Sie?«

Er deutete eine kleine Verbeugung an: »Arthur Greben. Und Sie, Fräulein?«

»Luise Anding«, sagte Luise höflich, um dann doch noch gleich nachzufragen: »Wird Fieseler Rückenflug zeigen? Kann er wirklich eine Außenrolle fliegen?«

Greben musste lachen. »Fräulein Anding«, sagte er, »Sie werden es gleich sehen. Aber Sie müssen jetzt hier raus, egal, ob der Herr Walther es Ihnen erlaubt hat oder nicht. Es geht gleich los, und wenn von Greim Sie hier sieht, wirft er Sie raus, und Sie sehen gar nichts.«

Luise zögerte kurz und warf einen Blick auf Fieselers Maschine.

Jetzt, nachdem sie wusste, wem sie gehörte und wer sie gebaut hatte, bereute sie, dass sie keine Fotos von ihr gemacht hatte.

Greben bemerkte wohl, was in ihr vorging.

»Wenn es vorbei ist, dürfen Sie noch mal aufs Flugfeld kommen«, versprach er. »Und wenn Sie aufgehalten werden, dann sagen Sie, dass Greben es erlaubt hat. Ich bin mir nicht sicher, ob Walther noch einmal funktioniert.«

Luise merkte, dass sie ein wenig rot wurde, und hoffte, man würde es nicht sehen.

»Danke«, sagte sie schnell, »ich komme auf jeden Fall.« Da fiel ihr noch etwas ein, und sie blieb erneut stehen.

»Na?«, fragte Greben, der sich noch einmal umdrehte. Er hatte sich schon gebückt, um die Hemmschuhe vor den Rädern wegzunehmen.

»Ob ich … darf ich vielleicht den Motor noch fotografieren?«, fragte sie schnell.

Greben sah sie einen Augenblick völlig verblüfft an. Dann lachte er laut los.

»Das ist wirklich großartig! Alle anderen hätten gefragt, ob sie mich fotografieren dürfen. Und Sie wollen ein Foto vom Motor! Sehr gut, Fräulein Anding, wirklich sehr gut! Ich mag Sie! Machen Sie Ihr Foto, und dann raus mit Ihnen!«

Luise fotografierte Motor und Aufhängung, während weiter hinten die ersten Maschinen gestartet wurden. Greben schloss die Bänder seiner Fliegerhaube und stieg auf die Tragfläche.

»Bis später«, winkte er ihr zu, immer noch lachend, und Luise lief aus der Halle zur brausenden Menge der Zuschauer.

Es war am frühen Morgen noch diesig gewesen, aber jetzt hatte es ganz aufgeklart, und eine leichte Brise aus Südwesten füllte die rot-weißen Windsäcke, die an vier Masten entlang der Start- und Landebahn angebracht waren. Luise war aus der Halle schräg über das Feld gelaufen, das vom Regen der vergangenen Tage ein wenig aufgeweicht war. Die Flieger würden aufpassen müssen, beim Landen nicht ausgerechnet in einer Pfütze aufzusetzen, dachte sie. Wenn ein Rad in der Mulde hängen blieb, konnte das Fahrgestell leicht brechen. Sie duckte sich unter dem Absperrseil hindurch und wurde nach etwas Gedränge und ein paar boshaften Bemerkungen über Leute, die sich an keine Regeln halten können, schnell Teil der Zuschauermenge.

Der Trubel war gewaltig. Fliegende Händler mit Ballons in Zeppelinform wurden von Kindern umlagert, die ihre Eltern um einen Groschen anbettelten. Zigarren- und Pfeifenrauch stieg von der Tribüne gegenüber auf, wo wohl die Honoratioren der Stadt ihre Sitzplätze hatten. Hier, wo sie stand, inmitten von Arbeitern und Bauern, wurden die billigeren Zigaretten geraucht und schon jetzt, am frühen Vormittag, Bier aus Flaschen in die mitgebrachten Steinkrüge geschenkt. Volksfestatmosphäre lag über dem ganzen Platz. Da dröhnten auf einmal die Motoren auf, und die Maschinen rollten aufs Feld. Ein großes, gemeinsames »Ah!« stieg aus der Menge auf. Luise suchte nach ihrem Flieger und entdeckte ihn auf der gegenüberliegenden Seite; er saß in der vorletzten Maschine von rechts. Luise sah in den Himmel. Bis auf ein paar wenige leichte Wolken war er blau. Ideales Flugwetter, dachte sie. Und dann kam der erste Start. Eine Klemm. Nach wenigen Metern, so kam es ihr jedenfalls vor, stieg sie auf. Leicht und so, als sei es ganz natürlich. Es sah völlig mühelos aus. Wie manchmal in ihren Träumen, wenn sie nur den einen Schritt vom Dach machen musste oder von einer Klippe, und dann hing sie schon in der Luft, ohne mit den Armen rudern zu müssen, schwerelos, ganz und gar frei. Sie hatte nie Angst vor Träumen, in denen sie fiel. Sie fiel, ohne jemals aufzuschlagen. Einmal hatte sie geträumt, sie fiele aus dem Himmel in ein Meer, fiele weiter durch das Wasser und schließlich durch den Meeresgrund, und ganz am Ende dieses fast unendlich langen Falls war sie mit einem sanften Ruck in ihrem Bett gelandet. Es war ein Gefühl gewesen, als könnte man nie zu Tode stürzen, als fiele man immer nach Hause.

Die Klemm stieg in einer weiten Spirale über dem Flugfeld auf, und als sie etwa achtzig bis hundert Meter Höhe erreicht hatte, entrollte sich ein Banner, das waagerecht hinter dem Heck der Maschine in der Luft stand und nur am Ende ein wenig flatterte: »Willkommen zur Flugschau in Würzburg 1929!« stand darauf zu lesen, und rauschend applaudierte die Menge.

Nun stieg Flugzeug um Flugzeug auf, und kein Kopf senkte sich mehr. Drei flogen in Formation über-, neben-, untereinander. Manchmal sah es so aus, als berührten sich ihre Flügelspitzen. Jetzt kurvten sie in weitem Bogen vom Flugplatz weg, drehten in etwa ein Kilometer Entfernung und kamen im Sinkflug auf die Menge zu. Immer tiefer flogen sie, wenige Meter über dem Boden nur – es sah gefährlich aus – und war es wahrscheinlich auch. Und dann, kurz bevor sie das Gelände erreichten, rollten sie, eines nach dem anderen, um die eigene Achse. Ein Aufschrei ging durch die Menge; jeder hatte geglaubt, die Flügelspitzen würden den Boden berühren. Unter unglaublichem Jubel dröhnten die drei Maschinen nur wenige Meter über den Köpfen der Menschen nach Osten. Dann stieg eine weitere Staffel auf, diesmal sehr hoch, und als die Piloten oben waren, entzündeten sie Rauchbomben, die an den Flügeln und am Rumpf angebracht waren. Roter, schwarzer, blauer Rauch zog in langen Bahnen hinter ihnen her, überkreuzte sich, verflocht sich zu einem unglaublich komplizierten, bunten Band im hohen Sommerblau des Himmels, als die Maschinen nach einem ausgeklügelten System ihre Flugbahnen kreuzten, rollten, mit den Spitzen wackelten, über- und untereinander durchflogen. Luise hörte, wie die Menschen neben ihr den Atem anhielten, wie sie »Ah« oder »Oh« riefen, aber am meisten sprach ihr ein kleines Mädchen aus dem Herzen, das auf der Schulter seines Vaters saß.

»Märchenschön«, sagte es ein ums andere Mal, und Luise dachte, ja, das ist es: märchenschön.

Ihr Flieger hatte in einer der Maschinen mit den Rauchfahnen gesessen, und Luise klatschte besonders fest, als er landete. Es war etwas anderes, wenn man ein Bild von demjenigen hatte, der da flog, dachte sie, auch wenn es nur ein ganz kurzes Gespräch gewesen war. Schon hatte er ein Gesicht, und es war nicht mehr nur das Flugzeug, sondern man sah den Menschen darin. Nun war die Schau in vollem Gang. Starts und Landungen griffen so ineinander wie Zahnräder, und es war, als seien alle Maschinen Teil eines großen, sehr präzisen Uhrwerks. Loopings wurden so eng geflogen, dass der Sturm der Propeller den Männern in der Menge die Hüte vom Kopf riss und die Kopftücher der Frauen flatterten. Achten wurden in so unmöglichen Kurven gezeigt, dass man das Ächzen der Verstrebungen in den Flügeln hörte. Das Heulen der Maschinen, wenn sie stiegen, das gefährliche Dröhnen im Sturzflug, das Pfeifen der Luft, wenn die Drähte der Verspannungen sie durchschnitten, das war für Luise ein mitreißendes, kraftvolles Konzert. So hörte es sich manchmal an, wenn im Herbst der Sturm gegen das Haus anrannte und die schweren Bäume beugte und man heimlich durch die Luke aufs Dach kletterte und sich, an den Schornstein geklammert, wünschte, man hätte Mut genug, die Arme auszubreiten und sich fortreißen zu lassen.

Sie merkte nicht, wie die Zeit verflog. Sie schaute und schaute, folgte jeder Figur, hielt bei den Sturzflügen den Atem an und atmete scharf ein, als Fieseler aus dem Rückenflug einen Außenlooping begann und so in den Gurten hing, dass man dachte: Jetzt, jetzt muss er fallen, das hält niemand aus.

Die Leute warfen ihre Hüte in die Luft, als er landete. Die Schau war aus, die Seile fielen, und die Menschen strömten aufs Feld, standen in riesigen Trauben um die Maschinen herum, um sich auf ihre Eintrittskarten oder ihre Zigarettenalben Unterschriften zu holen, oder fachsimpelten mit falschen Begriffen über Tragwerk und Ventilstößel.

Luise war am Rand des Feldes stehen geblieben. Jetzt, da alles vorbei war, spürte sie, wie schnell ihr Puls ging. Mit fast kalter Klarheit erkannte sie, wie weit sie selbst vom Fliegen entfernt war, aber mit derselben Klarheit wusste sie jetzt auch, dass es nichts anderes für sie gab. Das war keine Mädchenschwärmerei wie das Träumen von einem Leben in Paris oder einem Flirt mit Willy Fritsch. Fliegen, das wusste sie jetzt sicher, musste sie.

10

»Na, hat's Ihnen gefallen?«

Greben hatte sich auf den Flügel seiner Messerschmitt gesetzt, ließ die Beine baumeln und lächelte ihr entgegen, als sie auf ihn zukam. Allmählich verlief sich die Menge, auch wenn hie und da noch Trauben von Menschen um Fieselers Schwalbe oder die Klemm herumstanden.

»Großartig!«, antwortete Luise, »einfach famos!«

Sie stand neben dem Propeller und fuhr mit den Fingern an der Kante des glatten Holzes entlang.

»Braucht man lang, um das zu lernen?«, fragte sie zögernd.

»Ach nee«, rief Greben und sprang vom Flügel, »daher weht der Wind also. Ich hatte es mir schon gedacht.«

Er hatte die Fliegermütze abgenommen und sah auf einmal viel jünger aus. Das kam vielleicht, weil er blond war und sein Haar gar nicht so militärisch kurz trug wie die Flieger, die Luise von den Fotos kannte.

»Sie haben aber auch Pech«, sagte er dann und hob die Schultern in einer Geste des Mitleids.

»Wieso?«, fragte Luise, die nicht verstand, »ich habe doch alles gesehen!«

»Nein, das meine ich nicht.«

Greben duckte sich unter dem Propeller durch und stand nun auf der anderen Seite.

»Wollen Sie wirklich fliegen lernen?«, fragte er sie mit plötzlichem Ernst.

Luise sah ihm kurz in die Augen, dann schaute sie auf die Messerschmitt. »Ja«, sagte sie und holte tief Luft. »Und ich weiß schon, was Sie sagen wollen. Ich bin ein Mädchen, ich bin zu jung und so. Aber ich weiß es einfach. Nicht erst seit heute. Ich weiß, dass ich fliegen will.«

Greben machte wieder eine dieser Pausen, die wohl typisch für ihn waren.

»Na ja«, meinte er dann in ganz lässigem Ton, als hätte er Luises Spannung gar nicht bemerkt, »deswegen sage ich ja, Sie haben Pech. Elly Beinhorn ist nämlich heute nicht mitgeflogen.«

Luise wusste nicht, worauf er hinauswollte. Greben probierte vorsichtig mit der Handfläche am Motor, ob er noch zu heiß war, um ihn zu berühren.

»Elly hat nämlich vor zwei Wochen hier ihren Kunstflugschein gemacht«, sagte er und sah dann wieder zu ihr hinüber. »Wie alt sind Sie?«

»Achtzehn«, antwortete Luise.

»Elly ist einundzwanzig.« Greben hörte auf, am Motor herumzufingern und sah sie an.

Luise wusste nicht, was sie jetzt sagen sollte, ob er irgendetwas von ihr erwartete. Sie erwiderte aber seinen Blick und senkte ihn auch nicht, als er sie weiter ansah, schweigend, als ob er herausfinden wollte, ob sie nachgeben würde. Schließlich holte er einen Engländer aus der Tasche und stellte ihn für eine Schraube an seinem Motor ein.

»Man kann alles erreichen«, sagte er beiläufig, während er die Mutter lockerte, »wenn man Mut hat und es wirklich will, kann man alles erreichen. Alles. Verdammt!«, rief er dann und ließ die Mutter fallen, die er gelöst hatte. Sie hatte ihm die Hand verbrannt. Luise musste lachen, zog ihr nicht mehr ganz sauberes Taschentuch heraus und hob die Mutter auf.

»Manchmal reicht Wollen alleine nicht«, sagte sie frech und reichte sie ihm, »manchmal muss man auch vorher nachdenken.«

Greben musste jetzt auch lachen.

»Sie sind richtig«, sagte er anerkennend. »Woher kommen Sie eigentlich?«

Luise nannte den Namen ihrer Heimatstadt. Greben nickte.

»Nettes Städtchen«, meinte er und fragte dann beiläufig und während er noch eine Zündkerze mit Luises Taschentuch säuberte: »Soll ich Sie mitnehmen? Ich muss sowieso nach München zurück. Das liegt auf dem Weg.«

Luise brauchte einen Augenblick, um ganz zu verstehen, was er gesagt hatte.

»Im Ernst?«, fragte sie, plötzlich außer Atem, als wäre sie gerannt, »im Ernst?«

»Na ja«, antwortete Greben forsch und hielt ihr die Zündkerze hin, »wenn Sie's lernen wollen, müssen Sie ja irgendwann mit dem Fliegen anfangen. Schrauben Sie sie fest rein«, fügte er mit einem Blick in den Himmel hinzu, »wenn die da oben rausfliegt, haben Sie das ganze Benzin im Gesicht.«

Greben hatte sie beim Flugzeug zurückgelassen, um sich von der Leitung seine Gage und das Flugbuch abzuholen. Luise lehnte am Rumpf hinter dem Flügel und sah in den Himmel, der sich leicht bezogen hatte, aber das machte nichts. Gleich, dachte sie, gleich. Es fiel ihr schwer, die Gefühle zu fassen, die sie gerade bewegten. Alles war so schnell und selbstverständlich gegangen. Als ob es so hätte sein müssen. Sie würde fliegen! Sie drehte sich um und sah die Messerschmitt an. Die sollte also ihr erstes Flugzeug sein! Jedes Detail betrachtete sie, die Schrammen im Lack des Rumpfes, das schon etwas rissige Leder der Sitze, die Instrumente, und sie musste lächeln, als sie das einfache Küchenthermometer sah, das Greben einfach neben die anderen Anzeigen geschraubt hatte, damit er wusste, wie hoch die Außentemperatur war. Als sie hinter sich Schritte hörte, drehte sie sich schnell um. Greben kam mit einer kleinen Aktentasche in der Hand wieder auf sie zu, und hätte er keine Fliegerkluft getragen, hätte er wie ein ganz normaler Beamter ausgesehen.

»Sie sitzen ja noch gar nicht drin!«, sagte er gut gelaunt, während er seine Tasche mit Schwung ins Cockpit warf, »ich nehme nicht an, dass ich Ihnen helfen muss.«

Luise hatte sich schon bei seinen ersten Worten auf den Tragflügel geschwungen und kletterte auf den Sitz. Ein Lederriemen hing rechts neben ihr, fast so breit wie ein Sattelgurt.

»Muss ich mich angurten?«, fragte sie nun doch sehr aufgeregt.

Greben nickte, als er nach ihr einstieg.

»Ich fliege heute zwar keine Loopings mehr«, sagte er, deutete jedoch nach oben und fügte hinzu: »Aber es kann sein, dass es Gewitter gibt. Auch so wird's vielleicht ein bisschen turbulent. Sie können immer noch mit dem Zug fahren«, sagte er lächelnd.

»Nicht, wenn ich fliegen kann«, antwortete Luise schnell.

Greben tauchte lachend an seinem Platz nach unten, kam wieder hoch und hielt ihr eine Fliegerkappe hin.

»Sie werden sie brauchen«, sagte er.

Besorgt sah er auf ihre leichte Windjacke. »Ihnen wird kalt werden. Ich habe leider nichts weiter dabei. Hatte nicht mit Passagieren gerechnet«, lächelte er dann charmant.

»Macht nichts«, erwiderte Luise, die sich noch nicht angegurtet hatte. »Soll ich anwerfen?«

»Bitte!«, antwortete Greben nach einem kleinen Augenblick der Überraschung und machte eine ironisch einladende Handbewegung nach vorne. Luise kletterte noch einmal aus dem Sitz, ging um die Maschine herum und hängte sich dann mit ihrem gesamten Gewicht an einen der Propellerflügel. Als der erste Widerstand überwunden war, drehte der Propeller sich mit Schwung weiter und der Motor sprang an. Er war ja auch noch warm gewesen. Greben hob lächelnd den Daumen in ihre Richtung, und Luise rannte stolz um den Flügel herum, kletterte noch einmal hoch und glitt in ihren Sitz. Hier, hinter dem Propeller, stürmte es jetzt, und sie zog die Riemen ihrer Haube fest. Und dann, ganz ohne weitere Warnung, gab Greben Gas, und die Maschine begann zu rollen. Holprig ratterten sie über die Wiese und wurden immer schneller. Dann hörte das Holpern mit einem Mal auf, und Luise wurde mit dem überraschendsten und aufregendsten Gefühl, das sie in ihrem ganzen Leben je gehabt hatte, gleichzeitig nach hinten und unten in ihren Sitz gedrückt. Der Fahrtwind riss ihr die Worte vom Mund weg, als sie schrie: »Ich fliege! Ich fliege!«

Sie stiegen mit unglaublicher Schnelligkeit, und das wunderbare Gefühl in ihrem Magen hörte nicht auf. Luise streckte die Arme aus, spreizte die Finger, der Wind knatterte durch sie hindurch und ließ sie vibrieren. Greben tippte ihr leicht auf die Schulter, und sie drehte sich zu ihm um. Er hielt den Daumen hoch und grinste sie an. Luise war so glücklich, dass sie nicht anders konnte als laut zu lachen. Greben deutete nach oben, sie folgte seiner Geste mit dem Blick, und dann war es um sie herum auch schon neblig, feucht und kalt, und auch das gehörte zum Wunderbarsten, was sie jemals gefühlt hatte, denn sie flog durch eine Wolke. Der Motor dröhnte hell, ab und zu roch sie eine Spur verbranntes Benzin in dem Propellersturm, und nichts anderes war mehr vorstellbar als diese Kraft, die sie durch den Himmel trug, und wie weit man auch flog, da war nichts, gar nichts, was einen aufhalten konnte. Wenn nur das Benzin reichte, könnten sie um die Welt fliegen, weiter als jedes Meer. Größere Freiheit gab es nicht als diese ungeheure, herrliche Leere.

Sie konnte nicht aufhören, immer wieder nach unten zu sehen, auch wenn ihr ab und zu Wolkenfetzen die Sicht nahmen. Da war der Main. Wie eine eigenwillige Straße lag er da, eisern glänzend in dem seltsamen Licht vor einem Gewitter. Daneben, gerade und deutlich schmaler, die Eisenbahngeleise. Ein Zug kroch auf ihnen dahin, eben hatte er Würzburg verlassen. Um wie viel sie schneller waren! Sie stiegen noch weiter, und es wurde kühler, bis Greben in den Geradeausflug überging. Jetzt überflogen sie die Mainschleife und ließen den Fluss hinter sich. Die Landschaft dort sah aus wie das Bild eines Kindes, das für jedes Feld einfach nur eine andere kräftige Farbe genommen hatte, hier Gelb, da Dunkelgrün, dort Hellgrün und ab und zu Braun. Und dann konnte sie erkennen, wie schnell sie wirklich waren: Unten glitt der Schatten ihrer Maschine über die Felder, bewegte sich in Sekunden über Strecken, für die sie mit dem Fahrrad zehn Minuten gebraucht hätte.

Greben tippte ihr wieder auf die Schulter. Sie drehte sich zu ihm um und sah, wie er nach unten zwischen seine Beine deutete und eine auffordernde Handbewegung machte. Luise wusste nicht, was er wollte, und hob die Hände, um das deutlich zu machen. In gespielter Ungeduld langte Greben über ihre Schulter hinweg und deutete auf den zweiten Steuerknüppel vor ihr. Luise sah ihn einen Moment fassungslos an. Sie? Greben nickte aufmunternd, hob demonstrativ beide Hände hoch und lehnte sich in seinem Sitz zurück. Luise wartete keine Sekunde. Vorsichtig griff sie den Knüppel und spürte sofort den Widerstand in ihrer Hand, weil der Wind Seiten- und Höhenruder bewegte. Ganz leicht drückte sie den Knüppel nach rechts. Das Flugzeug reagierte sofort, und sie flogen in eine Kurve. Die Landschaft begann, sanft wegzukippen. Luise steuerte vorsichtig gegen, und die Maschine richtete sich wieder gerade. Dann nach links. Wieder eine Kurve, Luise spürte jede Richtungsänderung, als wäre sie ein Teil des Flugzeugs. Sie wurde mutiger und begann, die Maschine sanft hochzuziehen. Neben ihr erschien Grebens Hand mit hochgerecktem Daumen, aber sie drehte sich nicht um. Der Motor drehte höher, während sie stiegen. Luise zog noch etwas mehr an, und sie stiegen steiler, dann ging sie in den Geradeausflug und drückte schließlich die Maschine nach unten. Sie nahmen Geschwindigkeit auf. Der Wind pfiff eiskalt durch die Streben, und jetzt war es wirklich so wie damals im Sturm auf dem Dach, aber diesmal hatte sie die Arme ausgebreitet und flog. Schneller und schneller stürzten sie nach unten, es war wie das Fallen in ihren Träumen, nur eben ganz und gar, es war ein absoluter, vollkommener Rausch. Auf einmal spürte sie Grebens Hand warnend mit leichtem Druck an ihrer Schulter. Nur widerwillig zog sie an, spürte, wie sich die Maschine aufrichtete und allmählich wieder stieg; mit all dem Schwung, den sie gewonnen hatte. Erstaunt sah sie, wie knapp über dem Boden sie gewesen waren. Atemlos und mit eiskalt gefrorenem Gesicht wäre sie jetzt am liebsten aufgestanden und hätte ihr Gefühl herausgeschrien. Sie flog! Sie flog!

Nach einiger Zeit übernahm Greben wieder. Zögernd ließ sie den Steuerknüppel los und merkte verwundert, dass sie in den Sinkflug übergingen. So kurz war der Flug gewesen! Nicht einmal eine halbe Stunde! Die Luft, die ihr ins Gesicht wehte, wurde deutlich wärmer, je tiefer sie kamen. Ein ganzes Stück vor ihnen grummelte es in einer Gewitterwand. Sie wäre jetzt gerne weitergeflogen, dachte sie, aber es war nur ein ganz leises Bedauern. Sie hatte ein Flugzeug geflogen!

Sie waren jetzt über dem Städtchen angekommen, und Greben suchte nach einer Landemöglichkeit. Luise wies nach rechts auf eine der abgemähten Wiesen, die sich im Süden von der Stadtmauer in Richtung Bärenloch erstreckten. Greben nickte, und sie sanken weiter, viel zu schnell für Luises Gefühl. Dann, als sie glaubte, sie würden hart aufsitzen, gab Greben kurz Gas, sie landeten weich und holperten noch ein Stück über die Wiese. Greben stellte den Motor ab.

»Ja«, meinte er lakonisch, als er aus dem Sitz kletterte und dabei mit einem Griff Luises Gurt löste, »Sie sollten auf jeden Fall fliegen lernen.«

Luise stieg auch aus. Jetzt erst merkte sie, dass sie ganz durchgefroren war.

»Danke«, sagte sie, als sie neben dem Flugzeug stand und streckte ihm die Hand hin. Sie konnte nichts anderes sagen, nichts, was ihre Gefühle hätte ausdrücken können.

»Danke«, sagte sie noch einmal. Greben nahm ihre Hand und schüttelte sie kurz und fest.

»Na, das geht doch fixer als mit der alten Bummelbahn«, bemerkte er jungenhaft lächelnd.

Aus der Ferne grummelte es wieder. Das Licht begann, fahler zu werden, obwohl über ihnen die Sonne noch schien. Greben sah nach oben, und Luise verstand.

»Sie müssen weiter«, sagte sie, »sonst kommen Sie noch ins Gewitter. Wäre schade um die Maschine.«

Greben sah sie einen Moment verdutzt an, dann musste er laut herauslachen.

»Das ist wirklich ganz große Klasse«, rief er vergnügt. »Wäre schade um die Maschine!«

Luise war nun doch etwas verlegen, schnallte die Riemen der Fliegerkappe ab und reichte sie ihm hin. Greben schüttelte noch immer lachend den Kopf.

»Nee, Fräulein Anding, die haben Sie sich verdient. Das ist mein Geschenk zu Ihrem Jungfernflug. Und sie steht Ihnen so gut, da kann ich sie Ihnen doch nicht wegnehmen. Warten Sie.«

Er sprang auf die Tragfläche und fischte seine Aktentasche aus dem Flugzeug. Auf dem Flügel sitzend öffnete er sie, holte eine Visitenkarte heraus und reichte sie ihr.

»Wenn Sie wirklich fliegen lernen wollen und Ihr Vater es erlaubt«, sagte er, »dann kommen Sie mich in München mal besuchen. Mal sehen, was ich tun kann.«

Luise nahm die Karte entgegen und betrachtete sie. »Arthur Greben« stand da, darunter war »Kunstflieger« aufgedruckt und: »SA-Fliegersturm«.

»Danke«, sagte sie ein drittes Mal, vielleicht noch etwas aufgewühlter wegen all der Möglichkeiten, die sich ihr heute so plötzlich eröffnet hatten, »ich habe das nicht so gemeint, eben.«

»Ach was, das ist genau der richtige Fliegergeist. Ich mag das«, lachte Greben gut gelaunt und kletterte in seine Messerschmitt zurück.

»Wollen Sie die Güte haben, mir noch einmal die Maschine anzuwerfen?«, fragte er dann in übertriebener Galanterie. Luise nickte lächelnd, legte die Visitenkarte in ihre neue Fliegerkappe und die aufs Gras, lief dann um das Flugzeug herum, fasste den Propeller und drehte ihn mit Schwung an. Der Motor zündete sofort. Greben gab Gas und legte noch einmal spielerisch grüßend die Hand an seine Kappe, winkte ihr zu und startete. Sie sah ihm nach, wie er aufstieg, leicht, unbeschwert und furchtlos in Richtung der Gewitterwand, die immer näher kam. Dann nahm sie ihre Kappe aus dem Gras und begann zu rennen, der Stadt zu, so schnell sie konnte. Sie hätte nicht gehen oder laufen können nach diesem Flug. Rennen war das Einzige, was nach so einem Tag möglich war. Noch immer schien die Sonne, und hier unten auf der Erde war es heiß, aus der Wiese stieg der Geruch von Heu und am Südtor der nach Lavendel aus den Vorgärten. Luise rannte durch die Straßen ihrer kleinen, so kleinen Stadt, und erst, als sie in die Glockengasse einbog, blieb sie an der Mauer ihres Gartens atemlos stehen, denn auf der anderen Seite, im sonnendurchglühten Garten, durch die gewitterschwere Luft, hörte sie Luana singen.

11

Schon jetzt, am frühen Vormittag, war es sehr warm im Klassenzimmer, obwohl die Fenster alle geöffnet waren. Luise saß über dem deutschen Aufsatz. Es war der erste Tag ihrer Abschlussprüfungen, und es kam ihr komisch vor, zwischen all den anderen Mädchen zu sitzen, die noch nie geflogen waren. Ich bin anders geworden, dachte sie verwundert, an einem Tag. Sie wollte nicht auf die übrigen Mädchen herabsehen. Elisabeth ließ manchmal im Gespräch ein wenig von oben herab durchblicken, dass sie schon »Erfahrungen« gemacht habe, und das hatte Luise noch nie gefallen, obwohl sie Elisabeth eigentlich mochte. Trotzdem fühlte sie sich auf einmal ein wenig abgehoben von den anderen, eine kleine Entfernung lag plötzlich zwischen ihr und ihren Kameradinnen, von denen sie die meisten schon seit neun Jahren kannte.

Die Sonne schien durch die Blätter der großen Kastanie, die auf dem Schulhof stand, und malte verspielte Schattenflecken auf die Wand gegenüber. Die Bienen des Hausmeisters summten im Schulgarten. Von der Kirche schlug es zehn. Luise seufzte. Noch zwei Stunden. Es fiel ihr schwer, sich auf ihren Aufsatz zu konzentrieren. »Mens sana in corpore sano« hieß das Thema, »Zucht des Leibes ist Zucht des Geistes. Erläutern Sie die Bedeutung dieses Wahlspruchs für die Erziehung der deutschen Jugend!«

Luise mochte Deutsch manchmal schon. Sie hatte immer gerne gelesen, aber Besinnungsaufsätze hatte sie noch nie leiden können und deshalb in Deutsch ihr »befriedigend« durch alle Jahre hinter sich hergezogen. Verstohlen sah sie zu Eva hinüber. Ihre Blicke trafen sich, und Eva hob in einer winzigen Bewegung ihre Schultern und ihre Brauen, um anzudeuten, wie sehr sie das Thema anödete, obwohl sie in Deutsch viel besser als Luise war. Luise signalisierte ihr Verständnis mit einem kurzen mitleidigen Lächeln. Warum waren es auch immer nur so alte, verstaubte Themen? Warum schrieben sie nie über die neuen, modernen Dinge? Es musste ja nicht unbedingt übers Fliegen sein, aber warum nie über Filme, die sie im Kino sahen? Warum nicht einmal über Amerika oder übers Reisen oder über Autorennen? Es waren immer die gleichen Themen. Das Thema der Tugend in der *Jungfrau von Orleans.* Das Thema der Ehre in Goethes *Iphigenie.* Das Thema der Selbsthingabe in *Maria Stuart.* Herr Junge, ihr Deutschlehrer, war einer von den ganz übertriebenen Nationalsozialisten. Wahrscheinlich war er verbittert, weil seine Partei nie gewann, und deshalb hundertfünfzigprozentig. Bei ihm gab es einfach keine anderen Aufgaben. Immer hatte alles mit Ehre und Disziplin und Zucht zu tun. Sie war so froh, dass sie das bald hinter sich hatte. Und irgendwie kam ihr das alles auch nicht mehr so wichtig vor. Unwillkürlich erinnerte sie sich daran, wie die Stadt von oben ausgesehen hatte. Übersichtlich. Klein. Geschlossen. Luise fühlte fast, wie kühl und wie wunderbar windig es dort oben gewesen war, und spürte zugleich, wie ihr hier unten das Kleid am Körper zu kleben begann. Es war so heiß! Erschrocken merkte sie, dass sie träumte, und gab sich innerlich einen Stoß. Ihr Aufsatz war noch nicht halb geschrieben, und Junge benotete alle unfertigen Aufsätze mit »ungenügend«, gleichgültig, wie klug die Gedanken vorher waren.

Der Pedell hatte aus Rücksicht auf die Prüflinge die Glocke im oberen Stockwerk ausgehängt, aber das machte eigentlich alle nervöser, als wenn sie zu jedem Stundenwechsel geschrillt hätte. Dann hätte man wenigstens gewusst, wie viel Zeit man noch hatte, ohne immer der Kirchturmuhr lauschen zu müssen. Luise hörte die Federn kratzen und ab und zu das leise Klingen, wenn die Federhalter beim Eintauchen in die Tinte am Glas anstießen. Seufzend beugte sie sich wieder über das Papier, als sie von draußen auf einmal schnelle Schritte und zunächst undeutlich, aber dann immer näher, die aufgeregte Stimme des Pedells hörte.

»Sie können da jetzt nicht hinein! Es ist Prüfung! Bitte, Herr Schwarz! Herr Schwarz!«

Die ganze Klasse hatte aufgehört zu schreiben und die Köpfe gehoben. Auch Junge hatte die Zeitung sinken lassen und sah mit gerunzelter Stirn nach der Tür, die in diesem Moment auch schon vehement aufgerissen wurde. Luise war vollkommen überrascht. Es war der Mesner, der dort stand und schwer atmend die Bänke mit seinen Blicken überflog, bis er Eva sah, die vollkommen weiß geworden war.

»Du gottloses, verderbtes Geschöpf!«, sagte er mit seiner unangenehm hohen Stimme leise, aber vernehmlich und voller Hass. Jetzt erst sah Luise, dass er eine Kladde in der linken Hand hielt, in die er den Zeigefinger geklemmt hatte. Es sah so aus, als wäre er direkt vom Lesen aufgestanden und hierhergeeilt. Er trat neben Evas Bank und ohrfeigte sie. Dann zog er sie am Arm.

»Komm nach Hause. Komm sofort nach Hause«, zischte er.

Jetzt mischte sich Junge ein, der bisher fast ebenso verblüfft wie die Mädchen zugesehen hatte.

»Herr … Schwarz«, sagte er, nachdem er sich auf den Namen besonnen hatte, und es war ihm anzuhören, wie deutlich er diese Unterbrechung missbilligte, »wir sind hier mitten in den Abschlussprüfungen. Ich kann schon im Interesse der anderen Mädchen keine solche Störung dulden. Bitte verlassen Sie das Zimmer. Ich komme gerne mit hinaus, der Pedell wird so lange die Aufsicht führen.«

Der Mesner sah zwischen Junge und Eva hin und her. Luise wusste nicht, worum es ging, aber die Kladde konnte gut und gern Evas Tagebuch sein, und den Rest konnte sie sich zusammenreimen. Über Evas Gesicht rollten Tränen, aber sie war immer noch weiß und sagte kein Wort.

»Du kommst mit!«, sagte der Mesner hart und zog sie hinter sich her. Der Federhalter fiel klappernd auf den Holzboden. Junge schüttelte den Kopf und ging den beiden nach, dann schloss er die Tür. Der Pedell stand in seinem blauen Kittel im Raum, wusste nicht, was er mit seiner noch qualmenden Pfeife tun sollte, und fühlte sich sichtlich fehl am Platze. Schließlich ging er ein paar Schritte zum Fenster, klopfte die Pfeife auf dem Fensterbrett aus und machte dann eine unsichere Handbewegung.

»Bitte, meine Damen«, flüsterte er fast, »schreiben Sie weiter.«

Von draußen drangen die erregten Stimmen Junges und des Mesners herein. Kein Mädchen schrieb. Alle lauschten, aber man konnte nur Bruchstücke ohne Zusammenhang verstehen. Das Gespräch wurde immer lauter, doch anscheinend entfernten sie sich von der Tür.

»... keine Verantwortung übernehmen!«, hörten sie Junge schließlich rufen, und kurz danach kam er wieder in den Raum. Er war rot und sah wütend aus.

»Danke«, nickte er dem Hausmeister knapp zu, der froh war, wieder gehen zu können.

Von draußen drang erstaunlich laut noch das Geräusch einer Ohrfeige herein, und jetzt weinte Eva.

»Vater!«, hörte man sie rufen, »die Prüfung!«

Aber da klangen schon ihre Absätze auf den Stufen, und die Stimmen wurden undeutlich.

»Schreiben Sie weiter!«, herrschte Junge die Mädchen zornig an. »Sie haben noch eindreiviertel Stunden.«

Es dauerte trotzdem ein wenig, bis sich die Köpfe wieder gesenkt hatten, und alle hörten, wie Junge zwischen den Zähnen etwas von verdammten Christen murmelte, bevor er tief durchatmete, schließlich die Zeitung wieder aufnahm und sich lesend ans Fenster stellte.

Zucht des Leibes, dachte Luise böse, während sie auf ihr Blatt starrte, was sollte sie jetzt noch dazu schreiben? Wütend warf sie Zeile um Zeile hin, ohne besonders auf die Rechtschreibung zu achten. Zucht des Leibes! Woher nahm der Mesner das Recht, Eva so zu behandeln? Wieso durfte er sie einfach schlagen? Sie war fast erwachsen, genauso wie sie. Wieso hatte überhaupt einer das Recht, den anderen zu sagen, was sie tun sollten?

Junge hatte seine Zeitung zusammengefaltet und war zu Evas Platz gegangen. Mit ihrer Arbeit in der Hand kehrte er ans Pult zurück und begann zu lesen. Luise beobachtete ihn. Ob er den Aufsatz mit »ungenügend« benoten würde? Eva konnte doch nichts dafür, dass sie aus der Prüfung geholt worden war. Aber dann sah sie, wie Junge den Füllfederhalter aus der Innentasche seines Jacketts nahm, ihn aufschraubte und mit dem Lineal eine gerade, rote Linie schräg über alle sechs Seiten zog, die Eva bisher geschrieben hatte.

Ungenügend, dachte Luise mit plötzlichem, heißen Zorn, ungenügend! Das bedeutete, dass Eva die ganze Abschlussprüfung nicht bestanden hatte. Dass sie das Jahr wiederholen musste! Sie stand auf.

»Herr Junge«, sagte sie leise, aber vernehmlich. Junge sah überrascht auf.

»Was ist denn schon wieder?«, fragte er ungehalten.

Luise nahm sich zusammen und antwortete leise.

»Herr Junge, Eva kann doch nichts dafür, dass sie nicht weiterschreiben konnte. Könnten Sie nicht … könnten Sie nicht benoten, was sie bisher geschrieben hat? Sie wäre doch fertig geworden!«

Junge sah sie einen Augenblick lang an. Dann sagte er kalt und beherrscht: »Fräulein Anding, setzen Sie sich auf der Stelle wieder hin. Ich dulde keine weiteren Störungen mehr!«

Luise war versucht zu gehorchen. Ihr Aufsatz war noch nicht fertig, aber sie wollte nicht so einfach aufgeben.

»Herr Junge! Bitte, Eva hat doch sonst die ganze Prüfung nicht bestanden!«

Junge war von seinem Pult aufgesprungen und stand nun mit einem Mal direkt vor Luise.

»Wenn Sie sich nicht sofort setzen, werden Sie von der Prüfung ausgeschlossen, und ich nehme Ihnen Ihre Arbeit ab!«, zischte er mit hochrotem Kopf.

Luise hielt seinem Blick ein paar Sekunden stand; länger, als sie sich zugetraut hätte. Aber dann dachte sie an ihren Vater und daran, dass sie kein weiteres Jahr hier mehr aushalten würde, und setzte sich zögernd.

»Schreiben Sie!«, befahl Junge erstickt.

Luise sah zu ihm hoch. Betont langsam griff sie nach ihrem Federhalter, tauchte ihn ein und begann zu schreiben.

»Die Zucht des Geistes«, schrieb sie, »ist es, trotz der Freiheit zum Bösen das Rechte zu tun.«

Junge, der neben ihr stehen geblieben war, um sicherzugehen, dass sie gehorchte, las das, und sie merkte bei einem kurzen Blick nach oben, dass er die Zähne zusammenbiss und vor Wut bleich geworden war.

Ich habe mir einen Feind gemacht, dachte sie, aber immer noch voller Zorn und ohne Bedauern.

12

Das Amtszimmer ihres Vaters lag im Erdgeschoss des Hauses. Seine Fenster gingen in den Garten, und Luise, die vor dem Schreibtisch stand, konnte sehen, wie die Katze die Mauer entlangstrich, völlig im Gleichgewicht und ohne nach unten auf ihre Pfoten sehen zu müssen, bis sie mit einem kurzen Sprung aus ihrem Blickfeld verschwand. Ihr Vater, hager, ruhig und mit demselben Gesichtsausdruck von Mitleid und Verständnis, den sie als Mädchen so gemocht hatte, wenn sie mit aufgeschlagenen Knien zu ihm gerannt war und er sie auf den Schoß genommen und getröstet hatte, lehnte sich in seinen Stuhl zurück.

»Warum hat er sie geohrfeigt?«, wollte er wissen.

Luise zuckte mit den Schultern. Sie war noch immer rot, auch wenn sich ihr Atem mittlerweile beruhigte. Sobald es geklingelt hatte, war sie aufgestanden, hatte ihren Aufsatz abgegeben und war dann den ganzen Weg nach Hause gerannt.

»Ich weiß es nicht!«, antwortete sie, um dann mit gesenktem Blick hinzuzufügen: »Ich glaube, er hat ihr Tagebuch gefunden.«

Sie sah – trotz ihres Streits mit ihm – vertrauensvoll zu ihrem Vater auf. Er lächelte unvermutet.

»Ihr Tagebuch«, sagte er, »soso.«

»Papa«, drängte Luise, »das ist ja alles nicht so schlimm. Eva kriegt öfter mal eine gelangt. Aber Junge hat ihren Aufsatz nicht benotet. Sie muss das ganze Jahr wiederholen, wenn sie ein Ungenügend hat.«

»Na, wunderbar«, seufzte ihr Vater. »Und mit wem soll ich zuerst sprechen? Mit dem Nationalchristen oder dem Nationalsozialisten? Warum hat Gott mich nicht in den Urwald geschickt?

Es wäre wirklich einfacher, Eingeborene zu bekehren als diese hartköpfigen Franken. Die leben noch im letzten Jahrhundert.«

Er sah Luise übertrieben anklagend an, als könnte sie etwas dafür, dass ihr Vater nicht in Kaiser-Wilhelm-Land eine Missionsstation führte. Sie atmete erleichtert auf.

»Du kennst Junge doch. Rede mit ihm. Bitte, ja?«

Ihr Vater sah an ihr vorbei in den Gang. Sie hatte in der Aufregung die Tür offen gelassen. Ein Geruch wie von heißem Honig kam aus der Küche. Luana kochte etwas, das sie beide nicht kannten. Ihr Vater seufzte wieder und stand auf.

»Junge mag mich nicht sehr. Er ist Atheist. Jedes Mal, wenn ich zum Unterricht in die Schule komme, lässt er irgendeine Bemerkung fallen. Meistens zitiert er Nietzsche, aber im falschen Zusammenhang. Ich versuche es trotzdem mal. Komm, wir gehen essen.«

Luise sah ihn an, und ein warmes Gefühl stieg in ihr hoch, trotz der Wut auf Junge und den Mesner, und sie musste schlucken.

»Was ist?«, fragte ihr Vater von der Tür her. »Hast du keinen Hunger?«

Luise nickte nur und folgte ihm.

Beim Essen musste sie die Geschichte noch einmal erzählen, weil Paul dazugekommen war und fragte, worüber sie sich unterhielten. Luana lächelte ein wenig wehmütig, als sie Luises Empörung darüber sah, wie Eva aus dem Klassenzimmer geholt worden war.

»Was?«, fragte Luise sie.

»Bei uns gehen die meisten Mädchen nur vier Jahre zur Schule«, sagte Luana, »nur die Töchter aus besseren Familien gehen länger. Aber sie müssen dem Vater viel mehr gehorchen als ihr hier. Manche haben ihre Töchter schon umgebracht, wenn sie … wenn sie nicht … *virginal* … *virtuosa* …«, sie stockte, weil ihr ein Wort fehlte, und sah Paul hilfesuchend an.

»Wenn sie nicht tugendhaft sind«, half Paul aus.

Luise setzte sich gerade hin und legte die Gabel weg.

»Das … Eva ist nicht so«, sagte sie dann schnell, »aber sie betet halt auch nicht jeden Tag! Sie lacht gern … und sie … na ja, sie schaut schon nach Jungen, aber das ist doch kein Grund, sie aus einer Prüfung zu holen! Ich glaube einfach, dass er eine Schraube los hat.«

Paul sah nachdenklich auf seinen Teller. Es gab *Quibe* für ihn und Luana, das waren Hackfleischbällchen, und Maniokbällchen für Luise und ihren Vater. Der Duft von heißem Honig war von dem Reispudding gekommen, der als Nachtisch noch auf dem Herd in der Küche stand. Die Soße schmeckte, als könnte sie den Ärger und die Wut auflösen. Sie war von einer reinen Schärfe, die guttat.

»Solche Leute sind gefährlich«, sagte Paul leise, »sie haben Angst vor allem Neuen. Sie leben in einer engen Welt, und das nur, weil sie immer schon in ihrem Gefängnis gelebt haben. In Hamburg«, fügte er scheinbar übergangslos hinzu, »haben sie im Zoo mal einen Versuch gemacht und den Bären die Käfigtür geöffnet. Sie sind nicht herausgekommen. Sie hatten Angst vor dem Licht und der Weite. So sind solche Menschen wie der Mesner auch. Aber wehe, du betrittst ihren Käfig!«

Luises Vater hob in einer Geste nachlässiger Verachtung die Gabel mit einem aufgespießten Maniokbällchen.

»Wir leben in einem freien Land«, sagte er spöttisch, »jeder kann denken, was er will. Manche glauben an Gott, andere an Buddha und wieder andere an Hitler.«

»Es gibt nur einen Gott«, widersprach Luana.

Paul legte ihr in einer sehr vertraulichen Geste die Hand auf den Arm. Luise sah das und fühlte für einen kurzen Moment so etwas wie Neid. Es musste sehr schön sein, wenn man jemanden hatte, der einen so verstand.

»Vater meint das nicht so«, sagte er zu Luana. »Er ist Pfarrer. Wenn auch manchmal etwas seltsam«, fügte er mit diesem sehr seltenen Aufblitzen von Humor hinzu, das Luise so an ihm mochte.

»Was wollt ihr!«, rief Luises Vater, der mit seiner Gabel gestikulierte und wieder einmal vergaß zu essen. »Es ist einfach auch eine andere Zeit. Es ist eine Zeit der Extreme und des Wandels. Hesse ist Buddhist! In Berlin haben sie ein buddhistisches Haus gebaut. Und die Neopaganen – die glauben wieder an die germanischen Götter. Das kann man nicht einfach wegwischen. Ein Volk hat ja auch eine Geschichte. Aber wir können auch nicht mehr so glauben wie im Kaiserreich. Mit Gott für Kaiser und Vaterland. Das ist vorbei. Gott segnet keine Schwerter, nur weil sie deutsch sind. Das ist der wahre Aberglaube. Man muss Gott wieder suchen und …«

»Papa«, mahnte Luise und versuchte, ein Lachen zu unterdrücken, »die Soße!«

Ihr Vater sah, aus seinen Ausführungen gerissen, etwas konsterniert auf das Maniokbällchen an der Spitze seiner Gabel. Er hatte beim Gestikulieren Soße über den Tisch und sich selbst gespritzt. Sogar Luana verzog ihr Gesicht zu einem Lächeln.

Luises Vater stand auf.

»Na, dann gehe ich Gott mal im Badezimmer suchen«, sagte er selbstironisch.

Luise aß weiter, und während sie sich mit Paul und Luana über dies und jenes unterhielt, dachte sie flüchtig, wie gut es war, dass sie diesen Vater, diesen Bruder, diese Schwägerin hatte und dass sie vielleicht ganz anders geworden wäre, wenn sie im Hause des Mesners groß geworden wäre.

Es war später Nachmittag. Sie saß im Garten auf der Veranda und hatte ihre Mathematikbücher um sich herum verstreut. Paul war nach dem Essen zurück ins Buchhaltungskontor der Brauerei gegangen, und Luana gab Gesangsunterricht in der Schule. Deshalb hatte Luise den Deckchair für sich und konnte im Freien lernen. Mathematik fiel ihr leichter als Deutsch, und Dr. Mandl war ihr auch freundlicher gesinnt als Junge, dem sie am liebsten überhaupt nicht mehr begegnen wollte. Sie dachte an Greben, der sie im Flugzeug mitgenommen, der sie hatte fliegen lassen. Der war bei der SA und trotzdem so viel freier und netter als Junge. Vielleicht lag es an etwas anderem, dass Junge so gemein … so klein im Geist war. Sie sah in den Himmel. Sommerblau. Rein. Keine Wolken. Jetzt erst fiel ihr auf, dass sie seit Tagen keinen Kuckuck mehr gehört hatte und auch keine Lerchen. Der Hochsommer kam. Bald würde sie diese Welt hier hinter sich lassen. Wenn alles gut ging, würde sie nach München gehen und irgendwie auch alle Hindernisse überwinden, um dann doch Fliegerin zu werden. Sie musste nur noch das Geld aufbringen, aber das würde sie. Vielleicht war es ihr einfach bestimmt, dachte sie.

Eine Bewegung an der Mauer ließ sie aufsehen. Die Katze, die in der Nachmittagssonne auf der Krone gelegen hatte, war aufgestanden und bewegte sich träge zum Baum. Luise wandte den Kopf und sah einen Eichelhäher, groß, schön und so blau wie der Himmel, der auf einem niedrigen Zweig saß. Die Katze hatte ihn eben bemerkt. Der Häher war unaufmerksam, vielleicht hatte die Hitze auch ihn müde gemacht. Es war windstill. Kein Blatt bewegte sich. Der Sommer lastete schwer auf Haus und Garten. Nur aus der Ferne hörte man leise das Rauschen eines Zuges. Die Katze kam näher. Luise rührte sich nicht. Auf einmal war diese kleine, alte Geschichte zwischen Katze und Vogel wie ein Omen für ihre Zukunft. Flieg!, dachte Luise dem Häher zu, flieg! Jetzt war die Katze so nahe, dass sie stehen blieb, eine Pfote halb erhoben. Die Sonne glühte flimmernden Dunst aus den Ziegeln der Mauer. Der Häher pickte nachlässig nach einem Insekt. Lautlos und flüssig setzte die Katze zum Sprung an, senkte die Vorderpfote, spannte alle Muskeln. Luise zwang sich, nicht in die Hände zu klatschen oder aufzuspringen. Es musste jetzt alles so geschehen, wie es eben geschah. Und dann sprang die Katze, plötzlich rauschten die Blätter, klatschten Flügel, der Häher schrie, die Katze fauchte, und dann stieg der Vogel mit einem Ruck aus dem Baum, einige Federn hinter sich lassend, aber gerettet. Wild flatternd stieg er auf, beruhigte sich, strich in einem weiten Bogen über Garten und Haus und verschwand. Die Katze sprang aus dem Baum auf die Mauer, streckte sich, als sei nichts geschehen, schlenderte mit weichen Bewegungen die Mauerkrone entlang und kletterte schließlich herunter. Dann wanderte sie zu Luise herüber und rieb ihren Kopf an ihren nackten Beinen. Luise, aus irgendeinem Grund sehr erleichtert, kraulte sie fest zwischen den Ohren.

»Du bist böse«, mahnte sie die Katze, aber die begann zu schnurren und legte sich mit dem Rücken an ihre Füße.

In dieser Minute hörte sie, wie die Haustür ging. Ihr Vater kam wieder.

»Luise?«, rief er ins Haus und Luise rief zurück: »Draußen!«

Er trat aus dem Dunkel des Hauses in die Helle der Veranda, blinzelte und nahm den Hut ab. In seinem dunkelgrauen Anzug und hager, wie er war, mit dem langen Bart und der leicht gebeugten Haltung sah er ein bisschen aus wie ein russischer Mönch.

»Es war ein hartes Stück Arbeit«, sagte ihr Vater ohne Vorrede, »aber er will sich den Aufsatz noch einmal ansehen. Er hat nichts versprochen!«, schränkte er sofort ein, als Luise aufgesprungen war.

»Das hast du gut gemacht«, sagte Luise einfach.

Ihr Vater sah sie an.

»Danke«, erwiderte er leise. Dann, um diese kleine Gefühlsregung zu überspielen, fügte er noch an: »Im Übrigen hat er sich deinen Aufsatz auch schon einmal angesehen, und er fand ihn, um es einmal so auszudrücken, nicht in allen Punkten zufriedenstellend. Außerdem hat er sich über dich beschwert. Du seist aufsässig gewesen.«

Luise hatte sich wieder gesetzt.

»Was das angeht«, sagte sie lässig, »mich stellt Junge auch nicht in allen Punkten zufrieden.«

Ihr Vater lachte. Luise blickte zu ihm hoch, dachte an den Häher und fragte schnell: »Papa, wenn ich nach München gehe, erlaubst du dann, dass ich fliegen lerne?«

Er sah zu ihr hinab und schwieg. Dann sagte er ruhig: »Ich finde es mutig, dass du für Eva aufgestanden bist. Ich werde darüber nachdenken, ja?«

Luise nickte. Ihr Vater drehte sich zum Gehen, doch dann berührte er in einem dieser für ihn seltenen Momente im Vorübergehen ihr Haar mit der flachen Hand wie in einer sehr flüchtigen Segnung und ging ins Haus.

Obwohl sie am liebsten gleich nach dem Gespräch mit ihrem Vater zu Eva hinübergegangen wäre, um ihr zu erzählen, was ihr

Vater erreicht hatte, wartete sie doch, bis es allmählich anfing zu dämmern. Im Sommer war das Abendläuten um acht Uhr, und der Kirchendiener nutzte die Zeit dann meist, um den Blumenschmuck zu ordnen oder den Altar vorzubereiten. Morgen war eine Beerdigung, und Luise nahm an, dass er zumindest eine halbe Stunde nicht zu Hause sein würde. Leider war er kein Freund des Alkohols, sonst wäre er vielleicht noch in ein Wirtshaus gegangen wie so viele andere Bürger des Städtchens. Aber er war ja im Allgemeinen kein Freund irgendwelcher Freuden. Flüchtig kam ihr die boshafte Frage in den Sinn, wie er dann wohl zu zwei Töchtern gekommen war. Aber vielleicht war er ja früher anders gewesen.

Es war kurz vor acht Uhr, als sie die Tür des Pfarrhauses hinter sich zuzog und die drei Stufen mit einem Sprung nahm, um dann die Kirchgasse entlangzulaufen. Der Abend war still, warm und friedlich. Das schrille Srii der Mauersegler hoch über dem Kirchturm war das lauteste Geräusch. Luise blieb einen Augenblick stehen und sah nach oben. Die schmalen Sicheln der Vögel schnitten durch die Luft, elegant und in engen Kurven. Mauersegler konnten schneller als Flugzeuge sein, dachte sie, und sie schliefen im Fliegen. Manchmal landeten sie für Monate nicht. Obwohl sie es doch eigentlich eilig hatte, musste sie stehen bleiben und sie beobachten. Wenn man so leben könnte, dachte sie mit plötzlicher, brennender Sehnsucht, wenn man nicht mehr nach unten müsste, nie mehr, immer weiter gleiten, steigen, segeln könnte! Es musste wohl wunderbar still sein, wenn man so flog.

Die Glocken begannen zu läuten. Luise gab sich einen Ruck und lief weiter. Das Haus des Kirchendieners lag nicht sehr weit entfernt, wie eigentlich alles in diesem Städtchen nicht weit entfernt lag. Es war schmal und stand gedrängt zwischen zwei größeren Bürgerhäusern, die beide einen ordentlichen Treppenaufgang hatten, während das Mesnerhaus nur eine einflügelige Tür zu ebener Erde besaß. Luise klingelte. Es dauerte ein wenig, bis sich die Tür öffnete.

Die Frau des Mesners, gar nicht so hager, wie ihr abgehärmtes, verbittertes Gesicht hätte vermuten lassen, sagte statt eines Abendgrußes nur: »Luise.«

Es klang wie eine Feststellung, nicht wie eine Frage. Aber die Mesnersfrau war nicht so schrecklich wie ihr Mann, ab und zu konnte sie sogar ganz nett sein, wenn man auch nie richtig warm mit ihr wurde.

»Ich wollte Eva schnell noch etwas für die Prüfung übermorgen bringen«, sagte Luise und hob das Mathematikbuch hoch, das sie als Vorwand mitgenommen hatte.

»Eva ist schon im Bett«, sagte die Mesnersfrau schnell und mit einem Blick nach hinten ins Haus. »Sie ist krank.«

Luise gab nicht nach. »Darf ich nicht eben hinauf und zu ihr schauen?«, fragte sie. »Es dauert nur zwei Minuten.«

»Sie ist krank«, wiederholte die Mesnerin und trat einen kleinen Schritt vor, wie um Luise aus der Tür zu drängen. Überrascht sah Luise, dass es in ihren Augen glitzerte.

»Zwei Minuten!«, sagte Luise noch einmal, »kommen Sie, Frau Schwarz. Eva muss das Buch wirklich haben.«

Die Frau sah kurz die Straße hinunter, aber auch sie hörte die Glocken zum Abendgebet noch läuten, weshalb sie zögernd sagte: »Wirklich nur zwei Minuten. Und lass das Licht aus, sie hat Fieber. Ihre Augen tun weh.«

Luise war schon mit einem hastig gemurmelten Dank an ihr vorbeigeschlüpft und nahm immer zwei Stufen der engen Treppe auf einmal, hinauf ins obere Stockwerk, wo Eva sich ein Zimmer mit ihrer jüngeren Schwester teilte, die jedoch eben in der Küche war und ihrer Mutter half. Luise klopfte kurz, drückte aber im selben Moment schon die Klinke herab und trat ein. Die Vorhänge waren gegen den noch immer hellen Abendhimmel zugezogen. Schemenhaft konnte man erahnen, dass Eva im Bett lag. Als sie Luise erkannte, setzte sie sich erschrocken auf.

»Ich darf dich gar nicht sehen!«, flüsterte sie, »du darfst gar nicht hier sein!«

Luise machte sich nicht die Mühe nachzufragen, warum ihr Vater sie aus der Prüfung geholt hatte. Sie konnte sich schon ungefähr ausrechnen, was es gewesen war. Eva und Elisabeth hatten so ihre pikanten Geheimnisse, auf die sie so stolz waren, dass sie immer ein wenig davon durchsickern ließen, wobei Luise Elisabeth in dieser Hinsicht wesentlich mehr zutraute als Eva.

»Papa hat mit Junge gesprochen«, begann sie ohne Umschweife und setzte sich zu Eva ans Bett, »wahrscheinlich benotet er deinen Aufsatz doch und ...«

Sie brach ab. Ihre Augen hatten sich an das Dämmerlicht gewöhnt, und sie konnte Evas Gesicht erkennen. »O Gott«, sagte sie schockiert und lauter als sie wollte, »o mein Gott.«

»Still!«, sagte Eva mit verquollener Stimme, »sei leise!«

Auch ihre Lippen waren geschwollen und aufgesprungen. Auf dem Nachttischchen, das sah Luise erst jetzt, stand eine Emailleschüssel mit kaltem Wasser und einem Tuch darin. Das Wasser war wolkig dunkel.

»Es ist sowieso ganz gleichgültig«, wisperte Eva schluchzend, »ich darf nicht mehr in die Schule.«

»Zur Prüfung auch nicht?« Luise war unwillkürlich ebenfalls ins Flüstern gefallen. In einer Welle des Mitleids streckte sie die

Hand aus und strich Eva über die Stirn. Eva schluchzte stärker und schüttelte den Kopf.

»Aber das kann er doch nicht machen!«, flüsterte Luise empört, »das ist doch … Papa war extra bei Junge! Du musst auf jeden Fall zur Prüfung!«

Eva schüttelte noch einmal in völliger Verzweiflung den Kopf. »Ich darf nicht!«

Luise wusste nicht, was sie tun sollte. Die Luft in dem Zimmerchen war dumpfig schwer. Eine dicke Fliege surrte immer und immer wieder dumm um Evas Gesicht herum, aber Eva wehrte sie nicht ab. In einer unwilligen Bewegung verscheuchte Luise sie. Eva weinte lautlos. Luise stand auf.

»Ich … ich …«, sie wusste nicht, was sie sagen konnte. Sie wusste überhaupt nicht, was sie tun sollte, nur dass etwas getan werden musste, das war klar.

»Eva«, flüsterte sie, »die Prüfung ist erst übermorgen. Ich … ich rede mit ihm. Oder mein Vater.«

Eva schluchzte nur. »Nein«, weinte sie, »es hat keinen Sinn. Lass es. Es wird nur schlimmer. Geh weg.«

Luise strich ihr noch einmal ratlos übers Haar, dann verließ sie schnell das Zimmer, lief die Treppe hinab und aus dem Haus, ohne Gruß. Sobald sie auf der Straße stand, stieg die Wut in ihr hoch; viel stärker noch als heute Vormittag gegenüber Junge. Der hatte ja immerhin nur die Regeln zu genau befolgt. Der war ja nur ein Regelfex, der war nicht von Grund auf böse. Aber Evas Vater! Zornig begann sie zu rennen. Es war noch nicht einmal Viertel nach acht; der Mesner musste noch in der Kirche sein. Am Brunnen rannte sie vorbei, quer über den Marktplatz, passierte den Schulhof und achtete nicht auf die Köpfe, die sich nach ihr drehten. Außer Atem bog sie in die Kirchgasse ein und blieb mit Seitenstechen vor dem Kirchtor stehen, das nur angelehnt war. Ihr war heiß, und sie atmete zwei-, dreimal tief aus, damit das Seitenstechen aufhörte und sich ihr Herz beruhigte. Dann stieg sie die Stufen hoch und zog das Tor auf.

In der Kirche war es kaum dunkler als draußen, der helle westliche Himmel strahlte durch die hohen, farbigen Fenster neben der Orgelempore. Es war angenehm kühl, und die Luft roch nach den Blumen am Altar, dem alten Holz der Bänke und dem weißen Tuch mit dem lilafarbenen Kreuz, das von der Kanzel hing. Der Mesner stand mit dem Rücken zu ihr vor dem Altar und hatte sich nicht umgedreht, obwohl er gehört haben musste, dass das Tor ging. In seinem grauen Kittel, mit gesenktem Kopf, stand er unter dem Kreuz, die Schultern eng zusammengenommen, die Hände gefaltet vor die Brust gepresst, wie Luise sehen konnte, als sie näher kam und knapp hinter ihm stehen blieb. Er sah so schmal aus, dass man sich wundern musste, wie so ein Männchen ein stämmiges Mädchen wie Eva derart hatte schlagen können. Ihr Atem ging immer noch schnell, aber sie machte sich keine Mühe, leise zu sein. Der Mesner hatte die Augen geschlossen und bewegte lautlos die Lippen.

»Herr Schwarz!« Luise hatte laut und klar gesprochen.

Der Mesner reagierte nicht. Er murmelte weiter.

»Herr Schwarz!«, sagte Luise noch etwas lauter. Ihre Stimme hallte in der abendlichen Kirche.

Ohne die Augen zu öffnen, antwortete der Kirchendiener: »Ich bete.«

Luise hätte ihn am liebsten angeschrien, aber sie beherrschte sich und wartete. Endlich war er fertig und drehte sich zu ihr um.

»Was gibt's denn?«, fragte er in seiner üblichen knappen Art.

Offensichtlich erwartete er nicht mehr als lediglich eine Botschaft vom Pfarrer; eine Lappalie.

Luise sah ihn fest an. »Ich war eben bei Eva«, sagte sie dann und bemühte sich, ihren Zorn zu unterdrücken, nicht laut zu werden.

»So«, sagte der Mesner, aber nur mit einer ganz leichten Unsicherheit. »Und?«

»Und?«, fragte Luise ungläubig nach. »Und? Sie haben sie halb totgeschlagen!«

Der Mesner schwieg einen Augenblick, dann sah er nach dem Kreuz und wieder zurück zu Luise. »Wer sein Kind liebt, züchtigt es«, sagte er mit seiner dünnen Stimme, aber fest und ohne Zweifel. »Eva hat schwer gesündigt. Ich habe für sie gebetet.« Er wies mit dem Kinn zu der Stelle, an der er eben noch gestanden hatte.

Luise zitterte jetzt. »Eva hat gesündigt?«, rief sie viel lauter, als sie wollte. »Na, was denn? Was kann es denn schon gewesen sein? Ich kenne Eva doch! Aber gut …«, sie zwang sich noch einmal zur Ruhe. »Herr Schwarz, Eva hat gesagt, Sie wollen sie nicht mehr zur Schule lassen.«

Der Mesner hatte begonnen, die Kreuze, die an den beiden Seiten des Mittelganges in Halterungen an den Bänken steckten, mit dem schwarzen Schleier zu bedecken, den sie bei Beerdigungen trugen.

»Eva hat schwer gesündigt«, sagte der Mesner noch einmal. »Sie verlässt das Haus erst, wenn sie gebüßt hat und wieder rein ist.«

Luise trat ganz nah an ihn heran. Er roch genauso wie die Luft in Evas Zimmer. »Wenn sie nicht zu den Prüfungen erscheint, muss sie das Jahr wiederholen!« Ihre Stimme klang gepresst, das hörte sie selbst, aber sie hätte sonst geschrien.

»Vor Gott bedeutet ein Jahr nichts«, gab der Mesner tonlos zurück.

Luise sah ihn fassungslos an. Dann trat sie einen Schritt zurück. »Es ist Ihre Tochter!«, schrie sie, »bedeutet Ihnen das gar nichts? Ihre Tochter! Sie hat nichts Böses getan! Was sind Sie denn für ein Mensch?«

Der Mesner war jetzt auch am Rande seiner Beherrschung angelangt. »Luise«, sagte er, und sie hasste es, dass er sie bei ihrem Namen nannte, »du bist im Haus Gottes. Jetzt reicht es. Ich habe dir nur zugehört, weil du Herrn Pfarrer Andings Tochter bist. Misch dich nicht in meine Angelegenheiten. Wie dein Vater erzieht, geht mich ja nichts an, wie soll auch ohne Mutter etwas aus dir werden! Aber ich erziehe meine Kinder nach Gottes Willen.«

Luise sah ihn voller Wut und Verachtung an. »Sie sind durch und durch böse. An Ihnen ist alles klein«, zischte sie. »Ich erzähle das meinem Vater, und ich hoffe nur, dass Sie entlassen werden. *Sie* sind der Gottlose, nicht die anderen. *Sie* sind der Teufel, nicht die anderen.«

Dem Mesner war die Röte in die welken Wangen gestiegen, er machte eine hastige Bewegung auf sie zu und hob die Hand, aber Luise packte seinen Arm und hielt ihn mit all der Kraft, die sie aufbringen konnte.

»Mich«, flüsterte sie so voller Wut, dass sie dabei spuckte, »mich schlagen Sie nicht!«

Dann ließ sie ihn los und stürmte aus der Kirche, zitternd, rasend vor ohnmächtigem Zorn und so aufgewühlt wie fast noch nie in ihrem Leben.

Schwein, dachte sie immer wieder, während sie zum Haus hinüberging, was für ein Schwein. Jetzt hätte sie gerne mit Papa geredet oder mit Paul, aber niemand war zu Hause. Ihr Vater war auf einer Kirchenvorstandssitzung, Paul und Luana waren ausgegangen; sie wusste nicht, wohin. Luise ging hinauf auf ihr Zimmer und öffnete das Fenster so heftig, dass die Flügelgriffe in den Putz schlugen. Wild atmend stand sie am Fenster und merkte, wie ihr die Tränen kamen, aber nicht vor Trauer, sondern vor Wut, dass die Welt so ungerecht sein konnte, dass es Menschen gab, die über einen anderen bestimmten, als sei er nichts wert. Sie hatte die Hände zu zitternden Fäusten geballt und spürte die Nägel in der Handfläche, aber es hätte noch stärker schmerzen dürfen, es war eigentlich nicht genug. Sie stand im Fenster, die Tränen tropften aufs Brett, und sie hasste sich für ihre Schwäche, dafür, dass sie den Mesner nicht besiegen konnte, obwohl alles, alles falsch war, was er dachte und tat. Sie hasste sich und die Welt dafür, dass das Falsche stärker sein durfte als das Richtige. Draußen dagegen war es ein friedlicher Sommerabend, still und nach Rosen duftend, und die Mauersegler durchschnitten die Luft wie mit Sicheln, während Luise sich schließlich zwang, mit dem Weinen aufzuhören und nur noch mit brennenden Augen in den Himmel starrte, lange Zeit, bis es endlich dunkel war und sie zu Bett ging, ohne Schlaf zu finden.

13

In den folgenden Tagen blieb Evas Platz im Klassenzimmer leer. Sie erschien weder zu den Prüfungen noch zu den letzten Unterrichtsstunden, die dazwischen noch gegeben wurden. Luises flammender Zorn auf den Mesner wurde zu einem kalten Hass, der sie in seiner Kraft selbst überraschte. Sie hatte ihrem Vater am nächsten Tag von der Begegnung in der Kirche erzählt, sie hatte ihm geschildert, wie Eva ausgesehen hatte und dass der Mesner sie nicht mehr in die Schule lassen wollte. Ihr Vater war an diesem Tag tatsächlich noch einmal gegangen, um mit Schwarz zu reden; ihn zu überzeugen, seine Tochter wenigstens bei den Prüfungen antreten zu lassen, aber er war mit geröteten Wangen und fast ebenso zornig wie Luise zurückgekehrt, ohne irgendetwas ausgerichtet zu haben.

»Der Mann ist wie aus Stein«, hatte er in bitterer Fassungslosigkeit gesagt. »Wie kann er nur so etwas glauben? Wie kann er glauben, dass es Gott gefällt, was er da tut? Allmählich verstehe ich, aus welchem Geist die Inquisitoren gekommen sind.«

Luise hätte nur zu gerne gesehen, dass der Mesner entlassen wurde, aber es lag sowieso nicht in der Hand ihres Vaters. Der Kirchenvorstand beriet über Ein- und Ausstellungen, und der Mesner war seit fünfundzwanzig Jahren im Amt. Ihr Vater dagegen war erst seit fünfzehn Jahren in der Stadt.

»Und selbst, wenn Papa ihn entlassen könnte«, hatte Paul düster angefügt, dem Luise die Geschichte auch erzählt hatte, »selbst dann: Er ist so verbohrt, dass er sich dann als Märtyrer fühlen würde. Sieh dich doch um! Wir leben längst wieder im Mittelalter.«

Er hatte das *Tagblatt* hochgenommen und auf eine Notiz gedeutet. In Straßenkämpfen in Berlin hatten SA-Leute zwei Kommunisten totgeschlagen. Luise hatte an Greben denken müssen, den heiteren, offenen Flieger.

»Nicht alle sind so«, hatte sie fast trotzig geantwortet.

Ihr Vater hatte genickt. Aber Paul, der weder den fröhlichen Glauben seines Vaters noch Luises Optimismus teilte, hatte einfach gesagt: »Doch. Alle sind so. Kommunisten und Nazis. Dein Mesner und der Bürgermeister. Für alle gibt es nur einen Glauben, und das ist der ihre.«

Er hatte die Zeitung wieder hingelegt und sie aus seinen dunklen Augen angesehen. Die waren von ihrer Mutter, hatte Luise immer wieder gehört; sie selber und der Vater hatten blaue Augen. Paul hatte sich eine Zigarette angezündet und fortgefahren: »Alle sagen, der Krieg hat die Leute kaputt gemacht, aber das stimmt nicht. Die Freiheit macht sie verrückt. Das erste Mal gibt es einen freien Staat, und das macht ihnen so Angst, dass sie sich lieber in die Gefängnisse in ihrem Kopf flüchten. Und alle anderen wollen sie da auch einsperren, und wenn die nicht wollen, schlagen sie sie tot!«

Luises Vater hatte langsam den Kopf geschüttelt. »Ich bin nicht so.«

Paul hatte ihn lange angesehen, fast mitleidig, und dann gesagt: »Nein. Du nicht. Deswegen können sie dich auch nicht leiden.«

Luise musste an dieses Gespräch denken, als sie zu ihrer letzten Prüfung ging. Die langen Junitage hatten die Stadt aufgeheizt, und es war jetzt auch schon morgens warm. Im Knabengymnasium hatten sie Abiturprüfungen, und die Jungs, die Luise noch von heftigen Kämpfen auf dem Fußballfeld vor der Stadt kannte, die mit aufgeschrammten Knien und wildem Geschrei die Stadtmauer hochgeklettert und mit ihr durch Dornengebüsch gerobbt waren, trugen nun dunkle Anzüge, die ihnen um die Handgelenke zu weit und an den Beinen zu lang waren. Die ungewohnten Hemdkragen scheuerten, und die Mischung aus Angst vor den Prüfungen und der neu gewonnenen Würde als Abiturienten machte sie fast alle zu komischen Figuren. Luise musste trotz ihrer düsteren Gedanken lächeln, als sie ihren Weg kreuzten. Ein paar aufmunternde Worte, ein paar halb abergläubische Sätze flogen hin und her: »Ich fall bestimmt rein!« oder auch ein scherzhaftes »Glück auf!« oder »Ahoi.« Alle waren aufgeregt, denn es war der letzte Tag. In ein paar Stunden waren sie alle frei – oder wurden für ein weiteres Jahr zurückgestellt. Aber davon redete keiner laut. Durchfallen hieß Faulheit oder Dummheit, und es ging nicht nur in Evas Elternhaus streng zu. Durchfallen war eine Schande in diesem Städtchen, Luise hatte mehr als einmal aus den Gesprächen der Jungs nur halb leichtfertige Sätze gehört wie: »Ich weiß ja, wo mein Vater die Pistole hat. Im Schub, rechts oben.«

So war das hier. Vielleicht hatte ihr erst die Sache mit Eva klargemacht, wie eng es hier zuging. Sie konnte zwar Pauls düstere Weltsicht nicht teilen, aber an dem, was er sagte, war schon etwas Wahres. Vielleicht war es auch der Flug gewesen, der ihr die Stadt zum ersten Mal von oben gezeigt hatte: spielzeugklein und heiter und eigentlich bedeutungslos. Solange man nicht unten zwischen ihren Häusermauern stand, die einem immer nur zwei Richtungen ließen – vor oder zurück. Aber für sie ging diese Zeit jetzt zu Ende. Überrascht von sich selbst dachte sie daran, dass sie vor zwei Wochen noch lieber hatte hier bleiben wollen, nur um mit Georg das Flugzeug fertig zu bauen. Die Dinge hatten sich so schnell verändert in den letzten Tagen. Sie wollte fort. Sie wollte fort von hier, fliegen lernen, frei werden.

Sie war vor dem Eisenzaun ihres Schulhofs stehen geblieben und sah dem Trupp Jungen nach, der in die Schulgasse abbog. Ausnahmsweise war Luise froh, ein Kleid anzuhaben. Die schwitzten jetzt schon in ihren Anzügen – wenn sie dann vor den Prüfern standen, waren ihre Kragen sicher längst durchweicht. Die Sonne stieg eben über den Giebel des Kinos, und sie musste blinzeln, als sie in die Richtung sah, aus der Elisabeth kam.

»Na«, rief Elisabeth quer über den Platz, »bereit zum letzten Gefecht?«

Luise machte eine wegwerfende Handbewegung. »Es ist nur Physik«, rief sie mit mehr Sicherheit zurück, als sie wirklich besaß, »und in zwei Stunden ist alles vorbei.«

Elisabeth kam näher, und Luise sah ihr Kleid. Es war keines der billigen Baumwollfähnchen, die sie im Sommer immer alle anhatten, und auch keines der festen blauen Kittelkleider, die von den ärmeren Mädchen getragen wurden. Elisabeth hatte ein Etuikleid an, das ihre Formen betonte und ziemlich elegant wirkte. Luise pfiff anerkennend durch die Zähne. Elisabeth zuckte mit den Schultern.

»Was willst du?«, fragte sie lässig, »Physik ist nicht meine Stärke. Da muss ich Dr. Mandl schon noch was anderes bieten.«

Luise bewunderte Elisabeth für ihre Offenheit. Sie war viel unbekümmerter als Eva, bei der ihre Koketterie vielleicht einfach nur ein manchmal peinlicher Versuch war, sich von der schrecklichen Enge ihres Elternhauses zu befreien. Bei Elisabeth dagegen hatte sie etwas Natürliches. Luise seufzte kurz, aber ohne wirkliche Bedrückung. Sie würde nie zur Verführerin werden, aber das war es ja auch nicht, was sie wollte.

»Wollen wir noch schnell eine rauchen? Gegen das Flattern?«, fragte Elisabeth.

Luise schüttelte den Kopf. Sie hatte es einmal probiert, aber sie konnte es nicht leiden, und auch in der Bündischen Jugend rauchte keiner. »Dr. Mandl wird es riechen«, warnte sie Elisabeth.

Die zuckte nonchalant die Achseln und gab Luise einen kameradschaftlichen Stoß. »Dann eben später. Und jetzt erklär mir noch mal schnell, wie man eine Schwingung berechnet.«

Gemeinsam gingen sie ins Schulhaus, dessen Gänge noch angenehm kühl waren, stiegen die Treppen hoch, und während sie Elisabeth noch einmal geduldig die Gleichungen erklärte, dachte sie: das letzte Mal. In zwei Stunden bin ich frei.

14

Es hatte in Luises Schulleben oft genug Momente gegeben, in denen sie ihren Nachnamen verwünscht hatte, denn fast immer war sie am Anfang aller Klassenlisten gestanden. Fast immer war sie bei Prüfungen die Erste gewesen oder wenn Zensuren vorgelesen wurden oder wenn jemand zum Direktorat geschickt werden musste. Irgendwann hatte sie sich aber daran gewöhnt, und als sie tief aufatmend aus dem Schulhaus trat, während die anderen oben alle noch im Klassenzimmer, dessen Fenster heute in übergroßer Vorsicht auch noch verschlossen waren, warteten und schwitzten, war sie bereits fertig. Es war dann doch aufregender gewesen, als sie erwartet hatte.

Der Schulrat, der bei den Abschlussprüfungen beizusitzen hatte, der Direktor und Dr. Mandl – es war eben doch noch etwas anderes, vor einem hochoffiziellen Komitee an der Tafel zu stehen und Beschleunigungen zu berechnen, Reibungskoeffizienten darzustellen und Fallgesetze zu erklären. Aber am Schluss hatte Dr. Mandl ihr mit einem fast unmerklichen Lächeln zugenickt, und man hatte sie entlassen. Nun hatte sie bis ein Uhr Zeit, dann wurden die Ergebnisse der Gesamtprüfung verkündet. Eigentlich hätte sie vorher wissen können, dass sie so lange würde warten müssen, aber irgendwie hatte sie nicht daran gedacht. Sie war doch noch zu sehr im Schulleben gefangen, spottete sie in Gedanken über sich selbst, da kam plötzliche Freiheit nicht vor. Sie überlegte, ob sie nach Hause gehen sollte, aber der Gedanke, dort zu sitzen, bis es so weit war, gefiel ihr nicht. Es war früher Vormittag, und der Tag war so schön. In der Schule jedoch wollte sie auf keinen Fall bleiben, und dann fiel ihr ein, was sie in der Zwischenzeit tun konnte, und sie freute sich. Schnell ging sie nach Hause. Als sie das Fahrrad aus der Remise holte, konnte sie Luana hören, die wohl eben Teppiche im Garten ausklopfte. Sonst war das Haus still, obwohl ihr Vater wahrscheinlich im Amtszimmer war und arbeitete. Sie stieg auf und fuhr los.

Es war ein eigenartiges Gefühl, an einem Werktagvormittag unterwegs zu sein. Das war eigentlich ein Feriengefühl. Sie konnte frei quer über den Marktplatz fahren, von dem sie sonst nur einen kleinen Ausschnitt vom Klassenzimmer aus sah. In langweiligen Stunden hatte er oft genug den Wunsch ausgelöst, wenigstens dort sein zu können statt in der Schule. Dass so ein enger Platz für Freiheit stehen konnte! Luise trat voll überschäumender Kraft in die Pedale. Eigentlich gehörte es sich ja für ein Mädchen nicht, im Stehen Rad zu fahren, aber sie wollte schnell sein. Ein Lastkraftwagen überholte sie mit plärrender Hupe, und sie trat noch ein wenig stärker, um in seinem Windschatten zu bleiben, während es den kleinen, kopfsteingepflasterten Anstieg zum Osttor hinaufging. Die Strömungseigenschaften der Luft, wiederholte sie im Geist aus der eben vergangenen Prüfung, gleichen in mancher Hinsicht denen des Wassers, denn ähnlich wie eine Flüssigkeit – sie musste jetzt sehr schnell treten, um hinter dem Wagen zu bleiben – trifft der geteilte Luftstrom nach einem Hindernis nicht sofort zusammen – sie atmete schwer –, sodass direkt hinter dem Objekt ein Unterdruck entsteht –, sie war auf der Anhöhe angelangt, und der Lastkraftwagen schaltete hoch und zog davon, während sie allmählich zu Atem kam, denn jetzt ging es leicht bergab –, der die Luise den Berg hinaufzieht, dachte sie schließlich und musste lachen. Die Anspannung der Prüfungen der letzten Woche und auch die Bedrückung wegen

Eva und der Ärger durch den Streit mit dem Mesner fielen etwas von ihr ab. Elisabeth kam ihr in den Sinn, und sie drückte ihr schnell mit schlechtem Gewissen die Daumen, während sie jetzt mühelos an der Textilfabrik auf der einen und den wenigen Villen der Vorstadt auf der anderen Seite vorbei zur Tankstelle rollte, um Georg zu besuchen.

Der Verkehr auf der Landstraße nach München war um diese Zeit nicht sehr stark. Weil es ja ein Werktag war, fuhren vor allem Lastkraftwagen; nur ab und an sah man ein Privatauto. Luise bog in die Tankstelle ein und lehnte ihr Rad an eine der beiden runden Zapfsäulen, auf der oben die große, weiße Messuhr saß, die nach dem letzten Kunden noch nicht zurückgestellt worden war: Auf 23 Liter wies der schwarze Zeiger.

Die Tankstelle wirkte sehr neu und modern. Das Vordach hatte man nicht auf gemauerte Stützen gesetzt, sondern auf zwei Stahlrohre, und das rot lackierte Blech der beiden Zapfsäulen glänzte noch. Die Werkstatt daneben war auch neu und hatte Schaufensterscheiben wie ein Ladengeschäft. Das war Georgs Idee gewesen. Sein Vater hatte nur nach langem Murren zugestimmt. Er hatte befürchtet, dass sich dann vor den Fenstern Schaulustige versammeln würden, die ihm bei der Arbeit zusahen. Aber Georg hatte gemeint, dass sie ja nichts zu verbergen hätten und die Leute lieber kämen, wenn sie zusehen könnten, wie ihre Autos repariert wurden. Er hatte recht behalten. Die Werkstatt lief sehr gut. Deshalb hatte Georg ja auch nur wenig Zeit für ihr Flugzeug. Aber ein Teil der großen Scheiben war jetzt ohnehin von Wahlplakaten der SPD verdeckt – noch ein Streitgrund für Georg und seinen Vater, der immer und immer wieder aufflammte: Roter Sohn und schwarzer Vater, das vertrug sich nicht gut in einem gemeinsamen Betrieb.

Sie spähte durch das Fenster hinein. Sie konnte lange Beine in blauen Schlosserhosen sehen, die unter einem schwarzen, offenen Horch hervorragten. Georgs Vater dagegen war nicht da. Aber das war klar – es war Juni, und wahrscheinlich war er draußen auf dem Feld und machte Heu. Georgs Eltern hatten noch eine kleine Hofstelle.

Luise zögerte ganz kurz. Sie waren sich nicht mehr begegnet, seit sie das letzte Mal zusammen am Flugzeug gearbeitet hatten. Zum einen waren die Prüfungen dazwischen gewesen, zum anderen hatte sie eine kleine Scheu davor gehabt, ihn zu treffen. Aber Georg war ihr bester Freund, und er war der Einzige, der sich genauso sehr wie sie nach dem Fliegen sehnte. Und sie musste ihm erzählen, dass sie geflogen war! Keiner verstand so wie er, was das für sie bedeutete. Kurz entschlossen drückte sie das Tor auf und trat ein.

»Komme gleich!«, rief Georg, der unter dem Wagen lag. Ein Schraubenschlüssel klirrte auf den Zementboden.

»Ach«, rief Luise übermütig zurück, »lassen Sie sich ruhig Zeit. Ich betanke mein Fahrrad dann eben selbst.«

»Luise!«, hörte sie Georgs überraschte Stimme, und er schob sich rasch unter dem Horch hervor. Sein Gesicht war vollkommen ölverschmiert, aber seine Augen leuchteten. »O Gott«, sagte er, »ich schaue aus wie … warte kurz!«

Luise lachte. »Lass doch, du bist doch bei der Arbeit!«

Aber Georg war schon zum Waschbecken geeilt und seifte sich das Gesicht ein. Luise sprang auf den Kotflügel des Horch, ließ die Beine baumeln und sah zu.

»Was machst du denn hier? Um diese Zeit?«, fragte Georg, während er sich abtrocknete. Zwei schwarze Schatten um die Augen waren geblieben.

»Ach«, antwortete Luise lässig, »ich wollte mir nur die Zeit vertreiben, bis ich erfahre, ob ich gewonnen oder verloren habe.«

»Gewonnen?« Georg verstand nicht gleich.

»Na, die Prüfungen. Ich bin fertig. Um eins weiß ich, ob ich bestanden habe.«

Georg lächelte sie an. »Natürlich hast du.«

Luise zuckte die Schultern. »Wer weiß«, sagte sie leicht. »Und du? Hast du etwas machen können?«

Sie spielte auf das Flugzeug an. Georg nickte und fragte mit Blick auf das kleine Bürozimmerchen neben der Werkstatt: »Magst du einen Malzkaffee? Ich habe keinen richtigen da, leider. Oder vielleicht ein Bier?«, ergänzte er leicht boshaft.

Luise schüttelte sich bei dem Gedanken an Bier, noch dazu am Vormittag. Georg trank auch keins, aber sein Vater eigentlich immer, wenn er arbeitete, deshalb standen stets ein paar Flaschen in einer alten Zinkwanne im Wasser.

»Malzkaffee ist doch fabelhaft«, sagte sie, und sie gingen zusammen hinüber.

Weil es nur einen Stuhl gab, gingen sie beide mit ihrer Tasse Malzkaffee in der Hand nach draußen und setzten sich auf das Mäuerchen, neben dem das Pressluftgerät für die Reifenbefüllung stand. Dahinter lehnte Georgs Krad, an dem er auch noch herumschraubte, wenn ein wenig Zeit übrig blieb. Das war etwas, das Luise an Georg besonders mochte – seine fast unbegrenzte, fröhliche Energie, mit der er alles anpackte. Die Sonne schien auf die Straße. In den Gärten der Villen gegenüber lärmten die Vögel. Es war sehr sommerlich, und Luise begann allmählich zu fühlen, dass heute tatsächlich etwas ganz Neues begann. Als Kind hatte sie einmal staunend einen Falter beobachtet, der aus seiner Puppe herauskroch und das erste Mal die zerknitterten Flügel ausbreitete. So ähnlich fühlte sich das heute auch an, dieses leichte Staunen über eine neue Welt.

»Ich habe mir überlegt, wie wir den Motor verankern«, begann Georg unvermittelt. »Nicht, dass wir schon einen hätten. Aber er darf uns ja nicht aus dem Rumpf abhauen. Er muss das ganze Ding ja ziehen. Also hab ich gedacht, dass …«

Luise unterbrach ihn. »Georg«, sagte sie und wandte ihm ihr Gesicht zu, »ich bin geflogen.«

»Was?« Georg war völlig überrascht.

»Ich bin geflogen«, wiederholte sie und freute sich, dass sie dieses Geheimnis mit ihm teilte. Sie hatte es zu Hause niemandem erzählt, nicht einmal Paul.

»Einer der Flieger auf der Flugschau hat mich mitgenommen«, sprudelte sie jetzt heraus, »und ich habe unglaublich viele Fotos von den Maschinen machen können. Es war eine Messerschmitt. Ich muss sie noch entwickeln lassen. Georg, es war einfach fabelhaft.«

Georg sah zu ihr hinüber, und sie konnte sehen, dass er sich Mühe gab, aber ihre Freude nicht so teilen konnte, wie sie erwartet hatte. Aber sie hatte ja auch das Beste noch nicht erzählt.

»Ich war in der Flugzeughalle, und da habe ich einen Flieger kennengelernt«, sagte sie. »Greben heißt er. Und der hat mich nach der Schau mit nach oben genommen. Er hat mich heimgeflogen«, lachte sie, immer noch von diesem unwahrscheinlichen Glück erfüllt, »und dann, Georg …«

Sie machte eine kleine Pause, der Spannung wegen. Georg sah sie erwartungsvoll an.

»Dann hat er mich fliegen lassen«, sagte Luise stolz. »Fast die ganze Strecke von Würzburg hierher. Es war das Beste, was ich jemals gemacht habe. Georg! Er hat mich wirklich fliegen lassen, und es war überhaupt nicht schwer. Es war …«

Sie hielt inne, weil Georg den Kopf abgewandt hatte.

»Georg!«, sagte sie bestürzt. »Was ist denn? Freust du dich nicht?«

»Doch, doch«, sagte Georg, aber sie sah ihn das erste Mal wieder so wie damals, vor fünf Jahren, als sie gedankenlos gesagt hatte, dass Mechaniker nicht flögen.

»Ich … ich hatte nur irgendwie gedacht …« Er beendete den Satz nicht. Luise konnte nicht verstehen, dass er sich so gar nicht mit ihr freuen konnte.

»Aber du wärst doch auch geflogen«, sagte sie, zwischen Hilflosigkeit und Trotz schwankend, »wenn man es dir angeboten hätte, dann wärst du doch auch geflogen, oder?«

Georg sah sie an. »Ja, vielleicht. Aber niemand bietet mir so etwas an. Weil ich kein Mädchen bin.«

Luise war jetzt völlig außer Fassung. Sie verstand nicht, wie dieses Gespräch so schieflaufen konnte. Sie hatte sich so gefreut, Georg zu sehen und ihm alles zu erzählen.

»Das hat doch damit überhaupt nichts zu tun«, verteidigte sie sich jetzt hitzig, »ich kann doch nichts dafür, wenn mir einer anbietet aufzusteigen! Hätte ich Nein sagen sollen?«

Georg ging nicht darauf ein. »Er hat sicher gut ausgeschaut, oder?«, fragte er fast gehässig.

Luise stand auf und stellte die Kaffeetasse auf das Mäuerchen. »Georg«, sagte sie und versuchte, sich zusammenzunehmen und nicht laut zu werden, »das ist doch völlig egal. Er hat gut ausgeschaut, aber deswegen bin ich doch nicht mitgeflogen. Ich bin … wann kriegt man denn jemals wieder so eine Chance? Ich meine, er hat mich fliegen lassen! Weißt du, wie lange man warten muss, bis man fliegen darf, selbst wenn man Flugstunden nimmt?«

Georg sah weg. »Wie hat er denn geheißen?«, fragte er mürrisch. Er gab sich keine Mühe mehr, seinen Ärger zu verbergen.

Luise wurde zornig. Wie verbohrt konnte Georg nur sein! Er sollte sich mit ihr freuen. Er war ihr bester Freund! Wütend kramte sie in der Tasche ihrer Jacke, die sie auch am Sonntag getragen hatte und hielt ihm dann das Visitenkärtchen hin.

»Lies selber!«, sagte sie fast trotzig. »Greben. Er heißt Greben.«

Georg starrte auf das Kärtchen. »Bei der SA ist er auch noch«, murmelte er dann verächtlich. »Hat das sein müssen, ja? Ausgerechnet so einer?«

Er warf ihr das Kärtchen zurück, stand auch auf und nahm ihre Tassen, um sie zurück ins Büro zu tragen. Luise konnte nicht fassen, dass er so reagierte. Sie hätte ihn gerne angeschrien, aber dann holte sie tief Luft, zwang sich zur Ruhe und wechselte den Ton.

»Georg«, sagte sie bittend, »was ist denn los mit dir? Ich ... sieh mal, ich konnte doch gar nicht anders! Ich habe ihn mir ja nicht aussuchen können. Es war einfach Glück. Und du ... du willst doch auch fliegen! Du ... wärst du nicht aufgestiegen?«

»Aufgestiegen!« Georg wiederholte das Wort in einem verächtlichen Ton. »Wie du schon redest!«

Er schwieg und starrte aus dem Fenster. Dann brach es plötzlich aus ihm heraus, ein bitterer Vorwurf: »Ich habe gedacht, wir fliegen das erste Mal zusammen! Aber du kannst ja nicht warten. Du musst mit dem fliegen. Mit so einem!«

Luise war ihm gefolgt und stand nun in der Tür. Sie konnte nur den Kopf schütteln. Sie verstand ihn nicht. Das war überhaupt nicht der Georg, den sie kannte. Sie wusste nicht recht, was sie jetzt noch sagen sollte.

»Man kann doch sowieso nicht einfach so zusammen losfliegen«, sagte sie aufgebracht. »Wir hätten doch ohnehin schulen müssen. Denkst du, wir hätten einfach so ins Flugzeug steigen und fliegen können, wenn wir fertig sind? Und dann Bruch machen, weil wir keinen Schimmer vom Fliegen haben? Hast du das wirklich gedacht? Das ist doch kein Motorrad, auf das man einfach so steigt und losfährt!«

Georg stellte die Tassen von einer Ecke des kleinen Tisches hart in den Spülstein. Luise hörte, wie eine brach.

»Aha«, sagte er in sturköpfiger Wut. »Dann willst du wieder mit ihm fliegen, ja?«

Luise holte wieder tief Luft, wollte sich beherrschen, aber diesmal war der Zorn stärker. »Ja«, sagte sie, »wenn ich kann, werde ich selbstverständlich wieder mit ihm fliegen. Ich will fliegen. Ich fliege mit jedem, der mich nach oben mitnimmt. Was denkst du eigentlich?« Jetzt schrie sie fast. »Gönnst du mir das nicht? Was ist mit dir los? Ich habe gedacht, wir haben ein gemeinsames Ziel.«

Georg nickte verächtlich übertrieben und ging zur Werkstatt. In der Tür drehte er sich um. »Ja, das habe ich auch gedacht. Wenn ich denke: Ich wollte dir eine Fliegermütze schenken. Fürs erste Mal.«

Luise sah ihn ungläubig an. Sie war so aufgewühlt von Georgs Sturheit, seinem seltsamen Verhalten und seinem Unverständnis, dass sie unüberlegt rief: »Danke. Vielen Dank, aber ich habe schon eine. Greben hat mir seine geschenkt.«

Damit drehte sie sich um, lief zur Tanksäule, riss ihr Fahrrad an sich, sprang auf und fuhr über die Straße, ohne sich noch einmal zu ihm umzusehen.

15

Es war Juli geworden, und Luise fand sich auf einmal in einer Zeit ganz neuer, ungewohnter Freiheit. Die Tage waren weit, warm und lang. Es gab plötzlich fast keine Pflichten mehr; München war noch fern, erst im September würde sie aufbrechen. Und obwohl es noch so viel zu regeln und zu besprechen gab, war es doch wenigstens für einige Wochen so, als hätte es kein Gestern gegeben, als gäbe es kein Morgen. Wie schnell sie die Welt der Schule hinter sich gelassen hatte, erstaunte sie selbst ein wenig. Aber es war, als hätte sie hinter sich eine Tür geschlossen und hörte jetzt nur noch ab und zu ein unverständliches Gemurmel aus dem Raum Vergangenheit.

Sie war nach dem Streit mit Georg in die Schule zurückgekehrt und hatte dort mit Elisabeth auf die Verkündung der Ergebnisse gewartet, immer noch wütend über seine Dummheit, und als sie gehört hatte – wieder als Erste von allen – dass sie bestanden hatte, überraschend gut sogar, da hatte sie sich nicht einmal richtig freuen können und war deshalb noch wütender auf Georg geworden. Erst am nächsten Tag, da sogar ihr Vater, der wirklich kein großes Gewese um diese Dinge machte, ihr beim Frühstückstisch mit einem Lächeln die Zeitung reichte, in der rechts unten auf der Titelseite die Liste mit den Namen der erfolgreichen Absolventinnen abgedruckt war, erst da begann sie sich allmählich zu freuen, und der einzige Wermutstropfen war, dass der Name Eva Schwarz nicht auf der Liste stand. Sie berührte das Thema nicht, aber ihr Vater sagte leise »Es ist eine brennende Schande!«, während er die Liste noch einmal durchging, und Luise wusste, was er meinte.

Am Abend dieses Tages saßen sie alle vier auf der Veranda. Es war noch hell, die Sommersonnenwende noch keine zwei Wochen vorbei. Paul hatte zu Luises Ehren Erdbeerbowle gemacht, war so gelöst wie selten, und küsste ihr, die als Letzte auf der Veranda erschien, nur ganz wenig ironisch die Hand.

»Fräulein Anding«, sagte er lächelnd, »willkommen in der wahren Welt!«

»Dummer Paul«, sagte sie entwaffnet, musste lachen und war gleich um zwei Zehntel besser gelaunt als zuvor. Luana umarmte sie mit ihrer selbstverständlichen Zärtlichkeit, die in dieser Familie sonst so selten und wohl einer der Gründe war, weshalb Luise Luana so mochte.

Sie war keinen Alkohol gewohnt, und so stieg ihr die Erdbeerbowle schon beim zweiten Glas zu Kopf; sie fühlte sich leicht und ein klein wenig schwindlig. Dann stand ihr Vater auf.

»O Papa«, bat sie, »keine Rede! Wir sind doch nicht in der Kirche!«

»Tochter!«, erwiderte ihr Vater übertrieben ernst. »Schweig stille!«

Luana lächelte.

»Du bist die Jüngere«, begann ihr Vater, »die Zweitgeborene. Deshalb ist es mir überhaupt nie so leicht gefallen, dich groß werden zu sehen. Wenn die Nesthäkchen aus dem Haus gehen, dann werden die Väter grau.«

Luise bewegte sich ein wenig unbehaglich auf ihrem Stuhl. Sie mochte das Erhabene gar nicht. Aber da fuhr ihr Vater schon fort, und nun begann man, die leise Ironie herauszuhören.

»Es ist ja ein Jammer«, seufzte er übertrieben, »dass die Kaiserzeit vorbei ist. Keine Tochter ist ihrem Vater noch eine Stütze im Alter …«

»Paul hat dir doch eine Tochter in Brasilien gekauft«, unterbrach ihn Luise boshaft. Luana knuffte sie kameradschaftlich. Sie hatte sich an den Humor der Familie gewöhnt. Luise lachte. Das machten die Bowle und Papas unbewegt ernstes Gesicht, als er weitersprach.

»Früher also wäre eine anständige Tochter nie auf den Gedanken gekommen, ihren einsamen alten Vater seinem Sohn und seiner südamerikanischen Tochter auszuliefern, auch wenn die außergewöhnlich gut kocht.«

Luana verbeugte sich geschmeichelt. Paul saß zurückgelehnt, das Gesicht in der allmählich zunehmenden Dämmerung außerhalb des Lichtkreises der Petroleumlampe, die über dem Tischchen hing. Von irgendwoher wehten die Klänge eines Grammofons aus einem offenen Fenster herüber. Ein Tango.

»Aber Papa«, sagte Luise, nun doch ein bisschen von dem kaum merklichen Unterton der Trauer berührt, der in ihres Vaters Worten mitschwang, »wir streiten doch die ganze Zeit.«

»*Den* Teil werde ich nicht vermissen«, sagte ihr Vater trocken. »Aber ich höre gleich auf, nicht zuletzt, weil ich nicht so lange stehen will. Es ist nämlich so.«

Jetzt wurde er auf einmal doch ernst. Paul und Luise kannten das. Nicht nur der Ton veränderte sich dann, auch die Rede wurde immer flüssiger, wenn ihr Vater begann, Gedanken, die er lange mit sich herumgetragen hatte, vor den Menschen auszubreiten, sei es in der Kirche oder zu Hause.

»Es ist nämlich so«, wiederholte er, »dass mir die letzten Monate, vor allem aber die letzten Tage, gezeigt haben, was man als Vater tun soll und was nicht.«

Luise merkte, dass er auf den Mesner und Eva anspielte, und fühlte, wie sie rot wurde, ohne zu wissen, warum.

»In den letzten Monaten bist du auf einmal groß und mir ein wenig fremd geworden«, fuhr er fort, »anders, als ich dachte. Aber so ist es ja immer. Die Kinder müssen anders werden als die Alten. Und in den letzten Tagen wiederum ist mir die neue, schon fast erwachsene Luise wieder neu vertraut geworden.«

»Papa«, mahnte Paul, »du hast versprochen, es wird nicht mehr lang.«

Ihr Vater wischte den Einwand mit einer unwilligen Handbewegung zur Seite. »Ich habe also nachgedacht, was man dir zum bestandenen Abschluss schenken sollte.«

Er griff nach einem kleinen Büchlein, das vor ihm lag, und hob es hoch. »Ich habe bei deiner Geburt ein Sparbuch angelegt. Leider ist ja eine Inflation dazwischengekommen, die aus meiner Sicht nicht unbedingt nötig gewesen wäre, aber auch so ist noch zumindest ein kleines Anfangskapital für ein Studium zusammengekommen. Das ist mein Geschenk an dich.«

Er reichte es Luise, die aufgestanden war und es in Empfang nahm. Paul wollte aufstehen, um auf Luise anzustoßen, aber sein Vater gab ihm noch einmal zu verstehen, dass er noch nicht fertig war. Paul setzte sich schweigend, ohne seinen Unmut zu zeigen. Er mochte kein Pathos, keinen Aufwand und keine Festlichkeiten. Er mochte die leisen Dinge.

»In den letzten Tagen habe ich nicht nur darüber nachgedacht, dass man seine Kinder gehen lassen muss. Ich habe mich auch erinnert, dass man überhaupt sein Herz nicht an weltliche Dinge hängen soll. Trotzdem ist mir das hier …«, er zögerte kurz, als er in die Tasche fasste und etwas herauszog, das Luise nicht gleich erkennen konnte.

»Das hier ist mir nicht leichtgefallen«, sagte ihr Vater leise noch einmal.

Die Dämmerung war mit blauen Schatten am Haus emporgestiegen, die Fenster waren dunkel geworden, und nur noch der Himmel war hell. Luises Vater schwieg kurz, dann nahm er sich zusammen und seine Stimme wurde wieder fröhlich.

»Moses sagt: *Und der HERR wird dir seinen guten Schatz auftun, den Himmel …*«, damit reichte er Luise, was er in der Tasche gehabt hatte. Luise erkannte es in der Dämmerung erst einen Augenblick später. Es war das Diamantcollier, das sie nur vom Hochzeitsfoto ihrer Eltern kannte. Ihre Mutter hatte es damals getragen.

»Papa!«, protestierte sie, aber der sprach weiter, unbeirrt, und auf einmal wirkte seine Stimme ganz frei und froh: »… *Und der HERR wird dich zum Haupt machen und du wirst oben schweben und nicht unten liegen.* Es gehört dir. Du kannst damit tun, was du möchtest«, sagte er noch. Dann hob er schnell sein Glas und sagte: »Auf Luise!«

Alle standen rasch auf, und Papa, Luana und Paul tranken ihr zu, und sie tat ihnen Bescheid, wie es sich gehörte, und Paul lächelte dabei viel wehmütiger als ihr Vater.

Danach saßen sie noch lange, bis selbst der lange Juliabend ganz zur Nacht geworden war, die Stadt längst schlief und über ihnen die Sterne in einem klaren, schwarzen Himmel standen und sie auf einmal alle ganz leise sprachen, ohne dass da irgendjemand gewesen wäre, den sie hätten stören können.

Erst als Luise in ihrem Zimmer war – sie hatte sich die Zähne geputzt, ohne das Licht im Bad anzumachen, um die Stimmung dieses Abends nicht zu zerstören –, erst als sie mit einem schwebend schwindligen Gefühl in ihrem Zimmer stand, halb ausgezogen, da verstand sie, was ihr Vater mit dem Bibelwort gemeint hatte. Dass er ihr den Himmel auftat mit dem Collier, das sie nicht mehr aus der Hand gegeben hatte und jetzt unter ihr Kopfkissen legte.

Also doch, dachte sie, während sie beide Fensterflügel öffnete und die Läden diesmal nicht schloss, um aus dem Bett noch in den Himmel sehen zu können, also doch: *Du stellst meine Füße auf weiten Raum.* Dann musste sie leise lachen, weil sie merkte, dass sie eben doch eine Pfarrerstochter war, da konnte man nichts machen. Und dann schlief sie ein, von einem Glück betrunken, das auch ein bisschen nach Erdbeerbowle schmeckte.

16

Sommertage. Sommertage, die mit jedem neuen Morgen weiter wurden. Sie konnte immer noch darüber staunen, wie groß die Freiheit auf einmal war. Es gab fast nichts, was sie begrenzte. Keine Schule mehr, keine Verpflichtungen, die sie nicht schnell und mit leichter Hand erledigt hätte. Lange Tage, die anderen Menschen mit einem kleineren Geist vielleicht langweilig vorgekommen wären, zu weit, um sie zu füllen. Luise dagegen kamen sie entgegen wie eigens für sie geschaffen. Freiheit war ihr ja nicht der Wunsch, nichts zu tun, sondern bedeutete, das tun zu können, was sie wollte. Sie hörte nicht auf, morgens wie zu Schulzeiten um halb sieben Uhr aufzustehen, denn so hatte sie dieses wunderbare Gefühl, reich an Zeit zu sein; sie, wenn sie wollte, mit beiden Händen verschwenden zu können.

Es war ein heißer Juli. Die Nächte waren nur wenig kühler als die Tage, und so standen die Fenster des Hauses eigentlich immer weit offen. Durch die grün gestrichenen Läden fiel am Morgen in Streifen das Licht der Sonne. Fast immer war auch Luana schon wach, wenn Luise herunterkam, und es roch nach Kaffee, sanft süßlich nach heißer Milch und manchmal nach Gebackenem. Bei schönem Wetter frühstückten sie oft draußen, und Paul hatte einmal trocken bemerkt, er sei froh, dass um den Garten eine so hohe Mauer lief, denn es war ohnehin schon so, dass die braven Bürger des Städtchens hinter vorgehaltener Hand, aber durchaus etwas abfällig meinten, ein Pfarrer arbeite ja nur sonntags. Und dann noch auf der Terrasse frühstücken! Niemand in der Stadt frühstückte vor dem Haus, es hatte etwas von Verworfenheit, es war etwas, das man vielleicht in Frankreich tat oder in Italien, aber eben nicht in Deutschland. Luise hatte sich schon manchmal gefragt, woran das lag. Ob es mit dieser verschwommenen Vorstellung von deutscher Disziplin zu tun hatte oder einer deutschen Bodenständigkeit? Sie wusste es nicht, denn andererseits war es ja völlig in Ordnung, auf dem Feld zu vespern oder am Lagerfeuer zu essen. Logisch war diese Ablehnung nicht, und vielleicht war es letztlich nur eine Art kleinbürgerlicher Neid in anderem Gewand.

Luana saß schon in einem der Korbstühle in der Sonne und trank ihren süßen, schwarzen Kaffee. Das war übrigens eines der wenigen Dinge, über die sie sich nie einigen konnten und gelegentlich liebevoll-spöttisch den Kopf schüttelten. Luise hätte nie auf Milch im Kaffee verzichten können. Luana dagegen fand, dass Kaffee durch Milch einen faden Geschmack bekam.

Luise setzte sich erst nach einem Augenblick zu ihr. Im Stillen bewunderte sie immer, wie Luana mit so wenigen Handgriffen aus einem Alltagsbild etwas Schönes zaubern konnte. Auf dem Tisch standen in einem Sektkelch ein paar Stängel lila blühender Schnittlauch, violetter Steinquendel von irgendeinem Wegrand und, wieder in einem anderen Lila, Borretsch. Niemand sonst hätte wohl Kräuter als Dekoration auf den Tisch gestellt.

»Guten Morgen«, sagte Luise und setzte sich. Luana lächelte ihr zu und reichte ihr den Korb mit *Brasileiras*, deren Duft schon vorhin im Haus nach oben gezogen war, als Luise sich noch im Bad gewaschen hatte. *Brasileiras* waren ganz kleine süße Brötchen, die mit Kokosmilch gebacken wurden. Luana hatte sie das erste Mal gemacht, nachdem sie mit ihrem Schwiegervater über die Kosten der Kokosnüsse in Streit geraten war und er ihr dann, wie zur Wiedergutmachung, ein paar Kokosnüsse gekauft und in die Küche gelegt hatte – eine wortlose Bitte um Verzeihung. Luana hatte dann die *Brasileiras* gebacken – ein wortloses Annehmen der Entschuldigung. Luises Vater liebte sie, auch wenn er sich sonst nicht so sehr viel aus Essen machte.

»In Brasilien ist jetzt Winter«, sagte Luana mit einem Blick auf den wuchernden Garten, der von Grün überzuquellen schien, weil der Efeu über die Mauerkrone gewachsen war.

»Wird es manchmal auch richtig kalt bei euch?«, fragte Luise kauend.

Luana lachte. »Nie. Wo ich herkomme, ist es im Winter so wie hier jetzt. Bei uns ist der Winter die schöne Jahreszeit, dann ist es nicht so heiß.«

»Und du hast wirklich noch nie Schnee gesehen, bevor du zu uns kamst?«, fragte Luise noch einmal. Es war gar nicht so selten, dass sie mit Luana darüber sprach, aber es war immer wieder ein prickelnd schönes Gefühl, sich vorzustellen, wie es war, in einem Land zu leben, das keinen Schnee kannte, in dem der Winter wie hier der Sommer war.

Luana lachte leise. »Niemals«, sagte sie dann. »Als wir hier angekommen sind, war Winter, und ich hatte nichts anzuziehen. Gar nichts. Hamburg war ganz verschneit, und am Bahnhof habe ich, als Paul nicht hingesehen hat, ganz schnell ein bisschen frischen Schnee von einer Bank genommen und gegessen. Ich wollte wissen, wie er schmeckt.«

»Und?«, fragte Luise, während sie ihren Kaffee trank. Es war wunderbar, so früh wach zu sein, im Freien frühstücken zu können, sich mit Luana zu unterhalten und nicht in die Schule zu müssen.

Luana überlegte kurz. Ihr fast blauschwarzes Haar, zu einem makellosen Zopf geflochten, glänzte im Sonnenlicht. »Ich denke, er schmeckt wie Deutschland: kalt, aber schön«, antwortete sie mit einem Anflug von Humor, der bei ihr so selten war. Luana war immer freundlich, sie lachte auch öfter als Paul und verstand seine und Papas ironische, manchmal sarkastische Bemerkungen, aber sie selber scherzte fast nie.

Luise stand auf, fischte sich noch schnell ein *Brasileiro* aus dem Korb und war schon auf dem Weg zur Remise, um sich das Fahrrad zu holen.

»Ich gehe schwimmen«, rief sie Luana zu, »grüß Papa!«

Luana winkte ihr, lächelnd über ihre Eile, zum Abschied zu und frühstückte weiter. Auch das war wohl einer der großen Unterschiede zwischen Brasilien und Deutschland, dachte Luise, als sie sich auf das Rad schwang – Luana ruhte in sich, es war, als sei um sie herum immer ein kleiner, ruhiger Teich von Zeit. Und sie selbst? Sie war wohl immer in Bewegung, dachte sie ein wenig selbstverspottend, während sie in Richtung Sportbad fuhr und der Fahrtwind ihren Rock flattern ließ.

Sie stand auf dem Siebeneinhalbmeterturm und sah über die Wiesen am Fluss. Um diese Zeit war das Sportbad fast leer. Die Studenten hatten noch keine Semesterferien und waren deshalb nicht wieder aus Erlangen oder München oder Berlin in das Städtchen zurückgekehrt. Die meisten Schüler hatten Unterricht, und die Familien kamen nur am Sonntag. Nur im Sportbecken zog jemand ruhig kraulend seine Bahnen, ohne aufzusehen.

Luise nahm den Kopf zwischen die ausgestreckten Arme und beugte sich vor. Unter ihr schimmerte das Wasser in einem klaren Grün. Sie beugte sich noch ein klein wenig weiter vor, am Rande des Gleichgewichts, dann hob sie sich auf die Zehenspitzen und begann zu fallen. Dieser Augenblick war es, für den sie sprang. Dieser Moment, in dem sie schwerelos wurde, in dem sie sich mit einer letzten, winzigen Streckung der Beine vom rauen Beton des Turmes abstieß, sich streckte und flog. Diese Sekunde des Fallens, dieser Wimpernschlag, in dem man sich fliegen spürte und von nichts aufgehalten wurde.

Sie tauchte straff gestreckt ein, wurde langsamer, beschrieb, immer noch gestreckt, unter Wasser einen Bogen und tauchte auf.

Als sie die Leiter wieder nach oben kletterte, fragte sie sich, was eigentlich hinter diesem Gefühl steckte. Sie wusste, dass sie es liebte, sich fallen zu spüren. Aber woran lag das?

Wieder stand sie am Rand. Der warme Juliwind war kühl an ihrem nassen Körper. Sie streckte die Arme nach oben und nahm sie dann leicht nach vorn. Den Kopf dazwischen. Und als sie sich wieder auf die Zehenspitzen hob und zu kippen begann, da dachte sie flüchtig: Das ist es. Wenn nichts mehr rückgängig gemacht werden kann. Wenn du nicht mehr aufgehalten werden kannst und dich auch nichts mehr hält. Der Moment, in dem es kein Wenn und kein Aber mehr gibt. Und dann flog sie wieder, gerade wie ein Pfeil, und tauchte fast ohne Spritzer mit flüchtigem Bedauern ein.

Später, mit noch feuchten Haaren, saß sie auf dem schmalen Bänkchen in einer der hölzernen Kabinen des Fernsprechamtes, hielt sich den schweren schwarzen Hörer dicht ans Ohr und lauschte dem Knistern und Knacken in der Leitung, bis die Verbindung nach München hergestellt war. Es tutete ein paarmal, dann wurde abgenommen.

»Greben am Apparat. Wer spricht, bitte?«

Luise war nun doch ein wenig aufgeregt. »Luise Anding«, sagte sie rasch, »Sie erinnern sich? Sie haben mich vom Flugtag in Würzburg nach Hause geflogen.«

Es dauerte ein wenig, bis von der anderen Seite eine Reaktion kam. »Entschuldigen Sie, wer spricht da bitte?«

Luise war auf einmal sehr erschrocken. Ihr Münchenplan stand und fiel mit Greben. »Anding«, sagte sie zögernd, »Luise Anding.«

Durch das Rauschen des Hörers kam jetzt ein Lachen. »Ach, das fliegende Fräulein! Ich hatte Sie nicht verstanden, Sie haben so schnell gesprochen. Na, Sie sind ja überhaupt so schnell!«

Luise atmete erleichtert auf.

»Was kann ich für Sie tun?«, fragte Greben.

Luise holte noch einmal tief Luft. Jetzt kam der schwierige Teil. »Ich komme im Herbst nach München«, sagte sie, »und ich will fliegen lernen.«

Es gab eine kleine Pause. Sie hörte ein Rascheln.

»Herr Greben?«, fragte sie in den Hörer.

»Ich habe mir nur meinen Block geholt«, sagte Greben mit einem unüberhörbaren Lächeln in der Stimme, »Sie sind wirklich schnell. Schnell und ungeduldig. Geben Sie mir mal Ihre Adresse. Ich sende Ihnen das Antragsformular für den Leichtflugzeugclub. Da müssen Sie eintreten.«

Luise diktierte Greben überrascht ihre Anschrift.

»Sie melden sich dann bei mir, sobald Sie in München sind, junge Dame!«, schloss Greben das Gespräch in heiterem Befehlston, »und …«, er zögerte kurz.

»Ja?«, fragte Luise gespannt nach, aber Greben sagte nur noch: »Ich freue mich, Sie wiederzusehen.«

Dann legte er auf. Auch Luise hängte den Hörer ein, blieb aber noch einen Augenblick in der Kabine stehen, ohne zu merken, dass draußen die Frau des dicken Apothekers stand, die wohl auch telefonieren wollte. So ist das also, dachte Luise, jetzt beginnt es also wirklich. Und für kurze Zeit hatte sie das gleiche, unvergleichlich schöne Gefühl wie vorhin auf dem Sprungturm in dem Augenblick, als ihre Füße sich vom Boden lösten.

Es war spät am Abend, als Luise das Haus noch einmal verließ. Sie kletterte aus dem Fenster wie immer, aber eigentlich war das schon mehr, als gebe man einer sentimentalen Regung nach denn einer echten Notwendigkeit. Ihr Vater hätte vielleicht gar nichts gesagt. Er hatte sich ihr gegenüber in kurzer Zeit sehr verändert. Diesmal rannte sie nicht durch die nächtliche Stadt. Der Tag war so von diesem Telefongespräch beherrscht worden, er war so voll von Überlegungen und Zukunftsplänen gewesen, dass sie innerlich vibriert hatte. Jetzt wanderte sie den langen Weg an der Stadtmauer entlang in die Vorstadt. Zum einen wollte sie Georg sehen und den Streit beilegen. Zum anderen aber wollte sie ihr Flugzeug weiterbauen. Im September würde sie nach München gehen. Bis dahin wollte sie es mit Georg fertig haben. Vielleicht, dachte sie, während sie über die Brücke ging, kurz stehen blieb und auf das leise Plätschern des Stadtbaches hörte, vielleicht gar nicht so sehr für mich. Ich werde ja in München fliegen. Aber für Georg. Wahrscheinlich haben wir beide nicht über das Jahr hinausgedacht, überlegte sie, wir haben vielleicht beide gedacht, es würde immer so weitergehen. Das Flugzeug bauen. Mit den Bündischen Fahrten unternehmen. Freunde sein.

Sie stieß sich vom Geländer ab und ging weiter. Ich komme ja zurück, dachte sie. Wenn ich fertig bin, wenn ich den A-Schein habe und das Studium vorbei ist. Und dazwischen ja auch. Womöglich kann ich ihm dann das Fliegen beibringen, überlegte sie und erschrak ein wenig vor ihrer Kühnheit, die schon voraussetzte, dass sie das alles schaffen würde. Aber dann straffte sie sich und dachte: warum nicht? Ich kann das. Ich bin dafür gemacht. Und dann fügte sie im Geist ironisch hinzu, dass sie jetzt nur noch Georg davon überzeugen musste.

Es war kein Licht in der Werkstatt. Als sie durch die Spalten zwischen den Brettern des Rolltores nach innen lugte, konnte sie nur Schemen erkennen. Georg war nicht da. Sie überlegte enttäuscht, ob sie wieder gehen sollte, aber dann entschied sie sich anders. Sie wusste, wo der Schlüssel versteckt war. Georg hatte es ihr gezeigt; für den Fall, dass er einmal später kam oder sie alleine in die Werkstatt wollte. Sie ging zu einem der rußigen Fensterbretter, stellte sich auf die Zehenspitzen und tastete, bis sie den Schlüssel spürte. Schnell lief sie zur Tür, sperrte auf und trat ein. Die Luft roch vertraut nach Leinen, nach Holz und Metall, nach Leim und Öl. Sie atmete tief ein und suchte den Lichtschalter, stolperte über eine Latte, die ungewohnt unordentlich im Weg lag, stützte sich an der Ziegelwand ab und drehte das Licht an. Es dauerte einen Moment, bis sich ihre Augen an das Licht gewöhnt hatten. Und dann sah sie es. Vor ihr stand der Rumpf ihres Flugzeugs. Daneben lagen die Flügel, die sie kürzlich mit Stoff bespannt hatten. Sie atmete scharf ein, dann hielt sie erschrocken die Luft an. Jetzt wusste sie, warum es so stark nach Holz roch. Die Flügel waren ein einziger Trümmerhaufen. Die Streben waren geknickt und zerbrochen, das Leinen zerrissen. Fußabdrücke auf dem Stoff zeigten, dass jemand darauf herumgetrampelt war. In den Rumpf waren mit einem schweren Hammer Löcher geschlagen worden. In einer Parodie von Genauigkeit lagen sie alle auf einer Linie wie brachial geschlagene Bullaugen. Luise schossen die Tränen in die Augen, als sie das sah. Sie trat näher und betrachtete die Zerstörung. Georg hatte ihr Flugzeug zertrümmert. Vorne, am Bug, steckte noch der

Hammer in einem der Löcher, als hätte er keine Kraft mehr gehabt, ihn herauszuziehen.

Luise konnte es nicht fassen. Sie berührte die fransigen Kanten der Löcher, versuchte, die Spanten der Flügel wieder aufzurichten, aber es blieben völlig nutzlose Bemühungen. Das Flugzeug war kaputt. Ein Jahr Arbeit einfach so zerstört. Luise drehte sich um ihre eigene Achse und sah um sich, immer noch außerstande zu verstehen, was Georg getrieben hatte.

»Wieso?«, flüsterte sie tonlos, »wieso?«

Sie versuchte, den Flügel aufzuheben, aber er knickte in der Mitte ab, und die Spitze hing nach unten. Sie legte ihn zurück, vorsichtig, dann richtete sie sich auf. Georg hatte ganze Arbeit geleistet. Das war es nun also. Sie wurde ruhiger und blieb einfach stehen, während sie versuchte, zu begreifen, was Georg getan hatte. Schließlich stieg sie über den Flügel, trat auf kein einziges Bruchstück, das im Weg lag, drehte das Licht aus, sperrte sorgfältig die Tür ab, legte den Schlüssel zurück und ging, ohne sich noch einmal umzudrehen.

Die Stadt schlief. Die Uhr des Kirchturms schlug eins, kurz danach gefolgt von der Glocke des Rathausturmes. Es roch nach wilder Kamille am Fuße der vom Tage noch warmen Stadtmauer und nach Gras, aber sobald sie durchs Stadttor in die Gassen einbog, schlug ihr der dumpfige Geruch der alten Häuser entgegen, diese Mischung aus faulendem Holz und Schmierseife, aus zu viel Mottenpulver und scharfem Essig, mit dem jeden Tag geschrubbt wurde, damit alles sauber sei. Sie musste an Eva denken, die in ihrem Zimmer eingeschlossen war, wo sich die erstickende Hitze und die saure Luft stauten. In der lastenden Wärme der Sommernacht hatte Luise auf einmal das Gefühl, zwischen den Häusern nur schwer atmen zu können.

Ja, dachte sie bitter, es ist Zeit wegzugehen. Hier binden sie dich an, wenn du fliegen willst.

Als sie später in ihrem Bett lag, war sie froh, dass das Pfarrhaus so frei stand. Die Luft war leichter. Trotzdem konnte sie lange nicht einschlafen, und als es dann doch geschah – es begann schon zu dämmern –, träumte sie unruhig und schwer.

17

Die Glocken läuteten. Luise hatte nicht die geringste Lust, heute in die Kirche zu gehen. Obwohl der Himmel fast blau war, lag eine unbewegte Schwüle über der Stadt, die sich durch kein Gewitter lösen würde, und sie fühlte sich zerschlagen. Aber es ließ sich nicht vermeiden – sie war ja nicht krank. Das Frühstück war hastig und schweigsam verlaufen wie stets am Sonntag. Ihr Vater war an den Sonntagen immer schweigsam, weil er geistig schon mit der Predigt befasst war, aber heute war er fast mürrisch gewesen, als er wortlos aufstand und zur Kirche hinüberging. Immer war er schon eine Viertelstunde eher dort, als er unbedingt musste, aber so war er eben. Luise kannte es nicht anders. Paul hatte schon vor langer Zeit aufgehört, regelmäßig den Gottesdienst zu besuchen, am Sonntag schlief er lang. Und dann war auch Luana beim Frühstück nicht dabei gewesen; sie ging ja nüchtern zur Messe in die katholische Kirche. Die Sonntagmorgen waren schon im besten Fall nicht heiter-gelassen, aber heute war es besonders trist.

Luise verließ das Haus, nachdem sie noch rasch den Tisch abgedeckt und das Geschirr in den Spülstein gestellt hatte. Auf dem Weg zur Kirche musste sie wieder an gestern Nacht denken und an das zerstörte Flugzeug. Es fraß an ihr. Sie merkte jetzt erst richtig, wie sehr sie das schmerzte, weit über den bloßen Verlust des Flugzeugs hinaus. Ich habe am Boden Bruch gemacht, dachte sie in selbstverletzendem Hohn und begann sich zu fragen, was sie eigentlich falsch gemacht hatte.

Vor der Kirche stand Elisabeth und sah aus, als hätte sie auf Luise gewartet. Luise war überrascht, wie froh sie war, jemanden zu sehen, der wenigstens nicht ganz so bieder und klein dachte wie anscheinend alle anderen hier.

»Nanu«, begrüßte sie ihre Kameradin Elisabeth spöttisch, »du bist ja noch hier. Ich hatte dich schon in Berlin vermutet. Champagnerfrühstück statt Sonntagsgottesdienst.«

Sie spielte auf ihren Wunsch an, Schauspielerin zu werden. Das war zwar ein heimlicher Wunsch fast aller Mädchen in Luises Klasse, aber Elisabeth war die Einzige, der man das halbwegs zutrauen konnte. Nicht nur wegen ihres Aussehens, sondern auch wegen ihrer selbstbewussten Art. Sie besaß eine ironische, gelassene Überlegenheit, die es gar nicht nötig hatte, den anderen immer wieder zu versichern, dass sie auch wirklich nach Berlin gehen, dass sie dort wirklich Schauspielerin werden würde. Ihre eigene Überzeugung strahlte auf die anderen aus, und es schien für alle beschlossene Sache.

»Ich gehe erst Ende August«, antwortete sie jetzt, »da muss ich mir vorher doch noch einen Vorrat an Kleinbürgerlichkeit anlegen.«

Sie wies mit einer kleinen, abfälligen Kopfbewegung auf die Gemeinde, die sich in die Kirche schob. Viel leicht schwitzende, rotgesichtige Wohlbeleibtheit sah man da, in schwarzes Wolltuch gekleidet, trotz der Sommerhitze.

»Eva ist wieder nicht da«, stellte Luise leicht fragend fest, nachdem sie sich umgesehen hatte.

Elisabeth schüttelte den Kopf. »Nicht mal zum Gottesdienst lässt er sie«, sagte sie laut und voller Verachtung. Sie hätte es wohl in Gegenwart des Mesners ebenso laut gesagt, aber der war ja in der Kirche und läutete die Glocken.

Luise berührte Elisabeth am Arm. »Komm«, sagte sie.

Sie betraten die Kirche zusammen mit dem Apotheker und

seiner kleinen dicken Frau, die an Sonn- und Feiertagen immer dasselbe schwarze Hütchen mit Halbschleier trug, worüber sich die Jugend der Stadt seit Jahren lustig machte, denn die Apothekerin hatte wirklich kein »jungfräulich frisches Antlitz« mehr, wie sich Paul einmal trocken und treffend ausgedrückt hatte.

Wie immer setzten sich Luise und Elisabeth weit nach hinten. Das Orgelvorspiel hatte bereits begonnen. Luise, die von Kindheit an mit den Liedern vertraut war und sie auch erkannte, wenn an der Orgel über sie variiert wurde, bewegte unwillkürlich die Lippen mit: *Du bist, Herr, mein Licht und meine Freiheit.* Die Glocken schwangen aus. Elisabeth stieß Luise an, aber sie hatte auch schon gesehen, dass der Mesner aus der Sakristei gekommen war und sich wie immer im Chor auf einen der hohen schwarzen Stühle setzte, die vor dem Krieg nur der Patronatsfamilie zugestanden hatten und jetzt, nachdem es keinen Adel mehr gab, immer leer blieben.

Ihr Vater kam nun auch aus der Sakristei. Hager, groß, im schwarzen Talar – er hätte noch eindrucksvoller ausgesehen, wenn er nicht vergessen hätte, das Beffchen bügeln zu lassen, dachte Luise und unterdrückte ein Lächeln. Die Orgel setzte wieder ein, und die Gemeinde begann zu singen: *Du bist, Herr, mein Licht und meine Freiheit.* Auf einmal kam ihr der Gedanke, dass sie das nicht mehr oft erleben würde. Bald ging sie fort. Der kleine Anflug von Bedauern überraschte sie ein wenig. Aber es waren ja nicht die Kleinstadtgottesdienste, die sie vermissen würde, sondern eher ihren Vater, wie er – nach fünfzehn Jahren immer noch ein wenig fremd wirkend – in der Kirche stand, selbstvergessen und entrückt.

Nach dem ersten Lied stand der Mesner auf, um den Predigttext zu lesen. Das war eine seiner eifersüchtig gehüteten Aufgaben. In anderen Gemeinden wechselten die Kirchenvorsteher sich ab, wie Luises Vater schon manches Mal erbittert geklagt hatte, und er fand es umso schlimmer, weil der Mesner nicht vortragen konnte. Er las alle Bibeltexte fast unerträglich monoton, und wenn sie noch so schön oder furchtbar waren – immer blieb der Ton gleich. Heute hatte Luises Vater einen Johannestext gewählt.

»*Da sprach nun Jesus …*«, kam die dünne ausdruckslose Stimme vom Pult mit der aufgeschlagenen Bibel, »*… und die Wahrheit wird euch frei machen …*«

Es war normalerweise schwer, die Augen bei diesem Geleier offen zu halten, aber Luises Widerwillen gegen den Mesner war seit der Sache mit Eva so groß, dass sie nicht Gefahr lief, dabei einzuschlafen. Eher fragte sie sich, wie er diese Worte lesen konnte, ohne zu begreifen, was sie eigentlich bedeuteten. Wie verdreht musste der Glaube dieses Mannes sein, dass er Eva einsperren und hier von Freiheit deklamieren konnte? Der Mesner setzte sich. Wieder wurde gesungen. Ihr Vater verschwand in der kleinen Tür zu der winzigen Treppe, die ungesehen zur Kanzel führte. Oben angekommen, stand er ruhig da, während die Gemeinde die Strophen zu Ende sang. Luise musste erneut über das Beffchen lächeln. Papa, der ja häufig ernst war, hatte immer irgendwo etwas Jungenhaftes an sich; oft in seinen ironischen Scherzen, manchmal auch in seiner Unbeholfenheit praktischen Dingen gegenüber und eben manchmal auch in seinem Äußeren.

»*Unsere Hilfe steht im Namen des Herrn …*«, begann er, und die Gemeinde antwortete dumpf im Chor: »*… der Himmel und Erde gemacht hat.*«

Luise sah, wie ihr Vater seine Predigt ordnete und dann aufblickte, als sähe er eben erst richtig, wo er war.

»In dem Johanneswort, das wir eben gehört haben«, begann er mit seiner klaren, ausdrucksvollen Stimme, »ist die Rede von der Freiheit. Jesus verspricht den Jüngern, dass sie frei werden, und die verstehen kein Wort von dem, was er sagt.«

Eine Färbung im Ton ihres Vaters ließ Luise aufhorchen. Irgendetwas war nicht wie sonst. Eine größere Spannung lag in dem, was er und wie er es sagte.

»Die Jünger«, sprach er weiter, »sagen empört: ›Was? Wir sind doch frei! Wir sind doch nicht von Knechten geboren, sind doch nicht niedriger Abstammung. Was meinst du, Herr?‹ Und da sagt Jesus zu ihnen, dass sie nur glauben, sie seien frei. Weil es nämlich in der Sünde keine Freiheit gibt, sondern nur in der Befreiung.«

Luise sah, wie der Mesner mechanisch nickte, als er von der Sünde hörte. Wieder spürte sie, wie die Wut in ihr hochstieg, und sie stieß Elisabeth an, um ihre Aufmerksamkeit auf ihn zu lenken. Ihr Vater fuhr fort: »In dieser Gemeinde gibt es viele Menschen, die nach Jesu Begriff nicht frei sind. Sicherlich gehören wir alle dazu, und wir alle müssen um die wahre Freiheit kämpfen. Aber«, und jetzt hob er seine Stimme, dass sie die ganze Kirche ausfüllte, »aber es gibt hier vor allem zwei Menschen, die wahre Freiheit nicht kennen. Einer davon ist Eva Schwarz, die auch heute nicht die Freiheit hat, Gottes Wort zu hören.«

Luise brauchte einen Augenblick, um zu verstehen, dass ihr Vater eben ein ungeschriebenes Gesetz gebrochen hatte, dass er tatsächlich Evas Namen öffentlich von der Kanzel herunter ausgesprochen hatte. Und es war, als sei plötzlich ein Ruck durch die sommerschläfrige Gemeinde gegangen. Alle schauten zuerst zum Pfarrer und dann zum Mesner, der etwas verwirrt, so, als hätte er nicht recht verstanden, zur Kanzel hochsah.

»Der eine Mensch ist Eva Schwarz, und der andere ist ihr Vater«, sprach Luises Vater weiter.

Elisabeth beugte sich zu ihr hinüber und wisperte: »Dein Vater hat Mut!«

Luise nickte etwas verwirrt.

»Ein guter Hirte«, sagte Luises Vater jetzt in klarem, scharfen Ton, »darf nicht im Gras liegen und schlafen, wenn seine Herde sich auf falsche, gefährliche Wege begibt. Er darf seinen Schafen nicht erlauben, in die Dornen zu fallen oder in eine Schlucht. Er muss sie halten und ermahnen. Und deshalb muss ich dich«, er deutete mit einer leichten Kopfbewegung zum Mesner, »und euch«, er wandte sich an die Gemeinde, »mahnen. Ernsthaft mahnen! Jesus hat die Freiheit in die Welt gebracht. Jesus hat den Jüngern gesagt, dass Freiheit nicht bedeutet, dem Gesetz nach frei zu sein, sondern im Inneren frei zu werden. Wer die Bibel, das Wort Gottes, als Gesetz versteht, das einem erlaubt, seine Mitmenschen zu verletzen, sie einzusperren und ihnen die Freiheit zu nehmen, der hat sie gar nicht verstanden. Solche Menschen, sagt Jesus in diesem Johanneswort, sind die Knechte der Sünde.«

Der Mesner, auf den sich jetzt alle Blicke richteten, war wie von Blut übergossen. Sein sonst so blasses Gesicht leuchtete, und man sah, wie er die Zähne zusammenbiss. Luise spürte auf einmal Aufregung und mit ihr so etwas wie eine Leichtigkeit und einen vibrierenden Stolz auf ihren Vater in sich aufsteigen; umso mehr, als sie hören konnte, wie seine Stimme ganz leicht, fast unhörbar, vor Aufregung zitterte.

»Es kann nicht recht sein, ein junges Mädchen für etwas einzusperren, das Gott selbst in die Welt gebracht hat. Gott hat uns zu Menschen gemacht, zu Mann und Frau, und er hat uns auch zu der Lust gemacht, die wir aneinander haben sollen.

Wann sonst als in der Jugend, im Frühling, wann sonst sollen junge Menschen diese Lust am Leben spüren? Sünde kann das sein, vielleicht«, wurde ihr Vater beschwörend leiser, »aber wahres Christentum, so wie es Jesus gepredigt hat, wahres Christentum liegt in der Vergebung, nicht in der Strafe. Und Freiheit der Rede, Freiheit des Glaubens und Freiheit des Herzens, das ist das Geschenk, das Gott uns in seinem Sohn gebracht hat. Wer das nicht bedenkt, wirft die Freiheit fort.«

Er machte eine kleine Pause und atmete tief ein, dann sprach er die Schlussformel. »Amen. Gott bewahre unsere Herzen und Sinne in Christus Jesus.«

Die Gemeinde antwortete nur sehr zögernd mit »Amen«, und nicht alle sprachen mit. Der Organist begann hastig, das nächste Lied zu spielen, während Luises Vater noch auf der Kanzel stehen blieb und die erste Strophe sang, bevor er die Treppe wieder hinunterstieg. Nur halbherzig stimmte die Gemeinde ein, und auf einmal hörte man die Tür klappen. Und dann noch einmal. Ein paar Leute waren aufgestanden und verließen den Gottesdienst. Aber es gab auch Gesichter, denen Luise die Zustimmung zu den Worten ihres Vaters ansah. Manche grinsten schadenfroh – viele konnten den Mesner nicht leiden. Andere wieder fanden es wohl einfach spannend, dass der Gottesdienst einmal nicht langweilig und wie gewohnt verlief. Luise sah zum Mesner. Er atmete hastig und war wieder bleich geworden. Er und ihr Vater wechselten bei ihren Verrichtungen keinen Blick, und als der Mesner zum Glockenläuten beim Vaterunser an ihm vorbei in die Sakristei musste, spürte man förmlich seinen Hass. Trotzdem ging der Gottesdienst zu Ende wie immer. Luise bemerkte, wie ihr Vater tief Luft holen musste, als er beim Ausgangschor durch das Schiff nach vorne ging, um am Kirchentor, so wie jeden Sonntag, allen

Gemeindemitgliedern die Hand zu geben. Sie beeilte sich, ihm schnell hinterherzukommen, aber als Erste schaffte sie es nicht nach draußen.

Ihr Vater stand an der Kirchentür und schüttelte Hände, aber während sonst alle brav warteten, bis sie an der Reihe waren, um beim Händedruck zwei, drei Worte über die schöne Predigt zu wechseln oder auch über Familiendinge, so drängten sich heute viele Leute an denen vorbei, die sich länger aufhielten. Man hörte halblautes, manchmal auch deutlich ausgesprochenes Murren in den Unterhaltungen der Leute, die beieinander stehen blieben, um das Unerhörte zu besprechen. »Zucht und Ordnung«, konnte man verstehen, denn diese Worte fielen immer wieder. Einer der Grundschullehrer, der auch deutschnational wählte, bedauerte laut die Bolschewisierung der Kirche und dass so was auf dem flachen Land nicht passiert wäre, wo das Volksempfinden noch gesund sei. Der Stadtrat Ellwanger von der BVP erklärte einigen Frauen, dass die Unzucht der Jugend von der Nacktkultur der SPD käme, und fragte sich ziemlich lautstark, ob man in Zukunft wohl auch Scheidungen in der Kirche feiern würde.

Luise sah zu ihrem Vater hin. Er hörte das alles genauso, und es war ja auch für seine Ohren gedacht. Eine leichte Röte war in seine Wangen gestiegen, aber er ließ sich nichts anmerken. Doch dann kam der Mesner aus der Kirche, als Letzter, wie immer. Luise und Elisabeth wandten sich ihm zu, ebenso wie all die anderen Leute, die noch vor der Kirche stehen geblieben waren. Luises Vater straffte sich und streckte nach einem kurzen Augenblick auch ihm die Hand entgegen.

Der Mesner nahm sie nicht. Die Röte aus seinem Gesicht war wieder verflogen, und mit gewohnt gelblicher Farbe wirkte er wieder so verbissen wie immer, als er laut zitierte: *»Wisset ihr* *nicht, dass ihr Gottes Tempel seid und der Geist Gottes in euch wohnet? So jemand den Tempel Gottes verderbet, den wird Gott verderben; denn der Tempel Gottes ist heilig, der seid ihr.«* Und dann fügte er an, voller Hass: »Wir hier, wir sind nicht in München und auch nicht in Sowjetrussland. Wir hier, wir lassen uns unseren Glauben nicht kaputt machen von einem Bolschewikenpfarrer. Solange Sie hier sind, werde ich diese Kirche nicht mehr betreten. Amen.«

Er sagt tatsächlich »Amen«, dachte Luise verblüfft und hörte, wie Elisabeth leise prustete. Aber viele andere raunten zustimmend, und Ellwanger rief sogar halblaut »bravo«. Ihr Vater sagte nichts. Die Kirche war jetzt leer, und er ging hinein, ganz wie immer, um in die Sakristei zu gelangen. Die Tür ließ er offen stehen, denn es war eigentlich Aufgabe des Mesners, sie zu schließen. Die Leute zerstreuten sich. Plötzlich hatten es alle eilig, in die Wirtshäuser oder nach Hause zum Sonntagsbraten zu kommen. Die Sonne schien heiß auf den Kirchenvorplatz. Der Skandal war fürs Erste vorbei. Und Eva war immer noch in ihr Zimmer eingesperrt.

Elisabeth sah nach oben. Ob nach der Kirchturmuhr oder den Mauerseglern, die mit schrillen Rufen und in unfassbar engen Kurven durch die Luft rings um den Turm stürzten, konnte Luise nicht erkennen.

»Es wird Zeit, hier fortzugehen«, sagte sie kurz und ohne ihr übliches Lächeln, und Luise verstand erst einen Moment später den doppelten Sinn ihrer Worte. Aber da war Elisabeth schon halb über den Platz und hob nur noch einmal, ohne sich umzudrehen, die Hand zum Gruß.

Ja, dachte Luise und atmete tief ein, es wird wirklich Zeit.

Zweiter Teil

1

Es war ein 1. Mai, an dem Luise nach Hause zurückkehrte. Schon in München waren die Straßen beflaggt gewesen, und es hatte auf ihrem Weg zum Bahnhof kaum ein Haus ohne Fahnen gegeben. Obwohl sie den Siebenuhrzug genommen hatte, war ihr schon eine Kolonne festlich gekleideter SA-Männer begegnet, die singend zum Odeonsplatz marschierte.

Und hier herrschte die gleiche Atmosphäre. Es war ein heiterer Tag mit wenigen Wolken – »bayerischer Himmel« hatte Greben so etwas immer lächelnd genannt, als sie noch gemeinsam geflogen waren. Rings um den Bahnhofsvorplatz leuchteten die Fahnenstangen weiß, aber die Fahnen hingen schlaff herunter, weil kein Wind ging. Aus der Innenstadt schallte Marschmusik herüber; die Pauken waren am deutlichsten zu hören. Luise musste daran denken, wie gerne sie als Kind solche Marschmusik gehört hatte, wie ungeduldig sie zu den Umzügen hingerannt war, um die Männer in ihren prächtigen Uniformen zu bewundern, wenn sie mit klingendem Spiel zum Schützenhaus marschierten oder zum Kirchweihbaum oder zum Erntedankgottesdienst. Irgendwie hatte es in ihrer Kindheit oft solche Umzüge gegeben, dachte sie. Und sie waren damals heiterer gewesen als heute, aber vielleicht kam ihr das nur so vor, weil sie selbst mit sehr gemischten Gefühlen aus dem Zug gestiegen war.

Die Lokomotive pfiff und ruckte an, stoßweise kam der Rauch aus dem Schornstein, vermischte sich mit den Dampfwolken und löste sich in der warmen Luft schnell auf. Luise stellte den Koffer ab und wechselte den Korb in die andere Hand. Die Fahrgäste, die mit ihr aus dem Bahnhofsgebäude gekomme waren, zerstreuten sich rasch. Ein paar Ausflügler, eine kleine Gruppe Hitlerjungen und ein Bauer im schweren schwarzen Sonntagsanzug, der jetzt schon schwitzte und seinen Hut in der Hand hielt. Luise sah sich nach einem Dienstmann um. Obwohl es vom Bahnhof nur ein knapper Kilometer bis zum Pfarrhaus war, wollte sie bei diesem Wetter den Koffer nicht unbedingt schleppen. Aber außer einem Gespann des *Gasthauses zum Roten Ochsen*, das wohl auf Gäste wartete, stand nicht einmal eine Autodroschke auf dem Platz. Luise dachte an München, an den Verkehr dort und die lange Reihe von schwarzen Taxen, die Tag und Nacht am Bahnhof standen. Auf einmal kam sie sich in ihrem dunkelblauen Kostüm in dieser Leere des Vorplatzes fast fremd vor. Sie musste über sich selbst lächeln und nahm entschlossen den Koffer hoch.

Sobald sie die Bahnhofstraße überquert hatte und außen an der Stadtmauer entlangging, hörte sie die Blaskapelle aus dem Stadtinneren nicht mehr. Weil es so windstill war, rauschte es auch nicht in den Linden und Kastanien, die die Promenade am äußeren Ring säumten. Nur die Vögel hörte man zwischen den Zweigen. Und die Lerchen im Flug. Sie sah in den Himmel. Lerchen. Tauben. Schwalben. Noch höher über ihnen stand ein Falke rüttelnd in der Luft. Luise blieb stehen und hatte ein seltsames Gefühl in der Brust. Dass diese Sehnsucht nach der Unendlichkeit nie aufhörte. Sie war so viel geflogen, aber auch dann noch, auch wenn man oben im Himmel hing und alles unter einem wirklich weit weg und sehr klein war, auch in diesem Glück blieb ein kleiner Rest Sehnsucht nach der noch größeren Ferne, nach noch größerer Höhe und noch weiterem Raum. Und jetzt konnte sie nicht einmal mehr fliegen. Sie gab sich einen Ruck und ging weiter, doch als das Pfarrhaus in Sicht kam, die weiß gekalkten Mauern und die Bäume, in deren Kronen das lichte Grün allmählich dichter wurde, blieb sie noch einmal stehen. Sie hatte nicht zurückkehren wollen. Sie liebte das Haus, aber es war das Haus ihrer Kindheit und Jugend. In den letzten sechs Jahren war sie zu den Weihnachtsfesten gekommen und zweimal zum Geburtstag ihres Vaters und dann noch einmal für zwei Wochen im Sommer. Es war ein seltsam trauriges Gefühl, in dieses Haus zu kommen, ohne zu wissen, dass man in ein paar Tagen wieder fahren konnte. Sie holte tief Luft und streckte sich. Es half ja nichts. Sie musste die Zähne zusammenbeißen. Und es war ja nicht für immer.

Als sie schließlich vor der Tür des Pfarrhauses stand und wie eine Fremde läuten musste, war ihr sehr warm. Das Kostüm eignete sich nicht dazu, in unerwarteter Maienhitze Koffer durch die Stadt zu schleppen. Sie wünschte, sie hätte eines der leichten Sommerkleider ihrer Schulzeit an, aber die hingen hier im Schrank – in München auf dem Seminar hätte sie so etwas nicht anziehen können.

Sie läutete wieder. Im Haus war es sehr still, dann hörte sie, wie im Garten der General zu bellen anfing, heiser, und anschließend, wie jemand die Terrassentür öffnete und ins Haus ging. Sie vernahm die langen Schritte ihres Vaters und das Klicken der Hundepfoten auf dem Steinboden im Flur, und dann hatte er auch schon die Tür geöffnet. Der General sprang hoch und stemmte ihr beide Pfoten auf die Brust. Luise musste ihn erst klopfen und streicheln, bis die Dogge, immer noch vor Freude winselnd, wieder auf allen vieren stand.

»Hallo, Papa«, sagte sie dann.

»Luise«, erwiderte ihr Vater statt eines Grußes. Er klang ein bisschen überrascht. Luise trat ein. Ihr Vater nahm ihr den Koffer ab.

»Du hast meinen Brief doch bekommen?«, fragte Luise ein wenig verunsichert und befahl dem General, Platz zu machen. Der Hund gehorchte so, als sei sie nie fort gewesen.

»Ja«, antwortete ihr Vater, »aber ich hatte später mit dir gerechnet.«

»Ich wollte nicht mit hundert Ausflüglern im Zug sitzen, deshalb habe ich den ersten genommen.«

Ihr Vater stellte den Koffer vor der Treppe ab und drehte sich zu ihr um. »Schön, dass du da bist«, sagte er einfach.

Die kleine Fremdheit zwischen ihnen verflog. Luise sah ihren Vater an. »Wir scheinen alle zurückzukommen, wenn es draußen nicht weitergeht«, sagte sie ein wenig spöttisch, »erst Paul, dann ich.«

Ihr Vater winkte ab, nahm den Koffer und trug ihn die Treppe hoch zu ihrem Zimmer. Über die Schulter rief er: »Ach was. *In meines Vaters Hause sind viele Wohnungen*, sagt die Bibel. Und so eine verlorene Tochter statt eines verlorenen Sohnes, das ist mal eine hübsche Abwechslung.«

Luise musste lachen. Papa hatte wohl verstanden, wie schwer es ihr fiel zurückzukehren, und es ihr auf seine Weise ein wenig leichter gemacht.

»Dein Zimmer ist ganz, wie es war«, sagte ihr Vater, als er die Türe geöffnet hatte. Es klang fast ein wenig erstaunt, so als sei er seit Luises Auszug nicht dort gewesen. Luise dachte, dass das durchaus sein konnte. Über Papa konnte wahrscheinlich das Dach wegfliegen, und er würde es erst merken, wenn es in sein Arbeitszimmer regnete.

»Wo sind Paul und Luana?«, fragte sie, als sie ihren Korb auf ihren alten Schreibtisch stellte.

Ihr Vater zuckte mit den Schultern. »Machen einen Ausflug, nehme ich an. Paul ist kein Freund nationalsozialistischer Umzüge«, sagte er spöttisch, »sie haben die Fahrräder genommen und sind in den Wald gefahren.«

»Aber er ist doch in der Partei!«, sagte Luise. »Muss er da nicht dabei sein?«

Papa war schon auf dem Weg nach unten, als er antwortete: »Als Buchhalter in der Brauerei … es ist ihm nichts anderes übrig geblieben. In dieser neuen Zeit und in unserer Brauerei, haben sie gesagt, ist man entweder Pg. oder man arbeitet woanders. Hier kannst du halt nirgendwo anders arbeiten. Hier sind alle Betriebe Parteibetriebe. Aber dieses Theater da draußen mitmachen? Diesen Krawall? Da ist er dann doch ein bisschen klüger.«

Er hatte die Stimme erhoben, weil er schon am Fuße der Treppe war, doch die Empörung hörte man auch durch. Als Luise die Tür schloss, fühlte sie fast so etwas wie einen leisen Neid auf den unbekümmerten Zorn ihres Vaters, seine naive Empörung über diese neue Zeit. Allerdings war es eben auch nicht die Zeit für Unbekümmertheit und Naivität. In München hätte er längst Ärger gehabt, dachte Luise, aber man musste auch hier vorsichtig sein. Es war eben wirklich eine neue Zeit. Hier in ihrem Zimmer dagegen war alles, wie es vor fast sechs Jahren gewesen war. Als ob die Tage einfach stehen geblieben wären. Mit einer Ausnahme. Auf dem Fensterbrett stand ein Wasserglas mit einem kleinen Strauß früher Blumen. Ein Zettelchen lag daruntergeklemmt. Luise nahm es hoch.

Willkommen zu Hause, stand darauf, *Luana und Paul.*

Und da war es wieder, dieses Gefühl von Wehmut und Zorn. Die Freude darüber, aufgenommen zu sein, und die Trauer, die Freiheit verloren zu haben. Sie dachte daran, was Paul vor sechs Jahren erzählt hatte, von den Bären, die ihren Käfig nicht verlassen hatten, obwohl die Türen weit offen waren. Sie hatte den ihren verlassen, und jetzt musste sie doch in ihn zurück. Weil im Käfig die Freiheit größer war als draußen. Ja, dachte sie und hob resigniert die Schultern, willkommen daheim.

2

Das Schöne war, dass manche Sachen einfach immer gleich zu bleiben schienen, auch wenn die Welt sich ringsum immer schneller änderte. Luise war schon mit der Dämmerung aufgewacht, vielleicht, weil es hier so still war. In München gab es solche stillen Morgen nicht. Da ratterten die Milchlaster, die Tram klingelte, die Lastkraftwagen von hundert Baustellen der Stadt dröhnten schon vor sechs Uhr morgens. Luise hatte sich an den Lärm gewöhnt, und hier wachte sie auf, weil er nicht da war. Nachdem sie noch ein paar Minuten liegen geblieben war, ging sie ans Fenster und sah in den Garten. Ja. Da stand ihr Vater mit dem Rücken zu ihr. Nackt, wie seit vielen Jahren jeden Morgen, ob im Sommer oder im Winter, stand er da, hatte die Arme zum blassen Frühlingshimmel erhoben und atmete tief und sehr langsam ein und aus. Er sieht womöglich noch magerer aus als früher, dachte Luise liebevoll, als sie zurücktrat und sich noch einmal ins Bett legte. Dann hörte sie ihn durch das offene Fenster singen, nicht laut, aber vernehmlich und sicher: »*Lobet den Herren, alle, die ihn ehren …*«

Da ist einer, dachte sie, der sich nicht irremachen lässt. Da ist einer, der weiß, was Recht und was Unrecht ist. Einer, der nicht zweifelt, sondern ruhig und sicher seinen Weg geht. Und ich?

»Was wirst du jetzt tun?«, fragte ihr Vater, als sie am Frühstückstisch saßen. Paul las die Zeitung. Luanas Platz war leer. Ihr war übel, und sie war wieder nach oben gegangen, um sich noch etwas hinzulegen. Luise zuckte mit den Achseln.

»Wie viele Schulen gibt es hier in der Gegend?«, fragte sie

zurück. »Sechs oder sieben oder vielleicht zehn, zwölf, wenn ich die Dörfer mitrechne? Ich habe mich jedenfalls bei allen beworben. Aber«, fügte sie dann bitter hinzu, »die da oben haben gerade ein Drittel aller Lehrerinnen aus dem Schuldienst entlassen. Keiner stellt mehr Frauen ein.«

Paul ließ die Zeitung sinken und sah zu ihr hinüber. »Und das Fliegen? Damit hast du doch ganz gut verdient, oder?«

Luise sah auf ihren Teller. Eine halbe Schnitte Graubrot lag da noch, aber sie hatte keinen rechten Appetit.

»Es ist mit dem Fliegen wie mit allem anderen«, sagte sie bitter. »Wusstest du, dass Ärztinnen keine Praxen mehr eröffnen dürfen? Was meinst du, wer da noch Frauen fliegen sehen will? Wir gehören zurück an den Herd. Was glaubst du eigentlich, weshalb ich zurückgekommen bin?«

Plötzlich war Luise wütend. Was dachte sich Paul denn? Er musste es doch am besten wissen, wie es sich anfühlte, wenn man draußen nicht weiterkam, wenn man nach Hause zurückkehren musste, ohne irgendetwas in der Hand zu haben.

»Das sind deine Parteifreunde«, fuhr sie ihn an. »Glaubst du, ich hätte mir je eine eigene Kunstflugmaschine leisten können? Du kriegst eine geliehen, wenn du genug Werbung für die Flugwerke machst, wenn sie mit dir Geld machen. *Das fliegende Fräulein! Die tollkühne Luise! Auf unserer Klemm!* So geht das. Ich bin wirklich auf jeder Kunstflugschau im Reich geflogen. Jedes Mal. Und es hat nicht mal gereicht, um mir eine eigene Maschine zu kaufen. Vielleicht, wenn ich einmal einen Rekordflug hätte machen können. Einen Interkontinentalflug. Oder wenigstens einmal über die Alpen und nach Italien. Aber dazu brauchst du reiche Eltern oder reiche Freunde. Und wenn nicht? Dann nicht! Fliegende Frauen sind nicht mehr modern.«

Paul sah sie über die Zeitung hinweg an.

»Es sind nicht meine Parteifreunde«, sagte er ruhig, wobei er das »Freunde« betonte, »aber ich denke schon auch manchmal, dass nicht jede Frau einen Beruf haben muss. Es gibt doch schon für uns Männer kaum genug Arbeit. Und außerdem stimmt das doch gar nicht. Denk an die Reitsch. Oder an die Beinhorn. Die fliegen doch auch noch.«

Luise konnte kaum fassen, dass Paul so etwas sagte.

»Ja«, fuhr sie ihn an, »die fliegen noch. Weil Ernst Udet die Hand über sie hält und weil sie so bekannt sind, dass sie genug Geld für Überseeflüge zusammenbekommen. Wenn sie sich für die Propaganda einspannen lassen. Aber selbst für die ist es nicht immer leicht. Außer für die Reitsch. Die ist ja noch mehr Nazi als der Führer selbst!«

Ihr Vater musste lachen, als er das hörte.

Luise achtete kaum darauf, als sie ärgerlich fortfuhr: »Aber wir! Ich weiß ja nicht, wie viele Frauen es im Reich gibt, die den A-Schein haben. Wir dürfen keine Verkehrsflugzeuge fliegen, nicht mal die Beinhorn darf das, und die fliegt wirklich besser als alle Männer, die ich kenne. Wir werden auf Kunstflugtagen nicht mehr gebucht, weil … ach, du verstehst das nicht«, schloss sie mit einer resignierten Handbewegung.

»Und überhaupt«, fuhr sie doch noch einmal auf. Pauls Bemerkung saß tiefer, als sie dachte. »Wenn Luana auch arbeiten würde, müsstet ihr nicht mehr bei Papa wohnen!«

Paul legte die Zeitung nieder. In seinem Gesicht arbeitete es. Luise bereute im selben Augenblick, dass sie das gesagt hatte.

»Ich habe es gern, wenn meine Kinder im Haus sind«, warf ihr Vater in leicht ironischem Ton ein, um dem Streit die Schärfe zu nehmen. Paul und Luise gingen nicht darauf ein.

»Ich bin auf der Suche nach einer Wohnung«, sagte Paul nach einer Weile kurz.

Ihr Vater lehnte sich kauend zurück in seinen Stuhl. »Es ist ganz wie früher«, meinte er spöttisch, »die Kinder sitzen am Tisch und streiten.«

Dann griff er sich die Zeitung, die Paul auf den Tisch gelegt hatte, und mischte sich nicht weiter ein. Paul, den Luises Bemerkung wohl stärker verletzt hatte, als er zugeben wollte, hakte nach. Es war oft so, dass er erst im zweiten oder dritten Satz sagte, was er dachte.

»Was ist denn mit Greben? Ich meine, du wirfst mir vor, in der Partei zu sein, und dein Verlobter ist bei der SA. Das geht auch nicht zusammen, oder?«

Luise sagte ein paar Augenblicke gar nichts. Greben, dachte sie. »Wir sind nicht mehr verlobt«, erwiderte sie schließlich kurz, stand vom Tisch auf und ging wütend aus dem Zimmer, ohne ihr Geschirr abzuräumen, was sonst jeder im Haus tat.

Sie hörte, wie ihr Vater etwas zu Paul sagte, als sie die Treppe hinaufrannte, aber sie verstand nicht, was. Wie Paul sich verändert hatte! Sie war wütend auf ihn, aber noch wütender war sie auf sich selbst. Lag es an ihr? Hatte sie versagt? Warum war sie keine Reitsch geworden, keine Beinhorn? Vielleicht hätte sie ihr Studium auch aufgeben sollen und nur noch fliegen? Aber sie war Papa zuliebe zur Universität gegangen. Das war die Abmachung gewesen.

Was wirst du jetzt tun? Papas Frage klang in ihren Ohren nach. Sie wusste es nicht. Das Studium war zu Ende, sie hatte ein Examen, das nichts wert war, und einen Pilotenschein, der auch nichts mehr wert war. Und einen Verlobten, dachte sie in einem Anflug von Bosheit, der auch nichts mehr wert war. Aber das war eigentlich nicht fair. Greben war nicht verkehrt. Aber es hatte einfach nicht mehr geklappt zwischen ihnen. Für Greben war immer alles wie ein Spiel gewesen, wie ein Abenteuer. Das Fliegen. Die SA. Und Luise. Sie erinnerte sich, dass sie einmal von einem Ausflug zurückkamen und sahen, wie ein Trupp SA-Leute einen Juden schikanierte. Die waren ihm von der Trambahnstation Marienplatz gefolgt, hatten ihm erst die Aktentasche weggenommen und sich dann darüber amüsiert, als er versuchte, sie zurückzubekommen. Am Anfang hatten sie noch gelacht und ihn getriezt, wie man in der Schule den Primus triezte. Aber dann hatten sie angefangen, ihn herumzuschubsen. Er wehrte sich, da kippte plötzlich alles, sie hatten ihn zusammengeschlagen, seine Brille zertreten und ihm – das hatte Luise am schlimmsten gefunden – die Hosen heruntergezogen und weggenommen. Der Mann hatte mit aufgeplatzter Lippe, grün und blau geschlagen und ohne Hosen nach Hause laufen müssen. Keiner hatte ihm geholfen. Die Leute hatten gelacht. Greben auch. Luise hatte ihm später eine Szene deshalb gemacht, und Greben hatte nur achselzuckend gesagt, dass sich das schon noch geben würde. Da wären halt auch Rabauken in der SA, und schließlich hätten es die Juden schon auch verdient. Und am Anfang müsse man halt Zeichen setzen, da ginge es dann schon mal rauer zu.

Luise hatte keine Erfahrung mit Juden. Der einzige, den sie kannte, war der alte Feinmann, der Besitzer des Kolonialwarengeschäftes zu Hause, bei dem sie als junges Mädchen gearbeitet hatte. Mehr Juden gab es hier auch gar nicht. Und es war natürlich ein völliger Unsinn, dass alle Juden gleich waren, das hatte sie Greben auch gesagt, und er hatte zum Schluss zugeben müssen, dass er auch einen kannte, der eigentlich ganz in Ordnung war, ein schneidiger Flieger. Sie hatten dann nicht mehr darüber geredet, aber das Bild war Luise trotzdem nicht mehr aus dem Kopf gegangen. Vielleicht gar nicht so sehr wegen der Prügelei selbst, sondern weil Greben gar kein Gefühl dafür hatte, wie feige das gewesen war: acht, neun Leute gegen einen. Dass er das gar nicht spürte, wo er doch so für Mut und Schneid und Ehre war. Das hatte ihr ja am Anfang auch an ihm gefallen. Und hier wollte er es nicht sehen, weil es um einen Juden ging. Es war einfach nicht richtig.

Dabei hatte er ihr doch so viel beigebracht. Zusätzliche Flugstunden hatte er ihr gegeben, ohne dass sie dafür zahlen musste. Sie lächelte kurz, als sie sich daran erinnerte. Am Anfang war er richtig ritterlich gewesen. Und später … später auch, dachte sie. Er hatte ganz genaue Vorstellungen von der Jungfräulichkeit eines deutschen Mädels gehabt; dass sie unberührt in die Ehe gehen sollte, dass die Zucht des Leibes auch Zucht des Geistes war oder andersherum – sie hatte das schon in der Schule nie richtig verstanden. Aber geküsst hat er gut, dachte sie und ärgerte sich über die Gefühle, die durch die Erinnerung in ihr geweckt wurden. Es ist vorbei, mahnte sie sich, und das ist auch gut so.

Dann legte sie den Koffer aufs Bett, den sie am Tag zuvor geschlossen neben den Tisch gestellt hatte, als ob sie bald weiterreisen würde, öffnete die Schranktüren und begann, ihre Kleider einzuräumen. München war vorbei.

3

»*E ainda bem*«, seufzte Luana in glücklicher Erleichterung, als sie etwa eine Woche später nach dem Mittagessen auf die Terrasse kam, wo Luise saß und las. »Der Frühling ist da! Endlich.« *E ainda bem* hatte Luise Luana lange nicht mehr sagen hören. Es hieß so etwas wie »Gott sei Dank«, und Luana sagte es nur, wenn sie wirklich froh war, dass etwas noch einmal ein gutes Ende genommen hatte. Für Luana gehörte der Winter in Deutschland zu den Dingen, die sie ernsthaft bedrückten, und es gab keinen Monat, den sie mehr hasste als den Februar, in dem es zwar schon taute, aber alles so tot, so traurig und trostlos nass aussah, als könnte es nie mehr blühen. Jetzt aber schien die Sonne fast heiß, die Bäume leuchteten hellgrün, auf der Wiese standen die Maiglöckchen zu Tausenden. Und auf den Steinen der Terrasse hatte sich der General zum Dösen in die Sonne gelegt. Zwischen seinen Beinen lag die Katze und schlief. Luise konnte sich noch erinnern, wie verwundert Luana gewesen war, als sie das zum ersten Mal gesehen hatte.

»Hund und Katze!«, hatte sie erstaunt ausgerufen, »bei uns zu Hause ginge das nie!«

»Muss wohl daran liegen, dass es ein Pfarrhaus ist«, hatte Paul damals mit trockenem Witz geantwortet.

Luana ging durch den Garten hinüber zur Remise. Luise sah ihr zu, wie sie sich in ihrem einfachen Kleid bewegte. Sie hatte ein wenig zugenommen, aber immer noch ging sie so, wie es wohl keine deutsche Frau konnte. Als ob in ihren Hüften immer eine kleine Lust zum Tanzen wohnte.

Als Luana mit ihrem Deckchair zurückkam, musste Luise leise lachen. Ja. Der Frühling war wirklich da, wenn der Deckchair aufgestellt wurde; gleich, ob es danach noch wochenlang regnete. Luana war etwas außer Atem, als sie den eleganten Liegestuhl aufklappte und energisch begann, ihn vom Staub des Winters zu befreien.

Luise fragte mit einer kleinen Kopfbewegung in Richtung ihrer Hüften in gutmütig boshaftem Ton: »Willst du den Winterspeck fortarbeiten?«

Luana hörte auf zu scheuern, richtete sich auf und sah an sich herunter. Dann lächelte sie zurückhaltend und sagte: »Ich hoffe nicht. Ich bekomme ein Kind.«

Luise sprang bestürzt auf: »Aber Luana! Und ich habe dich den Deckchair schleppen lassen!«

Luana wehrte lachend ab: »In meinem Land arbeiten die Frauen auf dem Feld, bis die Wehen kommen.«

Luise musste auch lachen. Befreit und froh. Das war der erste ganz und gar schöne Augenblick, seit sie nach Hause zurückgekehrt war.

»Zum Glück bist du in einem zivilisierten Land!«, sagte sie jetzt spöttisch. »Das würde Paul niemals zulassen. Lass mich das jetzt machen!«, befahl sie und nahm Luana den Putzlappen ab.

Luana ließ sich nur protestierend in Luises Stuhl zwingen, während diese selbst den Deckchair erst scheuerte und dann mit einem Tuch trocken rieb, dass der weiße Lack in der Sonne schimmerte. Dabei fragte sie Luana aus, wie lange sie schon schwanger sei, wann das Kind komme, ob es schon einen Namen gebe, und fühlte sich ganz unverhofft leicht. Sie würde Tante werden. Auf einmal wog ihre eigene Enttäuschung, ihre Rückkehr viel weniger schwer. Was war das alles gegen das Leben? Jetzt verstand sie auch, wieso Paul so empfindlich reagiert hatte, als sie ihn darauf angesprochen hatte, dass er immer noch hier wohnte.

»Freut sich Paul?«, fragte sie Luana in einem Anflug von Sorge, aber Luana nickte.

»Er ist ja immer sanft«, antwortete sie lächelnd, »aber jetzt ist er wie …«, sie suchte nach einem Wort, und Luise half aus: »Er trägt dich auf Händen, sagt man.«

Luana nickte wieder. »Ein schönes Wort«, sagte sie dann, »das gibt es bei uns nicht.«

»Es wird bestimmt ein Junge«, überlegte Luise laut, »in unserer Familie sind die ersten Kinder immer Jungen.«

»Bei uns auch«, lachte Luana.

Sie saßen den Nachmittag auf der Terrasse, redeten und überlegten sich Namen, sahen auf den Garten, in dem die Maiglöckchen von einer kleinen Frühlingsbrise bewegt wurden, schwiegen zusammen und waren beide auf eine sehr stille, sehr tiefe Weise glücklich. Es war schön, dachte Luise, dass es in diesen Zeiten auch so etwas uneingeschränkt Gutes gab, dass Leben entstand, ungeachtet aller Schwierigkeiten und Düsternisse. Wie der Frühling auch nach jedem Winter immer wieder kam.

Gegen Abend holte Luise ihr Fahrrad, um noch ein wenig Bewegung zu haben. Das Freibad war nicht geöffnet und der Fluss viel zu kalt zum Schwimmen – es war ja eben erst Anfang Mai. Obwohl die Tage nun schon länger wurden, war es mit dem vergehenden Nachmittag gleich wieder frisch geworden. Aber ihr machte die Kühle nichts aus, sie mochte sie. Im Sommer war das mit das Schönste am Fliegen gewesen: Wenn man aus einem glühheißen Julinachmittag aufstieg, höher und höher, und der Fahrtwind von einem heißen Wüstensturm zu einem immer kühleren Wind wurde, der den Kopf klarer machte – nichts ließ sich damit vergleichen. Sie atmete tief ein, als sie die Gasse zum Stadttor entlangrollte. Sie vermisste das Fliegen mehr denn je.

Tja, dachte sie, während sie durch die Vorstadt, doch bewusst nicht durch die Gegend fuhr, in der sie damals mit Georg an ihrem Flugzeug gebaut hatte, ohne Beruf werde ich mir nie ein Flugzeug leisten können. Und ohne Flugzeug werde ich meinen eigentlichen Beruf nie ausüben können. Sie hatte den Eindruck, dass die anderen die letzten Jahre, in denen sie geflogen war, immer nur als Episode, als Hobby-Horse sahen, das so ein modernes Girl eben hatte. Ein Vergnügen wie Polo oder Rudern. So eine Sache, die man in der Jugend machte, die man jedoch ablegte, wenn man erwachsen wurde. Sie verstanden nicht, was das Fliegen ihr bedeutete. Dass man nur beim Fliegen die wahre Freiheit erahnte, die man unten nie hatte. Am Anfang waren es nur die Zwänge des Studiums gewesen, die Sorge um ein Auskommen, aber in den letzten zwei Jahren waren die Nazis dazugekommen. Die Kontrollen an den Universitäten. Die Professoren, die plötzlich nicht mehr lehren durften. Die Bücher, die man nicht mehr lesen durfte. Und deutsche Studenten, die Bücher verbrannten. Das hatte sie am meisten schockiert. Sie kam aus einem Haushalt, in dem Bücher mit Respekt behandelt wurden. Und dann hatte sie gesehen, was man da auf dem Königsplatz verbrannt hatte. Fast jedes Buch stand auch in den Regalen in Papas Arbeitszimmer.

Sie dachte sich in Rage, während sie ein kleines Stück auf der Hauptstraße fuhr, bis sie auf einen Wirtschaftsweg einbog, der sie zwischen Erl- und Schafweiher entlangführte, bevor der Anstieg durch den Wald kam. Und dann die Bemerkungen der Professoren, wenn sie Studentinnen im Hörsaal sahen: »Ich weiß gar nicht, was all die Fräuleins hier wollen …« Oder: »Haben Sie nichts Besseres zu tun, als das deutsche Volk zu schwächen?« Oder sogar: »Die Verweigerung der Mutterschaft ist völkische Fahnenflucht.«

Sie hatte selten größeren Blödsinn gehört als in diesen Vorlesungen. Sie konnte besser rechnen als die meisten ihrer Kommilitonen. Sie konnte einen BMW-Flugzeugmotor auseinanderbauen und wieder zusammensetzen. Und sie konnte ein Flugzeug fliegen. Und jetzt sollte sie nicht einmal Lehrerin werden dürfen, sondern Kinder kriegen!

Sie war am Wald angelangt und fuhr bergan. Gleichmäßig trat sie, anders als früher, sie hatte gelernt, sich die Kraft einzuteilen. Ich bin stark, dachte sie grimmig, während sie Meter für Meter stieg, was für eine Verschwendung!

Ihr Atem flog jetzt, aber sie konnte ihr Tempo halten. Vielleicht kam das vom Fliegen in großer Höhe, dachte sie flüchtig, sie war an dünnere Luft gewöhnt. Der Wald lichtete sich, je weiter sie aufstieg, und es wurde wieder heller, obwohl die Sonne schon sehr tief stand. Luise bog auf die schmale Straße ab, die zur Feste hoch über der Stadt führte. Es gab da einen Platz, den sie sehr mochte. Als sie am Tor ankam, das schon seit Jahrzehnten nicht mehr geschlossen worden war, musste sie absteigen, denn der Torweg war so steil, dass man das Fahrrad besser schob. Das brandenburgische Wappen leuchtete in der Abendsonne. Die Luft im Durchgang war viel kälter als draußen; es war, als hätten die Mauern noch den Winter gespeichert. Aber dann war sie schon auf dem Glacis. Der Kies knirschte unter ihren Reifen, während sie entlang der Innenmauer bis zum westlichen Eck der Anlage wanderte. Dort gab es eine schon etwas verwitterte Bank unter einer riesigen Linde, in der das helle Grün wirkte wie ein mit flüchtiger Hand zwischen die Zweige geworfener Schleier.

Luise stellte ihr Rad an den Stamm, stieg auf die Bank und

sprang von dort auf die meterbreite Mauer des Festungsvorbaus. Sie stand jetzt fast vierhundert Meter über dem Tal. Es war der einzige Ort, an dem sie die Stadt so sehen konnte wie damals, als sie das erste Mal geflogen war. Ob es an der Höhe lag oder ob sie mit dem Abend gekommen war, wusste man nicht, aber hier wehte eine kräftige Brise. Die Sonne hing knapp über dem weit entfernten Horizont, und die Abendwolken begannen zu brennen. Aus der Stadt stieg Rauch aus den Schloten und verwehte. Genauso verweht klangen die Abendglocken zu ihr herauf. Alles sah friedlich aus. Eine in sich geschlossene, heile Welt. Aber nur von hier oben.

Luise blickte über das Tal und weit in die Ferne. Der Wind fuhr ihr unter die Jacke und spielte kühl um ihre Beine. Sie dachte, dass sie eigentlich nicht mehr dort unten leben wollte. Unten waren die Mauern. In den Köpfen und in den Gassen. Geradeaus konnte man dort immer nur für ein paar Schritte gehen, und geradeaus denken konnten die da unten auch nicht, aus Angst, an eine Mauer zu stoßen, auch wenn da vielleicht gar keine war. Die richtige Freiheit gab es dort unten nicht mehr. Das richtige Leben war nur noch hier oben.

Sie stand frei und sicher auf der Festungsmauer, die direkt vor ihr über achtzig Meter abstürzte, sah über das Land und dachte an Paul und Luana und das Kind, das sie bekamen, an ihren Vater, der immer noch sagte, was er für richtig hielt, und um den die Mauern zusehends zusammenrückten, ohne dass er es merkte. Und sie dachte daran, was werden sollte. Und schließlich, als die Sonne untergegangen war und nur noch der Himmel hell war, hell und leer, stellte sie sich mit brennender Sehnsucht vor, wie es wäre, weiter und weiter in diesen Himmel zu fliegen und nie mehr landen zu müssen.

4

Es war ein schwer zu bestimmendes Gefühl, durch die alte Schule zu gehen. Acht Jahre hatte Luise dort verbracht, und nie waren ihr die Risse im blätternden elfenbeinfarbenen Lack an den Türen aufgefallen. Ihre Schritte auf dem steinernen Gang hallten im Schulhaus wider und weckten die unangenehme Erinnerung an die wenigen Male, die sie so spät gekommen war, dass sie alleine an den geschlossenen Türen entlanglaufen musste und deshalb die eigenen Schritte hören konnte. Aus den Räumen klang gedämpft das Summen geschäftiger Klassen, ein ununterscheidbares Gemurmel. Nur durch eine Tür in der Nähe des Direktorats drang klar und vernehmlich Dr. Mandls Stimme, der eben die Inhaltsberechnung eines Kegelstumpfes erklärte. Luise lächelte kurz. Der war immerhin auch noch da. Soweit sie sich erinnerte, hatte Dr. Mandl immer Zentrum gewählt, obwohl er kein Katholik war, und aus seiner politischen Gesinnung nie einen Hehl gemacht. Aber in Mathematik gab es zum Glück keine Politik, da konnten sie ihm vermutlich nichts wollen.

Sie war beim Direktorat angelangt und klopfte. »Herein«, rief Fräulein Bartel mit ihrer dünnen Stimme, und Luise trat ein.

»Der Herr Direktor brauchen noch einen Augenblick«, sagte Fräulein Bartel in dieser altmodischen Sprechweise, über die Luise sich schon als Schülerin lustig gemacht hatte. Sie war ihnen damals schon unendlich alt vorgekommen. Aber daran lag es nicht, dass sie stutzte.

»Was ist denn mit Frau Direktor Kümmel?«, fragte Luise überrascht. Im Gegensatz zu Fräulein Bartel war die Direktorin nicht so alt gewesen, dass sie schon pensioniert sein konnte.

»Frau Direktor Kümmel ist aus Gesundheitsgründen in den Ruhestand getreten«, erklärte Fräulein Bartel. In ihrem Tonfall lag so etwas wie Befriedigung.

Ja, dachte Luise, die sofort verstanden hatte, das ist es. Die Lust der Kleingeister am Sturz der Klügeren, Besseren, Weitherzigeren. Wer sich über das Mittelmaß erhoben hatte, der zahlte jetzt dafür. Die Direktorin war eine kluge, offene Frau gewesen, die niemandem nach dem Munde geredet hatte. Wer wusste schon, worüber sie gestolpert war und weshalb. Weil sie eine Frau der Kirche war, eine der wenigen Katholikinnen am Ort, die keinen Hehl daraus machte, dass sie Zentrum wählte, ebenso wie Dr. Mandl? Weil sie mit ihrer Meinung nicht hinter dem Berg hielt? Weil sie eine Frau war? Wahrscheinlich alles zusammen, dachte Luise ernüchtert. Sie hatte ihre Bewerbung noch an sie gerichtet und war gespannt, wer inzwischen die Leitung hatte. Sie kam sich hier im Sekretariat auf einmal wieder vor wie damals als Schülerin, wenn sie sich wegen Unterleibsschmerzen vom Turnen dispensieren lassen wollte. Weniges war demütigender gewesen als die Nachfragen von Fräulein Bartel, wahrscheinlich aus lauter Bosheit und Neid auf die Frische der Mädchen. Bei ihr kamen Unterleibsschmerzen wohl seit Jahrzehnten nicht mehr vor.

»Was? Sprich lauter. Ich kann dich nicht verstehen!«

Wie sehr Luise das gehasst hatte!

Der Apparat summte. Fräulein Bartel nahm ab und lauschte, dann blickte sie herüber, sagte »Bitte« und wies auf die Tür zum Direktorat. Luise trat ein. Sie war auf ein neues Gesicht vorbereitet gewesen, nicht aber auf ein vertrautes.

»Herr Junge«, rief sie einigermaßen überrascht.

»Direktor Junge«, korrigierte Junge sie mit einem jovialen Lächeln. »Ich hatte mich schon gefreut, Sie wiederzusehen. Bitte, setzen Sie sich doch.«

Er wies auf den Stuhl, der vor dem Schreibtisch stand. Er selbst hatte sich nur kurz aus seinem Sessel erhoben, ihr über den Schreibtisch die Hand entgegengestreckt und dann wieder Platz genommen.

»Ja«, sagte er aufgeräumt, »neue Zeiten, neue Gesichter. Was kann ich für Sie tun, Fräulein Anding?«

Junge trug das Parteiabzeichen am Revers. Auf dem Schreibtisch stand ein Bild von ihm in SA-Uniform, hinter ihm hing ein Führerporträt.

»Ich hatte … Ihnen eine Bewerbung geschickt«, antwortete Luise nach einem kleinen Zögern reserviert.

Junge klopfte nachdenklich auf die Papiere, die vor ihm lagen. Dann sah er auf. »Sie müssen nicht so kühl sein«, sagte er direkt. »Sie denken da immer noch an unseren Zusammenstoß damals?«

Luise konnte, so direkt darauf angesprochen, nicht anders als nicken.

Junge lächelte. Luise war sich nicht klar darüber, ob sie dieses Lächeln mochte. Junge gab sich offen, jovial, geradeheraus. Jetzt machte er eine wegwerfende Handbewegung. »Alles vergessen«, sagte er, »aber hat mir gefallen, wie Sie damals Schneid bewiesen haben. Diese Herren Christen!«

Er schüttelte den Kopf.

»Viele haben immer noch nicht verstanden, dass mit dem alten Plunder irgendwann aufgeräumt werden muss. Der alte Judengott … spukt immer noch in den Köpfen der hiesigen Sturfranken herum. Kleinstadtgeister. Das haben Sie damals schon ganz richtig gemacht, aber es hat halt noch an der Disziplin gefehlt, nicht wahr?«

Er sah sie wohlwollend an, wie eine Schülerin, die man nur ermuntern muss, damit sie mehr leistet. Sie fragte sich, ob er vergessen hatte, dass sie Pfarrerstochter war, oder ob er das sagte, weil er annahm, dass sie so dachte wie er. Jetzt schlug er die Mappe mit ihren Unterlagen auf. Das Schulabschlusszeugnis legte er sofort mit der lächelnden Bemerkung beiseite, dass er sich ja an sie noch genau erinnere. Die anderen Zeugnisse dagegen sah er sich so gründlich an, dass Luise zunehmend den Eindruck bekam, er hätte sie noch überhaupt nicht in der Hand gehabt.

»Ihre Noten in Mathematik sind ja ziemlich gut«, bemerkte er dann fast überrascht.

Ziemlich gut. Luise hatte in fast allen mathematischen Fächern ein Sehr gut. Sie sagte nichts und wartete ab. Junge klappte die Mappe mit Schwung zu, setzte die Ellenbogen auf, faltete die Hände und stützte sein Kinn darauf. Es ging eine fast beklemmende Gemütlichkeit von ihm aus. Man spürte, wie wohl Junge sich in seiner neuen Machtposition fühlte, wie sicher er sich seiner selbst auf einmal war. Der verdruckste Regelfex durfte plötzlich bestimmen. Luise dachte, dass diese ganze neue Zeit wie ein Fasching war, in dem die Diener auf einmal Herren sein durften. Nur hörte der Fasching nicht mehr auf.

»Wieso sind Sie eigentlich nicht verheiratet?«, fragte Junge. »Erbgesundes deutsches Mädel … und gemacht haben Sie sich auch ganz schön … da wundert man sich doch, nicht wahr?«

Die Mischung aus Jovialität und Unverschämtheit war schwer zu ertragen. Luise war mit dem steifen, unbewegten Junge von damals besser zurechtgekommen. Kein Wunder, dachte sie, damals glaubte ich ja auch, dass ich ihn nach der Schule nie mehr sehen würde. Aber dieses Spiel konnte sie mitspielen.

»Mein Verlobter ist beim SA-Fliegersturm«, sagte sie nachlässig, »Der hat im Augenblick nur sehr wenig Zeit.«

»Ah ja«, sagte Junge ernüchtert. »So. Ja.«

Er wischte mit den Händen über den Schreibtisch. Blätterte in ihren Unterlagen. Sah zum Bücherregal in der Ecke. Dann hatte er sich wieder gefangen.

»Sie wissen, dass wir eigentlich keine Frauen mehr einstellen. Aber es zeichnet sich ab, dass«, jetzt lächelte Junge wieder, »Dr. Mandl uns bald verlassen wird. Dann könnte ich Sie – zunächst vorübergehend – einstellen. Ob wir Sie dauerhaft brauchen können, wird sich weisen, aber da bin ich ganz zuversichtlich. Sie werden sich ja jetzt, da Ihr Verlobter so viel zu tun hat, ganz uns widmen können.«

Luise wusste nicht sofort, was sie sagen sollte. Sie glaubte in allem, was Junge sagte, einen Doppelsinn wahrzunehmen. Und dann sollte sie für Dr. Mandl kommen! Es erschien ihr auf einmal alles einfach nicht richtig, und sie holte tief Luft.

»Aber Dr. Mandl ist doch weder Jude noch Kommunist«, sagte sie rasch. »Er ist noch nicht mal SPD! Und er kann doch nicht älter als fünfzig sein!«

Junge lehnte sich zurück. Er fühlte sich jetzt wieder im Vollbesitz seiner Macht. Mit einer lässigen Handbewegung deutete er auf das Hitlerbild hinter ihm, ohne sich umzudrehen.

»Wissen Sie, Fräulein Anding«, sagte er knapp, aber immer noch in freundlichem Ton, »der Führer sagt: Wer nicht für uns ist, ist gegen uns. Dr. Mandl ist dem NS-Lehrerbund erst nach der dritten Aufforderung beigetreten. Aber geändert hat er sich nicht, und wir mussten ihn dann wieder ausschließen. So etwas hinterlässt Spuren, Fräulein Anding, so etwas vergessen wir nicht. Seine Haltung ist … sagen wir, sie ist nicht deutsch, wie wir das verstehen.«

Luise nickte. Sie hatte verstanden. Und sie überlegte. Konnte sie Dr. Mandl dadurch in der Schule halten, dass sie auf die Stelle verzichtete, die man ihr anbot? Konnte sie es sich leisten, auf das Geld zu verzichten? Geld bedeutete Freiheit. Wenn sie nichts verdiente, würde sie hier festsitzen, immer fort und fort. Aber wenn sie hier zu Hause wohnte und Geld verdiente, dann konnte sie eben doch vielleicht irgendwann eine Maschine kaufen. Und wieder fliegen.

»Es würde mich freuen, in meiner alten Schule wieder anzufangen«, sagte sie, aber ihre Stimme hörte sich für sie fremd und steif an. Junge war aufgesprungen. Es erweckte immer den Eindruck, als wollte er unbedingt jugendlich wirken. Luise fiel ein, dass sie gar nicht wusste, ob Junge verheiratet war.

»Auf gute Zusammenarbeit!«, sagte er forsch, gab ihr die Hand und riss dann zum Abschied den Arm hoch.

»Heil Hitler!«

»Heil Hitler«, sagte Luise und verließ das Direktorat.

Sie nahm die hintere Treppe, die auf den Pausenhof führte. Es war nicht der kürzeste Weg aus der Schule, aber so musste sie nicht an dem Klassenzimmer vorbei, in dem Dr. Mandl unterrichtete. Doch als sie aus der Schule auf den Hof trat, in dem die Bäume in voller Maienblüte standen und die Sonne schien, brannte ihr Gesicht trotzdem vor Scham, als hätte man sie beim Stehlen erwischt.

5

Kam es ihr nur so vor oder sang Luana wirklich seltener als früher? Als Luise von ihrem Besuch in der Schule zurück zum Pfarrhaus ging, war es immer noch früher Vormittag, und in der Glockengasse war es so still, wie es in einer geschäftigen deutschen Kleinstadt eben zu dieser Stunde war. Aus den Gärten klang ab und zu das friedliche Gackern eines Huhns, was die Ruhe eher noch unterstrich. Hie und da vernahm man gedämpftes Klappern von Töpfen aus geöffneten Küchenfenstern, in der Ferne fuhr ein Zug vorbei, in den Bäumen zwitscherten die Vögel. Luise hätte jetzt gerne Luana singen hören, dann wäre es ein bisschen so gewesen wie damals, als ihre Träume noch unerfüllt gewesen waren und sie oft von einer unsagbaren Sehnsucht so geschüttelt worden war, dass sie bis zur Erschöpfung rennen musste oder Rad fahren oder schwimmen. So lange, bis ihre Lungen brannten und sie vor Schwäche zitternde Knie hatte, aber diese brennende Leere nicht mehr spürte, die sie zu einem unbekannten Ziel trieb und die sie nicht ausfüllen konnte.

Luise blieb stehen, lehnte sich an die Außenmauer des Gartens und sah durch das enge Gewirr von Dachvorsprüngen und Giebeln nach oben in das Blau über der Stadt. Damals hatte sich alles Sehnen aufs Fliegen gerichtet. Ohne dass sie ein einziges Mal geflogen war, hatte sich im Fliegen alles vereinigt, wonach sie sich zu sehnen glaubte. Fliegen – das stand für die große Freiheit und die Erfüllung, für die große Liebe und das große Abenteuer.

Es waren eigentlich nur halbe Gedanken, nicht klar, nur Bruchstücke von Überlegungen, die Luise durch den Kopf gingen, während sie an der Mauer lehnte. Es war, als käme erst jetzt allmählich die Erkenntnis, dass sie in ihrem Leben an einem toten Punkt angelangt war.

Plötzlich wurde ihr die Gasse zu eng, und sie ging eilig hinaus aus der Stadt in Richtung der Wiese, auf der sie damals mit Greben nach ihrem ersten Flug gelandet war. Das Gras stand schon hoch und streifte taunass ihre Knie. Hoch über ihr stiegen die Lerchen, es war Frühling. Alles lebte. Alles wuchs. Alles flog und sang. Nur sie selbst schien auf einmal zu schwer. Sie hatte das Gefühl, als wäre sie wie eine Kugel in einer Schale ein paarmal von Rand zu Rand gelaufen – eine Illusion von Bewegung und Flug – und jetzt wäre sie ausgerollt. Als läge sie wieder am Ausgangspunkt in der Mitte der Schale, ohne noch einmal ohne fremde Hilfe in Bewegung kommen zu können.

Sie strich ihren Rock glatt und setzte sich ins feuchte Gras. Sie dachte an Greben. Komisch – immer war es sein Nachname, mit dem sie an ihn dachte. Aber das war ja auch gewesen, was sie an ihm gemocht hatte. Das Militärisch-Schneidige, das Unbeschwerte. Dazu passte die forsche Anrede beim Nachnamen, wie es die Jungs in den Oberklassen taten, oder die jungen Studenten in den ersten Jahren.

Greben hat mich in Bewegung versetzt, dachte sie und riss eine grüne Grasähre ab.

»Das ist das fliegende Fräulein, von dem ich dir erzählt habe«, hatte er lachend gesagt und sie in München dem Fluglehrer vorgestellt, nur zwei Tage, nachdem sie angekommen war. Der Fluglehrer hieß Ritter von Schleich und hatte genauso ausgesehen wie die Flieger auf ihren Bildern. Groß und auch in der Fliegerkluft irgendwie militärisch. Obwohl der damals schon bei der Partei war, hatte er gar kein Aufhebens darum gemacht, ein Mädchen auszubilden, dachte sie immer noch mit ein wenig Verwunderung. Beim Arzt war es viel schlimmer gewesen. Sie hatte nicht gewusst, dass sie eine ärztliche Flugtauglichkeitsbescheinigung brauchte. Das war Deutschland, erinnerte sie sich mit bitterem Spott an den Arztbesuch. Der Arzt war eine Kanaille gewesen, ein vollkommener Idiot.

Wie sich große Höhen auf ihre Gebärfähigkeit auswirken würden, das sei noch gar nicht erforscht! Als ob es im Gebirge keine Frauen gäbe, die ab und zu Kinder bekamen.

Weshalb sie überhaupt fliegen wolle – das sei doch für die weibliche Mentalität ganz untypisch – und ob sie … also, ob sie öfters wie ein Mann denke oder fühle?

Luise hatte sich gefragt, ob nur sie diese verklemmt lüsterne Neugier in seiner Frage hörte. Sie war schon ärgerlich gewesen, als sie ihm auseinandersetzen musste, dass sie eine ausgezeichnete Turnerin und Schwimmerin war. Aber als sie sich dann noch vor ihm ausziehen musste, damit er Lungen und Herz abhören konnte, was länger als bei jedem anderen Arzt dauerte, den sie kannte, da hatte sie sich gleichzeitig geschämt und vor Wut gezittert. Schließlich hatte er sie auf den nächsten Tag zur Folgeuntersuchung bestellt, und da war sie dann nicht hingegangen, sondern zu einem anderen Arzt, obwohl der seine Praxis in einem entlegenen Stadtteil hatte. Der aber war Ballonfahrer gewesen und hatte sie nach einer flüchtigen Untersuchung und einem langen, heiteren Gespräch übers Fliegen sofort tauglich geschrieben.

»Fliegen Sie, Madl!«, hatte er jovial und in breitem Münchnerisch gesagt, »auf in den Äther!«

Sie legte sich zurück ins Gras, obwohl der Tau durch ihren Rock und ihre Bluse drang. Aber auf diese Weise sah sie nur den Himmel. Die Bilder kamen, ohne dass sie die Augen schließen musste:

die Wiese in Oberschleißheim mit den verschiedenen Flugzeugen. Eine Dornier war dabei, mit der Wolfgang von Gronau noch 1930 seinen Amerikaflug machte – ohne Erlaubnis der Luftfahrtbehörde, dachte sie lächelnd. Damals ging so was noch. Ihr Schulflugzeug. Eine Messerschmitt. Und dann der kleine Mann neben ihr im Kurs, den sie an den ersten Tagen überhaupt nicht erkannte, bis Greben dann nebenbei und halb im Spaß die Bemerkung fallen ließ, ob der kleine Rühmann ihm nicht etwa Konkurrenz mache. Erst da war es ihr wie Schuppen von den Augen gefallen: der UFA-Schauspieler Heinz Rühmann mit ihr in einem Kurs! Es war das erste und einzige Mal, dass sie jemand Berühmten kennenlernte.

Sie hörte von der Stadt die Glocken elf Uhr schlagen. Erst die weichen Glocken der Kirche, dann die härter anschlagenden des Rathausturms. Der Himmel über ihr war weit und blau. Wenn man lange genug hineinsah, setzte das Gefühl ein, das sie schon als Kind nur so hatte beschreiben können, dass es war, als würde man allmählich nach oben fallen. Man durfte sich nicht bewegen, wenn es kam, dann fiel man immer weiter. So ähnlich war es gewesen, als sie das erste Mal einen Looping fliegen durfte. Sie hatte die ganze Nacht davor wach gelegen, einen Kochlöffel zwischen den Knien, den sie immer und immer wieder angezogen hatte, so vorsichtig, als sei er aus Porzellan, mit drei Fingern nur. Und dabei hatte sie dieses Gefühl zu erahnen versucht, wie es war, wenn man stieg, auf dem Rücken lag und dann fiel.

»Fliegen Sie mir kein Ei!«, hatte von Schleich befohlen, und Luise war so aufgeregt gewesen wie bei ihrem allerersten Alleinflug. Es war schon tief im Herbst, ein klarer, sehr kalter Novembertag. Eigentlich hatte sie vor Aufregung schon gefroren, noch bevor sie überhaupt losgeflogen war. Der Propellersturm ließ ihre

Augen tränen, dann zog der Flugplatzwart die Keile weg, und sie gab Gas. Dieser kleine Augenblick der Beschleunigung war eigentlich das Schönste am Fliegen. Wenn man die Kraft spürte, die einen ins Leder des harten Sitzes drückte. Und dann der Moment, in dem das Rumpeln der Räder aufhörte, das Rütteln der Maschine, und man auf einmal in der Luft war. Sie hatte Geschwindigkeit aufgenommen, aber gar nicht einmal so sehr viel, damit sie Reserven hatte, wenn sie in den Steigflug ging. Sie sah den Flugplatz und das Städtchen Schleißheim wegkippen wie ein Bild, das man aus der Hand legte, und dann stieg sie in gleichmäßigem Bogen in den Himmel.

Luise spürte noch heute, wie sich das angefühlt hatte. Der Novemberhimmel war blasser gewesen als der Frühlingshimmel über der Wiese, aber die beiden Bilder schoben sich übereinander und verschmolzen.

Wie sie es die ganze Nacht geübt hatte, wie sie es sich vorgestellt hatte, und dabei mit dieser tiefen Befriedigung, dass der Flug sich so vollkommen anfühlte, genau so glitt dann die Landschaft wieder in ihren Blick, nur war die Erde jetzt der Himmel, und an diesem gleichmäßigen Gleiten der raureifweißen Felder, der roten Dächer, der Schlote, die nach unten rauchten, daran sah sie, dass sie den Looping einwandfrei flog. So perfekt war das Rund, dass sie unten nicht in den Geradeausflug überging, sondern ohne Ansatz einen zweiten Looping flog, weil sie dieses wunderbare Gefühl des Fallens noch einmal haben wollte. Noch einmal der Welt entgegenfallen und dabei wissen, dass man den Boden einfach wegkippen lassen konnte, wenn man wollte, dass man ewig weiterfallen konnte, ohne jemals aufzuschlagen. Während der Landung hatte von Schleich mit in die Hüften gestemmten Armen zugesehen, hin und her gerissen zwischen Ärger wegen ihres unerlaubten zweiten Loopings und überraschter Bewunderung. Greben hatte einen Schritt hinter ihm gestanden und lautlos lachend beide Daumen gehoben, als Luise aus dem Flugzeug kletterte. Am Abend dieses Tages hatte sie ihn das erste Mal geküsst.

Ein Roter Milan geriet in Luises Blickfeld. Er schwebte in großer Höhe in eleganten Kreisen. Seine Handschwingen stellten sich mit kleinen, weichen Bewegungen, die ihn auf gleicher Höhe hielten. Kreis um Kreis zog er durch Luises Stück Himmel immer weiter ostwärts, bis er schließlich aus ihrem Blickfeld verschwand und sie den Kopf hätte drehen müssen, um ihm mit den Augen weiter zu folgen. Sie spürte die Sonne auf ihren Wangen brennen. Oder war es die Erinnerung an den Kuss?

Ich habe Greben nicht geküsst, weil ich ihn liebte, gestand sie sich zum ersten Mal ein und drehte jetzt doch den Kopf nach dem Milan, der so vollendet segelte, ich habe ihn geküsst, weil ich das Fliegen nicht küssen kann.

Obwohl sie doch beide das Fliegen so liebten, überlegte sie, waren sie gar nicht oft zusammen geflogen. Am Anfang, ja, als sie eben den Kunstflugschein gemacht hatte, auf ein paar Schauen im Norden. Im Sommer 1931 in den Ostseebädern. Oh, sie hatte schon etwas gesehen vom Reich, sie war herumgekommen. Bei dem großen Kunstflugtag in Kopenhagen war sogar Udet dabei gewesen. Aber dann musste sie eben doch auch studieren, und das kostete viel Zeit und viel Geld. Manchmal hatte sie nicht einmal genug, um die Anmeldegebühr für eine Kunstflugschau bezahlen zu können. Manchmal konnte man einen Reklameflug machen, das brachte etwas Geld, und dann konnte sie wieder an einem Kunstflugwettbewerb teilnehmen. Das war am Anfang aufregend gewesen und wunderbar, und sie war ja dankbar für jede Möglichkeit, in der Luft zu sein. Aber die wirkliche Freiheit erreichte sie eben doch nie. Dafür hätte sie ein eigenes Flugzeug haben müssen. Dann hätte sie vielleicht einmal fliegen können, wohin sie wollte. Einmal über den Atlantik. Oder wenigstens über die Alpen nach Italien oder über das Mittelmeer nach Afrika!

Die Sonne stand jetzt sehr hoch und begann zu blenden. Das Gras um sie herum wurde trocken, und ihr wurde allmählich warm. Der Himmel über ihr war leer.

Vielleicht ist es nicht das Fliegen, überlegte sie, oder zumindest nicht nur das Fliegen. Auf einmal hatte sie das Gefühl, als hätte sie noch niemals weiter gedacht als bis zu diesem Punkt. Was stand denn wirklich dahinter? Weshalb war sie bei den Wandervögeln gewesen, die jetzt auch verboten waren? Weshalb hatte sie als junges Mädchen nachts das Fahrrad herausgeholt und war die ganze Nacht gefahren? Weshalb hatte sie schließlich mit Georg damals ein Flugzeug bauen wollen? Es war immer nur alles Mittel zum Zweck gewesen, fand sie mit einer leisen Überraschung. Was sie eigentlich wollte, war immer nur eines gewesen: ganz und gar frei zu sein. Frei, dachte sie mit wehmütiger Sehnsucht, wie ein Vogel.

Wahrscheinlich war das auch der Grund, weshalb sie die Verlobung mit Greben gelöst hatte. Als sie nach München gekommen war, da war er derjenige gewesen, der ihr ein Tor aufgestoßen hatte. Greben hatte ihr das ermöglicht, was sie am meisten gewollt hatte. Aber über die letzten vier Jahre hin hatte sie nicht mehr Freiheit dazugewonnen. Sie hatte immer mehr Freiheit verloren.

Luise hatte genug davon, in den Himmel zu sehen, und drehte sich auf den Bauch. Die Sonne schien ihr auf den Rücken, und die Taufeuchte aus Rock und Bluse trocknete rasch. Sie stützte das Kinn in die Hände und sah auf die winzige Welt zwischen den Wildblumenhalmen. Käfer eilten auf unverständlichen Wegen hin und her, winzige Fliegen bewegten sich in komplizierten Manövern, die man niemals nachfliegen könnte, millimetergroße Spinnen schwebten an Fäden, die man beim besten Willen nicht erkennen konnte. Das war alles noch viel kleiner als in ihrer Stadt, aber es war nicht eng. Jedes Tier bewegte sich vollkommen frei, nur nach seiner Natur. Luise versank in der Beobachtung dieses Fleckchens und in ihren Gedanken. Die Tiere auf der Wiese waren frei. Die Vögel waren frei. Nur ihre Welt, die dazwischen lag, wurde jeden Tag enger.

Greben, der verlangt hatte, dass sie als Ehefrau zu Hause bleiben müsse. Kein Fliegen, kein Unterrichten. Dafür Kinder. Hätte nicht gerade er wissen müssen, was es bedeutete, nicht mehr fliegen zu dürfen?

Die Zeitungen, die auf einmal aus dem Café verschwunden waren. Und die Bücher aus der Bibliothek. Luise war froh, dass sie die Bibliothek ihres Vaters nutzen konnte. Erst wenn man vor den Regalen stand, sah man, was es in der Öffentlichkeit alles nicht mehr gab.

Tausend kleine Freiheiten waren verschwunden. Vor allem für die Frauen. Man trug keinen Bubikopf mehr. Keine knielangen Röcke. Man rauchte nicht mehr auf der Straße – nicht, dass Luise geraucht hätte, aber es war eine prinzipielle Frage. Immer weniger Mädchen studierten. Immer weniger Frauen arbeiteten. Und immer weniger Frauen flogen.

Luise starrte auf die Insekten. Vielleicht war es besser, wenn man sich der Unfreiheiten nicht bewusst war, wenn man nicht an sie dachte. Man starb ja nicht daran. Vielleicht ließ es sich dann gut leben. Nicht denken, sondern einfach sein. Wenn man keine Mauern sah, dann waren da auch keine. Wenn man nicht geradeaus gehen konnte, war es vielleicht besser, wenn man die Straße dorthin gar nicht sah.

Luise stand auf. Es hatte wohl keinen Sinn, sich Gedanken darüber zu machen. Es war einfach so. Sie konnte es nicht ändern. Man konnte froh sein, dass einem wenigstens ein Rest Freiheit blieb. Wie die, am Vormittag in einer Wiese liegen zu können. Unverhofft musste sie aber doch noch einmal an Dr. Mandl denken. Sie würde arbeiten dürfen. Er nicht mehr. Was war das für eine Welt, in der so ein kleines Stückchen Freiheit des einen auf Kosten des anderen gewonnen wurde?

Während sie langsam auf die Stadt zuging, sah sie sich um. Nichts hatte sich verändert. Die Wiesen waren so wie vor sechs Jahren. Die Häuser leuchteten so weiß wie eh und je im Mai. Die Apfelbäume blühten. Vielleicht musste man so sein wie das Land – unbeeindruckt von dem, was um einen herum geschah. Vielleicht musste man so sein, dass einen alles nichts anging.

Aber als sie endlich in die dunkle Kühle des Pfarrhauses trat, da war es still, und Luanas Singen fehlte ihr auf einmal sehr.

6

Es war kein regnerischer, aber doch sehr trüber Tag, an dem Luise ihren Vater auf den Kirchhof der Stadt begleitete. Zwar war es nicht ihre Gewohnheit, zu Beerdigungen mitzukommen – dazu war das Städtchen denn doch zu groß – aber der Verstorbene war ein Junge, den sie noch aus der Zeit kannte, als sie ab und zu bei den Jungscharfreizeiten ihres Vaters ausgeholfen hatte. Sie erinnerte sich an ihn als wendigen, aufgeweckten Zehnjährigen, der für sein Alter erstaunlich witzig sein konnte. Sie hatte ihn gern gemocht, obwohl sie ihn natürlich in den letzten sechs Jahren nicht gesehen hatte, und war betroffen gewesen, als sie hörte, er sei im Steinbruch verunglückt. Erst als sie beim Friedhof anlangten, sah sie, dass er wohl bei der HJ gewesen war, denn beim Eingang hatte sich eine ganze Rotte Jugendlicher versammelt, die ihre Standarten an die weiße Friedhofsmauer gelehnt hatten und darauf warteten, dass die Beerdigung begann. Luise sah zu ihrem Vater hinüber. Der hatte die Brauen hochgezogen, sagte aber nichts und beeilte sich, in die Aussegnungskapelle zu kommen. Luise sah unter den Hitlerjungen noch das eine oder andere bekannte Gesicht. Den HJ-Führer dagegen kannte sie nicht; es war ein untersetzter Mann um die dreißig, an dem die braune Uniform so unförmig und unvorteilhaft aussah, dass Luise beinahe gelacht hätte. Dann stand da noch der NS-Kreisleiter Gerstenberger, der gleichzeitig kommissarischer Bürgermeister der Stadt war. Der hatte als Gerber gearbeitet, bevor er im Krieg ein Bein verloren hatte und dann in die NSDAP eingetreten war. Luise hatte einmal eine seiner Reden gehört, als Junge ihn in die Schule eingeladen hatte. Damals hatte sie sich gewundert, wie ihr doch immerhin intelligenter Lehrer mit so einem dumpfen, bräsigen, offensichtlich dummen Menschen in einer Partei sein konnte. Heute wunderte sie sich nicht einmal mehr, dass so ein durch und durch primitiver Handwerksgeselle eine Stadt führen durfte. Gerstenberger trug ebenfalls Uniform, was bei ihm genauso grotesk aussah, weil er nur ein Bein hatte. Das sind die Spitzen der Partei in unserer Stadt, dachte Luise spöttisch.

Die Familie des Toten war schon bei der Aussegnungshalle, und auch Luise ging nun den Weg entlang dorthin. Die HJ-Gruppe blieb noch vor dem Tor, sie war wohl noch nicht vollzählig.

Die Totenglocke läutete. Die Trauergemeinde, die bis jetzt vor den Stufen der Halle gestanden hatte, setzte sich allmählich in Bewegung. Luise folgte ihr, und nun marschierte auch die HJ hinter dem NS-Kreisleiter in den Friedhof. Die Jungs hatten sich formiert und zogen zu dumpfem Trommelschlag in fast militärischem Gleichschritt zur Kapelle. Das Kommando »Halt!« klang unpassend scharf in der Atmosphäre gedämpften Murmelns. Die meisten Leute waren auf der Treppe stehen geblieben, während die HJ heranmarschiert war, aber jetzt gingen sie – darunter auch Luise – in die Kapelle und suchten sich ihre Plätze in den Bänken. Luise saß immer gerne hinten, und heute war es sowieso angemessen, denn schließlich gehörte sie weder zur Familie noch zu den engen Freunden des Verstorbenen. Als alle saßen, zog die HJ ein, teilte sich und blieb dann an den Wänden rechts und links stehen. Nur der NS-Kreisleiter und der HJ-Führer gingen im Mittelgang bis nach vorne und setzten sich dreist auf die Plätze, die neben der Familie frei geblieben waren und auf die sich bei all den anderen Bestattungen, an die sich Luise erinnerte, aus Pietät niemand gesetzt hatte.

Die Glocke schwang aus, und die Orgel setzte ein. Luises Vater kam aus der Sakristei und ging unter den Klängen des Vorspiels am Sarg vorbei zum Altar, vor dem er mit dem Rücken zur Gemeinde stehen blieb.

Obwohl es der erste Gottesdienst war, den Luise seit ihrer Rückkehr besuchte, fand sie sich doch sofort ein. Es war alles wie gewohnt, wie sie es schon hundert Mal erlebt hatte. Gebet und Gemeindelieder, eine kurze Liturgie, die ihr Vater mit seiner nicht sehr vollen, aber klaren Stimme sang, und dann wieder ein gemeinsames Gebet. Danach die Ansprache, die er, wie sie fand, sehr gut und sehr treffend hielt und zudem mit jener winzigen Prise schmerzlichen Humors bereicherte, die deutlich machte, dass der Prediger keine abgebrauchten Worte aufsagte, sondern bedauerte, einen Menschen seiner Gemeinde verloren zu haben.

Luise sah verschiedentlich Köpfe nicken, eine stille Form der Zustimmung.

Als ihr Vater fertig war, nickte er dem NS-Kreisleiter zu, der geräuschvoll aufstand und mit einem hallenden Klack-Klick, Klack-Klick von Stiefelabsatz und Holzbein nach vorne ging. Luise musste sich auf die Lippen beißen, um nicht loszulachen, weil seine pompöse Art so im Widerspruch zu seiner primitiven Erscheinung stand. Auch die übermäßig militärisch-zackige Art, sich als Kriegsversehrter wie ein junger Soldat neben den Sarg des Toten zu stellen, wirkte so lächerlich wie in den Charlie-Chaplin-Filmen, die sie in München geliebt hatte. Wie ein Kind, das Kaiser spielte, nur durfte Gerstenberger wirklich regieren. Er zog einen Zettel aus der Uniformbluse, entfaltete ihn und begann. Luise war an sich keine, die sich über jemanden lustig machte, der Dialekt sprach. Sie selber hatte immer noch einen leichten Münchener Einschlag. Aber der schwere fränkische Zungenschlag in Verbindung mit den martialischen Phrasen, die Gerstenberger jetzt von sich gab, war schwer zu ertragen. Luise fing den Blick ihres Vaters auf, doch der stand unbewegt seitlich am Altar.

»Und wenn auch nicht im Kampf für das neue Deutschland, wie so viele aus unseren Reihen, so ist unser Kamerad Martin Hammerer doch an der Front gestorben. An der Front der Arbeit, wo er sich unermüdlich hineingeworfen hat, um zusammen mit allen anderen das neue Deutschland zu … zu errichten.«

Er hatte sich verhaspelt. Luise seufzte und gab sich Mühe, nicht gelangweilt zu wirken. Nicht wegen Gerstenberger, sondern um die Pietät zu wahren. Aber es ging so weiter. Gerstenberger bemühte alle Klischees, sprach von stählernen Muskeln der Jungs an der Heimatfront, von Martins unbeugsamem Willen zur nationalen Sache, und dabei war er doch einfach bei einem dummen Unfall im Steinbruch gestorben.

»Und so«, wurde der Kreisleiter immer pathetischer, »wird Martin Hammerer in Horst Wessels himmlischem Sturm da oben weiterkämpfen.« Er deutete nach oben und schwieg.

»Nein!«, kam es da plötzlich und sehr scharf. Es hallte durch die Kapelle. Luises Vater war an den Sarg getreten. Sein Gesicht flammte. Luise hatte ihn nur selten so gesehen und wusste, dass er jetzt wirklich wütend war.

»Das«, rief er jetzt impulsiv, »wird Martin Hammerer nicht. Es gibt da oben« – er äffte wütend Gerstenbergers pathetischen Ton nach – »keinen himmlischen SA- oder HJ-Sturm. Da oben nicht. Es gibt eine Auferstehung und sonst gar nichts.«

»Jetzt hören Sie mal!«, begann Gerstenberger, der sich überlegen fühlte. »Das ist doch …«

Er kam nicht weiter. Luises Vater fuhr dazwischen. »Nein! *Sie* hören! Ich dulde ganz gewiss keine Gotteslästerung, keine

Blasphemie in meinem Gottesdienst. So weit sind wir noch nicht! Kein himmlischer Sturm wird jemals die Auferstehung ersetzen! Und wir fahren jetzt in gottgefälliger Weise mit dieser Andacht fort!«

Luise fühlte, dass sie blass geworden war. Das war nicht gut. Warum hatte Papa sich nicht zurückgehalten? Vor allem, weil Gerstenberger nicht aufgab. Die Gemeinde war unruhig geworden. Man hörte ein Murren, aber Luise konnte nicht sagen, auf wen sich das bezog.

»Der Hammerer Martin war vor allem ein Hitlerjunge«, sagte Gerstenberger jetzt schlau und böse, »da wird man ihn schon noch ehren dürfen. Zusammen mit dem Märtyrer der Bewegung Horst Wessel wird er von da oben auf uns herabsehen. Der Führer hat da ganz klare …«

»Der Führer wird«, unterbrach ihn Luises Vater jetzt klar und scharf, »genauso wie wir alle einstmals auferstehen. Das ist es, was Gott gesagt hat und was in der Bibel steht und was wir glauben. Und ob Horst Wessel ein Märtyrer war und von da oben, wie Sie sagen, auf uns herabsieht, das entscheidet nicht die Partei und nicht der Führer und nicht Sie. Das entscheidet Gott allein. Ich verbitte mir jede weitere Störung des Gottesdienstes. Und jetzt lasst uns beten!«

Luise sah ihren Vater an, der für einen Augenblick dünn, bärtig und hoch aufgerichtet in seinem Talar dastand wie einer der biblischen Propheten, aber er erwiderte ihren Blick nicht, sondern drehte sich zum Altar um und begann: »*Vater unser im Himmel …*«

Erst jetzt stand die Gemeinde auf und fiel mit ein. Gerstenberger, der zunächst nicht wusste, was er tun sollte, ging auf seinen Platz zurück. Klack-Klick hörte man es durch den Chor der Worte. Luise sprach das Vaterunser mechanisch mit. Ihre Gedanken überschlugen sich, ohne dass sie sie zu Ende denken, sie richtig fassen konnte. Wie mutig ihr Vater war! Und wie dumm! Sie warf vorsichtige Blicke nach rechts und links, aber sie konnte nicht aus den Gesichtern lesen, was die Menschen dachten. Nur Gerstenberger hatte die Zähne zusammengebissen. Der würde das nicht vergessen, dachte Luise ahnungsvoll, der nicht.

Der Zug zur Grablege verlief ohne Störung. Zwar kommandierte der HJ-Führer seine Schar mit besonders scharfen Kommandos, zwar rissen sie am Grab alle besonders zackig den Arm hoch, aber das war alles nicht anders als bei Bestattungen, die Luise bisher miterlebt hatte. Der Kreisleiter gab sich keine Blöße mehr. Er stand fast lächelnd am Grab, warf als Erster nach der Familie drei Schaufeln Erde auf den Sarg und salutierte vor den Eltern, als er sein Beileid ausdrückte. Luises Vater sprach den Segen und ging dann, ohne sich noch einmal umzusehen, zurück in die Sakristei. Luise war einen Augenblick versucht, ihm zu folgen, dann blieb sie doch lieber noch am Grab stehen. Natürlich sprach jetzt keiner von etwas anderem.

»Unverschämtheit!«, hörte sie aus den Reihen der Hitlerjungen, verächtliche Bemerkungen über die ewiggestrigen Christen und dass der Führer längst hätte durchgreifen sollen. Unter den Erwachsenen waren die Meinungen nicht so klar auszumachen. Ein alter Mann trat sogar zu Luise, schüttelte ihr die Hand und sagte leise: »Das war ganz recht, was Ihr Herr Vater da gesagt hat, ganz recht.«

Luise dankte, aber es war ihr fast unangenehm, denn sie sah, wie Gerstenberger sie genau beobachtete. Sie war erleichtert, dass es zu nieseln begann und die Leute sich deshalb rasch zerstreuten.

Als sie an Gerstenberger vorbeiging, sagte der zum HJ-Führer so, dass sie es hören musste: »In dieser Angelegenheit ist das letzte Wort noch nicht gesprochen!«

Sie beeilte sich, nach Hause zu kommen.

7

Paul hatte schon davon gehört, als er zum Essen nach Hause kam. Es war Samstag, deshalb kam er schon mittags. Anscheinend hatte die Stadt kein anderes Gesprächsthema als Pfarrer Anding, der dem NS-Kreisleiter und kommissarischen Bürgermeister mitten im Gottesdienst über den Mund gefahren war.

Luana trug eben die kleinen Suppentassen auf. Es gab zuerst Tacacá, eine Suppe, die eigentlich aus Maniokmehl gemacht wurde, aber weil es Maniok in Deutschland nicht immer gab, verwendete Luana dann manchmal Weizenmehl dazu. Obwohl Luana oft entschuldigend sagte, man könne sie eben mit Weizenmehl einfach nicht so gut zubereiten wie mit Maniok, mochte Luise sie auch so sehr gern. Ihr war in der Münchener Zeit gar nicht bewusst gewesen, wie sehr ihr Luanas brasilianische Küche gefehlt hatte. Es gab fast keine scharfen Gerichte in Deutschland, nur Meerrettich und Senf, und das war es auch schon. Aber sie liebte die feine, vielfältige Schärfe, die in Luanas Speisen steckte. Die anderen wussten gar nicht, wie viel anderes es außer den gewohnten Alltagsgerichten noch zu schmecken gab, dass sie eine ganze Welt an Aromen einfach nicht kannten. Sie konnte sich nicht vorstellen, wie Gerstenberger so etwas jemals essen würde.

Paul hatte sich schweigend zum Essen gesetzt. Auch Luise hatte nichts gesagt. Ihr Vater sprach ein kurzes Gebet. Dann aßen sie. Luana versuchte, die gedrückte Stimmung zu überspielen und erzählte von der deutschen Jary-Expedition, die eben ins Amazonasgebiet aufgebrochen war, um seltene Urwaldtiere für Berliner Museen zu jagen.

»Außerdem«, schloss sie mit Blick auf Luise, »wollen sie auf dem Amazonas ein Wasserflugzeug ausprobieren.«

Luise war – fast gegen ihren Willen – interessiert.

»Wie wollen sie es durch den Urwald bringen? In Booten? Oder fliegt die ganze Expedition?«, fragte sie Luana.

Die zuckte fast amüsiert die Schultern. »Ich glaube, die wissen es noch nicht. Von denen war, was ich gelesen habe, noch keiner im Amazonasgebiet. Die wissen nicht, was das heißt.«

»Wieso?«, fragte Luise nach.

Paul hob nicht den Kopf, als er sagte: »Das ist nicht wie hier. So eine Luftfeuchtigkeit kannst du dir nicht vorstellen. Da schimmelt dir das Segeltuch von den Flügeln, die Verspannungsdrähte rosten beim Zusehen durch, und das europäische Holz verzieht sich so, dass alle Fugen aufgehen.«

Luise sah zu ihrem Vater hinüber. Er aß mit großen Unterbrechungen und wirkte abwesend. Das Gespräch schlief ein. Luana brachte die Hauptspeise: *Bobó de camarão*. Es war etwas ganz Besonderes, ein Sonntagsgericht. Eigentlich gehörten Garnelen hinein, aber Luana behalf sich mit Flusskrebsen, und so war es ein schönes Beispiel dafür, wie fränkische und brasilianische Küche zusammenkamen. Luise überlegte, ob Luana es gekocht hatte, um ihren Vater aufzuheitern, aber im Grunde konnte sie ja kaum so schnell gehört haben, was auf dem Friedhof geschehen war. Obwohl, dachte sie, wenn Luana auf dem Markt eingekauft hatte – in dieser Stadt verbreitete sich Klatsch ungeheuer schnell.

Paul, der nach seinem Kommentar schweigend gegessen hatte, wandte sich plötzlich, fast ruckartig, an seinen Vater. »Das war nicht sehr klug, Papa.«

Luises Vater legte sein Besteck sorgfältig am Tellerrand ab, dann lehnte er sich zurück.

»Ja«, gab er leise zu, »vielleicht. Aber«, fuhr er dann nachdenklich fort, »es war richtig. Und es war notwendig.«

Paul legte sein Messer auch hin. Es klapperte. »War das wirklich nötig? Den Kreisleiter in der Kirche zu beleidigen? Papa, ich denke doch nur an dich. Das wird er sich nicht gefallen lassen. Du kennst die nicht. Die vergessen nichts. Die …«, er brach ab, aber dann fragte er doch: »Wieso? Wieso hast du nicht einfach geschwiegen? Den nimmt man doch nicht ernst, wenn er so was sagt. Jeder weiß, dass er nur durch die Partei überhaupt hochgekommen ist. Wieso, glaubst du, ist der seit zwei Jahren nur kommissarischer Bürgermeister? Weil sogar die in der Partei wissen, dass er zu blöd dafür ist.«

»Es sagt aber keiner«, warf Luise ein.

Paul warf sich in seinem Stuhl zurück, wütend, weil die anderen nicht zu verstehen schienen. »Warum wohl?«, rief er. »Warum? Wollt ihr wirklich ins Konzentrationslager? Wirklich?«

»Paul!«, sagte ihr Vater jetzt laut. »Was soll das? Mach ihr keine Angst.«

Paul hielt es nicht mehr auf dem Stuhl. Er sprang auf und ging nervös im Zimmer auf und ab. »Angst machen? Ich mache niemandem Angst. Das ist genau das, was passieren kann!«, rief er.

Luises Vater wurde jetzt auch lauter. »Weißt du, was diese Kanaille gesagt hat? Er hat von einem himmlischen SA-Sturm gefaselt. Dass Horst Wessel ein Märtyrer sei! Er hat den Gottesdienst gestört, und er will die Leute glauben machen, dass der Nationalsozialismus von Gott gewollt ist. Und wenn eines sicher ist, dann das: Gottgefällig ist das nicht! Weißt du was?«

Er ereiferte sich immer mehr, hatte sich im Stuhl zurückgelehnt und sprach jetzt sehr laut. Da brach sich etwas Bahn, was sich schon länger in ihm angestaut hatte: »In den altpreußischen Kirchen hat die Gestapo die Kollekte beschlagnahmt! Die Kollekte, die für kirchliche Zwecke bestimmt ist! Sie versetzen Pfarrer, weil sie ihnen nicht passen. Wenn die Bischöfe nicht zur nationalen Kirche gehören, werden sie entlassen. Sie legen die HJ-Nachmittage auf die Zeit des Konfirmandenunterrichts. Sie führen die Sonnwendfeiern wieder ein – anstelle von Weihnachten, sagen sie. Sie nennen unseren Gott den Judengott! Wie soll ich denn da zusehen und schweigen? Die Texte für die Morgenandachten im Rundfunk müssen vorher eingereicht werden, damit sie inhaltlich ›entjudet‹ werden können! Fehlt noch, dass sie uns Jesus vom Kreuz nehmen, weil er keine arischen Vorfahren hatte! Die Nazis zerstören die Kirche und wollen, dass wir an den Führer glauben wie an einen neuen Christus! Das kann ich nicht. Das widerspricht allem, was ich glaube.«

Eine kleine Stille folgte. Alle hatten aufgehört zu essen. Luise hatte noch einmal das Bild vor Augen, wie ihr Vater dem Kreisleiter verbot, den Gottesdienst zu stören. Auf einmal war sie trotz ihrer Besorgnis stolz auf ihn.

»Paul«, sagte sie, »Papa hat recht. Vielleicht … er hat das Richtige getan. Man kann nicht immer nur schweigen.«

Paul sah sie groß an. Dann sagte er leise: »Ihr versteht es nicht, oder? Ihr habt gar keine Ahnung. Ihr lebt in einer Traumwelt. Das lassen sie niemals durchgehen. Niemals.«

Er ging aus dem Zimmer und schloss die Tür hinter sich, sehr sachte, als wolle er niemanden verletzen. Es war diese kleine Geste, die Luise mehr Angst machte als alles andere.

Aus dem trüben Tag wurde ein frühlingslanger, aber ebenso trüber Abend, an dem es auch noch zu nieseln begann. Jeder hatte sich zurückgezogen: Luises Vater in sein Arbeitszimmer, Paul war ausgegangen, Luana war auf ihrem Zimmer. Es war nicht richtig kalt, aber unfreundlich, und Luise, die kühles Wetter an sich gut leiden konnte, wenn es klar war, hätte sich gewünscht, dass angeschürt wurde. Aber so ging sie eben in die Küche, in der sich noch die Wärme vom Kochherd gehalten hatte, um dort zu lesen. Sie tat das manchmal, denn die Küche war für sie seit Kinderzeiten ein heimeliger Ort gewesen. Es roch gut und war fast immer warm, und selbst, wenn man kein Licht anschaltete, leuchtete es meist hell aus dem Herd, in dem ja stets ein Feuer brannte. In München hatte Luise einen Elektroherd gehabt, aber hier in der Provinz, im alten Pfarrhaus, war die Moderne noch nicht eingezogen. Sie hatte das westliche Fenster halb geöffnet und sich dorthin gesetzt, um das Abendlicht zum Lesen zu haben. Dieses Fenster ging auf den Teil des Gartens, in dem die Remise und der Schuppen standen, während man durch das auf der östlichen Seite in den eigentlichen Garten mit den Kräuterbeeten und Luanas Blumen blickte.

Luise las Kästners *Gesang zwischen den Stühlen*. Es war so ein melancholisches Buch, das man las, wenn man Trost brauchte oder wenigstens mit seiner Traurigkeit nicht allein sein wollte.

Man möchte fort und findet kein Versteck.
Es wäre denn, man ließe sich begraben.
Wohin man blickt, entsteht ein dunkler Fleck.
Man möchte tot sein. Oder Gründe haben.

Ja, so war es wohl. Aber sie wollte sich nicht begraben lassen. Sie ließ das Buch sinken und sah hinaus. Der feine Sprühregen perlte von den jungen Blättern und tropfte langsam von den Zweigen. Der Himmel war gleichmäßig grau. Alle Farben wirkten gedämpft. Das Rot der Ziegeldächer gegenüber wirkte dunkel, das Weiß der gekalkten Mauer schattig, das Grün des kommenden Rasens war wie verschleiert. Die Gartengeräte standen durcheinander an die Holzwand der Remise gelehnt und sahen mit ihren nassen Stielen und den rostigen Blättern, Zinken, Schneiden so aus, als seien sie sehr lange nicht benutzt worden. Luise musste plötzlich lächeln. War wohl auch so. Papa hatte zwei-, dreimal im Jahr Anfälle von Gartenleidenschaft, legte dann Beete an, säte und pflanzte alle Arten von Gemüse, vergaß aber schon nach der zweiten Woche das Hacken und Gießen, und was dann den Sommer überlebte, erntete er stolz als Gottesgabe. Er war einfach zum Gelehrten geboren. In diese Gedanken versunken sah sie plötzlich aus den Augenwinkeln eine Gestalt durch den Hof zur Remise gehen. Papa war es nicht, aber der General schlug auch nicht an, obwohl er sicher im Hof unter dem Treppenaufgang lag. Normalerweise bellte die Dogge bei Fremden. Jetzt erst bemerkte sie auch, dass in der Remise Licht brannte. Vielleicht war ihr das vorher nicht aufgefallen, weil es ja erst allmählich zu dämmern begann. Das war komisch, dachte sie und wurde auf einmal von der Angst angeflogen, es könnte die Polizei sein oder vielleicht sogar die Gestapo, die ihren Vater abholen wollte. Aber die hätten doch sicher geläutet, dachte sie und merkte dabei, wie sie sich im Denken noch selbst belog: Wozu sollten sie klingeln?

Luise legte, plötzlich zitternd, das Buch weg und ging aus der Küche rasch durch den Gang zur Hintertür, die in den Garten führte. Es war still im Hof. Nur sehr leise hörte man das Nieseln des Regens. Luise legte ein Ohr an das Tor der Remise. Ein gleichmäßiges, leicht zischendes Klacken war zu hören, das Geräusch einer kleinen Maschine, das sie nicht gleich zuordnen konnte. Aber dann stieg ihr plötzlich von irgendwoher ein Hauch von Spiritusgeruch durch die kühlfeuchte Luft in die Nase, und sie wusste, was es war. Papa hatte den Matrizendrucker in die Remise geschafft. Erleichtert stieß sie das Tor auf und blieb dann vollkommen überrascht im Eingang stehen. Am Matrizendrucker schwang die Kurbel noch ein, zwei Umdrehungen, und zwei weitere Blätter flogen in den Auffangkorb. Bis ins Mark erschrocken, aus der Arbeit am Drucker hochgefahren, weil er sie nicht gehört hatte, stand ein Mann, atmete panisch und beruhigte sich erst allmählich, als er Luise erkannte.

»O Gott, Luise!«, sagte er schwach und lehnte sich an die Werkbank, auf der die Maschine stand, »ich dachte, mir bleibt das Herz stehen.«

»Guten Abend, Georg«, sagte Luise.

8

Sie standen im hellgrauen Dämmerlicht des langen Frühlingsabends auf der Terrasse des Pfarrhauses. Es war still geworden. Man hörte nur das gleichmäßige Tröpfeln von den Blättern, den Traufrinnen, den Ziegeln der Mauerkrone, nachdem der Nieselregen aufgehört hatte. Georg rauchte. Luise sah, dass seine Hände immer noch zitterten. Die Glut der Zigarette leuchtete in der feuchten Luft. Sie schwiegen. Luise wusste nicht, was sie sagen sollte.

»Seit wann macht ihr das?«, fragte sie schließlich.

Georg zuckte mit den Schultern. »Ich bin ab und zu im Gottesdienst gewesen, seit du weg warst«, erzählte er, »und seit die anderen an der Macht sind, öfter. Weil ich gemerkt habe, dass der Herr Pfarrer … als dein Vater zum Führergeburtstag nicht hat läuten lassen, da hab ich gewusst, dass er auch nicht einverstanden ist mit dem, was so passiert in unserer kleinen Stadt.« Die letzten Worte sagte er voller Hass.

»Und dann hat mein Vater dir angeboten, seinen Spiritusdrucker für Flugblätter zu benutzen?«, fragte Luise einigermaßen ungläubig.

Georg lächelte schief und drückte seine Zigarette aus. »Ich habe ihn dann einfach einmal gefragt, ob ich bei ihm ein paar Briefe vervielfältigen dürfte. Dann hat er mich lang angeschaut und gesagt, dass er den Matrizendrucker in die Remise stellt. Und dass die Remise immer offen ist.«

»So«, sagte Luise. Sie dachte rasch nach. »Weiß mein Vater, dass du hier bist?«

Georg schüttelte den Kopf. »Er hat nur gesagt, dass der Schuppen immer offen ist. Ich hab zu ihm gesagt, dass ich nicht öfter als einmal im Monat komme, und da hat er dann nur genickt. Wahrscheinlich ist es besser, wenn er es nicht weiß.«

»Hör zu«, sagte Luise bestimmt, »geh deine Blätter holen. Und nimm die Matrize mit! Du kannst jetzt eine Zeit lang nicht mehr kommen.«

Georg sah sie überrascht an. Er zögerte, bevor er fragte: »Hat es … ist es wegen damals? Willst du deswegen nicht, dass …« Er unterbrach sich selbst, holte tief Luft und sagte dann schnell: »Es tut mir leid. Es tut mir sehr leid, was ich damals getan habe. Es war dumm und gemein. Ich … ich …«, er sprach den Satz nicht zu Ende.

Luise schüttelte den Kopf. »Nein. Nicht deswegen. Hast du es noch nicht gehört? Mein Vater hat sich heute mit dem Kreisleiter angelegt. Bei der Beerdigung vom Martin. Und wenn sie womöglich kommen und das Haus durchsuchen und dann deine Flugblätter finden … ich will einfach nicht, dass ihm etwas passiert.«

Georg nickte. Er wandte sich zum Schuppen, aber dann drehte er sich noch einmal um und sah so jungenhaft aus wie damals, als er hastig ansetzte: »Kannst du …« Er vollendete den Satz nicht, sondern fügte nur noch schnell an: »Dein Vater ist ein mutiger Mann. Wirklich.«

Luise beobachtete von der Terrasse aus, wie Georg in die Remise eilte, sah nach kurzer Zeit das Licht ausgehen und ihn dann wie einen Schatten rasch den Hof verlassen. Leise drückte er das Gartentor zu, das metallische Klicken des Schlosses drang gedämpft durch den Garten. Dann war er fort.

Luise lehnte sich an die feuchte Mauer des Hauses und dachte nach. Sie hatte Georg seit Jahren nicht gesehen, und sie hatte keine Ahnung davon gehabt, dass Papa und er miteinander zu tun hatten. War das ein Zufall? Vielleicht war es auch einfach diese neue Zeit, die seltsame Allianzen stiftete. Georg, der überzeugte Sozialist, der von der Kirche nie etwas hatte wissen wollen. Papa, der mit der Sozialdemokratie noch nie etwas anfangen konnte. Vermutlich ist das so, wenn man nach längerer Zeit in sein Elternhaus zurückkehrt, dachte sie, man glaubt dann, nur man selbst habe sich verändert und die anderen blieben immer gleich. Aber ihr Vater hatte sich verändert. Paul hatte sich verändert und wahrscheinlich auch Georg. Aber trotzdem kam, wenn sie an Georg dachte, immer nur das Bild des zerschlagenen, zertrümmerten Flugzeugs. Sie hatte sich damals nie eingehender gefragt, wieso Georg das getan hatte. Sie hatte es einfach als Zeichen genommen, dass sie von hier fortgehen musste. Aber jetzt war sie wieder da. Genauso flügellahm wie das zerstörte Flugzeug. Abrupt stieß sie sich von der Wand ab, ging durch die Hintertür wieder ins Haus, lief durch den düsteren, kühlen Gang und klopfte schließlich an die Tür des Arbeitszimmers.

»Ja«, kam von innen die Stimme ihres Vaters.

Sie klinkte die Türe auf und ging hinein. Sie hatte das Arbeitszimmer immer mit einer gewissen Scheu betreten. Es war so ganz anders als der Rest des Hauses. Die vielen Bücher in den Regalen an jeder verfügbaren freien Wand, der schwere Schreibtisch mit dem schwarz glänzenden Telefon darauf, die vielen Stempel in dem kleinen Blechkarussell, das alles nahm sich in einem Wohnhaus, das sonst eine etwas nachlässige Gemütlichkeit ausstrahlte, ein wenig fremd aus.

Ihr Vater stand neben dem Schreibtisch und las in einem Buch. Jetzt sah er hoch und bedeutete ihr mit einer Kopfbewegung hereinzukommen. »Na?«, fragte er. Seinem Ton hörte man an, dass er bedrückt war, auch wenn er versuchte, heiter zu klingen.

»Ich habe Georg in der Remise gesehen«, sagte Luise ohne Umschweife, »er hat dort Flugblätter gedruckt.«

Ihr Vater sah sie etwas unsicher an. »Ja«, nickte er dann, »ich weiß.«

Luise wartete.

»Es ist nichts Falsches«, verteidigte er sich. »Sie werden genauso schikaniert wie wir. Und nur deshalb, weil sie anders denken. Das ist niemals ein gutes Zeichen. Im März hat drüben in Reuth die SA einen alten Werkmeister halb totgeschlagen, nur weil er im Wirtshaus gesagt hat, dass die neue Wehrpflicht ein Verbrechen an der Jugend ist. Es kann nicht falsch sein, die Wahrheit zu sagen, nur weil sie keiner hören mag.«

Luise sah ihn an. Er sagte das nicht nur so, er meinte es. Und er machte es sich bestimmt nicht leicht. Er war ja kein Unruhestifter. So wie er vor dem Regal stand, in der strengen Atmosphäre des Arbeitszimmers, ein Buch in der Hand und im halblangen, hochgeknöpften Lutherrock, sah er ein wenig aus, wie man sich einen mittelalterlichen Mönch vorstellte. Aber sie lebten nicht mehr im Mittelalter.

»Papa«, sagte Luise leise und drängend, »ich weiß. Du willst … dir ist an der Wahrheit gelegen. Aber es ist gefährlich. Du kannst Georg nicht mehr kommen lassen. Nach heute schon gar nicht! Ich denke immer … du kommst mir immer so vor, als würdest du glauben, dass sie … dass dir nichts passieren kann, aber …«

Ihr Vater unterbrach sie. Er sprach jetzt sicher und ruhig. »Nein. Ich weiß, was passieren kann. Ich bin dem Pfarrernotbund beigetreten, weil ich gesehen habe, was sie mit unserer Kirche machen. Ich habe mich mit flammendem Herzen«, hier lächelte er unvermutet über seine altmodische Formulierung, dass Luise ganz seltsam berührt wurde, »für die Bekennende Kirche entschieden, weil wir in Bedrängnis sind. Du möchtest, dass ich schweige, oder?«

Er sah sie an. Luise fühlte sich an Augenblicke in Kinderzeiten erinnert, als sie auch im Amtszimmer vor ihrem Vater gestanden war, weil sie etwas ausgefressen hatte und vor diesem ruhigen Blick nicht anders konnte, als die Wahrheit zu sagen. Sie hob fast trotzig die Hände. »Ja. Ich denke, es wäre klug. Du bringst dich unnötig in Gefahr. Du bringst uns in Gefahr.«

Ihr Vater lächelte wieder. Diesmal so, wie er lächelte, wenn er Kranke besuchte; voller Mitgefühl und einem leisen Bedauern. »Du hast deinen Glauben verloren«, stellte er fest.

Luise setzte an, um zu protestieren, aber dann überlegte sie. Und fast von sich selbst überrascht stellte sie fest, dass er recht hatte. Sie war auch in München immer wieder in die Kirche gegangen, aber trotzdem stimmte es: Der Glaube war ihr verloren gegangen. Der Kirchgang, das Singen, das Tischgebet – das war nur noch Beiwerk, liebgewonnene Gewohnheit, die man aus Sentimentalität nicht aufgab. Ja, dachte sie und nickte.

»Ja«, sagte ihr Vater, »das macht nichts. Das gehört dazu. Aber deshalb hast du Angst. Weil du nicht mehr weißt, was richtig ist.«

»Doch«, sagte Luise plötzlich hitzig, »das weiß ich schon! Ich weiß, dass es falsch ist, was die machen. Aber ich weiß auch, wer die Macht hat und wer nicht. Und wir haben sie nicht.«

»Siehst du«, sagte ihr Vater und stellte das Buch sorgfältig ins Regal zurück, »und das stimmt eben nicht. Die Macht ist in der Wahrheit. Und wenn sie tausendmal die Lüge zur Wahrheit erklären. Gottes Wort bleibt Gottes Wort und …«

Im Gang bellte der General. Man hörte seine Pfoten auf dem Steinboden klicken, als er zur Tür lief.

Luises Vater hob fast entschuldigend die Achseln, als er sagte:

»Ich glaube nun mal, dass Gott die Wahrheit ist. Wie kann ich da etwas anderes sagen?«

Luise wollte antworten, aber der Hund hörte nicht auf zu bellen, und dann hörten sie die Klingel. Sie sah automatisch auf ihre Uhr. Es ging auf zehn zu. In Pfarrhäusern wird oft zu ungewöhnlichen Zeiten geklingelt, weil Krankheit und Tod nicht nach Tageszeiten kommen, aber trotzdem wusste Luise sofort, dass es sich nicht um einen Seelsorgefall handelte, und plötzlich zitterten ihre Knie. »Ich gehe schon«, sagte sie und wollte aus dem Arbeitszimmer, aber ihr Vater hielt sie am Arm fest.

»Ich gehe«, sagte er, holte tief Luft und ging zur Tür.

Es waren drei Männer, davon zwei Gendarmen der städtischen Polizei, und es ging alles viel ruhiger, schneller und banaler, als Luise sich das vorgestellt hatte. Es gab kein Geschrei und keine Aufregung. Die Polizisten befahlen ihrem Vater, sich auszuweisen, obwohl sie ihn doch seit Jahren kannten. Dann teilten sie ihm mit, dass er zur Vernehmung mitkommen müsse.

Und dann gingen sie fort. Ohne dass Papa eine Jacke angezogen hätte oder sonst etwas, sie nahmen ihn einfach mit. In der Gasse stand das Polizeiauto, sie stiegen ein und fuhren ab.

Luise stand in der offenen Tür und schüttelte den Kopf. Es war, wie wenn man zu lange getaucht war und Wasser in den Ohren hatte. Alles hörte sich auf einmal fremd und gedämpft an. Alles war so schnell gegangen, dass weder Paul noch Luana etwas mitbekommen hatten. Langsam, wie mit großer Mühe, schloss sie die Haustür. Jetzt ist es passiert, dachte sie immer wieder, jetzt ist es passiert. Dann ging sie nach oben, um Paul Bescheid zu sagen.

9

In dieser Nacht schlief niemand richtig. Nachdem Luise Paul und Luana erzählt hatte, was geschehen war, nachdem sie alles Mögliche und Unmögliche durchgesprochen hatten, nachdem Paul schon halb entschlossen war, zur Wache zu gehen, um nachzufragen, und von Luana und Luise zurückgehalten wurde, erst da spürte Luise das erste Mal wirklich, was es bedeutete, hilflos zu sein. Eigentlich war ja fast alles, was sie erlebt hatte, ein wenig wie ein Spiel gewesen. Erstaunt merkte sie, dass sie bisher bei allem, was ihr zugestoßen war, doch im Stillen an eine gute Wendung geglaubt hatte, dass es sich irgendwie schon wieder richten ließe. Sie dachte an die Geschichte mit der Abschlussprüfung und Junge zurück: Da war ihr Vater da gewesen, der mit seiner ruhigen Art alles in Ordnung gebracht hatte. Oder damals, als sie unbedingt Fliegerin werden wollte: Paul und ihr Vater hatten dafür gesorgt, dass wie auf wunderbare Weise alles gut ging und sie wirklich fliegen lernen konnte. Paul hatte ihr die Karte geschenkt, sie hatte Greben kennengelernt, Papa hatte ihr erlaubt, nach München zu gehen. Aber jetzt?

Luise war nach zwei Stunden erschöpfender Diskussion, die immer wieder zum Ausgangspunkt zurückkehrte, aus Luanas und Pauls Zimmer zurück in ihr eigenes gegangen. Sie hatte sich den General nach oben geholt, um nicht alleine zu sein, und nun lag der, unbeeindruckt von allem menschlichen Streit, auf dem Vorleger in ihrem Zimmer und schlief. Manchmal zuckten die Hinterläufe; vielleicht jagte er im Traum. Luise lag auf ihrem Bett, ganz gerade, die Hände auf dem Bauch übereinandergelegt, als könnte sie so ein wenig Wärme in sich behalten.

Aber jetzt?, wiederholte sie für sich noch einmal und dachte daran, was Papa vorhin – war es wirklich erst wenige Stunden her? – im Arbeitszimmer so ruhig festgestellt hatte: *Du hast deinen Glauben verloren.*

Ja, dachte sie, das stimmte. Aber es war nicht nur ihr Kinderglaube an Gott, sondern auch dieses grundlegende Urvertrauen, das sie immer gehabt hatte, diese Zuversicht, dass alles im Leben ein gutes Ende nehmen konnte, wenn man nur fest daran glaubte.

Was sie wohl gerade mit ihm taten? Verhörten sie ihn? Durfte er schlafen? Und wo? Gingen die Polizisten eigentlich nicht nach Hause? Schliefen die nie? Luise schämte sich plötzlich für solche Gedanken, aber sie konnte das Karussell in ihrem Kopf nicht anhalten. Ob sie morgen wiederkamen und das Haus durchsuchten? Papas Bücher fielen ihr ein, der Spiritusumdrucker in der Remise. Und Georg! Ob Papa ihnen erzählte …? O Gott, dachte sie, wenn sie … wenn sie ihn schlugen, würde er dann nicht von Georg erzählen?

Die Nacht in ihrem Zimmer war wie ein Kino, das sich mit Gespenstern füllte; ein erschreckender, kalter Gedanke jagte den nächsten, zog andere, noch hässlichere Schrecken mit sich, und alle lärmten in Luises Kopf durcheinander. Plötzlich hielt sie es nicht mehr aus und setzte sich auf. Sie musste etwas tun! Irgendetwas. Sie konnte nicht hier im Bett liegen, während ihr Vater irgendwo in einer Zelle saß.

Sie stand auf und zog sich langsam an, während sie überlegte. Es hatte wenig Sinn, Papas Arbeitszimmer zu durchsuchen. Sie waren ja auch nicht gekommen, weil er Bücher im Regal hatte, die auf der Schwarzen Liste standen. Mein Gott – sogar in der Bibliothek gab es nach wie vor ein paar Tucholskys, die man noch nicht aussortiert hatte. Aber womöglich kamen sie ja auch wieder. Vielleicht gerade, wenn er nichts zu erzählen hatte – es gab ja nichts, was sie nicht wussten, und vielleicht glaubten sie ihm gerade das nicht. Es war auf jeden Fall besser, den Umdrucker aus der Remise verschwinden zu lassen. Und ... ja, vielleicht musste sie Georg Bescheid sagen.

Sie hatte, wie aus einer alten Gewohnheit heraus, die leichte Leinenhose, die Segeltuchschuhe und den dunklen Sweater angezogen – dieselben Sachen, in die sie früher immer geschlüpft war, wenn sie nachts das Haus verlassen hatte, um an ihrem Flugzeug zu bauen. Der General hob schnaufend ein wenig den mächtigen Schädel, als sie vorsichtig über ihn trat, aber dann schlief er weiter.

Manchmal wäre es gut, wie ein Tier zu sein, ging es ihr flüchtig durch den Kopf, als sie geräuschlos die Treppe hinunterlief. Man wäre vielleicht glücklich oder unglücklich, aber man würde nie verstehen, woher es kam, und man hätte keine Angst, weil man nicht wusste, was einem alles passieren konnte.

Vorsichtig klinkte sie die Hintertür auf und ging in den Garten. Immer wieder sah sie sich um, hatte das Gefühl, als würde sie beobachtet, aber es geschah nichts. Wenn das passierte, woran man eigentlich nicht glaubte, dann war man plötzlich in seinen Grundfesten erschüttert. Dann war plötzlich alles möglich: dass das Haus beobachtet wurde, dass bereits überall Polizisten waren, dass sie in der Remise schon auf sie warteten, weil sie doch ein übersehenes Flugblatt und die Maschine gefunden hatten. Luise atmete plötzlich viel zu schnell. Sie stand sicher fünf Minuten lauschend vor dem Tor der Remise, bevor sie es endlich ganz leise öffnete. Es war hier natürlich noch dunkler als draußen, aber ihre Augen hatten sich mittlerweile so daran gewöhnt, dass sie wenigstens die vertrauten Umrisse wahrnahm. Sie wagte nicht, Licht zu machen, denn das konnte von der Gasse gesehen werden. Sie suchte rund um den Matrizendrucker nach Flugblättern, die Georg vergessen haben könnte, nach zusammengeknüllten, halben oder zerrissenen weggeworfenen Seiten, aber sie fand nichts. Sie stellte die Spiritusflasche auf das Regal zurück, damit es nicht so aussah, als hätte man die Maschine erst kürzlich benutzt, dann wischte sie mit einem Lumpen die Gummiwalze sauber. Eigentlich war es sinnlos, dachte sie dann, der Drucker wurde ja auch für kirchliche Handzettel benutzt. Niemand konnte nachweisen, dass darauf regimefeindliche Flugblätter hergestellt worden waren. Sie stand in der Mitte des Raumes, atmete den staubigen Geruch alten Holzes, vermischt mit dem Gummigeruch nicht mehr gebrauchter Reifen und dem Hauch Spiritus, der immer noch da war, und überlegte. Doch. Es war besser, wenn sie Georg sagte, was passiert war. Vielleicht wusste er ja sogar Hilfe. Noch einmal sah sie sich um, ob sie nichts vergessen hatte, dann verließ sie den Schuppen.

In dieser Frühlingsnacht durch die stille Stadt zu laufen war ein sehr eigenartiges Gefühl. Es war auf der einen Seite, als lägen keine sechs Jahre zwischen jetzt und den wunderbar aufregenden Nächten, in denen sie mit Georg an der Erfüllung eines Jugendtraums gearbeitet hatte. Auf der anderen Seite war diese Nacht merkwürdig unwirklich, und ständig hatte sie dieses Gefühl, als habe sie die Verhaftung ihres Vaters noch gar nicht verstanden. Aber, ja – es half, in Bewegung zu sein. Sie lief nicht zu schnell und fast lautlos, die Arme eng am Körper, im gleichmäßigen Takt, wie sie es in München bei der Fliegerausbildung gelernt hatte.

»Laufen?«, hatte sie damals fast ungläubig gefragt, »wozu?«

Sie hatte nicht vergessen, wie sie angeschnauzt worden war: Ein rascher, gesunder Geist wohnte nur in einem gestählten, gesunden Körper … und so weiter. Sie hatte es damals schon nicht mehr hören können, aber sie lief ja gerne.

Sie langte an der südlichen Stadtmauer an. Dort standen die schmalen Handwerkerhäuschen, dicht aneinander gebaut, mit winzigen Gärtchen, im Schatten der hier ziemlich hoch aufragenden Mauer. Unten waren die Werkstätten: Schuster, Seiler, Sattler und eben Schmiede. Oben lag die Wohnung. Luise stand vor dem Haus und zögerte. Sie war gar nicht sicher, ob Georg noch zu Hause wohnte, ob sein Vater noch lebte. Aber gut, dachte sie gleichgültig und bückte sich, um ein paar Kiesel aufzusammeln, schlimmstenfalls wecke ich seine Eltern.

Sie musste nicht mehr als zwei Steinchen gegen das Fenster werfen, in dem sie Georg vermutete, als es sich schon öffnete.

»Anton?«, flüsterte es fragend herunter.

Luise trat aus dem tiefen Schatten des Wirtshauses gegenüber. »Ich bin's, Luise«, rief sie halblaut, »kannst du eben runterkommen?«

»Komme«, war Georgs knappe Antwort, und schon war das Fenster wieder geschlossen. Nicht einmal eine Minute später öffnete sich die Tür der Werkstatt. Luise registrierte aufmerksam, dass er kein Licht gemacht hatte.

»Steh nicht auf der Straße herum«, sagte Georg in der offenen Tür leise und drängend, »komm herein!«

Sie glitt durch den Türspalt, Georg drückte die Tür wieder zu, und sie standen in der alten Schmiede. In der Esse glühte es unter der Asche noch, es war warm und roch nach verbrannter Kohle und Eisen.

»Sie haben meinen Vater verhaftet«, sagte Luise hastig. Jetzt, da sie es aussprach, stieg plötzlich ein Weinen in ihrer Kehle hoch, und sie hatte Mühe, es zu unterdrücken.

»Was?«, zischte Georg überrascht und schockiert, »deinen Vater?«

Luise erzählte noch einmal kurz, was bei der Beerdigung geschehen war und wie sie dann, kurz nachdem Georg die Remise verlassen hatte, in das Pfarrhaus gekommen waren und ihn mitgenommen hatten.

»Haben sie irgendetwas gesagt, wozu, oder was sie ihm vorwerfen?«

Luise schüttelte den Kopf. »Du darfst nicht mehr kommen, auf gar keinen Fall!«, flüsterte sie.

Er nickte. Es gab eine kleine Stille. Man hörte nur das sehr leise Zischen der verglühenden Kohlen. Das Rot unter der Asche in der Esse spürte man mehr, als man es sehen konnte. Georgs Gesicht war nur ein Schemen.

»Sie werden ihn nicht dabehalten«, sagte er schließlich. Luise hörte nicht nur Trost, sondern auch Unsicherheit heraus. Georg schien das zu spüren. »Er ist der Pfarrer hier. Das ist nicht wie bei uns. Das ist nicht, wie wenn sie einen Arbeiter verhaften. Sie werden ihn nur vernehmen.«

»Mitten in der Nacht?« Luise spuckte die Worte fast, so laut flüsterte sie.

»Das gehört alles dazu«, antwortete Georg leise, »alles, um den Gegner unsicher zu machen.«

Wieder schwiegen sie. Luise wandte sich zum Gehen. Auf einmal fühlte sie sich furchtbar erschöpft. Georg hielt ihr die Tür auf, aber dann berührte er sie noch einmal leicht am Arm.

»Sag mir Bescheid, wenn etwas passiert, ja?«, bat er. Luise nickte wieder, dann schlüpfte sie ins Freie. Sie lief jetzt nicht mehr, sie war zu müde dazu. Jetzt ging sie einfach, so schnell sie konnte, zurück nach Hause.

Als sie sich ausgezogen und wieder in ihr Bett gelegt hatte, dämmerte es schon fast, und trotz der Sorgen und Ängste konnte sie dann doch einschlafen; einfach, weil sie zu erschöpft war, um wach zu bleiben.

Entsetzt fuhr sie aus wirren Träumen hoch, als es klingelte, und wusste einen Augenblick nicht, wo sie war. Der General stand neben ihrem Bett auf dem Teppich und lauschte. Während sie noch dabei war, sich zurechtzufinden, klingelte es wieder, sehr ungeduldig. Sie schlüpfte schnell in Bluse und Hose und öffnete die Zimmertür.

Luana stand unten im Flur, sah kurz hoch zu ihr und sagte: »Ich gehe schon.«

Es klingelte wieder, diesmal noch ungeduldiger. Luise ging jetzt auch die Treppe hinunter, blieb aber auf den letzten Stufen stehen, als Luana die Tür öffnete. Dann flog sie zur Tür.

»Papa!«, schluchzte und lachte sie zugleich, »o mein Gott, Papa!«

Ihr Vater stand da, etwas bleich und übernächtigt, aber sogar mit einem leichten Lächeln. »Ich konnte doch gestern meinen Schlüssel nicht mitnehmen«, sagte er nur und hob die Schultern.

Luana machte rasch Kaffee. Keiner von ihnen hatte heute Morgen gefrühstückt, aber jetzt saßen sie, Luana, Luise und ihr Vater, am Tisch und tranken zusammen Kaffee, während Luise ihren Vater drängte zu erzählen.

»Sie waren sehr höflich«, sagte er nachdenklich, »so höflich, dass es unheimlich war. Es … es ist schwer zu beschreiben. Sie drohen dir die ganze Zeit, ohne es zu sagen. Nur einer hat mal gesagt … na ja.«

»Was?«, fragte Luise. Obwohl es heute aufgeklart hatte und

die Sonne noch etwas dunstig durch die Fenster schien, hielt sie ihre Tasse mit beiden Händen, weil ihr kalt war. Die Aufregung und die Müdigkeit ließen sie immer noch zittern.

Ihr Vater hob beide Hände in einer fatalistischen Geste. »Als ich gesagt habe, dass ich nichts Falsches gepredigt habe, nichts gegen die nationalsozialistische Weltanschauung, sondern einfach nur, dass ich nichts anderes predigen kann, als was in der Bibel steht, da hat einer so nebenbei gesagt, dass ich nicht der erste Pfarrer der Bekennenden Kirche in Dachau wäre.«

»Konzentrationslager«, empörte sich Luana, »wofür? Dass man an Gott glaubt? Das ist wie … *Inquisição!*« Ihr fehlten vor Ärger die Worte.

»Wohl nicht nur dafür«, erwiderte Luises Vater leise, »wohl eher, weil sie nicht an Gott glauben. Nicht an einen Gott der Liebe jedenfalls. Sie glauben an einen alten Gott. Komisch«, er lachte halblaut, »der Gott, an den sie glauben, ist eigentlich Jehova. Der alte, eifersüchtige, jüdische Kriegsgott, der keine Sünde verzeiht. Der ganze Städte in Feuer und Glut auslöscht. Das ist ihr Gott. Und wie alle Fanatiker verfolgen sie alle, die etwas anderes glauben. Immerhin – ich habe kein Redeverbot bekommen. Das sprechen sie jetzt öfter aus.«

Luise betrachtete ihn. Sie war so froh, ihn zu sehen, dass es war, als nehme sie ihn das erste Mal seit Langem wieder richtig wahr. Sein ungewöhnlicher, keiner Mode entsprechender Bart. Seine hageren Wangen, die jetzt leicht gerötet waren. Die klugen, müden Augen. Sein Lächeln, das am meisten von allem dieses grenzenlose Gottvertrauen vermittelte, das er besaß.

»Sei vorsichtig ab jetzt, bitte, Papa«, bat sie.

Ihr Vater stand auf. »Ich muss jetzt ein wenig schlafen«, entschuldigte er sich, »sie haben mich die ganze Nacht verhört.«

»Wollten sie auch etwas über Georg wissen?«, fragte Luise schnell. Ihr Vater sah sie überrascht an.

»Nein«, antwortete er, als sei das völlig unwahrscheinlich. »Ehrlich gesagt, war es ein sehr langes Gespräch über meine Weltanschauung. Warum ich nicht sehe, dass man als Nationalsozialist auch Christ sein kann. Sie haben mich sogar nach meiner Familie gefragt, nach meinem Vater und allem. Was er gewählt hat. Ob meine Brüder gedient haben …manchmal wusste ich nicht, wozu und was die das alles angeht.«

Er gähnte und streckte sich. Was für eine anrührende Geste, dachte Luise.

»Und sie haben sehr deutlich gemacht, dass sie mich jederzeit zu einer neuen Vernehmung holen, wenn ich in der Kirche wieder politisch werde.«

»Ja, Papa, achte darauf, ja?«

Luises Vater sah sie an und lächelte wegen ihrer Sorge, aber es war ein hilfloses Lächeln, das um Entschuldigung bat. »Ich bin nie politisch«, sagte er müde, »aber ich bin bekennender Christ. Wenn das politisch ist, werde ich nicht anders können.«

Er stellte seine Tasse halbleer auf die Untertasse zurück und ging aus dem Zimmer, um zu schlafen. Luana und Luise wechselten einen Blick. Luana berührte sacht Luises Schulter.

»Du solltest auch noch schlafen. Du siehst sehr müde aus.«

Luise nickte.

»Danke, Luana«, sagte sie, ohne genau zu wissen, wofür sie ihr dankbar war. Vielleicht einfach dafür, dass sie da war und so oft ohne Worte verstand, was sie fühlte.

Dann ging sie nach oben, legte sich angezogen aufs Bett und war binnen zweier Minuten eingeschlafen.

10

Am späten Nachmittag beschloss sie, Georg in der Tankstelle abzupassen, denn obwohl sie wusste, dass es sehr unwahrscheinlich war und ja auch keinen echten Grund dafür gegeben hätte, fühlte sie sich trotzdem ständig so, als sähen ihr die Leute hinterher, fragten sich, wo sie hinginge und was sie täte, deshalb wollte sie ihn nicht noch einmal zu Hause aufsuchen. Sie holte ihr Rad. Mit einem klappernden Fahrrad in eine Werkstatt zu fahren, war wohl völlig unverdächtig.

Plötzlich wurde sie wütend, während sie leicht bergauf über das Kopfsteinpflaster der breiten Gasse fuhr, an der Apotheke vorbei, in der sie schemenhaft den dicken Apotheker hinter den spiegelnden Schaufenstern stehen sah. Der musste sich nicht solche Gedanken machen. Aber sie musste. Es ist ihre verquere Nazilogik, dass ich mich wie ein Dieb fühle, dass ich wie ein Dieb denke, dachte sie böse. Sie radelte, so schnell sie konnte, am Kolonialwarengeschäft vorbei, an der Konditorei und an der Kurzwarenhandlung Treiber, vor der die beiden alten Schwestern Treiber standen, die eine Witwe, die andere unverheiratet, und wahrscheinlich wie immer allen Klatsch und Tratsch der Stadt durchhechelten. Die wussten sicher auch schon, dass ihr Vater die Nacht auf der Wache verbracht hatte.

Jetzt kam sie, schon etwas atemlos, durchs Stadttor, die Straße verbreiterte sich etwas, und sie stellte fest, dass sie neu geteert worden war. Es fuhr sich glatt und schön. Es herrschte lebhafter Verkehr, und Luise war etwas überrascht davon, wie viele Autos sie überholten. Kein Vergleich zu München zwar, aber so, dass sie wie vor sechs Jahren fast zu jedem Auto der

Stadt ein Gesicht gehabt hätte, war es auch längst nicht mehr. Die Tankstelle musste sich lohnen, stellte sie fest, als sie näher kam und sah, dass Georg noch eine Zapfsäule aufgestellt hatte. Das ARAL-Zeichen schaukelte spiegelblank an zwei kurzen Ketten im Zug eines Lastkraftwagens, der eben vorbeigefahren war. Die großen Buchstaben auf dem flachen Dach über der Tankstelle waren neu und konnten wohl beleuchtet werden: Auto-Schmitt. Ein Lehrling in blauem Overall bediente die Kunden, putzte Scheiben und pumpte Benzin. Ganz offenbar ging Georgs Geschäft nicht so schlecht. Luise ließ das Rad auf der Tankstelle ausrollen, stieg ab und lehnte es an die Mauer. Der Lehrbub sah nur kurz geschäftig auf und deutete mit dem Daumen auf die Werkstatt: »Der Meister ist drin!«, rief er kurz und pumpte weiter.

Luise nickte und schob ihr Fahrrad hinein. Georg, der eben einen Kotflügel polierte, sah auf, legte sofort den Lappen auf die Werkbank und kam auf sie zu. »Und?«, fragte er leise.

Luise atmete auf. »Er ist zurück«, antwortete sie, »sie haben ihn nur vernommen. Und ihn verwarnt.«

»Glück gehabt«, meinte Georg und lächelte sie dann etwas unsicher an. »Ich hab's dir gesagt, sie behalten ihn nicht. Haben sie … hat er zu mir etwas sagen müssen?«, fragte er dann so hastig, als sei es ihm eben erst eingefallen.

Luise schüttelte den Kopf. »Gar nichts. Aber Georg«, bat sie eindringlich, »komm trotzdem nicht mehr. Du kannst ja … vielleicht leiht Vater dir die Druckmaschine.«

Georg machte eine wegwerfende Handbewegung. »Es wird sich schon etwas finden. Es ist doch sowieso verlorene Liebesmüh«, sagte er dann, »ich weiß gar nicht, wozu ich das überhaupt tue.«

»Ich auch nicht«, meinte Luise und sah ihn das erste Mal wieder richtig an, seit sie sich damals, genau hier in der Werkstatt, so gestritten hatten. »Du bist doch kein Arbeiter«, sagte sie fast hart und sehr knapp, »du bist nicht mal mehr Handwerker.« Sie drehte sich um und sah aus der Werkstatt hinaus auf den Hof, wo der Lehrbub immer noch Autos betankte. Zwei weitere Wagen warteten. »Du bist Unternehmer geworden. Dir geht es doch gut, oder? Dein Geschäft läuft glänzend!«

Georg war neben sie getreten und sah ebenfalls hinaus. Dann schaute er zu ihr herüber, hob die Augenbrauen und die Hände in einer Geste des Nichtverstehens. »Ja«, gab er zu, »mir geht es nicht schlecht. Aber …«, er zögerte, während er sich mit einem Tuch, das in seinem Overall steckte, bedächtig die Hände abwischte. »Es ist trotzdem falsch«, sagte er dann etwas leiser, »es ist einfach nicht recht. Ich … ich kann dir nicht genau sagen, warum ich so denke, ich bin ja kein Studierter. Ich … es ist einfach nicht recht.«

Er wandte sich ab, nahm Luises Fahrrad und stellte es auf den Kopf. Dann drehte er die Kurbeln. Das Schutzblech klapperte und die Kette rasselte. Luise beobachtete ihn, wie er eine passende Schraube aus seinen Holzkästen suchte, mit der er das Schutzblech festschraubte. Dann lockerte er die Muttern des Hinterrades, straffte die Kette und zog die Muttern an. Die Handbewegungen waren sicher und schnell. Mit einem Griff stellte er das Fahrrad wieder auf die Reifen und schob es ihr hin. »Da«, sagte er, »jetzt klappert nichts mehr.«

»Danke«, sagte Luise. Sie wandte sich zum Gehen, als Georg sich räusperte.

Sie drehte sich um. »Ist noch was?«, fragte sie.

Georg war rot geworden und sah nach draußen, wo der Pumpenhebel an der Säule gleichmäßig auf und ab ging. »Nein«, sagte er dann, »nur, dass es mir leid tut, wegen damals. Es tut mir leid, Luise«, sagte er noch einmal.

»Ja«, antwortete Luise nach einer kleinen Pause und stieg auf ihr Rad, »ist gut.«

Dann fuhr sie los, aber obwohl sie sich nicht umdrehte, wusste sie, dass Georg ihr nachblickte.

Später am Abend begleitete sie Luana, die Milch holen ging. Sie trugen beide je eine Blechkanne, und Luise erinnerte sich, wie oft sie als Kind mit diesen Blechkannen die Straße entlanggerannt war, sommers wie winters, hinaus zum Lindenhof, der als Aussiedlerhof allein an der schnurgeraden Allee lag, die zur Deutschordensresidenz im sechs Kilometer entfernten Städtchen führte.

Es war sehr still und sehr friedlich auf der Allee. Sie wurde kaum noch benutzt, seit die große Straße parallel zur Bahnlinie gebaut worden war. Die streng ausgerichteten Pappeln warfen lange Schatten. Alle Vögel sangen: Frühling. In München, dachte Luise, merkte man das gar nicht so. Da waren die anderen Geräusche ja so viel lauter. Da gab es keine fröhlich lärmenden Vogelabende. Aus der Stadt, und weiter entfernt von der Residenz noch einmal, kam das Abendläuten. Immerhin, dachte Luise in leisem Spott, man kann nicht hören, dass eine Kirche katholisch, die andere evangelisch ist.

Luana ging neben ihr. Ihre Schritte waren leicht, und man hätte bei flüchtigem Hinsehen nicht gemerkt, dass sie schwanger war. Sie summte vor sich hin.

»Sing doch«, bat Luise. Es hätte wunderbar zu dieser Abendstimmung gepasst.

Luana lächelte kurz und sah herüber zu ihr. »Warum singst du nie?«

Luise hob die Schultern und ließ sie wieder fallen. »Ich kann nicht singen.«

»Unsinn. Jeder Vogel kann singen.«

Luise kam ein Gedanke, und sie musste lachen. »Dann bin ich ein Kuckuck«, sagte sie.

Luana lachte auch. Sogar das hörte sich bei ihr an wie Singen.

Auf dem Rückweg, die noch warme Milch in der Blechkanne, fragte Luise: »Hast du nie Heimweh?«

Luana schwieg zunächst. Ihr klares Profil war dunkel im Gegenlicht, aber um die Spitzen ihrer langen Haare glitzerte die tiefstehende Sonne, sodass es fast wie ein Leuchten um sie war. Es schien, als mache die Schwangerschaft sie noch schöner, als sie ohnehin schon war.

»Doch«, antwortete Luana nach einer kleinen Weile, in der sie schweigend nebeneinanderher gingen. »Manchmal schon.«

Von außen sieht die Stadt viel heller aus, wie eine Puppenstadt, dachte Luise. Die Pappelallee, die zum Stadttor führte, wirkte in ihrer Silhouette klar und streng, aber in den Blättern spielte der Abendwind und machte das Bild weich und ein wenig unscharf. Die Mauerkrone leuchtete im schräg einfallenden Licht, das Kalkweiß der Mauern war rosig überhaucht. Nur von innen war die Stadt dunkel und eng.

»Im Winter ist es mehr«, sagte Luana, »im Frühling aber nicht.«

»Ich würde so gerne einmal hinfliegen«, hing Luise einem alten Traum nach. »Einmal übers Meer fliegen. Nach Südamerika.«

»Hast du das Meer jetzt einmal gesehen?«, fragte Luana.

Luise nickte. »Die Ostsee. Und die Nordsee, einmal. Aber ich bin nie übers Meer geflogen. Und der Atlantik muss ganz anders sein. So weit!«

Sie gingen schweigend, jede in ihre Gedanken vertieft. Mit der Abendbrise kam der schwere, süße Geruch von Waldmeister vom nahen Birkenhain herübergeweht.

»Ich habe Heimweh nach der Weite«, sagte Luise schließlich sehr leise, »nach einer großen Weite ohne Ende.«

»*Saudade*«, nickte Luana. Sie sprach das zweite d weich, fast wie das »Sch«, das man zu müden Kindern sagt. Und nach einer Weile fügte sie hinzu: »Das ist ein Gefühl, zu dem es bei uns viele Lieder gibt. Ganz viele heißen *Saudade.*«

»Sing eines«, bat Luise.

Luana schüttelte den Kopf. »Es ist *dein* Gefühl«, sagte sie leise lächelnd, »du musst es selber singen.«

Einen Augenblick lang war Luise versucht, es tatsächlich zu tun, aber dann dachte sie, dass es ja doch nie so schön sein würde, wie wenn Luana sang, und so gingen sie schweigend nach Hause.

11

Es war Juni geworden. Luise hatte einen Brief von der Schule erhalten, dass sie – vorbehaltlich einer Prüfung ihrer staatstreuen Gesinnung sowie ihrer Zeugnisse – zum 1. September eingestellt würde. Sie sollte sich freuen, dachte sie, als sie den Brief zurück auf den Esstisch legte, aber eigentlich fühlte sie sich nur schwerer und konnte das Bild nicht loswerden, dass sie einzuwurzeln begann. Und Bäume, dachte sie, können nicht fliegen.

Ihr Vater, der auch schweigend seine Post gelesen hatte, sah zu ihr auf und bemerkte wohl ihren Gesichtsausdruck. »Schlechte Nachrichten?«

Luise schüttelte den Kopf und verzog für einen Augenblick die Mundwinkel. »Nein. Sie nehmen mich an der Schule. Wenn ich mich als linientreue Nationalsozialistin erweise.«

Ihr Vater sah sie kurz an, dann wandte er sich wieder seinen eigenen Briefen zu.

Die Fenster standen offen. Die Vögel lärmten fröhlich im Garten. Es war ein lichter Frühsommertag, und Luise überlegte nicht zum ersten Mal, wie es sein konnte, dass die Welt um einen herum so unbeirrt klar und schön war, während man sich selbst verwirrt und wie gefangen fühlte. Als Kind hatte sie sich manchmal am Samstagmorgen auf den Schoß ihres Vaters gesetzt und mit ihm Zeitung gelesen. Seine Wärme und sein Geruch waren ihr noch immer gegenwärtig. Damals hatte sie einmal ein Bild in der Zeitung gesehen, das sie empört hatte. *Italienische Bauern bei der Jagd*, hieß die Überschrift, und man sah, wie große Netze über niedrige Bäume geworfen worden waren, in denen sich Hunderte von Singvögeln fingen, nun nicht mehr fortkonnten und verzweifelt in den Maschen flatterten.

Ihr Vater räusperte sich kurz. Sie drehte sich zu ihm. Er legte eben einen Bogen auf den Tisch und wies darauf. »Es gibt einen Aufruf, den ich unterstützen soll.«

Luise war alarmiert. Sie stand auf und kam zu ihm hinüber. »Was für ein Aufruf?«

Ihr Vater reichte ihr den Brief, und sie überflog ihn. Es war der Entwurf einer Protestnote des Reichsbundes Evangelischer Pfarrer an den Reichsinnenminister. Sie verlangte, dass die Pfarrer in den Konzentrationslagern angemessen behandelt werden sollten, dass ihre Verhaftungsgründe dargelegt würden und dass sie nicht wegen ihres Glaubens eingesperrt sein dürften. Die Note war in scharfem Ton gehalten. Luise reichte sie ihrem Vater zurück.

»Sie haben dich schon einmal vernommen, Papa«, sagte sie vorsichtig, »es ist … ich denke, du musst aufpassen.«

Ihr Vater sah zu ihr auf. »In Angst kann man nicht leben«, sagte er dann, »und wenn wir immer nur schweigen, geschieht gar nichts. Sieh mal«, er deutete auf einen anderen Brief, »weißt du, was sie vor dem Konzentrationslager Sachsenburg gemacht haben?«

»Was?«, fragte Luise.

Ihr Vater nahm den Brief und klopfte mit dem Zeigefinger darauf. Eine Geste, die sonst immer komisch übertrieben auf sie gewirkt hatte, wie aus einer Bildergeschichte von Wilhelm Busch. »Der Posaunenchor ist vor die Tore des KZs gezogen und hat da gespielt. Für die Pfarrer dort. Um ihnen Mut zu machen.«

»Du kannst nicht Posaune spielen«, versuchte Luise zu scherzen.

Ihr Vater lächelte fast liebevoll, während er den Füllfederhalter aufschraubte, um zu unterschreiben. »Man darf nicht nachgeben, Luise. Man muss das Richtige sagen.«

Luise sah aus dem Fenster und dachte nach. Eine ganz leichte Brise bewegte sacht die Vorhänge. Die Schatten der Blätter auf der Terrasse sahen aus, als spielten sie Haschen.

»Für dich ist es leichter«, sagte sie sehr leise, »du glaubst. Du weißt, was richtig ist. Ich … ich habe eben Sorge um dich. Ich habe keinen anderen Vater.« Sie hatte das Ich betont. Auf einmal kam sie eine große Trauer an, dass sie nicht mehr glauben konnte, dass es in ihrer Welt keinen Gott mehr gab, der ihr Halt gegeben hätte. Sie hatte tatsächlich nur ihren Vater.

Sie schwiegen eine ganze Weile. Das leise Rascheln des Papiers, als es gefaltet und in den Umschlag gesteckt, das weiche Klacken, als er den Füllfederhalter auf den Tisch legte, das ruhige Atmen ihres Vaters waren die einzigen Geräusche, die neben dem allgegenwärtigen Frühlingsgesang der Vögel im Garten zu hören waren. Dann stand ihr Vater auf, den Brief in der Hand. Er trat nicht zu ihr ans Fenster, er wusste eigentlich immer, wann man Menschen nah kommen durfte und wann nicht.

»Du wirst sehen, Tochter«, sagte er dann, nannte sie nicht Luise, sondern benutzte das zärtliche Kosewort ihrer Kindheit, »du wirst sehen. Wenn es wirklich mal nötig ist, wirst du auch wissen, was richtig ist.«

Am späten Nachmittag traf sie auf ihrem Weg zum Laden zufällig Paul. Er kam aus dem Betrieb, seine schmale, braune Aktentasche hatte er an einer Ecke gefasst und schlenkerte sie beim Gehen. Er wirkte ungewöhnlich heiter, sah sie schon von Weitem, winkte ihr und nickte gleichzeitig dem dicken Apotheker zu, an dessen Schaufensterscheiben er eben vorbeiging. Sie wechselte die Straßenseite, und sie trafen sich an der Ecke des Kurzwarengeschäftes. Es war über den Tag heiß geworden. Der Pudel des Apothekers und die alte Dogge des Fleischers, die sich sonst nicht leiden konnten und oft über die Straße hinweg anbellten, lagen beide hechelnd im kurzen Schatten der Eingänge und knurrten nur müde. Ein Motorrad knatterte quer über den Marktplatz.

»Du bist ja so gut gelaunt!«, meinte Luise, als sie bei ihm angekommen war.

Paul hob die Schultern, als müsse er sich entschuldigen. »Es ist so ein schöner Tag, und ich konnte eher aus dem Büro weg.«

Luise hakte ihn unter. »Kommst du mit einkaufen?«

»Ich habe Zeit«, antwortete Paul verhalten vergnügt und ging zusammen mit ihr über die Straße. Es war heiß, der Himmel makellos blau, und die Stadt lag vollkommen friedlich da.

»Wie früher«, sagte Luise halblaut, als sie zusammen den schmalen Gehsteig entlangschlenderten, und Paul nickte kaum merklich.

Vor dem Wirtshaus stand ein großer Leiterwagen mit leeren Fässern und Bierkisten. Die braune Stute, die vorgespannt war, stand mit gesenktem Kopf in der Sonne und hatte einen Huf kokett auf die Spitze gestellt. Paul stieß Luise wortlos an und deutete mit dem Kopf nach dem Pferd. Luise sah, was Paul meinte, und lächelte: »Eine Ballerina!«

Paul lächelte auch. Er hatte das Jackett ausgezogen und über die Schultern gehängt. Die Hemdsärmel hatte er zweimal umgeschlagen. Luise fand, er sah Papa gerade sehr ähnlich, und eine Welle der Zuneigung stieg in ihr auf. Wieso war das so selten, dass man spürte, wie sehr man sich mochte? Sie ließ die Hand auf Pauls Unterarm noch ein wenig schwerer liegen und Paul, der diese kleine Bewegung wohl spürte, zog für einen Augenblick den Arm enger an den Leib. Geschwister, dachte Luise, wir sind wirklich Geschwister.

Vor dem Laden stand der alte Feinmann auf einer Kiste und schabte an einem Zettel herum, der an einem der Schaufenster klebte, die immer noch verrieten, dass das Kolonialwarengeschäft einmal eine Wohnung gewesen war.

»Grüß Gott, Herr Feinmann«, sagte Paul, als sie heran waren. Der Alte drehte sich auf seiner Kiste um und sah sie.

»Fräulein Luise«, sagte er erfreut und lächelte sie an. Paul nickte er freundlich zu.

»Lassen Sie mich das machen«, sagte Paul, als er sah, wie der Mann auf der Kiste herumwackelte.

»Nein, nein!«, wehrte der hastig ab und streckte sich, wie um den Zettel zu verdecken.

»Herr Feinmann«, warnte Paul, »Sie werden fallen. Kommen Sie, lassen Sie mich das machen, und Sie geben inzwischen Luise, was sie braucht.«

Feinmann sah ihn einen Augenblick an, und Luise hatte den Eindruck, als schämte er sich, dann ließ er die Arme fallen und stieg von der Kiste. Erst jetzt konnten sie lesen, was dort auf dem Zettel stand: *Wucherjude!*

Der alte Feinmann sah ihre Blicke und hob fast entschuldigend die Schultern, als er sagte: »Was soll ich machen? Die Preise steigen überall.«

Er wandte sich direkt an Luise. »Sie kennen mich, Fräulein Luise, Sie wissen doch – man macht doch kaum ein Geschäft! Ich mache doch die Kaffeepreise auch nicht!«

Paul hatte sich wortlos das Küchenmesser genommen, das der Alte aufs Fensterbrett gelegt hatte, und stieg auf die Kiste. Luise ging mit Feinmann hinein. Im Dämmerlicht des Ladens war es angenehm kühl. Es roch nach Zimt und Rosinen, eigenartige Wintergerüche an so einem heißen Tag. Während der Alte den

Kaffee abwog, sprach er immer weiter, entschuldigte sich wieder und wieder für den Preis des Kaffees, bis ihn Luise schließlich unterbrach.

»Ihre Preise sind nicht höher als anderswo, Herr Feinmann. Eher niedriger. Wer hat Ihnen den Zettel denn angeklebt?«

Feinmann faltete sorgfältig die Kaffeetüte zu.

»Man weiß es nicht«, antwortete er schließlich ausweichend, »junge Leute eben. Das geht vorbei. Ich weiß noch, wie Sie damals hier hinter der Theke standen«, wechselte er rasch das Thema, »es ist, als wäre es gestern gewesen. Wie sie alle gekommen sind, um die Pfarrerstochter zu sehen, die Bonbons verkauft!«

Er lächelte auf einmal nicht mehr verlegen, sondern froh.

Luise konnte nicht antworten, aber sie spürte, wie Mitleid und Zuneigung für den alten Mann sich mit einer großen Wut mischten, die in ihr aufstieg.

»Wollen Sie nicht allmählich zumachen?«, fragte sie schließlich, »Sie haben doch wirklich Ihr Leben lang gearbeitet. Wollen Sie nicht irgendwann Ihren Lebensabend genießen?«

Feinmann lachte, als er ihr den Kaffee herüberreichte und ihr trotz ihrer Gegenwehr eine Tafel Schokolade ins Einkaufsnetz steckte.

»Wo soll ich denn hin?«, fragte er mit seiner hellen Altherrenstimme und fast amüsiert. »Ich war mein ganzes Leben lang hier; den Laden hat doch der Vater schon gehabt. Das ist meine Stadt, Fräulein Luise.«

Er schüttelte den Kopf, und dann sagte er verschmitzt: »Na, und ich kann doch nicht zulassen, dass Sie dann bei der Konkurrenz kaufen. Solange Sie kommen, sperre ich nicht zu.«

Er begleitete sie nach draußen. Paul hatte den Zettel abgeschabt und gab Feinmann das Messer zurück. Erst als der Alte wieder in seinem Laden war, machte Paul eine kleine Kopfbewegung zur anderen Straßenseite, Luise folgte ihr und sah, dass dort drüben der Mesner stand und sie beobachtete.

»Er hat mir zugesehen, wie ich den Zettel abgekratzt habe«, sagte Paul voller Verachtung, »das ist ein Mann wie eine Ratte.«

Als sie die Straße in Richtung des Pfarrhauses gingen, sah Luise, wie der Mesner, noch immer auf Höhe des Kolonialwarengeschäfts stehend, aus seinem grauen Kittel ein Notizbüchlein holte und zu schreiben begann. Er gab sich keine Mühe, es zu verbergen, im Gegenteil: Es sah aus, als wollte er, dass Paul und Luise es sahen.

»Hast du keine Angst deswegen?«, fragte sie leise. »Du bist doch in der Partei.«

Paul machte ein abschätziges, trotziges Gesicht. »Die denken nicht von hier nach dort. Die können bloß froh sein, dass wir hier kaum Fremdenverkehr haben. In Garmisch hat die Partei sogar alle Judenplakate verboten. Wegen der reichen jüdischen Kurgäste und der Vorbereitungen auf die Olympischen Spiele. Aber bei uns … als ob wir nicht genügend Probleme hätten! Ich verstehe sowieso nicht, was das mit den Juden immer soll.«

Luise sagte nichts. Paul dachte sachlich und politisch und vernünftig. Aber ihr ging es um etwas anderes. Sie drehte sich noch einmal um und sah, wie der Mesner fast regungslos auf der Straße stand und ihnen nachstarrte, und sie hatte das Gefühl, dass sie zum ersten Mal richtig verstand, was Paul vor Jahren so selbstverständlich über die Leute in dieser Stadt gesagt hatte. Weshalb sie Papa misstrauten, weshalb sie Luana nachsahen und über sie selbst tuschelten, weshalb manche die ganze Familie hassten und eben wahrscheinlich auch Feinmann. Es kam, weil sie hier alle wirklich im Käfig bleiben wollten, selbst wenn die Tür geöffnet war. Weil sie in dieser Stadt Angst vor der Weite und der Fremde hatten. Und wahrscheinlich waren sie deshalb froh, dass sie jetzt in einem Deutschland lebten, das die Käfigtüren wieder schloss. Sie verstand jetzt, was es war, warum die Partei so viel Erfolg hatte, warum sie alle die Leute wählten, die ihnen ihre Gedanken einsperrten. Für Menschen wie den Mesner bedeutete in einem Käfig zu leben eben nicht, dass er eingesperrt war. Für ihn bedeutete es, vor dem Fremden, vor der Weite geschützt zu sein. Und wie ein gefangenes Tier war er bissig und gefährlich.

»Es wird eng in dieser Stadt«, sagte sie nach einer Weile bedrückt zu Paul, der still neben ihr hergegangen war, aber er antwortete nicht, sondern hing, nun wieder so schweigsam wie immer, seinen eigenen Gedanken nach, bis sie zu Hause waren.

12

Johannis kam. Früher, als Luise noch bei den Bündischen gewesen war, hatte der Tag der Sommersonnenwende für sie etwas Besonderes bedeutet. Fast eine Woche lang hatte man Holz gesammelt, um den Scheiterhaufen für das Johannisfeuer aufzubauen. Meistens hatten sie eine unbewaldete Hügelkuppe gewählt, damit man das Feuer von allen Seiten sehen und das Feuerrad zu Tal rollen lassen konnte. In ihrer Erinnerung verschmolzen alle Sommersonnenwenden zum Bild einer warmen Juninacht, in der sie auf dem Berg stand, weit übers Land sah und von vielen anderen Hügeln die Feuer leuchteten. Und dann, wenn die lange Dämmerung endlich in die Nacht übergegangen war und man die mit Stroh umwickelten Holzräder anzündete, hatte sie immer so ein Gefühl gehabt, als liege tatsächlich etwas Magisches in diesen Nächten; so wie die Germanen geglaubt hatten, man könne in dieser Nacht die Sprache der Tiere verstehen oder sich mit dem Johanniskraut versehen, das einen unsichtbar machte.

Jetzt, nachdem die Bündischen verboten waren, spürte sie wenig Lust, zu einem Feuer zu gehen und martialischen Reden an einem Abend zu lauschen, der früher einmal einen feinen, leisen Zauber gehabt hatte. Aber Georg hatte Paul und ihr eine Einladung zukommen lassen, über die sie hatte lächeln müssen. Er hatte nämlich eine ganze Reihe von ehemaligen Mitgliedern ihrer Fahrtengruppe zu einem »Feuerabend« eingeladen, wie er es nannte, in den Obstgarten hinter der Schmiede, der im Schatten der Stadtmauer lag. Auf privatem Grund zu einer privaten Feier, hieß das, und dagegen konnte niemand etwas sagen, auch wenn sie zufällig am Johannisabend stattfand und die HJ mit Fackeln auf die Berge ringsum marschierte.

Luana hatte am Nachmittag Waldmeisterbowle mit dem Sirup gemacht, den sie noch im Mai angesetzt hatte. Der betäubend schwere, süß-würzige Duft hatte im Gang des Pfarrhauses gehangen und Luises Vater dazu verführt, sich ein Glas geben zu lassen, als Paul, Luana und Luise gerade aufbrechen wollten.

»Wollt ihr und die Waldmeisterbowle nicht zu Hause bleiben und es euch auf der Terrasse gemütlich machen?«, scherzte er, »ich würde euch – und der Bowle – zu gern Gesellschaft leisten. Ihr könntet mir die Bowle durchs Fenster ins Arbeitszimmer reichen.«

»Du hast dir den falschen Beruf ausgesucht«, sagte Paul mit trockenem Humor, »anscheinend arbeitest du immer, wenn alle anderen frei haben.«

Obwohl sein Vater keine Miene verzog, hörte man seiner Stimme an, dass er belustigt war. »Andere Kinder ernähren ihre Eltern im Alter und verschleudern kein Volksvermögen – insbesondere Waldmeisterbowle – an Fremde.«

Luise lachte. »Vielleicht beruhigt es dich, wenn du hörst, dass sie für Georg ist und wir den größeren Teil davon trinken werden.«

»Ja«, antwortete er spöttisch, mit dem Glas in der Hand schon auf dem Weg in sein Arbeitszimmer, »das beruhigt mich ungemein.«

Lachend verließen sie das Haus.

Der Garten hinter Georgs Elternhaus lag im Schatten der Stadtmauer, die hier wohl um die sechs Meter hoch war. Rechts und links lagen ähnliche Gärten hinter den kleinen Handwerkerhäusern, denen man die Enge des Mittelalters noch ansah. Kleine Fenster, schiefe Fassaden, rund getretene Stufen aus Solnhofener Platten, die hier allgegenwärtig waren. Johannisbeersträucher und Obstbäume wuchsen so dicht, wie es möglich war, und so konnte man trotz der niedrigen fränkischen Steckenzäune kaum von dem einen in das andere Anwesen sehen.

Als sie aus dem dunklen Gang, der an der Werkstatt vorbei und durch das Haus führte, in den Garten traten, wanderte der Schatten des Hauses schon allmählich über die kleine Wiesenfläche zur Stadtmauer, aber das helle Frühlingsgrün der Obstbäume war noch voll in der Sonne, und die Johannisbeeren rechts und links an den Zäunen hingen wie kleine rote Lichter in den Zweigen. Ein paar junge Leute standen um die Feuerstelle herum, die Georg auf der Mitte der Streuobstwiese gebaut hatte. Er hatte grobe Bänke aus der Schmiede geholt, deren Holz von Jahrzehnten Gebrauch und dem Ruß glatt und glänzend schwarz poliert waren, und dazu einen Tisch aus dem Haus, über den er ein Leintuch geworfen hatte. Ein frischer Laib Brot lag auf einem Brett, daneben standen Butter und Salz, Wurst, Käse und Schinken. In einer wassergefüllten Zinkwanne unter dem Tisch wurden die Bierflaschen gekühlt. Alles sah einfach und einladend aus, die Verlockung lag in der Fülle des Schlichten. Luana stellte die leuchtend grüne Bowle dazu.

Georg begrüßte sie herzlich, schüttelte jedem die Hand und bot Luana nach einem ganz kurzen Blick auf ihre Taille ohne Zögern einen Platz auf einer der Bänke an. Luise war überrascht, dass Georg sofort Luanas Schwangerschaft bemerkt hatte. Pauls schmales Gesicht entspannte sich, und Luise sah, dass er sich wohlfühlte. Georg und er kannten sich auch noch aus der Zeit der gemeinsamen Fahrten, aber das war ja doch schon länger her, und für viele hatten die Zeiten sich geändert. Aber es schien, als ob Georg das einfach missachtete. Es war alles da, was zu einem bündischen Lagerfeuer gehörte, sogar eine Gitarre lag im Gras.

»Hallo, Georg«, sagte Luise, als er sich ihr zuwandte.

»Hallo, Luise«, antwortete er mit einem offenen Lächeln und sah für eine Sekunde so jungenhaft aus wie damals. Es war wohl in diesem Augenblick, dass ihm Luise das zerschlagene Flugzeug endgültig verzieh.

»Danke für die Einladung.«

»Es ist kein Fest«, sagte Georg heiter, »einfach ein Johannisfeuer.«

Luise deutete spöttisch über seine Schulter auf die noch kalte Feuerstelle. »Bis jetzt ist es nur Johannisgestrüpp.«

»Das Wichtigste vergessen!«

Georg gab sich erschüttert, lief in die Schmiede und kam mit einem brennenden Fidibus zurück, mit dem er den Haufen ansteckte. Die ersten Flammen züngelten im Abendlicht blass durch die Zweige, gewannen an Kraft, es begann zu knistern, und der aromatische Rauch von Holunderzweigen stieg auf. Georg verteilte Bier, Luise nahm auch eines. Fast gleichzeitig ploppten die Verschlüsse, und Luana musste lachen.

Dann standen sie um das Feuer herum, unterhielten sich über längst vergangene Fahrten nach Schweden oder auch nur den Main hinunter, sprachen über die Feiern der Jahre vor 33, erinnerten sich an nächtliches Schwimmen und Wanderungen durch Platzregen, durchfrorene Nächte und überstandene Kämpfe mit feuchten Zeltplanen. Die lange Dämmerung kam fast unmerklich, und man sah nur, dass das Feuer immer stärker leuchtete und die Bäume und Sträucher zusammenzurücken schienen. Irgendwann nahm Paul die Gitarre, schlug ein paar Akkorde, und dann sangen sie, leise zuerst, aber dann, als die Bowle und das Bier Wirkung zeigten, mit vollerer Stimme Fahrtenlieder und Abendlieder und Liebeslieder. Luana, die nur wenige Texte kannte, sang ausnahmsweise gar nicht, sondern summte vielleicht ein wenig mit, wiegte sich, auf einer Bank sitzend, leise im Takt und wirkte wie eine Gestalt aus Tausendundeiner Nacht. Luise beobachtete, wie Paul, obwohl er Gitarre spielte, kaum einen Moment die Augen von ihr nahm, und hatte ein wehmütiges Gefühl, als sie an einen Abend im Sommer dachte, an dem Greben sie vom Volksfest nach Hause gebracht hatte, als alles noch einfach und richtig erschienen war und sie sich schließlich auf einer Brücke über der Isar geküsst und wieder geküsst und da gestanden hatten, bis es auf einmal fünf Uhr geschlagen hatte und sie lachend über sich selbst in die erste Tram gestiegen waren. Sie war so mädchenhaft verliebt gewesen in diesen Hallodri, diesen überheblich-heiteren Junker, der auch deshalb so anziehend gewesen war, weil er sich selbst so unverhohlen großartig fand. Tja, dachte sie dann mit leisem Spott, und er war ja auch noch charmant und ein echter Gentleman gewesen, damals. Wie sich Menschen ändern konnten!

Sie schüttelte den Kopf, wie um die Grillen loszuwerden, setzte sich zu Luana auf die Bank und sang mit.

Dann war es wirklich dunkel, und das Feuer brannte allmählich herunter. Es wurde nicht mehr gesungen, sondern ein leichtes Schweigen senkte sich auf den sommerlichen Garten. Einige Gäste waren schon gegangen, und nur zwei der jüngeren Freunde Georgs aus der Fahrtengruppe, die er geleitet hatte, waren neben Paul, Luana und Luise noch da. Sie saßen um die wabernde Glut, aus der ab und zu Funken stoben und in einer Wolke nach oben stiegen, wenn ein Stück glühendes Holz knisternd auseinanderfiel. Paul unterhielt sich leise mit den beiden Jungen. Georg saß zwischen Luana und Luise. Manchmal schob er mit einem Stock die glimmenden Holzstücke vom Rand in die Mitte der Glut, dann brannte das Feuer noch einmal auf. Von jenseits der Mauer konnte man Lieder hören und entferntes Lachen.

»Solche Tage sind selten geworden.« Luise hatte laut gedacht.

Georg nickte nachdenklich, dann sagte er: »Man muss sich die Tage so machen. Sie kommen nicht von allein.«

Luana stand auf und holte sich von der Holunderlimonade, die Georg viel zu süß gemacht hatte, wie sie Luise zwei Stunden vorher lachend ins Ohr geflüstert hatte. Als sie zum Feuer zurückkam, setzte sie sich neben Paul. Der legte den Arm um sie, ohne seine Unterhaltung zu unterbrechen.

Luise lehnte sich zurück und blickte in den Nachthimmel. Er hatte sich bezogen, aber man konnte den Mond milchig durch die dünnen Wolken leuchten sehen. Sie war nicht oft nachts geflogen, doch es hatte einen großen Zauber gehabt, das schlafende Land von oben zu betrachten. Nachts schimmerten die Flüsse dunkel. Nachts wirkten Wälder undurchdringlich und wie aus alten Zeiten. Nachts verloren sich die Dörfer mit ihren wenigen Lichtpunkten im Dunkel und alles, was menschengemacht war, hatte fast keine Bedeutung mehr.

»Sehnst du dich nach München?«, fragte Georg unvermittelt und leise, doch Luise schrak trotzdem zusammen.

Dann schüttelte sie den Kopf. »Nicht nach München. Nach dem Fliegen.«

Georg räusperte sich. Wieder stocherte er mit dem Stock im Feuer. Funken stoben ärgerlich um das Ende des Stocks.

»Kommt Greben … seid ihr noch verlobt?«

Luise war überrascht, dass Georg sich an Grebens Namen erinnerte, aber mehr noch, dass er von ihrer Verlobung wusste.

Sie schüttelte wieder den Kopf. Georg wartete geduldig. Er hatte den Stock im Feuer liegen lassen, und die Spitze fing an zu brennen.

»Ich glaube, ich war in den Flieger Greben verliebt«, sagte Luise dann. Es war leichter zu reden, wenn man nebeneinander saß und sich nicht in die Augen sehen musste. »In den Flieger und in dieses neue Leben. Es war alles aufregend. Ich war jeden Tag auf dem Flugplatz. Wenn ich die Stunden nicht bezahlen konnte, hat Greben mich ab und zu mitgenommen.« Sie lachte leise. »Er hat mir die tollsten Tricks beigebracht. Und ich habe ihn überallhin begleitet. Ins Kino. Zu Autorennen. Zu den Parteiabenden und zu den Aufmärschen. Und es war so ungeheuer aufregend. Ich habe mich in das alles gestürzt wie in einen Fluss.«

»Ein SA-Mann«, sagte Georg, und sie hörte die Verbitterung und den Ärger in seiner Stimme.

Luise wollte aufbrausen, aber dann hielt sie sich zurück. »Das war anders, damals. Die waren da so wie wir bei den Bündischen. Die haben zusammengehalten. Denen hat Ehre genauso viel bedeutet wie uns. Und deine Genossen, die waren da nicht anders als die SA.«

Jetzt war es Georg, der zornig auffuhr. »Wie kannst du so was sagen? Das kann man doch nicht vergleichen! Das sind … die sind alle Verbrecher! Weißt du, was sie mit den unseren in Dachau machen? Totgeschlagen werden sie!«

Paul sah von seinem Gespräch zu ihnen herüber. »Sch«, machte er warnend, »nicht so laut.«

Luise schwieg einen Augenblick, bis Georg sich etwas beruhigt hatte. Dann sagte sie: »Ja. Ich weiß. Aber damals war das anders.

Ich war mal dabei, als die Kommunisten eine Veranstaltung von der Partei gesprengt haben. Die sind da reingekommen mit Totschlägern und Schlagringen, mit Stuhlbeinen und Revolvern. Zwei Tote hat es bei der SA gegeben, und ich weiß nicht, wie viele Verletzte. Was hättet ihr denn mit denen gemacht, wenn ihr gewonnen hättet? Wenn ihr heute die Macht hättet?«

Georg setzte an, etwas zu sagen, aber dann blieb er doch erst still. Schließlich sagte er leise, aber immer noch zornig: »Ich schlage niemanden tot.«

Luise legte ihm die Hand auf den Arm. Sie hatte nicht gewollt, dass die Unterhaltung diese Richtung nahm, schon gar nicht an so einem schönen Abend. »Das weiß ich«, sagte sie, »das weiß ich. So bist du nicht.«

Es war das erste Mal in diesem Gespräch, dass er die Augen ganz auf sie richtete. »Ich weiß schon«, sagte er dann, »es ist kein Leben bei uns. Da zieht einen nichts zurück, wenn man in der großen Stadt war. Hier ist alles eng und klein.«

Luise spürte einen Tropfen. Sie sah nach oben. Der Himmel hatte sich ganz bezogen, die Sterne waren verschwunden und auch der Mond war nicht mehr zu erkennen. Aber noch regnete es nicht. In der Feuerstelle waberte die Glut dunkelrot. Es war windstill, und nun, da das Feuer nicht mehr rauchte und die Luft rein war, konnte man den unbestimmten, leichten Duft der vielen Blumen riechen, die in all den Gärten ringsum wuchsen.

»In der Stadt gibt es so etwas nicht«, sagte Luise und machte eine Bewegung, die alles umfassen sollte: Paul und Luana und die beiden Jungen und Georg und das Feuer und den Garten. Sie wusste nicht, ob Georg ihre Geste gesehen hatte, aber er sagte stockend und mit abgewandtem Gesicht: »Es ist … es ist sehr schön, dass du wieder hier bist.«

Wieder ein Tropfen. Luana erhob sich. »Regen«, sagte sie mit ihrer weichen Stimme, »ich helfe aufräumen.«

Alle standen auf und stellten die Bänke zusammen, während es sanft zu nieseln begann. Die Kirchturmuhr schlug.

»Ein Uhr«, sagte Paul fröhlich, während er zusammen mit Georg den groben Tisch hochkant unter den Baum stellte, »es ist schon Sonntag. Was für ein schöner Abend!«

Als sie gingen, reichte Georg Luise als Letzte die Hand.

»Auf bald«, sagte er, aber es hörte sich weniger wie ein Abschiedsgruß an als wie eine Bitte.

Sie drückte seine feste, warme Hand.

»Auf bald, Georg«, sagte sie und wusste eigentlich selbst nicht, ob es ein Versprechen oder ein Abschiedsgruß war.

13

Ich hätte im Bett bleiben können, dachte Luise, als sie am folgenden Morgen zur Kirche ging. Es sah nicht so aus, als würden heute viele Leute zum Gottesdienst kommen. Bis um zwei Uhr war ein SA-Ehrensturm von der offiziellen Sonnwendfeier einigermaßen betrunken und singend durch die Straßen marschiert, die HJ war auch erst um diese Zeit in die Stadt zurückgekehrt, und dann waren sicher noch bis drei Uhr Lastkraftwagen durch die Stadt gefahren, die wahrscheinlich von der Wülzburg herunterkamen, wo man die Feuer trotz des Regens noch bis in den Morgen hatte sehen können. Aber obwohl sie lange nicht hatte einschlafen können und deswegen auch leichtes Kopfweh hatte – sie schob es auf die kurze Nacht und nicht auf die Waldmeisterbowle –, hatte sie beschlossen, in die Kirche zu gehen. Sie tat es mit ein wenig schlechtem Gewissen, denn ganz ehrlich sich selbst gegenüber war es nicht. Sie wollte im Grunde nicht darüber nachdenken, dass sie an keinen Gott mehr glaubte, aber sie ging auch nicht nur deshalb, weil sie immer gegangen war. Sie ging, weil sie fand, Papa sollte sie sehen. Es war wie ein Zeichen der Verbundenheit, und sie wollte, dass er das gerade in diesen Zeiten wusste.

Es hatte in der Nacht nicht richtig geregnet, sondern nur weiter genieselt, und das Katzenkopfpflaster der Straßen war rutschig. Es hatte auch nicht abgekühlt; man konnte die Schwüle, die der Tag bringen würde, schon jetzt spüren.

Sie war ein wenig zu früh, merkte sie nach einem Blick auf die Kirchturmuhr, es war noch fast eine Viertelstunde bis zum Gottesdienst. Sie hatte keine Lust, sich jetzt schon auf die harten Bänke zu setzen und ging durch das kleine eiserne Pförtchen, das immer offen stand, in den Kirchhof. Eigentlich war es eher ein Kirchgarten, in dem sie als kleines Mädchen öfter unter den Begräbnistafeln von Rittern und Amtsmännern längst vergangener Zeiten gespielt hatte, die in die Außenwand der Kirche eingelassen waren. Es war ein schöner, halb vergessener Ort: zu klein für einen öffentlichen Park und zu groß für einen privaten Garten. Eine Mauer, über die sie als Kind nicht hatte sehen können, umlief ihn. Und wie als Zeichen für den praktischen Geist dieser Stadt kamen ihr die Apfel- und Zwetschgenbäume vor, die hier auf dem aufgelassenen Friedhof wuchsen. Wozu sollten hier auch unnütze Bäume stehen, die keine Früchte trugen? Luise wusste nicht zu sagen, warum ihr das eben jetzt auffiel und sie sich darüber ärgerte, obwohl das doch nichts Schlechtes war.

Sie ging langsam weiter und umrundete dabei den Chor, als sie plötzlich die Stimme ihres Vaters hörte. Anscheinend stand er vor der Sakristei, die am Seitenschiff einen Ausgang nach Norden hatte. Sie wollte schon hingehen, als sie eine zweite Stimme hörte, die ihrem Vater antwortete. Dünn und ohne jede Sprachmelodie war es unverkennbar die des Mesners. Man konnte hören, dass sie stritten, und Luise wollte schon weggehen, aber dann dachte sie an die Szene vor Feinmanns Geschäft und kam näher, blieb aber im Schatten der vorspringenden Stützstreben. So konnte sie den Mesner gerade noch sehen, nicht aber ihren Vater.

»Es ist verboten«, sagte der Mesner eben giftig, aber trotzdem irgendwie tonlos, »das dürfen Sie gar nicht von mir verlangen, und Sie wissen das ganz genau.«

Luise kannte ihren Vater, wenn er wütend war. Er wurde dann nicht unbedingt laut.

»Sie sind Angestellter dieser Gemeinde«, hörte sie ihn scharf antworten, »und ich bin Ihr Vorgesetzter. Sie tun genau das, was ich Ihnen befehle.«

Er sagt tatsächlich *befehlen*, dachte Luise überrascht.

»Der Reichsinnenminister hat Kollekten für die Bekennende Kirche untersagt«, gab der Mesner laut und unverschämt zurück, in dieser hochgestochenen Redeweise, die kleine Leute oft haben, wenn sie sich hinter einer Autorität verstecken. »Wenn Sie die Kollekte einsammeln, machen Sie sich strafbar. Wieder einmal.«

»Herr Schwarz«, erwiderte ihr Vater jetzt lauter, »kein Amt auf dieser Welt und auch nicht der Reichsinnenminister wird der christlichen Kirche vorschreiben, für welche Bedürftigen sie Geld sammelt. Und so geht es überhaupt mit Ihnen nicht weiter. Sie läuten unerlaubt die Kirchenglocken zu Parteifeiertagen und …«

»Führergeburtstag! Führergeburtstag!«, unterbrach ihn der Mesner nun auch immer erregter, »da habe ich geläutet, weil Sie sich geweigert haben!«

»Ich kann gerne nachsehen«, sagte ihr Vater jetzt wirklich laut, »aber meines Wissens ist der Führergeburtstag nicht als christlicher Feiertag im Kirchenkalender verzeichnet. Ihre Eigenmächtigkeiten stehen mir bis hier!«

Luise hätte gelächelt, wenn sie nicht so besorgt gewesen wäre. Sie kannte die Geste genau, die ihr Vater immer machte, wenn er so etwas sagte. Scharf und mit erhobener Stimme fuhr er fort: »Sie werden die Glocken dann läuten, wenn ich das anordne. Sie werden sich keine weiteren Alleingänge in meiner Liturgie mehr erlauben, und Sie werden heute genau die Kollekte einsammeln, die ich ankündige. Sonst werde ich dafür sorgen, dass wir einen neuen Kirchendiener finden.«

Es gab eine kurze Pause. Luise sah, wie der Mesner ihren für sie unsichtbaren Vater hasserfüllt anstarrte.

»Der Reichsinnenminister hat …«, begann er mit dünner, scharfer Stimme, aber ihr Vater unterbrach ihn nun wirklich in höchster Wut.

»Der Reichsinnenminister und Sie können mich mal am Arsch lecken!«, schrie er, »verschwinden Sie aus meiner Kirche!«

Luise holte scharf und tief Luft. Der Mesner war bleich, aber dann verzog er die Lippen zu einem hässlichen Lächeln.

»Das wird Folgen haben. Folgen.«

»Gehen Sie!«, sagte Luises Vater nun wieder beherrscht, aber man hörte seiner Stimme das Zittern der unterdrückten Wut noch an. Der Mesner drehte sich um und verschwand. Luise wollte zu ihrem Vater, aber der hatte sich in die Sakristei zurückgezogen und die Tür hinter sich geschlossen, bevor sie ihn erreichen konnte, und die Tür ließ sich nicht von außen öffnen. Dann hörte sie auch schon die Glocken. Ihr Vater musste sie wohl selbst läuten. Sie war durcheinander. Doch dann reckte sie sich und sah über die Mauer auf die Gasse. Der Mesner lief dort, sonst war niemand zu sehen. Es hatte keine Zeugen gegeben. Luise atmete auf. Das zumindest! Aber dann kam der Ärger über Papa hoch. Wieso ließ er sich so provozieren? Er wusste doch, wie gefährlich es war. Sie konnte nur hoffen, dass er sich wieder in der Gewalt hatte. Eilig ging sie nun ganz um die Kirche herum und hinein.

Wie sie erwartet hatte, waren die Bänke heute nur locker besetzt. Das Orgelvorspiel setzte ein, als sie noch durch den Gang schritt, um sich heute ausnahmsweise weiter nach vorn zu setzen. Sie wollte, dass Papa sie sah, nicht zuletzt, damit er nichts Unüberlegtes mehr tat.

»*Geh aus, mein Herz und suche Freud …*«

Die Gemeinde hatte angefangen zu singen, und Luise stimmte ein, sobald sie saß. Einmal, weil es sie beruhigte, zum anderen, weil sie das Lied schon immer gemocht hatte. Es war eigentlich ein Lied zum Fliegen. Schon als Kind hatte sie, wenn dieses Lied im Religionsunterricht zu Beginn der Stunde gesungen wurde, durch das Fenster hindurch die Schwalben gesehen, die mit so atemberaubender Leichtigkeit stürzten und stiegen, und dabei gedacht, dass so wohl ein Herz aussähe, wenn es ausginge: leicht und frei. Alles in diesem Lied war frei und in Bewegung.

Ihr Vater trat aus der Sakristei. Man sah ihm die vorangegangene Auseinandersetzung nicht an. Er wirkte gefasst und ruhig wie immer.

»Unser Anfang und unsere Hilfe stehen im Namen des Herrn …«, begann er, und die Gemeinde ergänzte in automatischem, etwas dumpfen Gemurmel: »… der Himmel und Erde gemacht hat.«

Der Gottesdienst hatte begonnen.

Das vertraute, seit ihrer Kindheit unerschütterlich gleiche Wechselspiel der Liturgie war beruhigend, ob man nun glaubte oder nicht. Es war fast, als ob sich in zwanzig Jahren nichts geändert hätte. Während ihr Vater vor dem Altar stand und der Gemeinde den Rücken kehrte, hörte sie die Tür gehen, drehte sich – wie die meisten in der Gemeinde – unwillkürlich um und sah den Mesner hereinkommen. Er war nicht allein. Zwei Männer waren bei ihm, von denen Luise nur einen kannte. Er war bei der Partei, das wusste sie. Sie setzten sich sofort in die letzte Bank. Luise spürte die Unruhe und die Angst zurückkehren und hoffte nur, dass Papa sie sah, wenn er sich wieder umdrehte. Aber falls er die drei Männer bemerkte, als er durch die Sakristei zur Kanzel hinaufstieg, so konnte Luise es ihm nicht ansehen, und die Spannung ließ ein wenig nach, als ihr Vater mit der Predigt begann. Wahrscheinlich hatte er sie doch gesehen, denn er hatte sich Zeit gelassen, bevor er zu sprechen anfing, hatte noch einmal seine Papiere geordnet und zögernd begonnen. Aber dann sprach er über die Fronleichnamsprozessionen, die in den wenigen katholischen Dörfern ringsum heute begangen wurden, gab der Predigt sogar eine heitere Note, als er eine Anekdote aus seiner Jugend erzählte, dass nämlich in seiner Heimat die protestantischen Bauern mit Absicht am Fronleichnamstag Heu eingefahren hätten, um die Katholiken zu ärgern, wohingegen die Katholiken wiederum am Karfreitag Mist ausbrachten, um es den Evangelischen heimzuzahlen. Luise lächelte. Sie kannte die Geschichte schon. Ihr Vater mahnte die Gemeinde, dass man Respekt vor jenen haben müsse, die ihren Glauben zeigten – auch, wenn es Andersgläubige seien. Er sagte nicht: Katholiken. Aber daraus, dachte sie immer noch gespannt, kann man ihm keinen Strick drehen. Trotzdem wandte sie sich zum Mesner und seinen Begleitern um. Er saß vornübergebeugt und machte sich offenbar Notizen. Sie wünschte, er hätte aufgeblickt, damit er sah, wie sehr sie ihn verachtete, aber das tat er nicht. Die beiden Männer dagegen hatten sich gelangweilt zurückgelehnt und machten mit ihrer lässig-herrischen Körperhaltung deutlich, wie sie der Gottesdienst langweilte. Der Mesner warf nur ab und zu einen Blick hinauf zur Kanzel. Ob ihr Vater das bemerkte, konnte Luise nicht sagen. Jedenfalls sagte er nichts Verfängliches, nichts, was ihm eindeutig als offene Kritik hätte ausgelegt werden können. Nichtsdestotrotz atmete sie auf, als er die Predigt mit der üblichen Formel schloss und die Orgel wieder einsetzte. Ihr Vater sang mit, während er aus der Sakristei kam und zum Altar trat. Die Fürbitten noch, und der Segen. Dann war der Gottesdienst vorbei. Luise hörte den Stundenschlag durch den Gesang; es war schon halb elf. Papa stand mit dem Rücken zur Gemeinde. Das Lied war zu Ende. Die Gemeinde erhob sich raschelnd zum Gebet.

»*Ich glaube an Gott, den Vater, den Allmächtigen …*«

Die Stimme ihres Vaters war klar über dem Teppich aus halblautem Gemurmel zu hören. Das Glaubensbekenntnis endete, die Gemeinde blieb für die Fürbitten stehen.

»Wir bitten für alle Menschen, damit sie im Glauben fest und im Tun christlich bleiben«, begann er.

Nach jeder Fürbitte antwortete die Gemeinde. »Herr, erhöre uns.«

»Wir bitten schließlich«, sagte ihr Vater am Ende, »für all jene, die ihres Glaubens wegen verfolgt werden. Wir bitten insbesondere für all die Pfarrer der Bekennenden Kirche, die im Konzentrationslager Dachau ihres Glaubens wegen leiden. Wir bitten dich: Gib ihnen Kraft zum Glauben und uns zum Helfen. Herr, erhöre uns!«

Die Gemeinde sprach die Formel mit und endete mit »Amen«. Luise hatte scharf eingeatmet. Er hatte es doch getan. Sie sah, wie er sich umdrehte, den mit weißem Tuch ausgelegten Kollektenkorb in der Hand. Und sie registrierte, dass seine Hand ganz leicht zitterte, als er sagte: »Die Kollekte des heutigen Gottesdienstes ist für die Arbeit der Bekennenden Kirche bestimmt. Gott segne die Geber und die Verwendung der Gaben.«

Dann ging er zur ersten Bank, aber anstatt wie sonst den Korb durch die Reihen wandern zu lassen, ging er selbst durch den Gang und sammelte das Geld ein. Sogar dem Mesner und seinen beiden Parteigenossen hielt er den Korb hin, aber die sagten etwas Scharfes, das Luise nicht verstand. Als er an ihr vorbeikam, hob er in einer winzigen Geste die Schultern, als wollte er sagen: Ich konnte nicht anders. Seine Hand zitterte noch immer, im Korb klimperte das Kleingeld, sie musste schlucken, nickte und warf ihr Fünfzigpfennigstück in den Korb. Dann ging er zurück zum Altar, stellte den Korb unter das Kreuz, deckte ein Tuch darüber, drehte sich zur Gemeinde und hob die Arme zum Segen.

»Der Herr segne euch und behüte euch, er erhebe sein Angesicht auf euch …«

Noch einmal setzte die Orgel ein, er ging zur Musik durch den Gang, schmal, aber aufrecht, und öffnete beide Kirchentüren. Nur die Glocken fehlten, denn es war keiner da, um sie zu läuten. Luise stand auf. O Gott, dachte sie nur, als sie den Mesner sah, der mit den beiden Männern redete und dabei mit seinem Notizbuch gestikulierte, o Gott!

Luise wachte erst nach einer ganzen Zeit vom Gebell des Generals auf. Sie hatte es in einen wirren Traum eingebaut und wusste einen Augenblick lang nicht, ob sie es nur geträumt oder tatsächlich gehört hatte. Es war Neumond und die Dunkelheit in ihrem Zimmer fast undurchdringlich. Wieder hörte sie den General mit seiner tiefen Stimme bellen, und dann hörte sie auch, warum. Es klingelte an der Tür. Mit einem Schlag war sie wach und setzte sich auf. Sie wusste, wer klingelte. Aber sie wusste nicht, was sie tun sollte. Ihr erster Impuls war, aufzustehen und nach unten zu gehen. Aber sollte sie die Tür öffnen? Jetzt erst, mit sekundenlanger Verzögerung, flutete die Angst in ihr hoch, und sie musste plötzlich schneller atmen. Wieder klingelte es, und es wurde hart geklopft. Der General bellte sich schier die Seele aus dem Leib. Luise hörte, wie über dem Gang die Tür von Pauls und Luanas Schlafzimmer aufging. Jetzt sprang sie auch auf und suchte mit zitternden Händen nach dem Lichtschalter. Sie hörte Pauls Stimme und dann die ihres Vaters.

»Ich komme!«, rief er.

Luise hatte ihre Sachen gestern in den Wäschekorb getan. Hastig fingerte sie ein Kleid aus dem Schrank und warf es über. Aber bevor sie aus dem Zimmer ging, horchte sie noch einmal. Unten wurde eben die Haustür aufgesperrt; man hörte Paul und Papa sprechen, und immer noch bellte der General. Dann drangen die groben Stimmen von fremden Männern herauf. Sie zögerte. Der General bellte wie verrückt, und auf einmal knallte ein Schuss, und dann war es still. Jetzt riss sie die Tür auf und rannte durch den dunklen Gang zur Treppe, rannte hinunter und sah dort unten Papa im Schlafrock stehen, Paul daneben und drei Uniformierte, von denen einer eben die Pistole wieder einsteckte. Erst dann fiel ihr Blick auf den General, der auf dem Steinboden lag. Die Birne im Flur war schwach, deshalb wirkte die dickflüssige Pfütze, die sich um seinen Schädel langsam ausbreitete, fast schwarz.

»Kommen Sie mit!«, sagte der Mann, der geschossen hatte, zu Papa.

»So?«, fragte ihr Vater hilflos und sah an sich herab. Er war im Pyjama und hatte nur den Morgenmantel übergeworfen.

»Ziehen Sie sich halt was an!«, sagte einer der beiden anderen mit unwirklicher Gemütlichkeit, »wir sind ja keine Unmenschen.«

»Wieso?«, rief Luise mit unnatürlich heller Stimme, »wieso nehmen Sie ihn mit? Es ist mitten in der Nacht!« Sie merkte erst, als sie es gesagt hatte, wie kindisch es klang, wie hilflos.

»Gehen Sie bitte nach oben!«, befahl der mit der Pistole kurz.

Luise blieb stehen. »Wohin bringen Sie ihn? Was … was werfen Sie ihm vor?«

Paul drehte sich zu ihr. »Bitte, Luise«, bat er, »geh nach oben. Geh zu Luana. Bitte.«

Luise wusste nicht, was sie tun sollte. Papa kam aus seinem Zimmer. Er hatte sich hastig angezogen und trug keine Krawatte.

»Es ist gut, Luise«, sagte er mit schwankender Stimme, »geh nach oben. Ich habe … ich habe nichts Falsches getan. Ich bin bald wieder da.«

Einer der Männer lachte. Halblaut nur, aber trotzdem hörte es sich mitleidlos an.

Paul machte eine Handbewegung. »Bitte, Luise!«

Es klang so eindringlich, dass sie nachgab. Langsam stieg sie die Treppe wieder hoch.

»Kann ich … muss ich etwas mitnehmen?«, fragte Papa, aber er bekam keine Antwort. Noch bevor sie oben war, klappte die Haustür, und als sie zu Luana ins Zimmer eilte, die sich auch angezogen hatte und am Fenster stand, hörten sie einen Motor anspringen, und die Scheinwerfer eines großen Wagens strichen beim Wenden über den Hof. Dann war es still.

»Luana«, sagte Luise hilflos, »Luana!«

Luana nahm ihre Hand und hielt sie. So standen sie, bis Paul die Treppen nach oben stieg und zu ihnen ins Zimmer trat.

14

Diesmal kam Papa nicht am nächsten Tag wieder. Sie waren die Nacht über wach geblieben und hatten immer und immer wieder dasselbe gesagt. Dass ihm ja eigentlich nichts vorzuwerfen war. Dass er befragt und heimgeschickt würde wie beim letzten Mal. Oder dass sie ihn für eine Woche in Schutzhaft nehmen würden wie so viele andere. Zur Abschreckung. Wieder und wieder sagte Paul, dass solche Sachen vorkämen, dass er am nächsten Tag zum Gauleiter gehen würde und Papa ja durchaus deutsch und national dachte. Dass man das alles geradebiegen konnte.

Sie versicherten sich das gegenseitig zum wiederholten Mal, und dieses nächtliche Beisammensitzen in Pauls und Luanas Schlafzimmer war deshalb so schrecklich hoffnungslos, weil keiner von den dreien das glaubte, was er den anderen zur Beruhigung sagte.

Als es dämmerte, stand Luana auf. Es war erst so gegen fünf Uhr, aber die Nacht war vorbei. Wenigstens das.

»Ich mache uns Kaffee«, sagte sie.

Luise ging ins Bad, als sie Luana auf der Treppe einen leisen, aber tief schockierten Laut des Entsetzens ausstoßen hörte. Sie lief ihr nach und sah, dass sie immer noch auf der Treppe stand und in den Gang hinuntersah. Paul und sie hatten beide vollkommen vergessen, ihr zu erzählen, dass die Gestapoleute den General erschossen hatten. Und jetzt starrte Luana auf den Hundekadaver, der immer noch im Flur lag, den Kopf in einer dunklen, großen Pfütze Blut.

»Ich dachte … ich habe geglaubt, sie haben vielleicht in die Decke geschossen. Ich … ich wusste das nicht.«

Luise ging wortlos an ihr vorbei nach unten, holte die Hundedecke aus dem Korb, in dem der General geschlafen hatte, legte sie neben ihn und wälzte ihn mit wütender Energie darauf. Dann schleifte sie ihn mit der Decke durch den Gang zur Terrassentür, ohne Rücksicht darauf zu nehmen, wo er anstieß, und von dort über die Terrasse die kleine Treppe in den Garten hinunter. Der Körper schlug dumpf auf jeder Stufe auf. Und erst dann, als sie den General im Morgenlicht auf dem Rasen liegen sah, das Blut, das in seinem Fell an den Schläfen klebte, da spürte sie das erste Mal in dieser Nacht einen heißen Hass in sich aufsteigen, der die Angst und die Sorge beinahe ganz verdrängte. Es war falsch und böse, was sie taten! Und sie sollten dafür bezahlen! Sie wünschte sich, stark zu sein. Sie wünschte sich, den anderen auch wehtun zu können, auch ihre Hunde zu erschießen. Sie wünschte sich, auch den anderen die Verwandten wegnehmen zu können, einfach so, mitten in der Nacht. Sie stand breitbeinig über dem toten Hund, den sie hinuntergeschleift hatte, hatte hinunterschleifen müssen, weil sie nicht stark genug war, ihn zu tragen, immer noch in dem Kleid, das sie heute Nacht hastig übergeworfen hatte, spürte die Kühle der Morgenluft an Armen und Beinen, und ein Zorn, ein rasender Zorn schüttelte sie auf einmal mit großer Kraft.

»Nein!«, schrie sie in den Morgen, so laut sie konnte. »Nein! Nein! Nein!«

Am Nachmittag ging sie zusammen mit Paul zur Polizeiwache. Ob sie ihren Vater besuchen und ihm ein paar Sachen bringen könnten. Sie kannte den Polizisten hinter der Holztheke noch aus Kinder- und Jugendtagen. Ein Stadtpolizist, wie man ihn sich vorstellte. Einer, der morgens mit seinen weißen Handschuhen auf der Kreuzung am Markt gestanden hatte und für sie und ihre

Freundinnen auf dem Weg zur Schule den Verkehr angehalten hatte. Einer von denen, die ins Pfarramt kamen; immer dann, wenn es einen tödlichen Unfall gegeben oder sich einer aufgehängt hatte. Einer, mit dem Papa dann zu den Familien gegangen war, um ihnen die Nachricht zu bringen. Sie kannte seinen Namen nicht, aber sein Gesicht. Er hingegen kannte ihren Namen, aber ins Gesicht sah er ihr nicht.

Nein, ihren Vater könnten sie nicht sehen, er sei schon in der Nacht verbracht worden.

Luise fragte, wohin. Der Polizist zuckte die Schultern und sah auf den Schein, der vor ihm lag. »KL Dachau«, sagte er dann.

»Dachau?«, rief Luise entsetzt, und Paul fragte: »Was wird ihm denn vorgeworfen? Wieso denn Dachau?«

»Schutzhaft«, antwortete der Polizist kurz und sah dann doch auf: »Es ist ja nicht so, dass er nicht gewarnt wurde.«

Luise sah den Polizisten an und hielt seinen Blick fest. »Wie lange? Für wie lange?«

Der Polizist hob beide Hände und wies auf das Papier. »Glauben Sie, die Gestapo sagt uns Stadtpolizisten, was sie mit ihren Häftlingen macht? Das geht uns doch nichts mehr an. Wenden Sie sich an die Kommandantur in Dachau. Aber ich sage Ihnen gleich: Jede Anfrage kostet Ihren Vater einen Tag mehr.«

Paul gab Luise ein Zeichen, dass sie gehen sollten. »Wir nehmen einen Anwalt«, sagte er halblaut zu ihr.

Sie nickte. Der Polizist war bereits aufgestanden und heftete den Schein wieder in die schmale Akte, auf der Luise den Namen Anding zu entziffern glaubte. Akte Anding, dachte sie, das war Papa jetzt.

Noch während sie durch den Flur der Wache nach draußen gingen, sagte sie zu Paul: »Wir müssen nach Dachau fahren.«

»Es wird nichts nützen«, sagte Paul im Gehen.

»Paul!«, rief Luise unterdrückt. »Du kannst das doch nicht einfach so hinnehmen. Papa ist im KZ. Sie haben ihn einfach ins Konzentrationslager. Wie … was sollen wir … willst du einfach hier sitzen und nichts machen?«

Sie war ungerecht, das wusste sie, aber sie war wütend und verzweifelt, und irgendetwas musste man doch tun können!

Sie betraten die Stufen hinunter zur Straße. Der Nachmittag war schön. Ein Lastauto fuhr vorbei. Die leeren Bierfässer auf der Ladefläche rumpelten gegeneinander, und zwei Kinder auf Tretrollern stoben hinter ihm her. Eine Fahrradglocke klang hell. Alltag.

Paul war stehen geblieben und sah sie an.

»Du hast ihn gehört«, sagte er bitter, »jede Anfrage kostet ihn einen Tag mehr. Meinst du, sie lassen ihn frei, wenn du nach Dachau ans Tor fährst und schön *bitte, bitte* sagst? Meinst du, sie lassen dich bis zum Kommandanten vor? Wir sind wirklich nicht die Ersten, denen so was passiert. Manchmal fragt man sich, wieso sie ihn erst jetzt verhaftet haben.«

»Was?« Luise schrie es fast. »Wie kannst du so etwas sagen? Wie? Es ist doch Papa!«

Paul ging die Treppen hinunter.

»Warum hat er bloß nicht schweigen können?«, fragte er Luise bitter. »Warum nicht? Es hat doch sowieso keinen Sinn! Sie sind immer stärker! Und jetzt? Schau dich doch um!«

Er wies auf die Straße. Alles war wie immer. Nur die Hakenkreuzbeflaggung an den Häusern erinnerte daran, dass dies nicht mehr die Stadt war, in der sie aufgewachsen waren.

»Das interessiert hier niemanden.«

Er ging sehr schnell. Luise blieb an seiner Seite.

»Außer denen, die ihn denunziert haben«, sagte sie böse.

»Ja«, antwortete Paul nun fast tonlos, »außer denen. Wir müssen uns einen Anwalt nehmen.«

Sie überquerten schweigend den Marktplatz, passierten den Schreibwarenladen und das Pferdetor und gingen dann am Brunnen vorbei in Richtung Pfarrhaus. Im Café am Brunnen saßen ein paar Leute vor ihrem Eisbecher und ihrem Kännchen Mokka und schauten ihnen müßig nach, wie sie den Enten am Brunnenrand nachsehen mochten.

»Es wird nichts nützen?«, fragte Luise, als sie an der Gartenmauer entlang zum Haus gingen.

Paul schüttelte den Kopf.

Von der Kirchturmuhr schlug es vier Uhr. Luise blieb vor dem Haustor stehen, das Paul noch einen Moment lang offen hielt, aber dann schüttelte sie stumm den Kopf. Irgendwie konnte sie den Gedanken nicht ertragen, jetzt einfach heimzukommen wie von einer Besorgung. Sie holte sich wortlos einen Spaten aus dem Schuppen, um den General zu begraben.

15

Es waren seltsam hohle Tage, die auf die Festnahme folgten. Sie drehten sich um ihren Vater, der nicht da war, wie ein Karussell um eine leere Mitte. Jeden Morgen wachte sie mit der Hoffnung auf, er käme heute vielleicht nach Hause, und jeden Abend ging sie mit wachsender Resignation zu Bett. Paul war noch schweigsamer als früher und blieb oft länger im Büro, als er wohl musste. Man sah Luana an, wie unglücklich sie das wiederum machte. Sie gab sich große Mühe, das Leben im Haus so angenehm wie möglich zu gestalten, schmückte noch immer den Tisch mit Blumen, kochte wie zum Trost besonders gut, aber die gemeinsamen Mahlzeiten verliefen wortkarg und schwer.

An den Sonntagen nahm nun immer der Pfarrer aus Oberhochstatt, einem kleinen Ort auf der Jurahöhe einige Kilometer entfernt, die Kirchenpflichten wahr. Die Gottesdienste fanden deshalb eine Stunde später statt. Luise hatte es sich zur Angewohnheit gemacht, schon vorher im Kirchhof zu stehen und den Mesner zu beobachten, wenn er zur Kirche kam. Sie wusste nicht recht, weshalb sie das tat, aber sie wollte, dass er wusste: Sie beobachtete ihn. An einem dieser Sonntage sah sie auch Eva wieder, die sie seit der Sache damals nie mehr getroffen hatte. Sie hätte sie beinahe übersehen, obwohl sie mit ihrer Mutter zusammen zur Kirche ging. Eva trug ein Kopftuch, aber man sah, dass sie die offenen Haare, auf die sie früher so stolz gewesen war, zu ordentlichen deutschen Zöpfen geflochten hatte. An ihrer Hand gingen zwei kleine Kinder, ein Bub und ein Mädchen; das Mädchen mochte fünf Jahre alt sein, der Bub vielleicht drei. Luise stand wie gewohnt neben den breiten Stufen am Haupteingang, weil sie von dort sowohl die Sakristei als auch den Kirchplatz im Auge hatte. Der Bub stolperte vor den Stufen, fiel hin und schlug sich das Knie auf. Und Eva – Luise erkannte sie in dem Augenblick, als sie sich bückte – zog den weinenden Jungen grob hoch und dann, als er nicht zu weinen aufhörte, ohrfeigte sie ihn schnell und hart einmal links und einmal rechts. Der Kleine weinte kurz lauter, aber dann schluckte er stockend die Tränen hinunter. Als Eva Luise bemerkte, schlug sie die Augen nieder und beeilte sich, die Treppen zur Kirche hochzugehen. Luise wandte sich ab. Wie schnell das ging. Wie schnell wir uns ändern, dachte sie. Eva war so anders gewesen als ihr Vater. Für Eva hatte sie gekämpft, damals. Und jetzt war sie nicht anders als ihr Vater. Verschlagen waren sie alle, im Sinne des Wortes, verschlagen. Sie dachte an ihren eigenen Vater, wie er mit ihr geredet hatte, wenn sie etwas angestellt hatte. Im Amtszimmer, ernst und eindringlich und fast feierlich. Sie hatte immer ein wenig Angst vor diesen Gesprächen gehabt, aber er hatte sie nie geschlagen. Er hatte sie immer wie selbstverständlich so behandelt, als ob man ihr nur genau genug erklären müsste, warum etwas falsch war, und dann würde sie es nicht wieder tun. Natürlich nicht, denn sie wusste ja nun, was falsch und was richtig war. Wie ungewöhnlich diese Selbstverständlichkeit, dieses tiefe Vertrauen in Einsicht und Vernunft war, das merkte sie erst jetzt, da er fort war. Unwillkürlich hatte sie plötzlich Tränen in den Augen. Über ihr schrillten die Mauersegler, und es war ihr, als könne sie nie wieder leicht genug sein, um zu fliegen.

Es war an diesem Tag, dass Georg ins Pfarrhaus kam. Sie waren mit dem Mittagessen fertig geworden, und Luise half Luana eben mit dem Abwasch.

»Geht es dir gut?«, fragte sie Luana mit Blick auf ihren allmählich wachsenden Bauch, und sie hatte plötzlich ein schlechtes Gewissen, als Luana das erste Mal seit Tagen lächelte.

»Ja«, sagte Luana und legte für einen Augenblick die Hand auf die sanfte Wölbung, »dem Kind geht es gut.«

»Habt ihr schon einen Namen?«, fragte Luise, froh über die Ablenkung.

Luana schüttelte den Kopf. »Wir überlegen noch.«

Sie spülte weiter die Teller und reichte sie dann Luise, die sie in das Abtropfgestell gab und dabei weiter das Besteck trocknete. Es lag ein kleiner Trost in diesen Alltagsaufgaben.

»Wir möchten zurück«, sagte Luana nach einer Weile unvermittelt, »wenn dein Vater wieder da ist, wollen wir zurück.«

Es war sehr warm in der Küche, obwohl die Fenster offen standen. Im Herd glühte es noch, das Abwaschwasser strahlte Wärme aus, und die Luft, die durch das Fenster hereinwehte, war juliheiß. Es dauerte eine Weile, bis Luise verstand.

»Nach Brasilien?«, fragte sie überrascht. »Ihr wollt wieder nach Brasilien?«

Luana ließ einen Teller zurück ins Wasser gleiten und drehte sich zu Luise. »Paul wollte … er wollte euch auch fragen«, sagte Luana dann leise, »dich und Gottfried. Ob ihr mitkommt.«

Luise sah Luana an. Es war ihr nie in den Sinn gekommen wegzugehen. Nie. Sie war hier zu Hause. Dann dachte sie daran, dass Luana vielleicht auch nie hatte weggehen wollen, aber dass sie hier jetzt trotzdem zu Hause war. Weggehen? Für immer?

In diesem Augenblick klingelte es. Beide richteten sich hastig auf. Immer zuckten sie jetzt zusammen, wenn es zu ungewöhnlichen Zeiten an der Tür läutete.

»Ich gehe schon«, sagte Luise, nachdem sie einen schnellen

Blick gewechselt hatten. Sie trocknete sich die Hände an ihrer Schürze ab. Als sie an dem Platz im Gang vorbeikam, an dem der General immer gelegen hatte, vermisste sie einmal mehr sein Gebell, seine beruhigende Anwesenheit, seinen schweren Körper an ihren Beinen, wenn sie die Tür öffnete.

»Hallo«, sagte Georg zur Begrüßung.

Luise blinzelte. Im Gang war es immer dunkel, und draußen war es sommerhell, mittagshell.

»Hallo«, antwortete Luise, »komm rein.«

Georg zögerte. »Ich wollte wissen, ob ich etwas tun kann«, begann er verlegen, »und ob du vielleicht … ob du mit mir einen kleinen Ausflug machen würdest. Mit dem Fahrrad.«

Luise schüttelte den Kopf. »Ich habe … mir ist nicht nach Ausflügen, Georg«, sagte sie dann brüsk.

»Ich weiß«, sagte Georg noch immer etwas verlegen, aber fest, »gerade deshalb. Gerade deshalb solltest du raus.«

Er stand wartend da. Sie hätte ihm die Tür vor der Nase zuschlagen müssen, wenn sie ablehnte.

»Der Abwasch ist noch nicht fertig«, sagte sie.

»Doch«, sagte Luana, die hinter ihr in den Gang getreten war und sich eben die Schürze abband, »geh, Luise. Dann kannst du … wie sagt man … *pensar* …«

»Dich beruhigen, vermutlich«, half Georg aus.

Luana lachte amüsiert. »Denken«, sagte sie, »nachdenken.«

»Also gut«, gab Luise nach, »ich komme. Vielleicht ist es wirklich besser, rauszugehen. Warte auf mich.«

Sie schloss die Tür, band nun auch die Schürze ab, faltete sie zusammen und legte sie auf die Kommode im Gang. Eine Jacke brauchte sie nicht, es war so warm draußen. Sie zog nur rasch ihre festen Schuhe statt der Sandalen zum Radfahren an. Es sah ein wenig unpassend zu ihrem Kleid aus, aber sie ging ja nicht auf einen Ball. Dann lief sie über die Terrasse zur Remise und holte ihr Fahrrad.

Georg saß schon im Sattel, als sie durch das Gartentor kam.

»Auf«, sagte er kurz, und sie stieg auf und fuhr ihm hinterher.

Sie verließen die Stadt durch das Obere Tor in westlicher Richtung, kamen auf die wenig befahrene Landstraße, die durch das Tal führte. An den Apfelbäumen entlang der Strecke hingen wie Trauben die kleinen grünen Früchte. Auf den Feldern stäubte der Weizen, wenn der Wind hindurchging. In fast durchsichtigen Schleiern wehte es die Hügel hinauf zum Wald. Es tat gut, sich zu bewegen. Georg ließ sich ein wenig zurückfallen, bis sie nebeneinander fuhren.

»Hast du von deinem Vater gehört?«

Luise schüttelte den Kopf. Sie hatten noch immer keine Nachricht. Es hieß, dass den Gefangenen erst nach vier Wochen erlaubt wurde, einen Brief zu verfassen. Der Anwalt hatte an die Kommandantur und an die Staatsanwaltschaft geschrieben, an die zuständige Gestapostelle und an den Landesbischof, aber von den einen kamen Briefe in schlechtem Deutsch, die von Staatsschutz sprachen und Sicherheit und von gegebener Zeit, die anderen wussten selber nichts.

Es ging jetzt leicht bergab. Vor ihnen, am Ende des Tals, lag die Jurahöhe. Von hier aus konnte man die steile Landstraße schon erkennen. Ein winziges Lastauto kroch in Windungen aus Niederhochstatt den Berg hinan.

»Sie werden ihn wieder freilassen«, sagte Georg nach einer Weile. »Die meisten lassen sie nach ein paar Wochen wieder raus.«

»Woher willst du das wissen?«, fragte Luise zurückhaltend.

»Sie wollen sie ja gar nicht auf Dauer einsperren. Sie wollen ihnen Angst machen. Sie wollen sie auf Linie bringen!«, erklärte Georg ruhig, aber man merkte ihm an, dass es ihn bewegte. »Anders als uns Sozis oder die Kommunisten«, sagte er dann noch bitter.

»Wieso?«

»Die Pfarrer sind in eigenen Baracken. Die kriegen Extrarationen. Die Kommunisten werden erschossen.«

»Woher weißt du das?«, fragte Luise fast wütend. »Woher willst du das wissen?«

Georg sagte zunächst nichts. Die Sonne stand noch mittagshoch, der leichte westliche Wind kam ihnen entgegen, aber es fuhr sich leicht.

»Die Genossen, die dort waren, erzählen davon«, sagte er schließlich so leise, dass Luise ihr Fahrrad enger neben seines lenken musste, um ihn zu verstehen.

»Sie müssen ein Papier unterschreiben, dass sie absolutes Stillschweigen wahren, aber das tun nicht alle. Es gibt da kein Gesetz, Luise. Ich sag das nicht nur so. Es gibt wirklich keins. Kein Anwalt, kein Staatsanwalt, kein Richter darf nach Dachau. Der Kommandant darf Todesurteile verhängen. Ohne Prozess. Ohne Richter. Es reicht, wenn zwei Wachen zustimmen, und das tun die immer. Immer.«

Es war so eigenartig, Georg das erzählen zu hören und dabei durch dieses schöne Land zu fahren. Durch den Wind und die Gerüche des Sommers. Durch dieses grüne Tal, das sie seit ihrer Kindheit kannte. Es war schwer zu glauben, dass jetzt, in diesem Augenblick, Papa in einer Hütte saß oder in einem Steinbruch arbeiten musste. Dass er nicht singen durfte, was er wollte. Dass er nicht einfach über Land gehen konnte, wie er es manchmal tat.

Dass er … dass er vielleicht geschlagen wurde. Luise wollte sich das nicht vorstellen.

»Ihm wird nichts geschehen«, versicherte Georg ihr noch einmal, als hätte er gemerkt, woran sie eben dachte. »Sie trauen sich das nicht. Pfarrer bringen sie nicht um.«

»Dein Wort in Gottes Ohr«, flüsterte Luise fast für sich, und sie hätte etwas darum gegeben, daran glauben zu können.

Sie sprachen wenig, während sie schnell vorankamen, und erst, als sie dann durch Hochstatt fuhren und der Aufstieg begann, fing Luise an zu verstehen, warum Georg sie mitgenommen hatte. Sie war seit Wochen kaum aus dem Haus gekommen, und es tat ihr gut, sich im offenen Land zu bewegen. Wenn sie Besorgungen zu erledigen hatte, vermieden die Menschen den Kontakt, als hätte sie eine Krankheit. Man bewegte sich wie in einer Blase des Schweigens. Deshalb tat es ihr gut, mit Georg unterwegs zu sein, der auf ihrer Seite war.

Sie waren jetzt beide aus den Sätteln und traten mit aller Kraft in die Pedale, aber das letzte Drittel der Straße war so steil, dass Georg mit einem Schwung abstieg.

»Ich schaffe es nicht!«, keuchte er mit einem kleinen Lachen.

Auch Luise stieg außer Atem ab und schob. »Den habe ich auch noch nie geschafft«, beruhigte sie Georg.

»Gott sei Dank«, erwiderte er spöttisch, »sonst wäre ich jetzt blöd dagestanden.«

»Du stehst ja fast«, sagte Luise, die sich Mühe gab, ihr Fahrrad ein wenig schneller als er bergan zu schieben. Georg ließ sich das nicht gefallen, und so kamen sie völlig verschwitzt oben an.

»Wohin fahren wir eigentlich?«, fragte sie, als sie wieder

aufstiegen und Georg in den Feldweg abbog, der sie aus dem Dorf gleich wieder über die Felder in Richtung Wald führte.

»Ich will dir was zeigen«, antwortete er, »komm.«

Sie fuhren noch etwa zwei Kilometer über Feldwege, ein kurzes Stück durch den Forst und kamen dann auf eine Ebene, die man eine Lichtung hätte nennen können, wenn sie nicht so weitläufig gewesen wäre, denn sie war an allen Seiten von Wald begrenzt. Eine Feldscheune lag ein Stück entfernt am Waldrand. Feld- und Waldweg kreuzten sich hier. Georg stieg ab und lehnte sein Rad an die Holzwand der Scheune. Luise folgte ihm neugierig.

»Gehört die euch?«, fragte sie mit einer Kopfbewegung zum Tor, an dem Georg gerade ein Vorhängeschloss aufsperrte.

Er schüttelte den Kopf. »Einem Onkel von mir. Der ist aber so alt, dass er sie nicht mehr nutzt, und er hat keine Kinder. Mein Vater wird sie eh erben.«

Das Schloss war offen, und Georg zog die Torflügel auf.

»Komm«, sagte er einfach und trat beiseite, als wolle er ihr den Vortritt lassen. Aber Luise war stehen geblieben, sobald Georg das Tor ganz geöffnet hatte. In der Scheune stand ihr Flugzeug.

»Georg«, stammelte sie fast, »das ist … aber … das ist unser Flugzeug. Das ist wirklich unser Flugzeug!«

Sie lief in die Scheune und um die Maschine herum. Es war wirklich ihre Maschine. Der Rumpf war repariert worden, die Flügel waren neu. Sie sah sofort nach dem Motor. Es war ein Siemens Sternmotor mit 5 Zylindern. Der kleinste zwar, vielleicht 70 PS, aber luftgekühlt und von Siemens. Sie wusste, was die kosteten.

»Georg«, sagte sie immer noch fassungslos und völlig überwältigt, »wie … wo hast du den her? Und der Rumpf? Du hast den doch … der war doch völlig kaputt!«

Georg, der auf einmal sehr verlegen wirkte, zuckte die Schultern. »Ich habe ja lange Zeit gehabt«, sagte er dann.

»Bist du schon damit geflogen?«, fragte Luise, noch immer neben dem Motor stehend und ohne zu Georg hinüberzusehen. Der Motor war gebraucht, aber er sah gepflegt aus, wunderbar, 1 a.

»Ich kann nicht fliegen«, antwortete Georg. Sie sah zu ihm hinüber. Er war sehr rot geworden. Seine Ohren glühten. »Ich dachte, du bringst es mir vielleicht bei.«

Er hatte an alles gedacht. Erst als sie die Maschine zusammen aus der Scheune geschoben hatten, merkte sie, dass die Wiese gemäht war und am Rand in Abständen Steine aufgehäuft waren, die er wohl aus dem Feld herausgeklaubt haben musste. Es war ein kleines Flugfeld. Ein geschickter Flieger konnte hier starten, und er konnte landen. Sie war schon von schlechteren Flugplätzen losgeflogen. Sie ging nach vorne und prüfte den Propeller sorgfältig auf Beschädigungen, wie sie es gelernt hatte. Den musste Georg zugekauft haben, denn er war zwar auch gebraucht, sah aber tadellos aus, und auch die Stellung war richtig. Sie bückte sich unter einem der Flügel durch und sah, dass er das Flugzeug sogar getauft hatte. *Lu 1911* stand da in schwarzen Schablonenbuchstaben sauber auf die Unterseite gepinselt. 1911 war ihr Geburtsjahr. Das Blut stieg ihr ein wenig in die Wangen. Sie hatte keine Ahnung gehabt, dass Georg das überhaupt wusste. Sie stieg auf den Flügel, dann auf den Rumpf und kletterte vor zum Motor, schraubte den Tankdeckel auf und steckte den Finger hinein. Voll.

»Weißt du, was du tun musst?«, fragte sie, als sie sich in den Sitz gleiten ließ.

»Ich bin Automechaniker«, rief Georg zurück, »beleidige mich nicht.«

Sie öffnete den Benzinhahn und Georg hängte sich an den Propeller. Luise setzte sich zurecht. Der Pilotensitz war nichts anderes als ein Korbstuhl, dessen Beine Georg abgesägt hatte. Alles an der Maschine war ungewohnt, aber die wichtigsten Sachen waren ungefähr so, wie es sich gehörte. Der Steuerhebel entstammte ganz offensichtlich einem Lastkraftwagen und der Gashebel einem Auto. Georg hatte manches ziemlich schöpferisch umgewandelt und ihr, die sie andere Maschinen gewohnt war, kam manches abenteuerlich vor. Aber andererseits sah sie auf den ersten Blick nichts, was nicht funktionieren würde. Georg war Mechaniker. Er dachte technisch, so wie sie.

Der Motor sprang beim zweiten Mal an. Luise gab Gas, und er reagierte einwandfrei. Ob man einen Looping fliegen konnte? Sie musste Georg fragen, ob er die Benzinleitungen so verbaut hatte, dass sie auch kopfüber funktionierten, aber darauf kam es jetzt nicht an. Jetzt musste man sehen, ob das Ding wirklich flog.

»Steig ein!«, brüllte sie durch den Lärm und machte ihm ein Zeichen. Er kletterte den Flügel hoch und ließ sich in den Sitz vor ihr gleiten.

Dann drehte er sich um, lächelte sie an und hob den Daumen. »Ich habe Angst!«, brüllte er.

Luise nickte lachend. »Ich auch!«

Dann gab sie Gas, und das Flugzeug begann zu rollen.

Die Seitenruder waren ein wenig schwergängig, und überhaupt fühlte sich alles etwas zäher und schwerfälliger an als bei den Flugzeugen, die sie gewohnt war, doch die Maschine nahm Fahrt auf, und sie rollten über die Wiese. Am Waldrand angelangt drehte sie, um gegen den Wind starten zu können.

Georg wandte sich zu ihr um. »Alles in Ordnung?«, fragte er durch den Lärm.

»Bis jetzt ja, aber wir sind ja noch unten!«, schrie Luise zurück. »Ob es was taugt, sehen wir oben. Sollen wir?«

Georg nickte, aber sie bemerkte, dass er tatsächlich etwas blass aussah. Sie gab Vollgas, der Propeller fing an zu wirbeln, die Blätter verschwammen, und das Flugzeug machte einen Satz nach vorn. Sie holperten über das Gras. So war es immer – erst sah alles eben und glatt aus, aber je schneller man war, desto härter wurden die Stöße. Der gegenüberliegende Waldrand kam bedenklich nah, aber Luise wartete. Sie sah, wie Georg sich in den Sitz drückte und verzog den Mund zu einem kurzen Lächeln. Das kannte sie – die Angst, gleich das Ende der Bahn erreicht zu haben und Bruch zu machen. Aber sie spürte schon, wie die Maschine Luft unter die Tragflächen bekam, die Sprünge wurden länger, sie hielt den Gashebel bis zum Anschlag gezogen, der Motor brüllte, die Bäume waren noch dreißig, noch zwanzig Meter entfernt, sie hörte Georg »Stopp!« schreien und zog sanft, wie sie es gelernt hatte, den Steuerknüppel zu sich, spürte den Zug des Höhenruders, alles Holpern war auf einmal weg, und die Maschine stieg mit schönem Schwung über die Bäume hinweg. Sie flogen.

»O Gott!«, hörte sie Georgs verwehte Stimme. Die Knöchel seiner Hände an der Bordwand traten weiß hervor. Luise hielt die Maschine weiter auf Steigflug. Sie hatte schon vergessen, wie das war. Dieses wunderbare Gefühl, wenn unter einem der Boden sanft fortkippte. Wenn man durch die warme Luft nach oben stieg, wie wenn man nach einem Sprung ins Becken sehr tief getaucht war und von ganz allein nach oben trieb, zum Licht, zur Luft. Sie flogen immer höher in den juliblauen Himmel, und Luise atmete, als ob sie monatelang die Luft angehalten hätte. Der Motor arbeitete einwandfrei, der Propeller zog, und jetzt waren sie sicher schon um die dreihundert Meter hoch. Georg drehte sich wieder zu ihr um. Immer noch blass, doch die Begeisterung war in sein Gesicht geschrieben. Er hatte endlich die Hände vom Rahmen gelöst und wies nach unten.

»Noch nie!«, schrie er ihr zu. »Ich … noch nie …«, und Luise verstand ihn und lachte ihm zu. Das Gefühl kannte sie auch. Vollkommen überwältigt zu sein davon, dass man sich von der Erde lösen konnte. Dass man über alles, alles hinwegfliegen konnte. Dass einen da unten nichts mehr anging. Dass man dort war, wo man sein sollte.

Luise ließ den Steuerknüppel los, er bewegte sich durch den Druck auf der Klappe von selbst in die Mittelstellung, und das Flugzeug kam in den Geradeausflug. Unter ihnen zog ein Gespann seinen Weg auf einem Feldweg nach Gersdorf. Waldstücke und Felder erstreckten sich, soweit man sehen konnte. Luise probierte die Seitenruder. Langsam reagierend, aber wie ein pflichtbewusstes altes Arbeitsross legte sich die Maschine nach rechts und links in die Kurve. An der Trimmung musste sie noch arbeiten, machte sie sich im Geist eine Notiz – aber Georg hatte wunderbare Arbeit geleistet. Sie klopfte ihm auf die Schulter, damit er sich umdrehte.

»Großartige Maschine!«, schrie sie ihm zu, hob den Daumen und lachte ihn an. Spätestens jetzt verschwand Georgs Blässe, und er wurde rot, richtig rot.

»Ja?«, rief er zurück. »Wirklich?«

»Ja!«, rief Luise. »Wirklich!«

Sie folgte einem plötzlichen Einfall und lenkte die Maschine nach Südwesten. Automatisch warf sie einen Blick auf das Armaturenbrett und bemerkte, dass Georg noch keinen Kompass eingebaut hatte. Immerhin – das Loch dafür war schon da. Aber sie kannte ja die Gegend unter ihr. Sie folgte dem Verlauf der Kreisstraße, blieb jedoch über den Feldern. Sie sah, wie Georg sich zurückgelehnt hatte und nun den Flug genoss. Es war auch der perfekte Tag dafür. Ein paar leichte Wolken standen fast bewegungslos am Himmel, der sonst makellos blau war. Das Land sah von oben so schön aus, dass es ihr einen Stich gab, wenn sie daran dachte, dass Luana und Paul es verlassen wollten. Das war ihr Land. Das alles dort unten. Die Teiche, die wie nachlässig hingeworfene frische Münzen in der Landschaft glitzerten. Die dunklen Fichtenwälder, über denen es kühler war als über den Feldern. Die lichten Buchen- und Eichenwälder mit ihrem satten Grün. Die rot leuchtenden Ziegeldächer der Schulen neben den grauen, steingedeckten Dächern der Bauernhäuser in den Dörfern, die sie überflogen. Das Grün des Kupfers auf den Kirchendächern. Das war ihr Land, es war ihres, und sie wollte es sich nicht von den anderen wegnehmen lassen. Luise stieß Georg an und wies übermütig nach unten auf die goldschimmernde Kugel an der Turmspitze der Kirche: »Sollen wir sie pflücken?«

Als Georg nickte, flog sie einen weiten Bogen vom Ort weg, drückte die Nase der Maschine nach unten und, immer schneller werdend, stürzten sie auf das Dorf zu. Wieder sah sie Georg mit beiden Händen nach der Bordwand greifen. Der Wind wurde zum Sturm. Luise spürte, wie sie leichter wurde, während die Maschine fiel. Sie waren am Ortsrand, sanken weiter auf die Dächer zu, in den Straßen waren die Leute stehen geblieben und drehten die Köpfe nach oben, noch weiter ließ Luise die Maschine sinken, und dann zog sie die *Lu 1911* präzise links an der Kugel vorbei, fast berührte die Tragfläche mit der Spitze den Turm, sie nahm das

Flugzeug aus dem Schwung, aus dem Sturz heraus wieder nach oben, der Motor war auf Volllast, sie wurden in ihre Sitze gedrückt und stiegen, stiegen, stiegen. Es war wie ein Rausch. Auf einmal sah sie, wie Georg vor ihr aus seinem Sitz aufstand, sich vorne festhielt und sich ganz dem Wind aussetzte, dem Gefühl des Steigens und Fliegens, und sie hörte ihn schreien, vor Glück oder Stolz oder weil er frei war oder weil er alles auf einmal fühlte.

Luise nahm wieder Kurs nach Südwesten und dann, nach nur fünf Minuten Flug, in denen sie vielleicht noch zehn Kilometer zurücklegten, waren sie dort, wo Luise Georg hinbringen wollte. Ein Stückchen folgte sie dem Bach, dann erschien im Tal die liegende Acht eines kleinen Sees. Luise nahm Gas weg und flog so langsam, wie es nur möglich war. Sie neigte das Flugzeug in einen Bogen und begann, einen weiten Kreis über der Ruine zu fliegen, auf der sie damals das erste Mal miteinander gesprochen hatten. Dort, wo sie vor vielen Jahren am Feuer gesessen und vom Fliegen geträumt hatten. Luise sah, wie Georg, der nun alle Angst vergessen zu haben schien, sich weit über den Bordrand beugte und nach unten schaute. Er sah zu Luise hin, und zum zweiten Mal an diesem Tag musste sie tief Luft holen, weil es ihr so einen Stich gab wie vorhin, als die Schönheit des Landes sie tief im Innersten berührt hatte: Georg wirkte so glücklich, wie sie ihn noch nie gesehen hatte. Er sagte gar nichts, sein Haar wurde vom Flugwind verwirbelt, und dann deutete er auf etwas, das Luise erst erkannte, als die Tragfläche ihr den Blick frei gab. Es war ein Turmfalke, der weit unter ihnen über der Ruine kreiste. So wie sie, nur in der Gegenrichtung. Sie hörte nicht, was Georg sagte, während er wie gebannt dem Turmfalken zusah, und vielleicht hatte er es auch nur geflüstert, aber sie meinte, es an seinen Lippen ablesen zu können: *Wir fliegen.*

Als sie eine halbe Stunde später wieder auf die Lichtung einflog, orientierte sie sich gewohnheitsmäßig nach den Blättern und Sträuchern, um sehen zu können, wie der Wind stand, aber es war nicht zu erkennen, und er war auch schon beim Start nicht stark gewesen. Sie drückte die Maschine nach unten, strich sehr knapp über den Baumwipfeln ein und versuchte dann so weich wie möglich zu landen, damit das Fahrgestell auf der Wiese nicht brach. Aber Georg hatte gut gebaut. Obwohl sie dann doch härter aufsetzte als geplant, hielt alles, und sie kam gut dreißig Meter vor dem Waldrand zum Stehen, wendete und rollte zurück zur Scheune. Dann schaltete sie den Motor aus. Die plötzliche Stille stürzte rauschend auf sie ein. Sie stemmte sich aus ihrem Sitz und sprang vom Flügel nach unten. Georg kam langsamer nach. Seine Bewegungen wirkten fast traumbefangen, als sei er eben erst aufgewacht.

»Danke«, sagte er leise zu ihr, als er unten stand, die eine Hand noch auf dem Flügel. Allmählich hörte Luise wieder die Sommergeräusche auf dieser großen Lichtung. Das Zirpen der Grillen, das jetzt im Juli allmählich begann. Das sanfte Rauschen des Sommerwindes im Wald ringsum. Das vertraute, metallische Ticken eines Motors, der abzukühlen begann.

»Nein«, sagte sie weich und drehte sich ganz zu ihm um, »ich danke dir.«

Sie sah ihn an, sah sein verwehtes Haar, sein Gesicht, in dem es arbeitete, seine Augen, die immer noch groß vor Staunen waren. Und sie beugte sich leicht vor und küsste ihn.

Hoch über ihnen, ungewöhnlich und spät für die Jahreszeit, sang eine Lerche im Steigflug.

16

Was für ein Sommer das war! Er fühlte sich an, dachte sie einmal, wie damals, als sie bei einem Flugtag in Koblenz durch den Rhein hatte schwimmen wollen. Nicht eher als in der Mitte des Flusses hatte sie richtig gemerkt, wie mächtig die Strömung war, die sie fortzog und mit sich nahm, sodass sie erst nach über zwei Kilometern das andere Ufer erreichte. Ein wunderbares Gefühl war es gewesen, mit der Strömung zu schwimmen; schnell und fast unaufhaltsam, aber auch gefährlich, weil es nicht leicht war, den Strom wieder zu verlassen. Es war viel leichter, sich mitnehmen zu lassen, immer weiter und weiter. So fühlte sich dieser Sommer an.

Luise war an jenem Tag spät nach Hause gekommen. Sie hatte mit Georg beim Flugzeug gestanden, sie hatten sich geküsst und wieder geküsst, als sei das immer schon so gewesen, als brauchte es keine Worte, um zu erklären, was geschehen war. Dann hatten sie am Flugzeug gearbeitet, wie früher und bis in den Abend hinein. Und dann waren sie zusammen auf ihren Rädern nach Hause gefahren, waren vor der Stadtmauer abgestiegen und hatten sich noch einmal geküsst, dort, wo niemand sie sehen konnte.

Was war das, fragte sich Luise in diesen Tagen immer wieder, dieses Gefühl zwischen Glück und Entsetzen? Entsetzen über sich selbst, dass sie sich … man konnte nicht sagen: verliebt hatte. Es war ja vielmehr so, als sei diese Liebe immer schon da gewesen und sie hätte sie nur nicht gesehen. Aber ein Entsetzen darüber, dass sie so glücklich sein konnte, wie sie es zuvor noch nie gewesen war – nicht mit Greben und nicht einmal bei ihrem allerersten Alleinflug – so glücklich, und dabei war Papa fort, im Konzentrationslager, sie wusste nichts von ihm; nicht einmal, ob er noch dort war oder, und das wagte sie fast nicht zu denken, ob er noch lebte. Und trotzdem dachte sie dabei in jedem Augenblick auch an Georg, wann sie ihn wieder treffen würde, was er gerade tat, wie er war. Seit sie zurückgekommen war, hatte sie in ihrer Stadt wie unter einem niedrigen Himmel gelebt, immer in dem unausgesprochenen Gefühl, dass man an Mauern und Stäbe stieße, wenn man sich zu schnell, zu weit, nicht vorsichtig genug bewegte. Aber jetzt, mit Georg, war es so, als hätte er einfach den Arm in eine ganz andere Richtung ausgestreckt und zu ihr gesagt: da, schau! Für sie war es, als hätte er ihr eine Welt neben ihrer eigenen aufgetan. Eine, in der man bis zur absoluten Atemlosigkeit rennen konnte, ohne an eine Grenze zu kommen.

Wann immer es möglich war, trafen sie sich nun draußen in der Feldscheune bei ihrem Flugzeug. Luise hätte weit öfter Zeit gehabt als Georg, denn vor ihr lag ja noch der ganze August – sie musste erst im September antreten. Aber Georg arbeitete in der Tankstelle, und dort konnte sie nun nicht jeden Tag auftauchen und ihm bei der Arbeit zusehen. Manchmal fuhr sie trotzdem mit dem Fahrrad vorbei, einfach, um ihn aus der Ferne zu sehen. Wie ein Backfisch in der ersten Verliebtheit, dachte sie dann amüsiert, aber es war trotzdem schön.

»Na, willst du immer noch fliegen lernen?«, hatte sie ihn nach ihrem ersten Kuss gefragt, und er hatte nur genickt.

So kam es, dass Luise ihn unterrichtete, sooft sie zusammen sein konnten. Immer konnten sie nicht fliegen. Es war ein wortloses Übereinkommen, dass niemand zu wissen brauchte, dass sie dort draußen ein Flugzeug hatten. Glücklicherweise gab es ja drüben auf der Wülzburg einen Segelflugplatz, von dem auch ab und zu Privatflugzeuge starteten, sodass es nicht weiter auffiel, wenn sie ebenfalls in der Luft waren, aber starten und landen wollten sie denn doch nur, wenn niemand in der Nähe war. Zwar gehörte zumindest die Wiese bei der Scheune Georgs Onkel, aber um sie herum lagen Felder anderer Bauern, die jetzt im Sommer natürlich immer wieder dort zu tun hatten. So flogen sie meist nur an den Wochenenden, vor allem an den Sonntagen. Aber wenigstens an zwei Abenden in der Woche trafen sie sich, damit Georg das Fliegen lernte.

Luana merkte, dass Luise sich verändert hatte. Sie verbrachten viel Zeit miteinander, seit Papa fort war. Sie sagten immer: fort. Alles andere wollten sie nicht aussprechen. Das leere Haus war leichter auszuhalten, wenn man beisammen war.

Luise arbeitete im Garten und hackte Unkraut im Kartoffelbeet, das Papa im Frühjahr angelegt hatte. Am Tag zuvor hatte es geregnet, und die Erde war weich. Luana pflückte Stachelbeeren. Von jenseits der Mauer tönte das geschäftige Treiben eines Sommervormittags in einem Landstädtchen herüber: Hufgeklapper, Automotoren, ab und zu ein unverständlicher Ruf, das Läuten einer Glocke. Und darüber das allgegenwärtige Schrillen der Mauersegler, die um den Kirchturm flogen und durch die Gassen schossen.

»*Você esta feliz?*«, fragte Luana auf einmal lächelnd, richtete sich von ihrem Strauch auf und stützte die Hände in den Rücken. Man konnte ihren Bauch jetzt schon recht gut erkennen.

Luise verstand wenigstens so viel Portugiesisch, dass sie wusste, was Luana meinte.

»Wieso fragst du?«

»Du hast … nicht gesungen … wie sagt man, wenn man so macht?«

Luana summte eine kleine Melodie.

»Summen«, antwortete Luise und fragte überrascht: »Ich habe gesummt?«

Luana nickte. »Es hat sich schön gehört.«

»Angehört«, korrigierte Luise leise lächelnd. Aber dann musste sie schon wieder an Papa denken und hob fast hilflos die Arme. »Ich … manchmal schon. Ich weiß nicht, Luana. Ich bin glücklich und traurig zugleich. Wie kann das sein?«

Luana pflückte weiter Stachelbeeren.

»So sind fast alle unsere Lieder«, sagte sie, »wir kennen das in Brasilia. *Tristeza. Felicidade.* Wir singen oft davon. Weil die Liebe immer so ist. *Triste. Feliz.*«

Luise fragte sich nicht, woher Luana wusste, dass sie verliebt war. Sie sagte ja eigentlich nie sehr viel, aber sie beobachtete gut. Und dann kannte sie Luise ja schon so lange.

»Ich mag dich sehr gern, Luana«, sagte Luise unvermittelt.

Luana sah sie mit unergründlichen Augen an. »Ich weiß«, sagte sie dann ernst, »ich dich auch.«

Es war nicht so, als hätte sie Papa vergessen. Sie hatte mit Paul zusammen an den Bischof geschrieben, um ihn zu bitten, er möge beim Reichsinnenminister intervenieren. Sie war beim Rechtsanwalt gewesen, und schließlich hatte sie sich schweren Herzens sogar dazu durchgerungen, Greben zu schreiben. Mittlerweile war er Hauptsturmführer, und er wohnte immer noch in München. Vielleicht konnte er etwas bewegen. Es war an diesem Vormittag, als seine Antwort mit der ersten Post kam. Sie hörten die Klingel bis in den Garten, und Luise nahm den kurzen Weg an der Remise vorbei um das Haus herum nach vorn. Der Postbote kramte die Briefe aus seiner großen Umhängetasche, übergab sie ihr mit einem kurzen Kopfnicken und war schon wieder fort. Seit Papa nicht mehr da war, grüßte er nicht mehr so höflich wie früher. Alle waren anders geworden, dachte Luise, als sie, die Briefe durchsehend, zurück in den Garten ging.

Sie erkannte Grebens Schrift sofort. Die steilen, sehr eng geschriebenen Buchstaben waren unverwechselbar. Sie riss den Umschlag auf und las hastig, mitten auf der Wiese stehend.

Liebe Luise, stand da, dann folgten ein paar Sätze darüber, dass er sich freue, von ihr zu hören, die sogar ehrlich klangen. Sie überflog sie nur, ein wenig seltsam berührt. Grebens Worte klangen zu ihr wie aus einem anderen Leben herüber. Dann das Wichtigste: Er habe Erkundigungen eingezogen, schrieb er, habe sich auch an jemanden gewandt, der in der Kommandantur in Dachau arbeite. Man habe ihm versichert, dass alles seine Richtigkeit habe und dass niemand ohne Grund in Schutzhaft genommen werde. Er bedauere die Festnahme sehr, aber andererseits sei es eben einfach nicht mehr so wie vor drei Jahren, und wer nicht für das neue Deutschland sei, der sei eben dagegen, und es sei dann besser, sich nicht öffentlich zu äußern. Er habe sich trotzdem an geeigneter Stelle – er schrieb tatsächlich: an geeigneter Stelle – für ihren Vater verwandt, wisse aber nicht, ob das Wirkung gehabt habe. Dann grüßte er sie herzlich und meinte, wenn sie nach München komme, dann sollten sie sich doch wieder einmal sehen. Luise ließ den Brief sinken. Sie hatte sich ja nicht viel erwartet, es war eine vage Hoffnung gewesen, aber diese vollkommen unbekümmerte Oberflächlichkeit, dieses Nichtverstehen, das machte, dass sie sich im Rückblick schämte, mit ihm verlobt gewesen zu sein. Er würde sich freuen, sie in München zu sehen. Natürlich. Und dann vielleicht einen Ausflug in einen Dachauer Biergarten machen. Was für ein Idiot!

»Schlechte Post?«, fragte Luana.

Luise nickte und ließ den Brief einfach fallen. Dann sah sie automatisch den Rest durch und hätte die Postkarte beinahe übersehen, wäre sie nicht durch ihren roten Aufdruck aufgefallen. *Konzentrationslager Dachau*, stand da, und darunter: *Auszug aus der Lagerordnung*. Luise erkannte erst jetzt die Schrift ihres Vaters und starrte auf die wenigen Bleistiftzeilen. Plötzlich zitterte sie. *Liebe Luise, liebe Luana, lieber Paul*, stand da, *es geht mir den Umständen entsprechend gut. Bitte sendet mir Wäsche; auch die braune Strickjacke und 1 Paar feste Schuhe. Ich hoffe, Euch bald wiederzusehen. Euer Vater.*

Luise fühlte sich auf einmal schwach in den Beinen. Endlich! Ein Lebenszeichen. Und es ging ihm einigermaßen! Sie las die Karte noch einmal und dann noch ein drittes Mal. Sie las auch den rot aufgedruckten Text: *Schutzgefangene dürfen im Monat 1 Paket Wäsche bis zu 10 Pfd. (Lebensmittel, Rauchwaren ausgenommen) erhalten … Sprecherlaubnis wird nicht gestattet.*

Was für schlechtes Deutsch, dachte Luise wie automatisch, eine Erlaubnis kann man nicht gestatten, und dann, fast wütend über sich selbst: Als ob das wichtig wäre.

»Schau«, sagte sie mit schwankender Stimme zu Luana, »von Gottfried!« Sie gab ihr die Karte.

Luana las langsam und hob den Kopf, als sie fertig war. »Das ist gut, nicht wahr?«

Luise nickte. Auf einmal hatte sie Tränen in den Augen. Wofür man schon dankbar sein musste! Dass es schon gut war, wenn man wusste, er lebte noch und durfte ein Paket Wäsche von zehn Pfund erhalten!

Aber er hatte auch geschrieben, er hoffe, sie bald wiederzusehen. War das bloß eine Floskel oder würde er bald entlassen werden? Hatte Georg recht gehabt, als er meinte, Pfarrer würden nie lange im Konzentrationslager bleiben?

»Ich muss Paul anrufen«, sagte Luise, schon halb auf dem Weg ins Haus.

»Ich komme«, sagte Luana.

Es hatte am Nachmittag heftig geregnet – ein Augustgewitter –, und jetzt, am frühen Abend, war der Himmel von kühler Farbe und von zerrissenen Wolken bedeckt. Noch immer wehte ein frischer Wind, und auf den Feldwegen glänzten die Pfützen in der tiefstehenden Sonne. Luise wich ihnen möglichst aus, während sie auf ihrem Fahrrad am Wald entlangrollte. Georg hätte sie später auf dem Motorrad mitnehmen können, aber sie war den Nachmittag über schon ungeduldig gewesen, hatte sich bewegen wollen und war deshalb auf ihr Fahrrad gestiegen, sobald das Gewitter nachgelassen hatte. Als sie dem weiten Bogen folgte, den der Weg um ein Rübenfeld machte, bevor sie nach rechts in den Wald einbog, um zur Feldscheune zu kommen, sah sie – vielleicht anderthalb Kilometer hinter ihr – jemanden auf dem Feldweg fahren. Auf die Entfernung konnte sie nicht sagen, ob es ein Fahrrad oder ein Motorrad war, also wartete sie ein wenig, aber es war dann wohl doch nur ein Bauer auf seinem Rad, denn nach einer Weile bog er gemächlich in den Wald ab. Luise fuhr weiter. Sie fühlte sich heute leichter als seit Langem. Obwohl es doch nur eine Karte gewesen war und man nicht wusste, wie es weiterging und wann Papa nach Hause kommen würde, so war es doch, als sähe man endlich Licht am Ende des Tunnels. Vielleicht fühlte sie sich auch nur deshalb leicht, weil sie das erste Mal das

Gefühl hatte, ohne schlechtes Gewissen glücklich sein zu dürfen. Sie freute sich so darauf, Georg zu sehen, dass sie aus dem Sattel aufstand und in die Pedale trat, egal, ob sie dabei spritzend durch Pfützen fuhr.

An der Feldscheune angekommen, stellte sie ihr Rad auf der Seite ab, holte den Schlüssel aus seinem Versteck in einem Stapel alter Backsteine und öffnete das Vorhängeschloss. In der Scheune war es sehr warm. Das Gewitter hatte der gespeicherten Hitze kaum etwas anhaben können. Die Ziegelwände strahlten immer noch Wärme ab, und oben auf dem Boden, wo jahrealtes Heu lagerte, sah sie die Luft flimmern, dort, wo die Abendsonne durch die kleinen Dachfenster schien. Ihr Flugzeug stand mit hochgeklappten Flügeln in der Mitte. Gut, dass die Scheune so hoch war, dachte sie, man hätte die Maschine schwerlich woanders unterbringen können. Sie stöberte ein wenig herum, fasste ein altes Zaumzeug an, das an der Wand hing, betrachtete die Werkbank, die sich Georg aufgestellt hatte, die Ordnung selbst im Provisorium: Schraubenschlüssel, die an einer absteigenden Reihe von Nägeln hingen, sodass man jeden mit einem Griff nehmen konnte. Dosen und Kanister nach Größe geordnet. Sägen, alte Hämmer, alte Schraubendreher – es war ein Glück, dass Georgs Vater eine Schmiede hatte und vieles doppelt vorhanden war. So hatte er in der Scheune fast eine zweite Werkstatt einrichten können. Ein zugedecktes Gerät auf der Werkbank weckte ihre Neugierde, und sie lüftete die ölverschmierte Plane. Da stand der Matrizendrucker, der früher in der Remise gewesen war und auf dem Georg Flugblätter gedruckt hatte. Luise wusste einen Augenblick nicht, was sie davon halten sollte. Auf der Walze klebte noch die letzte Matrize. *Ein deutscher Brief gegen die Diktatur!*, stand da in großen Lettern in Spiegelschrift. Sie waren von Hand auf die Matrize gezeichnet, während der Rest des Textes mit der Maschine geschrieben war. Luise deckte die Plane wieder darüber. Einerseits war es ja gut, dass der Hektograf nicht mehr in der Remise stand. Andererseits … aber dann sah sie auf das Flugzeug und musste lachen. Wenn sie hier ein Flugzeug verstecken konnten, dann ja wohl auch den Hektografen. Sie nahm sich vor, Georg unbedingt daran zu erinnern, auf jeden Fall immer die Matrize abzunehmen und zu verbrennen.

Weil er immer noch nicht kam, stieg sie auf den Rumpf und sah sich den Motor an. Georg hatte – ganz Mechaniker – den Sternmotor unverkleidet gelassen, damit er jederzeit an ihn herankonnte. Sie prüfte eben die Drosselklappen, als sie ein Krad hörte. Georg! Sie sprang vom Flugzeug und trat nach draußen. Er kam quer über die Wiese gefahren; links und rechts spritzte es hoch, und als er näher kam, zog er im Bremsen die Maschine herum, sodass er in einer Fontäne von Wasser, Grasstücken und Schlamm zum Stehen kam.

»Schwein!«, schimpfte Luise lachend. Sie hatte sich mit einem Sprung retten müssen, um nicht nass zu werden. Georg stieg mit Schwung ab.

»Ich werde heute wieder nicht fliegen dürfen, oder?«, fragte er mit einem Blick auf die Wiese.

Er drängte schon seit zwei Wochen darauf, endlich das erste Mal selber zu fliegen. Luise, die bei ihrer eigenen Ausbildung so unbekümmert gewesen war, die damals genauso darauf gedrängt hatte, zögerte bei Georg. Sie wusste selbst nicht genau, warum. Es lag sicherlich auch an ihrer Maschine, die viel schwerfälliger reagierte als die, auf denen sie geschult hatte. Aber das war es nicht allein. Wenn er erst einmal selber geflogen war, dann würde es nicht mehr lange dauern, bis er alleine würde fliegen wollen. Und davor hatte sie ein wenig Furcht.

»Weder du noch ich«, antwortete sie mit einem kleinen Lächeln. »Wir würden niemals hochkommen. Warum hast du auch so eine kleine Lichtung ausgewählt?«

Georg stellte sein Krad ab.

»Wenn du willst, roden wir heute Abend noch ein, zwei Hektar«, schlug er trocken vor, »ich glaube, in der Scheune hängt noch eine alte Säge.«

Luise musste lachen. Sie standen jetzt eng nebeneinander vor der Scheune, aber sie berührten sich nicht. Jedes Mal, wenn sie sich sahen, war da am Anfang diese kleine Scheu. Vielleicht rührte sie daher, dass sie sich schon so lange kannten und es gleichzeitig so neu war, sich zu berühren.

»Ich habe mindestens eine halbe Stunde auf dich warten müssen«, beschwerte sie sich.

»Das ist gar nichts«, machte Georg eine lässige, wegwerfende Handbewegung, »ich habe sechs Jahre auf dich gewartet.«

Es war das erste Mal, dass er so etwas sagte. Luise spürte, wie ihre Wangen warm wurden, und sah hinüber zum Waldrand. Von einem der Dörfer, vielleicht St. Egid, hörte man leise, aber klar das Abendläuten herüber. Georg hob unwillkürlich die Hand, wie um die Mütze abzunehmen, hielt aber gleich wieder inne. Als er sah, dass Luise die Geste bemerkt hatte, hob er verlegen die Schultern.

»Es steckt so in einem drin«, sagte er fast entschuldigend, und dann, in selbstverspottendem Ton: »So sind wir Sozis vom Land: Ungläubig, aber beim Betläuten nehmen wir die Mützen ab.«

Luise lachte leise. »Das ist kein allzu schlimmer Charakterfehler«, sagte sie, »ich mag dich ja auch nicht deshalb, sondern weil du Mechaniker bist.«

»Ich hab's geahnt«, antwortete er immer noch in diesem leichten Ton, »du bist in München ganz zum modernen Girl geworden. Flugzeuge, moderne Musik, Autos …«

Luise spielte mit und machte große Augen: »Du hast ein Auto? Wie viele Zylinder?«

Georgs Lachen schallte über die Lichtung. Es war selten, dass man ihn so frei lachen hörte, dachte Luise. Ein paar Krähen flatterten erschrocken auf.

»Ich hab ein Krad«, sagte er dann. »Und wenn wir heute doch nicht fliegen können, willst du vielleicht mit mir ins Kino?«

Luise wurde ernst. »Ist das klug?«, fragte sie. »Du als stadtbekannter Sozi mit dem Mädchen, dessen Vater im KZ ist?«

Georg zuckte mit den Achseln. »Komm«, sagte er, »ich nehme dich mit. Das Fahrrad kannst du übermorgen holen. Es soll ja trocken bleiben. Und dann …«

Er beendete den Satz nicht, aber Luise wusste ohnehin, was er sagen wollte. Dann würde er fliegen.

»Na dann.« Sie stieß ihn mit dem Ellenbogen an, nahm ihr Kleid hoch und schwang sich auf den hinteren Sattel des Krads. »Zum Kino, junger Mann!«

Georg zog die Augenbrauen hoch und sah sie an. »Du sitzt auf dem falschen Platz. Das ist kein Flugzeug. Motorräder werden vom Vordersitz aus gefahren.«

Es war eine etwas holprige und recht aufregende Fahrt. Luise kannte sich mit Motoren aus. Sie war eine ausgezeichnete Pilotin, hatte jedoch bisher weder ein Auto noch ein Motorrad gefahren. Georg musste ihr erst erklären, wie man kuppelte und schaltete. Und bis sie es einigermaßen beherrschte, ging der Motor einige Male aus. Georg amüsierte sich. Luise kämpfte mit Gashebel und

Schaltung. Aber als sie auf die Landstraße kamen, hatte sie das Prinzip begriffen und gab Gas. Georg legte ihr die Hände auf die Hüften. Ihre Wärme drang unmittelbar durch den dünnen Stoff, und sein ruhiger Griff war leicht und voller Vertrauen. Sechs Jahre hast du auf mich gewartet, dachte Luise, während sie noch einmal hochschaltete und diesmal nichts krachte und der Fahrtwind ihr Haar verwirbelte und den Stoff ihres Kleides flattern ließ, sechs Jahre. So ein Vertrauen, dachte sie, und lehnte sich ein wenig zurück, bis ihr Rücken seine Brust berührte.

Die Leute, die vor den *Apollo Lichtspielen* herumstanden und rauchten, sahen zu, wie Luise – jetzt schon ziemlich rasant – zusammen mit Georg vor dem Kino ankam. Unter den neugierigen Augen, die ungeniert zusahen, schob Georg das Krad auf den Gehsteig und stellte es vor dem Zaun des Nachbarhauses ab. Dann gingen sie hinein, und Luise dachte, wie gut es war, wenn man zu zweit durch das Spalier der Blicke ging und sie nicht alleine aushalten musste. Man konnte fast stolz an ihnen vorbeigehen, ihnen zeigen, dass man sich nicht verstecken musste. Erst jetzt kam Luise zu Bewusstsein, dass sie sich in den letzten Wochen immer so verhalten hatte, als habe Papa wirklich etwas Unrechtes getan. Aber das hatte er nicht. Eigentlich sollte man stolz auf ihn sein, dachte sie, während sie zusammen den Saal betraten. Als sie an den Reihen vorbeikamen und nach einem Platz suchten, erkannte sie Junge.

Er nickte ihr zu. »Wir sehen uns ja morgen, Fräulein Anding.«

Sie nickte auch und grüßte zurückhaltend. Erst dann sah sie, wer neben ihm saß: Es war Elisabeth. Nur leicht geschminkt, die Lippen rot, aber längst nicht so hässlich neudeutsch wie viele Mädchen jetzt. Sie trug ein elegantes Kostüm und das Haar noch immer gewellt. Beide erkannten einander im selben Moment, und dann geschah etwas, womit Luise nicht gerechnet hatte. Elisabeth zwinkerte ihr zu. Wie in der Schule. Und in diesem Zwinkern lag die Erklärung, wieso sie neben Junge saß, ein Heischen um Verständnis und ein geheimes Einvernehmen mit Luise. Sie lächelte zurück, dann fanden sie einen Platz weiter vorne. Tja, dachte sie, noch eine, die es nicht geschafft hat und nach Hause zurückkehren muss. Aber es war nur ein kurzer Gedanke, denn Georg saß neben ihr, und sie bedauerte gerade nicht, hier zu sein.

Es war ein österreichischer Film. Er hieß *Episode*, und obwohl Luise eigentlich mehr nach einer Komödie als nach einem Film über die Inflation war, nahm die verwickelte Liebesgeschichte im Wien der Zwanziger sie dann doch gefangen, und fast gegen ihren Willen bewegte es sie, als die beiden so gar nicht zueinanderfinden konnten. Irgendwann berührten sich Georgs und ihre Hand, und sie verschränkten die Finger ineinander, und es war einfach nur schön, so zu sitzen, eng verbunden und für zwei Stunden herausgenommen aus der Welt.

Als sie aus dem Kino auf die nächtliche Straße traten, hatte das Wetter sich beruhigt, es war jetzt vollkommen windstill und der Himmel klar. Georg ließ das Krad stehen, um Luise das Stück bis nach Hause zu begleiten. Die Stadt schwieg. Das Hufklappern eines einzelnen Gespanns hallte durch die engen Gassen – der Wagen des Hotels holte wohl einen späten Gast vom Bahnhof. Luise und Georg schlenderten an den Nussbäumen vorbei über den Marktplatz in Richtung Pfarrhaus, als die Gaslaternen ausgingen. Vom Kirchturm schlug es zehn, wie immer gefolgt von den Glocken der Rathausuhr.

»Kleinstädte sind die großen Freunde der Liebespaare«, meinte Luise leise ironisch, »zum Glück scheint der Mond.«

Der Mond stand im zweiten Viertel. In ein paar Tagen würde Vollmond sein.

Georg sah nach oben. »Wünsch dir was«, sagte er und blieb stehen.

Sie folgte seinem Blick. Sternschnuppen zogen leuchtende Bahnen durch den dunklen Himmel. »Laurentiustränen«, sagte sie versonnen.

Georg schaute fragend zu ihr hinüber. Sie hielten sich immer noch an den Händen.

»Mein Vater hat mir das mal erzählt«, sagte Luise, »da saßen wir abends auf der Terrasse, im Sommer, so wie jetzt. Manchmal hat er mir dann vorgelesen, aber damals ...«

Georg unterbrach sie. »Dein Vater ist ein besonderer Mensch«, sagte er nachdenklich.

»Ja«, sagte Luise leise und fuhr nach einer kleinen Pause fort. »Damals habe ich, glaube ich, die Sternschnuppen im August das erste Mal richtig gesehen. Und dann hat er mir erzählt, dass die Leute früher geglaubt haben, es seien die Tränen des heiligen Laurentius.«

Sie machte noch eine Pause. Georg sah sie verwirrt an. Luise musste prusten.

»Na ja ... Papa hat mit dem allerernstesten Gesicht erzählt, dass er der erste Röstheilige der Geschichte war. Man hat ihn mehrfach gegrillt. Auf einem regelrechten, kaiserlichen Grill. Deshalb sind seine Tränen feurig.«

Jetzt lachte sie wirklich. Irgendwie war die Vorstellung einfach zu komisch. Als noch eine Sternschnuppe fiel, musste auch Georg lachen.

»Ketzerin!«

Sie standen vor der Tür des Pfarrhauses und konnten sich nicht trennen.

»Es war schön«, sagte Georg.

»Ja«, sagte Luise.

Sie hielten sich an beiden Händen. Dann beugte Georg sich vor und küsste sie leicht auf den Mund.

»Übermorgen darfst du fliegen«, versprach Luise.

»Jawohl, mein Führer«, antwortete Georg boshaft und küsste sie noch einmal. Dann ging er, und Luise wollte eben die Türe aufsperren, als sie im Schatten der Mauer schräg gegenüber eine hagere Gestalt sah. Die Haltung, der Kittel – das alles war unverkennbar. Dort stand er und sah zu ihr herüber, ohne sich auch nur Mühe zu geben, den Blick abzuwenden.

»Gute Nacht, Herr Schwarz«, rief Luise wütend über die Straße und hoffte, dass Georg das noch hörte, »kommen Sie gut nach Hause!«

Dann ging sie hinein und schlug die Türe so heftig zu, dass die Fenster klirrten.

17

Georg hatte recht behalten. Es war ein schöner Augusttag, der schon am frühen Morgen sehr heiß zu werden versprach. Das Stück Himmel, das Luise vom Bett aus sehen konnte, war von diesem intensiven Blau, das es nur im späten Sommer gab. Ein feiner, kaum wahrnehmbarer Dunst am Horizont machte die Konturen in der Ferne weich. Luise fühlte sich auf einmal wie in den Sommerferien ihrer Kindheit, die ihr damals fast endlos vorgekommen waren. In ihrer Erinnerung waren sie eine lange Kette solcher Sommermorgen, die heiße, leere Tage versprachen, die man ausfüllen konnte, womit man wollte. Wie oft war sie schwimmen gewesen, wie oft hatte sie ganze Nachmittage Ball gespielt, Reifen getrieben, war Tretroller gefahren?

Sie lag ganz still und dachte an früher. Es war nicht nur so eine Redensart. Früher war die Welt heil gewesen. Zumindest für sie und ihre Familie.

Ich würde viel darum geben, dachte sie, wenn es wieder so wäre. Wenn wir wieder heil wären. Sie dachte an Luana und das Kind, das kommen würde. Sie dachte an Papa und an Paul, der immer verschlossener und unglücklicher wirkte. Und dann dachte sie an Georg, und mit dem Gedanken an ihn kam auch ein Stück von diesem Sommergefühl ihrer Kindheit, eine Ahnung von der früheren Unbeschwertheit, von der Leichtigkeit des Glücks. Georg. Wie eigenartig es war, dass sie sich schon so lange kannten, dass Georg sie schon so lange geliebt hatte und sie ihn immer nur als Kameraden gesehen hatte. Ob auch sie ihn damals schon geliebt und es nur nicht gewusst hatte?

»Unsinn«, sagte sie laut und schwang sich aus dem Bett. Aber eines stimmte, dachte sie auf dem Weg ins Bad: Was sie für Georg fühlte, das war nicht nur dieses Prickeln und Sehnen, die Lust, ihn zu spüren und zu halten, sondern auch so eine tiefe, warme Liebe, wie sie sie sonst nur für Papa und Paul und Luana spürte.

Unten hörte sie Paul und Luana, die schon frühstückten, und sie beeilte sich. Aber als sie vor dem Badezimmerspiegel stand und sich wusch, hielt sie plötzlich inne und betrachtete sich.

Was er nur an mir findet?, seufzte sie innerlich. Sie war immer noch mager. Papas Erbe, dachte sie. Von der üppigen Schönheit Elisabeths trennten sie Welten. Rasch tauchte sie ihr Gesicht in das kalte Wasser im Waschbecken, um auf andere Gedanken zu kommen.

Mit feuchtem Haar setzte sie sich an den Frühstückstisch. Paul war schon dabei, sich fertig zu machen.

»Wartest du auf mich?«, bat sie ihn, »ich muss zur Wache. Wir könnten zusammen gehen.«

»Beeil dich«, sagte Paul. Luana strich ein Butterbrot, klappte es zusammen und wickelte es in Zeitungspapier, bevor sie es Paul gab. Der steckte es in seine Aktentasche, während Luise schnell im Stehen Kaffee trank. Paul berührte Luana mit der Hand an der Wange. Es war eine dieser zärtlichen Gesten, durch die man erst verstand, wieso Luana Paul wohl liebte, obwohl er oft so ernst war.

Als sie das Haus verließen, blieben beide fast gleichzeitig einen kleinen Augenblick stehen und holten tief Luft. Man hörte Pauls Stimme an, dass ihn das berührte.

»Papa würde jetzt singen«, sagte er zwischen Heiterkeit und Trauer.

Luise nickte nur.

Sie gingen an der Kirche vorbei. Luise fiel ein, was sie Paul erzählen wollte. »Der Mesner ist gestern vor dem Haus gestanden.«

»So«, sagte Paul kurz. »Wann denn?«

Luise erzählte ihm, dass sie spät heimgekommen war und sie ihn gesehen hatte, wie er das Haus beobachtete.

»Was will er noch?«, fragte Paul böse, »Papa hat er ja schon ins KZ gebracht.«

»Er hasst uns«, sagte Luise. »Weil wir sind, wie wir sind.«

Sie überquerten den Marktplatz. Paul steckte im Vorbeigehen seine Hand ins Wasser des Brunnens. Hoch über der Stadt flogen Schwalben. Das Wetter würde halten. Luise stieß Paul an.

»Schau!«

Ein Storch flog genau die Hauptstraße entlang bis zum Schlot der alten Brauerei, wo er sein Nest hatte. Sie sahen ihm beide nach.

»Ich habe einen Auswanderungsantrag gestellt«, sagte Paul ruhig.

Luise fühlte einen kleinen Stich im Magen. Sie schwieg.

»Du solltest es dir überlegen«, sagte Paul nach einer Weile. »Du würdest dort vielleicht auch wieder fliegen können.«

Luise nickte. Sie waren beim Rathaus angelangt.

Paul berührte sie leicht an der Schulter. »Bis heute Abend.«

»Bis heute Abend«, gab Luise zurück und ging weiter zur Wache, während Paul ins Büro abbog. Auf dem Weg sah sie wieder in den weiten blauen Augusthimmel. Das Rufen der Mauersegler weit oben um den Kirchturm, der schnelle Flug der Schwalben in den Gassen ihrer Stadt … sie wusste nicht einmal, ob es in Brasilien Schwalben gab oder Mauersegler. Aber eines war sicher: Georg war nur hier.

Der Polizist auf der Wache war derselbe, den Paul und sie wegen Papa aufgesucht hatten. Er gab mit keiner Geste zu erkennen, dass sie ihm vertraut war.

»Das macht zwei Mark, vierzig Pfennige«, sagte er geschäftsmäßig, als er ihr den gestempelten Bogen hinüberschob. Luise sah sich das Papier an, während sie ihre Börse herausnahm. Keine Einträge, stand da schlicht. Sie zahlte. Der Polizist verwahrte das Geld in einer stählernen Schublade und schrieb ihr eine Quittung.

»Wissen Sie etwas von meinem Vater? Pfarrer Anding?«, fragte sie unvermittelt.

Der Polizist schrieb seine Quittung fertig. Dann sah er auf. Etwas Freundliches kam in seine Augen. »Sie sind doch ein vernünftiges, ordentliches, patentes Mädchen«, sagte er zu ihr. »Können Sie nicht ein bisschen auf ihn einwirken, wenn er wieder da ist? Gott ist die eine, der Staat ist eine andere Sache. Das wird er doch verstehen. Wenn er dabei bleibt, dann will ihm doch keiner was. Wir leben ja nicht im Mittelalter. Und er wird schon wiederkommen. Ist ja kein Kommunist, Ihr Vater.«

»Ja«, sagte Luise langsam und faltete das Führungszeugnis sorgfältig in der Mitte. »Ich will es versuchen.«

Als sie wieder auf der Straße stand, atmete sie tief ein. Wir sprechen nicht dieselbe Sprache, dachte sie, wir leben nicht in derselben Stadt und nicht im selben Deutschland. Der Polizist war gewiss kein schlechter Mensch. Er war keiner wie der Mesner, der herumschlich und Leute ins Konzentrationslager brachte. Der Polizist war einer, der es ordentlich mochte, dem wahrscheinlich Leute wie der Mesner genauso unangenehm waren wie ihr, dem Recht und Gesetz heilig waren. Aber er fragte nicht, ob die Gesetze richtig waren. Er lebte letztendlich genauso in einer anderen Welt und verstand sie oder Papa genauso wenig wie der Mesner.

Sie sah auf die Uhr. Es war noch über eine halbe Stunde bis zu ihrem Termin mit Junge. Sie nahm ihre Börse noch einmal heraus und zählte ihr Geld. Sie sparte zwar, so gut sie konnte, weil sie Georg nicht immer das Benzin kaufen lassen konnte, aber für eine Tasse Kaffee sollte es trotzdem reichen. Sie ging hinüber in die Konditorei, die eben öffnete. Um diese Zeit waren es nur die besseren Damen der Stadt, die sich in der Konditorei trafen. Die Apothekersgattin. Die Frau des Tierarztes und die des Kurkrankenhausdirektors. Alles gesetzte, bürgerliche und wohlanständige Frauen. Luise suchte sich ein kleines Zweiertischchen und bestellte ihren Kaffee.

Ob Mama auch dabei wäre?, fragte sie sich, während sie die Damen beobachtete, wie sie sich lebhaft unterhielten und nur ab und zu einen Blick zu ihr herüberwarfen. Wie wäre es, wenn sie noch lebte? Wären die Dinge anders gekommen? Wäre Papa trotzdem abgeholt worden? Wäre Papa so, wie er jetzt war?

Es waren bedrückende Gedanken. Sie vermisste ihre Mutter nicht mehr oft, aber wenn es geschah, dann war es doch eine plötzliche, heftige Trauer. Vor allem jetzt, da Papa nicht hier war.

Sie nahm sich die Tageszeitung, um sich abzulenken, überblätterte die ersten Seiten mit den schreienden Überschriften und kam zum Vermischten. In Bern war ein Professor wegen seiner Parteizugehörigkeit entlassen worden. Das klang vertraut, aber sie las weiter und sah, dass der Mann aus der Hochschule geflogen war, weil er Mitglied der NSDAP war. So also ging es auch. Aber eben nur in der Schweiz. In Berlin hatten sie den kommunistischen Reichstagsabgeordneten Kayser wegen Hochverrats zum

Tode verurteilt. Weil er sich mit anderen Kommunisten getroffen hatte. Luise dachte an Georg.

Dann blätterte sie um und sah überrascht ein Gesicht, das sie von früher kannte. Elly Beinhorn lächelte da aus ihrem Flugzeug heraus. Sie war vor ein paar Tagen die Strecke Gleiwitz – Istanbul – Berlin in dreizehn Stunden geflogen. Luise lehnte sich betroffen zurück. Die flog. Die flog in die Türkei und zurück. Die hatte keinen Vater im KZ und die hatte ein Flugzeug. Sie wollte nicht neidisch sein, aber das Gefühl einer großen Ungerechtigkeit konnte sie nicht unterdrücken. Fast wider Willen las sie den Bericht. Als sie dann, ärgerlich über sich selbst, die Zeitung zusammenfaltete, fiel ihr Blick noch auf eine kleine Nachricht am Ende der Seite. Das Reichsministerium hatte im Interesse der Sicherheit die Bekenntnissynode der evangelischen Kirche aufgelöst. Es sah nicht so aus, als würden sie die Pfarrer in Zukunft in Ruhe lassen.

Sie trank hastig ihren Kaffee aus, zahlte und verließ rasch das Café.

Als sie über den Schulhof zum Eingang ging, wurde ihr bewusst, dass die lange freie Zeit jetzt doch schnell ein Ende nahm. Der August war bald vorbei. Es war so ein schöner Tag, dachte sie, aber er war ihr durch den Morgen verleidet. Sie versuchte, dieses Gefühl loszuwerden, bevor sie die Treppen hochstieg und an die Tür des Sekretariats klopfte. Fräulein Bartel, alt, sauer und mürrisch, wies auf die Tür zum Direktorat, als sie Luise erkannte.

»Der Herr Direktor erwartet Sie schon.«

Natürlich musste sie das so sagen, als sei Luise zu spät. Sie warf einen Blick auf die Uhr. Sie war sogar ein paar Minuten zu früh. Hexe, dachte Luise, hässliche, alte Hexe. Aber der Gedanke, dass sie bald über ihr stehen würde, erfüllte sie mit einer gewissen Schadenfreude.

Junge stand nicht auf, als er sie begrüßte. Er bedeutete ihr, sich zu setzen und nahm die blaue Kartonmappe mit dem Führungszeugnis, den Fotografien und dem Lebenslauf in Empfang.

»Ah ja«, sagte er, als er die Mappe aufgeschlagen und das Führungszeugnis gelesen hatte, »kein Eintrag. Das ist schön. Schön«, wiederholte er. Das war ein Tick, den Luise noch aus der Schulzeit kannte. Manchmal zeigte sich das häufiger als sonst. Sie hatten sich im Klassenzimmer manchmal die Zeit damit vertrieben, eine Strichliste über die Wiederholungen zu führen.

Junge stützte die Ellenbogen auf die Platte und legte die Fingerspitzen aneinander. »Sagen Sie, war das nicht der Tankstellenbesitzer, mit dem Sie da gestern im Kino waren?«

Luise nickte. »Ein Jugendfreund.«

»Jugendfreund«, wiederholte Junge, »so.«

Luise unterdrückte die Frage, ob das nicht ihre Schulkameradin Elisabeth gewesen sei, mit der sie Junge gestern im Kino gesehen hatte.

Wieder blätterte er in ihrer Mappe. Auf einmal hatte Luise den Eindruck, dass irgendetwas nicht stimmte. Sie hatte ein flaues Gefühl im Magen.

»Fräulein Anding«, sagte Junge plötzlich, »ich will ganz offen zu Ihnen sein. Ganz offen.«

Mein Gott, dachte Luise entnervt, sag es!

»Ich habe da … also, es geht da auch um Ihren Vater.«

»Ja?«, fragte sie so kühl zurück, wie es ihr möglich war.

»Nun, Sie wissen ja … Ihr Vater …«

»Mein Vater ist im Konzentrationslager Dachau, weil er eine Kollekte für Glaubensbrüder erhoben hat«, sagte Luise. Sie hätte sich gewünscht, dass ihre Stimme nicht zitterte, aber darauf hatte sie keinen Einfluss.

»Nun ja«, antwortete Junge fast geziert, »es ist nämlich so: Das Gesetz zur Wiederherstellung des Berufsbeamtentums sieht vor, dass …«

Luise unterbrach ihn: »Aber ich bin arisch! Mein Ariernachweis ist in der Mappe!«

Junge lehnte sich zurück. »Nein, nein, darum geht es nicht. Geht es nicht.«

Luise schwitzte. Es ärgerte sie, aber sie konnte nichts dagegen tun. Sie spürte, wie der Stoff in ihren Achseln feucht wurde. Junge fuhr fort, als sei er nicht unterbrochen worden. Luise sah über seinen Kopf hinweg auf das Führerporträt. Früher hatte da ein Kreuz gehangen.

»Nach dem Gesetz ist es nämlich so, dass wir Bewerber, die nach ihrer bisherigen politischen Betätigung keine Gewähr dafür bieten, den nationalen Staat rückhaltlos zu unterstützen, nicht einstellen dürfen.«

Luise holte tief Luft. »Ich bin in keiner Partei gewesen. Niemals. Ich bin vollkommen unpolitisch.«

Junge sah sie an. »Ja«, sagte er, »das macht mir eben Bauchschmerzen.« Er lächelte. »In dieser Zeit der nationalen Erhebung gibt es kein unpolitisch mehr. Man ist für uns oder gegen uns. Sind Sie für uns, Fräulein Anding?«

Luise sagte nichts. Es war heiß in Junges Raum. Eine Wespe flog wütend um ihre Köpfe und fand den Weg nach draußen nicht.

»Für uns?«, wiederholte Junge.

»Ich bin vor allem eine Mathematiklehrerin«, erwiderte Luise nach kurzer Zeit, »mit einem Ariernachweis und einem tadellosen Führungszeugnis. Ich habe mir nichts zuschulden kommen lassen.«

Junge blickte sie prüfend an. »Sie sind mir persönlich nicht unsympathisch, Fräulein Anding«, sagte er nach einer Weile, »ich fände es schade, wenn wir auf Sie verzichten müssten.«

»Ich auch«, sagte Luise steif.

Es war wieder eine Weile still. Luise musste sich verbieten, auf dem Stuhl hin und her zu rutschen.

»Ich könnte mich natürlich für Sie verwenden«, sagte Junge schließlich. Es war das erste Mal, dass er sie nicht ansah, und Luise war zunächst erleichtert, bis sie verstand.

»Sie würden sich für mich verwenden«, sagte sie tonlos, »das wäre großartig.«

»Ja«, sagte Junge und sah sie jetzt wieder an. Lange und unangenehm, als warte er darauf, dass sie etwas sagte.

Luise stand auf. Sie zwang ihre Stimme zur Festigkeit. »Ich nehme nicht an, dass Sie mir sagen möchten, für welche Anstellung Sie sich bei meiner Schulfreundin Elisabeth verwandt haben.«

Junge erstarrte, dann lehnte er sich zurück. »Raus!«, sagte er leise.

Luise griff nach vorn auf seinen Schreibtisch, raffte ihre Unterlagen zusammen und lief aus dem Direktorat, knallte die Tür hinter sich zu, rannte durchs Sekretariat und knallte auch da die Tür. Dann hastete sie durch die leeren Gänge, die Treppe hinunter und durch den Schulhof. Sie hörte erst auf zu rennen, als sie schon fast zu Hause war.

Dieses Schwein!, dachte sie und unterdrückte ein atemloses, wütendes Schluchzen, dieses Dreckschwein!

Sie lehnte sich an die Mauer, um zu Atem zu kommen, ging dann in die Hocke und umschlang ihre Knie mit den Armen. Was hatte sie bloß getan! Sie hatte ihre Stelle weggeworfen! Papas Gehalt bekamen sie ja auch nicht, seit er in Dachau war. Sie hatte so darauf gebaut, es war alles so sicher gewesen, und jetzt bekam sie die Stelle nicht! Gott! Sie hätte abwarten sollen. Junge hatte nur geblufft. Bestimmt hatte er nur geblufft. Sie war nie in einer Partei gewesen, keine Kommunistin … Idiotin, dachte sie wütend auf sich selbst. Aber dann, noch wütender, dachte sie: Nein. Nein! Die sind die Schweine! Die machen, dass man so denkt. Die wollen, dass ich denke, ich bin selber schuld. Sie hieb mit der Faust gegen die Mauer. Noch einmal und noch einmal. Das Kalkweiß bekam einen rosa Schleier. Luise hörte auf.

Verdammt, dachte sie, und schloss die Augen, weil jetzt die Tränen kamen, verdammt.

Erst nach einer ganzen Weile stand sie auf. Wischte sich die Tränen ab und tupfte die aufgeschürfte Hand ab. Was für ein schrecklicher Tag! Als sie die Haustür aufschloss, kam ihr Luana entgegengelaufen. Sie lief trotz ihrer Schwangerschaft, und Luise erschrak.

»Was?«, fragte sie, auf alles vorbereitet.

»Dein Vater ist zurück«, flüsterte Luana. »Gottfried ist wieder da.«

18

»Ich möchte nicht darüber sprechen.«

Sie standen im Garten. Luana hatte ihr gesagt, dass er als Erstes nach draußen gegangen war. Dort fand ihn Luise, wie er auf der Terrasse stand und den Garten betrachtete, Stück für Stück. Sie war tief erschrocken, als sie ihn sah. Er war glatt rasiert. Ohne seinen Bart sah er fremd aus und alt. Und dann – er war ja immer dünn gewesen, aber jetzt war er so schrecklich mager, dass sich die Wangenknochen deutlich unter der Haut abzeichneten.

»Papa«, hatte Luise geflüstert, wieder mit Tränen in den Augen, vor Glück und vor Schrecken, »Papa.« Und dann: »Was haben sie gemacht? Was haben sie mit dir gemacht?«

Aber er hatte nur leise gesagt: »Ich möchte nicht darüber sprechen.«

Luise hätte ihn gern umarmt, aber er wirkte nicht, als würde er das wollen. So stand sie neben ihm und sah, wie er den Garten betrachtete, als wäre es das erste Mal. Er lächelte nicht, und es wirkte auch nicht, als sei er froh, wieder zu Hause zu sein. Sie schwiegen lange. Es war, als könne er den Garten gar nicht richtig wahrnehmen.

Schließlich wandte er sich Luise zu. »Und ihr?«, fragte er, als ob er sich überwinden müsste. »Wie ist es euch gegangen? Wie geht es dir?«

Sie wusste nicht, was sie sagen sollte. Sie konnte ihm doch jetzt nicht von Junge erzählen, nicht vom Mesner, der nachts vor dem Haus stand und auch nicht von Georg.

»Wir haben dich vermisst, Papa«, sagte sie nur.

»Ich euch auch, Luise«, antwortete ihr Vater leise.

Luise musste sich große Mühe geben, nicht zu weinen. Es war so eine herzzerreißende Traurigkeit um ihn, dass sie nicht wusste, was sie tun sollte. »Wollen wir nicht reingehen, Papa?«, bat sie. »Luana kocht für dich.«

Ihr Vater sah auf sein Handgelenk, aber er hatte gar keine Uhr um. »Es ist nicht einmal elf«, sagte er.

»Sie dachte, du hättest bestimmt Hunger.«

Er sah sie an. Die Augen waren groß in dem schmalen Gesicht. »Ja«, sagte er dann, »doch. Ich habe Hunger.«

Obwohl er so abgemagert war, aß er nur wenig. Luana hatte rasch eine Suppe gekocht, ein paar Reste vom Vortag aufgewärmt und Brot dazugestellt. Luise sah zu, wie er sich setzte und zu essen begann. Erst mit einiger Verspätung wurde ihr bewusst, dass er nicht gebetet hatte, aber schließlich war es auch kein Mittagessen wie sonst. Er aß schweigend. Luana und Luise sahen ihm zu, aber beide wussten nicht, worüber sie reden sollten. Als er etwa die Hälfte gegessen hatte, stand er auf.

»Ich bin sehr müde«, sagte er, »ich lege mich etwas hin.«

Er verließ das Esszimmer, und man hörte ihn zu seinem Büro gehen. Luana und Luise sahen sich betroffen und verunsichert an.

»Man muss ihm Zeit geben«, sagte Luana dann und begann, den Tisch abzuräumen. Luise nickte nur.

Er schlief bis weit in den Nachmittag. Später kam er an den Tisch, als Luana und Luise Kaffee tranken und nahm auch eine Tasse. Er wirkte nicht mehr ganz so verloren wie bei seiner Ankunft, aber er sprach nicht viel.

Dann sah er auf die Uhr an der Wand und sagte: »Ich muss

jetzt zur Wache und mich melden. Jede Woche von jetzt an. Sie sorgen für ihre Schäflein.«

Er sagte es nicht ironisch, sondern sehr bitter.

»Soll ich dich begleiten?«, fragte Luise, obwohl der Gedanke, heute noch einmal zur Wache zu gehen, sie nicht gerade erheiterte.

Papa schüttelte den Kopf. »Ich gehe allein.«

Als er fort war, begann ihre Bestürzung über seinen Zustand endlich ein wenig der Erleichterung zu weichen. Er würde sich erholen. Andererseits musste Luise jetzt auch wieder an Junge denken und die Stelle, die sie nicht bekommen würde. Sie wusste nicht, was sie tun sollte – sie konnte ja nicht ewig im Pfarrhaus wohnen bleiben. Aber wenn Paul und Luana tatsächlich nach Brasilien gingen, dann wäre er allein. Das war auch kein schöner Gedanke. Sie fühlte sich müde und sehnte sich nach Georg. Sie hätte jetzt sehr gerne mit ihm gesprochen, ihm alles erzählt.

Wie schnell das ging, dachte sie, dass er ihr Vertrauter geworden war. Dass sie sich ihm so öffnen konnte. Aber sie kannten sich ja auch schon so lange, dass es leicht war, sich zu lieben. Das zumindest war ein Trost.

Der Sonntag brachte schönes Wetter. Wieder kündete der Morgenhimmel einen klaren, spätsommerlich heißen Tag an. Als Luise nach unten kam, war sie sehr überrascht, ihren Vater im Talar zu sehen.

»Gehst du … ich dachte …« Sie brachte den Satz nicht zu Ende.

»Ich bin nicht krank«, erwiderte ihr Vater verschlossen. Luise eilte wieder nach oben, um sich für die Kirche anzuziehen. Sie würde ihn nicht alleine hingehen lassen. Als sie die Treppe hinunterstieg, kam Paul aus seinem Zimmer. Auch er hatte einen Sonntagsanzug an.

»Gehst du mit?«, fragte Luise.

Paul nickte.

Es schien sich sehr rasch herumgesprochen zu haben, dass Pfarrer Anding wieder da war. Die Kirche war gesteckt voll. Luise und Paul mussten auf die Empore, um einen Platz zu finden.

»Weswegen sind die da?«, fragte sie Paul leise.

Der zuckte mit den Schultern und antwortete abfällig: »Neugierde? Sensationslust?«

Luise musterte die Leute von oben. Ja. Die meisten waren sicherlich gekommen, weil sie wissen wollten, ob wieder so etwas passieren würde wie vor zwei Monaten. Ob der Pfarrer wieder einen Skandal provozieren würde. Aber manche, dachte Luise, manche waren vielleicht auch da, um ihm zu zeigen, dass sie im Geheimen seiner Ansicht waren. Und dann entdeckte sie jemanden, dessen Anblick sie überraschte. Sie stieß Paul an und deutete nach unten. Ziemlich weit hinten, so, dass sie ihn von oben gerade noch erkennen konnten, saß der alte Feinmann. Ein Jude in einem christlichen Gottesdienst. Luise sah, dass es in Pauls Gesicht arbeitete.

»So mutig«, sagte er dann erstickt, und Luise hörte aus diesen zwei Worten die Bewunderung heraus, aber auch diese unausgesprochene Scham, dass er selbst, dass sie nicht so mutig waren wie dieser alte Mann.

Die Orgel setzte ein. Wenn die Leute eine Sensation erwartet hatten, dann wurden sie enttäuscht. Es war ein Gottesdienst, der nichts, aber auch gar nichts Besonderes an sich hatte, außer dass ihr Vater die Liturgie nicht sang, sondern sprach. Aus der Predigt konnte man nicht einmal mit bösem Willen irgendetwas

Politisches heraushören. Der Predigttext stammte aus der Apostelgeschichte; Petrus' Heilung des Lahmen, der von seiner Familie täglich vor die Tempeltür gesetzt wurde, um zu betteln.

»Es ist kein Gleichnis, diese Geschichte«, sagte ihr Vater von der Kanzel. Er sprach ruhig, aber er wirkte gleichzeitig seltsam entrückt, als ginge ihn das alles gar nichts an. Als täte er – ein wenig verwundert –, was man von ihm erwartete, ohne daran interessiert zu sein.

»Es ist die Geschichte einer unerwarteten Heilung durch den Stellvertreter Jesu. Petrus wendet das erste Mal die Macht seines Glaubens an, die ihm Jesus einstmals versprochen hat. Er tut das einfach so, ganz selbstverständlich. *Gold oder Silber habe ich nicht,* sagt er, *aber ich kann dir geben, was ich von Gott habe: Steh auf und geh!*«

Luise kannte ihren Vater. Obwohl er so fremd zurückgekommen war, konnte sie sehen, dass ihn hier doch etwas bewegte. Er schwieg einen Augenblick. Seine Hände lagen auf dem liturgischen Grün des Kanzeltuches. Mager sahen sie aus und braun. Er musste viel draußen gewesen sein. Er gab sich einen Ruck und fuhr fort: »So sollten wir sein, in jeder Lage, zu jeder Zeit, so fest im Glauben wie Petrus. Dafür lasst uns beten. Amen.«

Die Gemeinde antwortete mit dem Amen. Luises Blick wanderte zum Mesner, der wie immer im Chorraum saß. Es war eine seltsam verbissene Zufriedenheit in seinem Gesicht. Er war ja fest im Glauben, dachte Luise, dessen ist er sich so sicher. Nur macht er die anderen lahm damit. Bricht ihnen die Beine, dass sie nicht mehr gehen können, und die Flügel, dass sie nicht mehr fliegen können. Weil er nie gerannt ist vor Glück, und noch nie geflogen, noch nie. Um wie viel schlimmer diejenigen waren, die glaubten, das Rechte zu tun. Und alle waren sie so. Der Polizist. Junge. Die

Gestapoleute, die Papa abgeholt hatten. Alle glaubten, sie täten das Rechte. Auf einmal fühlte sie sich sehr verloren und lehnte sich an Paul.

Am Ende des Gottesdienstes gab es dann doch noch etwas, das anders war. Ihr Vater ging zwar durch den Mittelgang als Erster zum Ausgang, aber er blieb nicht an der Tür, und er gab den Menschen nicht die Hand, wie sonst in all den Jahren. Er war sofort wieder in der Sakristei verschwunden. Luise und Paul gingen langsam gemeinsam nach Hause.

»Ob er wieder … ob er sich erholt?«, fragte Luise.

»Ja«, sagte Paul nach einer Weile. »Man muss ihm Zeit lassen. Wenn nicht …«, er beendete den Satz nicht, aber Luise dachte, dass er vielleicht hatte sagen wollen: Wenn sie ihn nicht noch einmal holen.

Endlich aßen sie wieder zusammen. Luana, die von der Messe wie immer früher zurückgekommen war, hatte so gekocht, dass die Düfte schon beim Aufschließen der Tür Wunderbares versprachen. Luise ging gleich in die Küche, um ihr zu helfen. Paul deckte den Tisch. Papa war noch nicht zurück, was alle ein wenig nervös machte, aber dann, kurz vor zwölf Uhr, hörten sie seine Schritte im Gang und atmeten auf. Er öffnete die Tür zur Küche und schaute zu ihnen herein. Das erste Mal seit seiner Verhaftung sah Luise ein kleines Lächeln an ihm.

»Es riecht sehr gut«, sagte er.

Luana ging mit einer Schüssel an ihm vorbei. Ihr Gesicht war rot und feucht von der Hitze in der Küche, und sie sagte warm: »Weil du zurück bist.«

Es gab *Pao de Queijo*, eine Art Brotbällchen mit Käse, dazu wie immer eine rote, scharfe Soße und – ganz fränkisch – Gurkensalat mit Dill, den Luise eben noch aus dem Garten geholt hatte. Außerdem hatte Luana *Feijoada* in zwei Töpfen gekocht, einmal ohne Fleisch, und für sie normal, *completa*, wie sie sagte. Luises Vater aß viel langsamer und bedächtiger, als sie es von früher gewohnt waren, und auch weniger.

»Es ist genug da, Papa«, sagte Paul, als er sah, wie vorsichtig er sich von allem nahm.

Aber er nickte nur und aß schweigend bis auf ein paar kurze Sätze, bis auf »bitte« und »danke«. Er wollte bestimmt nicht unhöflich sein, aber er wirkte wie in Gedanken, ein wenig abwesend, und so redete auch Luise nicht viel. Nach dem Essen stand er rasch auf.

»Ich gehe ein wenig spazieren«, sagte er.

»Es ist schön, dass du wieder da bist!« Luise hatte es schnell gesagt, bevor er aus der Tür war.

Papa drehte sich zu ihnen um. Sie saßen noch am Tisch.

»Ja«, sagte er mit schwankender Stimme, »es ist gut, wieder … zu Hause zu sein.«

Eigentlich war es ein Sonntagnachmittag, wie sie ihn aus ihrer Kindheit kannte. Die Stadt war still und die Luft unbewegt heiß. Sie saß auf der Terrasse und las, bis es Zeit wurde, sich mit Georg zu treffen. Auf der Mauerkrone lag die Katze im Schutz des Walnussbaumes langgestreckt da. Die Schatten der Hausdächer gegenüber, fast blau an den Rändern, weil das Licht so hell war, wanderten fast unmerklich an der Gartenmauer entlang. Das entfernte Summen von Bienen, ab und zu das schläfrige Bellen eines Hundes, die Glockenschläge im viertelstündigen Abstand – die

Zeit rann wie Öl dahin, die Oberfläche fast unbewegt. Luise fühlte sich träge und angenehm schwer, während sie an Georg dachte und an seine Hände, die sich so gut anfühlten, schon, wenn sie sich begrüßten. Ihre Hand passte so wunderbar in seinen trockenen, festen Griff.

Luise klappte das Buch leise zu und schloss die Augen. Es war schön, in einem Meer der Stille zu sitzen. Sie drängte alle anderen Gedanken fort. Weder über Junge und ihre Zukunft wollte sie nachdenken noch über den Mesner, und jetzt gerade nicht einmal über Papa. Das einsame Zirpen einer einzelnen Grille sagte nichts anderes als: Sommer. Nur diese vagen Bilder von Georg, diese Erinnerungsfetzen von Küssen und seinen Händen, wie sie ihre Schultern berührten, nur das wollte sie jetzt denken, ganz abgeschlossen von der Welt draußen.

Sie schrak hoch, als es läutete. Sie war eingeschlafen! Sie wusste gar nicht, ob es schon mehrmals geklingelt hatte. Benommen erhob sie sich von dem Stuhl und ging ins Haus, aber Papa war wohl zurückgekommen und hatte die Türe schon geöffnet. Sehr blass stand er im Dunkel des Flurs, und Luise sah, wie erleichtert er war, als er Georg erkannte.

»Herr Pfarrer Anding!«, sagte Georg und streckte die Hand aus, »ich freue mich. Ich freue mich wirklich, dass Sie wieder da sind.«

Ihr Vater schüttelte Georg kurz die Hand, aber dann fragte er unsicher, fast misstrauisch: »Sie … gibt es einen Grund für Ihren … überraschenden Besuch?«

Luise war jetzt da. »Georg holt mich ab, Papa. Wir machen einen Ausflug.«

»Ja«, sagte ihr Vater, »gut. Viel Vergnügen.«

Er ging zurück in sein Amtszimmer. Luise sah, wie betroffen Georg ihm nachsah.

»Lass. Es wird schon wieder. Es dauert einfach«, sagte sie. »Warte noch kurz, ich bin gleich so weit. Ich bin eingeschlafen«, gestand sie.

»Beeil dich«, gab Georg lachend zurück, »heute ist der große Tag. Ich jedenfalls hab die halbe Nacht nicht geschlafen.«

Luise lief schnell nach oben, zog ihre alte Fahrtenhose und feste Schuhe an und nahm für diesmal die Strickjacke mit. Die Fliegerbrille hatte sie in der Scheune gelassen. Dann rannte sie die Treppe hinunter, durch den Gang und klappte die Tür hinter sich zu. Georg saß auf dem Krad und wartete auf sie.

»Fertig!«

Sie schwang sich auf den zweiten Sattel, und Georg gab Gas. Diesmal legte sie ihre Hände auf seine Hüften.

»Freust du dich?«, schrie sie ihm durch den Fahrtwind ins Ohr.

Georg nickte. Luise drückte kurz mit beiden Händen, um ihm zu zeigen, dass sie froh war, mit ihm zu sein, und Georg fuhr noch ein wenig schneller. Wir beide, dachte Luise. Wir beide!

Sie hatte sich das genau überlegt. Sie wollte Georg nicht von der Lichtung aus starten lassen. Für einen ungeübten Piloten war die Bahn zu kurz. Schon vor einiger Zeit hatte sie sich bei einem Flug einen Ort ausgesucht, der infrage kam. Er lag etwa fünfzig Kilometer in südwestlicher Richtung, ein ganzes Stück hinter Eichstätt. Ein schnurgerader Feldweg, der zu einem sehr abgelegenen Steinbruch führte, in dem am Sonntag nicht gearbeitet wurde. Im Umkreis von fünf Kilometern gab es dort weder Dörfer noch Weiler. Dort wollte sie Georg starten und landen lassen.

Als sie das Flugzeug aus der Scheune rollten, wollte Georg noch zwei Kanister mit je zwanzig Litern Benzin zuladen.

Luise hatte Bedenken. »Wir werden zu schwer. Es ist völlig windstill heute.«

Georg lachte unbekümmert. »Du startest doch. Du schaffst das schon. Und ich will nicht nur eine halbe Stunde fliegen!«

Sie brachte ihn aber trotzdem dazu, einen Kanister zurückzulassen. Zwanzig Kilogramm hin oder her machten bei der kurzen Bahn wirklich etwas aus.

Es ging schon gegen fünf Uhr, als sie endlich startbereit waren, und jetzt kam tatsächlich ein wenig Wind auf, wie Luise gehofft hatte. Zwar war es nur eine kleine Brise, aber immerhin. Der Wind stand gegen die Scheune, deswegen konnten sie heute direkt starten. Georg, der schon die ganze Zeit ungeduldig gewesen war, hängte sich mit ganzem Gewicht an den Propeller, und der Motor sprang sofort an. Dann kletterte er in den Sitz, gurtete sich an und hob den Daumen. Luise gab Gas.

Es war erstaunlich, was das zusätzliche Gewicht ausmachte, dachte sie, ärgerlich, dass sie Georg nachgegeben hatte, und war froh über den Wind, denn diesmal brachte sie die Maschine knapper hoch, als sie geplant hatte. Es war nicht mehr als ein halber Meter zwischen den Fichtenkronen und dem Rumpf der Maschine, als sie am Waldrand hochzog. Aber dann stiegen sie gleichmäßig in den makellosen Spätsommerhimmel. Georg zeigte nach oben. Luise sah weit über ihnen die Sonntagsmaschine der Lufthansa ihre Bahn kreuzen. Die flogen nach Italien. Für einen Augenblick dachte Luise daran, wie es wäre, einfach weiterzufliegen. Fort von hier. Sie und Georg. Über die Alpen. Erst nach Italien. Dann nach Spanien. Und dann … Afrika. Aber dann musste sie über sich selbst lächeln. Sie hatte keinen Pass, kein Geld, gar nichts. Sie hatte nur das Flugzeug und zwanzig Liter Benzin.

Sie stiegen noch immer. Luise wollte zwar nicht zu hoch fliegen, aber doch ein ganzes Stück über den Dörfern. Am liebsten hätte sie das *Lu 1911* schon längst übermalt, damit man es von unten nicht erkennen konnte, aber andererseits brachte sie es nicht übers Herz. Es war so eine schöne Geste von Georg gewesen. Sie flog jetzt, nur mit dreiviertel Gas, ganz gemächlich durch den leeren Himmel. Ein paar Schwalben begleiteten sie ein Stück, flogen spielerisch um die Maschine herum und stiegen dann wieder weiter auf oder ließen sich fallen, leicht und mühelos. Unter ihnen zogen die Felder. Der Weizen leuchtete in der Sonne und bewegte sich unter der Brise sacht wie ein kaum bewegtes Meer. Sie überflogen ein Birkenwäldchen, dann, viel dunkler, einen ausgedehnten Fichtenforst. Links unten zog eine Lokomotive puffend nach Norden. Die weißen Dampfwolken lösten sich auf, sobald sie den Schornstein verließen. Hier oben sah man alles scharf und genau, das ganze Land, aber man hörte nichts außer dem Tosen des Windes und dem Lärm des Motors.

Sie machte einen Bogen um Eichstätt, sah auf die Uhr und flog weiter. Sie lagen gut in der Zeit, und es war erst halb sechs, als der Steinbruch in Sicht kam und sie auf die Straße hinunterging. Sie hatte sie ganz bewusst ausgesucht, weil sie wegen der Lastkraftwagen von und zum Steinbruch so schön breit angelegt war. Es gab einen sanften Stoß, sie nahm Gas weg und rollte noch ein paar Meter. Sie musste nicht wenden, damit Georg gegen den Wind starten konnte, denn die Straße zum Steinbruch war lang genug, um dreimal abzuheben. Sie ließ den Motor laufen, gurtete sich ab und stieg auf einen der Flügel.

»Du sitzt auf dem falschen Platz«, rief sie Georg lachend zu, »das ist kein Motorrad!«

Georg kletterte aus seinem Sitz, aber bevor er nach hinten auf den Pilotensitz glitt, legte er rasch den Zeigefinger auf seine und dann auf ihre Lippen. Ein schneller, aufgeregter Kuss. Luise hob beide Daumen. Sie war auch aufgeregt. Dann nahm sie noch rasch den Kanister heraus, ließ ihn vom Flügel herab ins Gras fallen, schwang sich über die Bordwand in ihren Sitz, gurtete sich an und holte tief Luft. Jetzt galt es!

Georg gab Gas, der Propeller reagierte und begann zu ziehen. Mehr Gas!, dachte Luise, aber da geschah es schon, und sie nahmen Fahrt auf. Immer schneller holperten die Reifen über die Straße, immer ruckeliger zuckten die Flügel, »Mehr Gas!«, schrie Luise, ihr kam es noch immer zu langsam vor, aber da sah sie schon die Drahtseilzüge sich spannen, die Ruder klappten, und sie stiegen.

»Zu steil!«, schrie Luise. Georg hatte es auch schon gemerkt, gab nach, gerade noch rechtzeitig, die Maschine sackte kurz durch, doch dann fing sie sich, und sie stiegen gleichmäßig.

O mein Gott, dachte Luise und merkte erst jetzt, wie heftig sie die Hände in die Bordwand gekrampft hatte und wie sehr sie auf einmal schwitzte. Aber langsam schien Georg ein Gefühl dafür zu bekommen. Sie stiegen weiter, das Schlimmste war überstanden. Bis zur Landung zumindest. Schlimmstenfalls machten sie eben Bruch. Starten hatte sie immer gefährlicher gefunden.

Georg ging in den Geradeausflug über. Sie drehte sich zu ihm um. Er war ordentlich blass geworden, aber nun hob er etwas zaghaft den Daumen und lächelte unsicher. Die Anspannung fiel plötzlich von ihr ab. Er flog! Und sie hatte es ihm beigebracht!

Sie musste lachen, ohne wirklich zu wissen, warum. Vielleicht einfach vor Freude.

»Fürs erste Mal«, schrie sie, »nicht ganz schlecht!«

Georg schrie zurück: »Bitte nicht mit dem Fahrer sprechen!«, und sie drehte sich wieder um, immer noch lachend.

Er flog vorsichtig eine Kurve, dann die nächste in entgegengesetzter Richtung, stieg noch ein wenig und begann, allmählich mutiger werdend, dies und jenes auszuprobieren. Er stieg und sank, flog mit und gegen den Wind, flog seine erste Acht. Dann gab er Gas und flog geradeaus, einfach weiter über Land, so schnell der Motor es hergab. Luise kannte das, lächelte leise und sah nach unten, um sich Landmarken für den Rückweg einzuprägen. Nach etwa zwanzig Minuten drehte sie sich wieder um und deutete auf ihre Uhr. Die Maschine hatte zwei Tanks, die gemeinsam etwa 90 Liter fassten – wieder eines der Provisorien, die Georg so geschickt eingebaut hatte –, und allmählich wurde es Zeit. Er nickte und flog einen Bogen.

Je näher sie dem Steinbruch kamen, desto nervöser wurde Luise wieder. »Schön gleichmäßig!«, schrie sie Georg gegen den Lärm zu. »Ganz vorsichtig Gas weg, wenn du sinkst! Nicht sacken lassen.«

Georg nickte konzentriert. Die Straße tauchte auf, und er ging tiefer. Zu schnell!, dachte Luise wieder, als sie sah, wie die Straße auf sie zustürzte. Sie machte Georg Zeichen, und er nahm Gas weg.

»Mehr!«, schrie sie, und sie wurden noch langsamer. Sie kannte das. Die Angst, dass man zu langsam wurde; aber sie waren immer noch schnell genug.

»Noch!«, schrie sie wieder. Georg nahm noch etwas Gas weg, sie sanken schnell, und mit einem sehr harten Stoß prallten sie auf, das Flugzeug hüpfte, und sie wurden heftig durchgeschüttelt.

»Gas!«, schrie Luise, Georg gab etwas Gas, und die Maschine kam sanfter herunter, aber schräg, nur auf einem Rad, Luise hielt die Luft an, sie schwankten, dann waren beide Räder auf der Straße, und sie rasten holpernd, immer noch zu schnell, die Straße entlang. Dann, endlich, nahm Georg ganz das Gas weg und bremste mit aller Kraft.

Luise atmete tief aus, bevor sie sich umdrehte. »Das nächste Mal«, sagte sie, »fliegst du allein. Das halte ich nicht aus.«

Aber Georg nahm ihren Kopf zwischen beide Hände und zog sie zu sich. Ihre Fliegerbrillen stießen aneinander, als er sie stürmisch küsste.

»Ich hab's geschafft!«, jubelte er. Luise langte über ihn hinweg und stellte den Motor ab.

Über dem Steinbruch senkte sich die Sonne schon, als sie die Maschine zum Heimflug fertig machten. Georg, noch immer begeistert und aufgeregt, hatte Treibstoff und Öl nachgefüllt, und dann hatten sie die Maschine zurückgeschoben, um wieder gegen die Abendbrise starten zu können.

»Soll ich noch mal?«, fragte er, nur halb im Scherz, getragen von dem Hochgefühl des ersten Flugs.

Luise schüttelte amüsiert den Kopf. »So wie du landest, steht danach keine Scheune mehr. Das üben wir vorher besser ein paarmal.«

Sie freute sich mit ihm, weil sie genau wusste, wie es sich angefühlt hatte, als sie ihren ersten Flug machen durfte. Dieses überwältigende, überschäumende und mit nichts zu vergleichende Gefühl des Fliegens, sich von der Erde entfernen zu können.

Und für Georg musste es doppelt so schön sein, denn er hatte dieses Flugzeug gebaut.

»Wollen wir?«

Georg verstaute den leeren Kanister wieder im Flugzeug und schob sich seine Motorradbrille über die Augen. Auf seine Weise sieht er sehr verwegen aus, dachte Luise mit einem plötzlichen Aufwallen von Zärtlichkeit. Sie kletterte auf den Flügel und stieg in ihren Sitz. Die Luft dieses Augusttages war satt von Wärme und Abendgerüchen aus dem Fichtenwald, durch den die Straße führte. Ein Käuzchen rief. Im Westen färbte der Himmel sich schon rot. Es wurde Zeit. Georg warf den Motor an und stieg dann auch rasch hoch. Bevor er in seinen Sitz rutschte, beugte er sich zu Luises Ohr und rief, auf den Sonnenuntergang deutend: »Nachtflug!«

Luise nickte lächelnd und gab ihm einen spielerischen Schubs, damit er sich setzte. Gleichzeitig gab sie Gas.

Sie war seit sehr langer Zeit, seit Jahren, nicht mehr abends geflogen. Es war ganz anders als bei Tag. Mit dem abnehmenden Tageslicht war es immer mehr, als flöge man nicht von einem Motor gezogen, sondern glitte durch eine Luft, die von selber trüge. Die Sonne sank unter den Horizont, und die fast unendlich langen Schatten der Bäume flossen zur Dämmerung zusammen. Hie und da gingen in den Dörfern schon die ersten Lichter an. Manchmal hörte man verweht und fern eine Glocke, denn sie flogen nicht sehr hoch, vielleicht hundert Meter. Und dann ging der Mond auf. Fast voll noch, übergroß und in einem Meer rot gefärbter Luft. Georg drehte sich nicht um, als er nach Osten deutete, und Luise langte nur nach vorn und berührte seinen Rücken für einen Moment, um zu zeigen, dass sie verstanden hatte. Ein paar Worte des Gedichts, das ihr Vater ihr manchmal im Sommer gesagt hatte, wenn sie als

Kind um diese Zeit schon ins Bett musste, kamen ihr plötzlich und waren auf einmal wahr und nicht mehr nur ein Gedicht: … *flog durch die stillen Lande, als flöge sie nach Haus.* Sie war mit Georg und er mit ihr und sie beide aufgehoben, im Sinne des Wortes, aufgehoben von allem, was da unten war.

Sie landete im Mondlicht weich und mit genau der richtigen Geschwindigkeit auf ihrer Wiese mitten im Wald. Sie kannte das Flugzeug nun schon so gut, dass sie es fast blind hätte landen können. Sie rollte vor die Scheune, drehte und stellte den Motor ab. Der Propeller lief aus.

»Das war ein sehr schöner Flug«, sagte Georg, der noch einen Augenblick sitzen geblieben war.

»Ja«, sagte Luise.

Sie stiegen aus, klappten mit ein paar Handgriffen die Flügel hoch und schoben die Maschine wie immer rückwärts in die Scheune. Georg, ganz der gewissenhafte Mechaniker, füllte noch schnell den übrig gebliebenen Kanister in den Tank, damit er die leeren Behälter wieder zur Tankstelle mitnehmen konnte. Dann standen sie im Tor vor ihrem Flugzeug und sahen in den hellen Nachthimmel. Die Grillen zirpten in der Wiese. Wieder rief ein Käuzchen, und ein großer Schatten hob sich unhörbar aus den Bäumen am entfernt gelegenen Waldrand und schwebte über dem Feld. Jagdzeit.

»Manchmal ist es schwer zu glauben, dass wir eben noch dort oben waren«, sagte Georg.

Luise nickte. Um Georg waren ganz leicht die Gerüche von dem, was sie mochte, was sich für sie schon immer mit dem Fliegen verband, gute Gerüche. Von Öl und von der groben Baumwolle seines Overalls und der scharfe, flüchtige Geruch von

Benzin. Sie sah nach dem Mond. Er stand jetzt schon ein Stück über dem Wald und wirkte kleiner und entfernter als bei seinem Aufgang, aber er leuchtete immer heller.

»Ich liebe dich, Georg«, sagte sie leise.

Georg drehte sich zu ihr, fast überrascht. Dann nahm er sehr zärtlich ihre Hände in seine. »Ich liebe dich, Luise«, sagte er mit rauer Stimme, »schon sehr lange und immer mehr.«

Luise lächelte, begann langsam rückwärts in die Scheune zu gehen und zog Georg an den Händen mit sich.

»Komm, Flieger«, sagte sie.

Oben, unter dem Dach auf dem alten Boden, den man nur über die Leiter erreichen konnte, lag die gesammelte Hitze des Sommers und hatte sich mit all dem Duft aus dem Heu vollgesogen. Dort, neben der Leiter, blieben sie stehen, und Luise ließ Georgs Hände, seine wunderbar festen Mechanikerhände, die Knöpfe ihrer Bluse öffnen, den Gürtel ihrer Fahrtenhose und dann – sie spürte das Beben seiner Finger – auch diese Knöpfe. Dann stand sie nackt vor ihm, und nun knöpfte sie seinen Overall auf, und es war ein wunderbares Gefühl, seine Haut unter den Fingerspitzen zu fühlen. Sacht legte sie beide Hände auf seine Brust, hob sich auf die Zehenspitzen und küsste ihn.

»Zum Mond«, flüsterte sie, »komm. Zum Mond.«

Und dann zog sie ihn herunter zu sich.

Es war schon gegen Morgen, als sie wieder vor die Scheune traten, man konnte im Osten bereits die Sonne ahnen, und der Mond wurde blass.

»Komm«, sagte Georg, »wir fahren zusammen. Ich bringe dich.«

Luise schüttelte den Kopf, lächelnd.

»Ich brauche das Rad doch. Ich kann es nicht wieder hier stehen lassen. Wie soll ich denn dann morgen …«, sie verbesserte sich mit einem Blick auf den Himmel, »… heute herkommen? Oder willst du heute nicht fliegen?«, fragte sie mit zärtlichem Spott.

Georg sah sie an. »Wie schön du bist.«

Luise spürte, dass sie rot wurde. Nach dieser Nacht wurde sie rot, weil er ihr sagte, dass sie schön war! Sie legte ihm den Zeigefinger auf die Lippen. »Sch!«

»Ich sage es immer wieder!«, rief er fröhlich, »ich singe es auch!« Seine Stimme hallte über die Lichtung.

»Ja«, sagte Luise, »aber nicht jetzt. Du weckst die Vögel. Ab mit dir!«

Sie küssten sich noch einmal, blieben in der Umarmung und im Kuss stehen, in seinen Armen spürte sie eine wunderbare, süße Müdigkeit, aber dann machte sie sich energisch frei.

»Um fünf, Georg, ja?«

»Um fünf«, sagte er und stieg aufs Krad.

Sie sah ihm nach und holte dann auch ihr Rad. Im Wald war es noch richtig dunkel und sehr still. Ihr Dynamo surrte, es war schwer zu treten. Sie fühlte sich jetzt doch ein wenig müde. Aber sobald sie auf freiem Feld anlangte, war es schon hell genug, um den Weg gut zu sehen, und sie klappte den Dynamo zurück. Und dann begann ohnehin die lange Abfahrt ins Tal hinab, zur Stadt. Trotzdem brauchte sie fast eine Stunde, bis sie an der Stadtmauer angekommen war und am Graben entlangfuhr. Wie oft sie damals, vor sechs Jahren, erst in den Morgenstunden heimgekommen war. Was für ein dummes Mädchen sie gewesen war, und wie sie nicht gemerkt hatte, wie frei, wie leicht damals alles war.

Aber, überlegte sie, als sie durch das kleine Tor und schließlich mit leisem Schutzblechklappern über das Pflaster der Gasse zu ihrem Haus rollte, damals hatte sie nicht geliebt. Georg, dachte sie voller Glück, Georg!

Leise stellte sie das Fahrrad in die Remise, leise schloss sie die Tür auf und leise ging sie durch den Gang, doch dann hörte sie aus dem Amtszimmer ein seltsames Geräusch. Einen Augenblick lang dachte sie erschrocken an den General, es hatte sich wie ein Winseln angehört.

»Papa?«, fragte sie flüsternd durch die Tür. Es war still. Sie wartete kurz, hörte aber nichts weiter und wollte eben die Treppe hochgehen, als sich die Tür doch öffnete. Da stand ihr Vater, blass, mit roten Augen und voll angezogen.

»Bist du schon auf?«, fragte Luise sehr überrascht. »Bist du krank?«

Er sah sehr schlecht aus.

»Nein«, sagte er, erfasste wohl erst jetzt, dass Luise eben heimgekommen war, wollte etwas sagen, schwieg aber dann doch und war im Begriff, sich wieder in sein Zimmer zurückzuziehen.

»Papa«, bat sie. Sie wusste nicht, was sie sonst sagen sollte. »Was ist?«

Er schüttelte nur den Kopf und schloss die Tür. Luise zögerte kurz und war schon auf halber Treppe, als sie sich entschlossen umdrehte, zurückging, klopfte und dann die Tür öffnete. Er saß an seinem Schreibtisch, hatte aber nicht gearbeitet. Ein Glas stand auf dem Schreibtisch, doch die Flasche Wein daneben war nicht entkorkt. Sie zog sich den Stuhl, auf dem sie als Kind schon gesessen hatte, wenn sie im Amtszimmer war, auf die andere Seite des Schreibtisches und setzte sich, ohne etwas zu sagen. Sie wartete einfach und merkte, wie sie dabei ruhig wurde.

»Sie haben mich nicht einmal geprügelt«, sagte ihr Vater leise, ohne sie anzusehen. »Uns Pfarrer haben sie nicht ... sie haben uns meistens nicht geschlagen. Uns ist es noch gut gegangen.«

Er klang bitter und fast hasserfüllt, und Luise brauchte einen Moment, bis sie merkte: Es war nicht der Hass auf die Täter. Es war, als ob er sich selbst hasste.

»Aber was sie mit den anderen gemacht haben ...«

Er drehte sich um und sah aus dem Fenster in den Garten. Das graue Licht der Frühe begann sich ganz zart zu färben, unmerklich fast. Luise dachte an einen anderen Morgen, an dem sie nach Hause gekommen war und ihren Vater im Garten hatte stehen sehen, der Sonne zugewandt und singend.

»Ich habe ein Papier unterschrieben, weißt du«, sagte er dann. »Sie lassen dich eine Erklärung unterschreiben, dass du nie erzählen darfst, was im Lager geschieht, sonst entlassen sie dich nicht. Du darfst nicht erzählen, dass du gesehen hast, wie sie Leute hinrichten, weil sie eine Seite aus einer kommunistischen Zeitung benutzt haben, um sich den Hintern abzuwischen auf der Latrine.«

Luise war nicht imstande, irgendetwas zu sagen. Ihr Vater sah immer noch in den Garten, als könne er nicht verstehen, dass die Welt dort draußen so schön war.

»Manchmal, wenn sie nur Spaß machen«, sagte er, »werfen sie einen, der nicht schwimmen kann, in die Latrine. Und weil du nicht weißt, wie tief die Grube ist, strampelst und schreist du ...«

Er brach ab, seine Stimme erstickte in Tränen. Luise stand auf und ging hinüber zu ihm, so voller Mitleid, dass sie spürte, wie ihr selbst die Tränen kamen. Sie kniete sich vor ihn.

»Ich ... ich kann nicht wieder dorthin, Luise«, sagte er verzweifelt. »Ich ... manchmal denke ich, ich habe dort meinen Glauben verloren.«

Plötzlich wurde er fast laut, es war ein unterdrückter Schrei: »Ich dachte, ich bin stark. Ich bin es nicht. Ich kann … ich möchte die Wahrheit sagen, aber ich kann es nicht mehr. Ich kann es einfach nicht.«

Er saß da, die Hände auf dem Schoß, und die Tränen tropften ihm vom Gesicht auf ihre Hände, die sie auf seine gelegt hatte. »Ich kann nicht dorthin zurück«, flüsterte er.

Luise sagte lange nichts. Sie hielt die Hände auf seinen, schließlich stand sie auf und zog ihn zu sich, und er ließ es geschehen, und so standen sie beide lange, während draußen die Sonne aufging.

Später, als sie sich voneinander lösten, sagte Luise leise und sanft: »Paul und Luana wollen nach Brasilien, Papa.«

Er nickte. Er war ein wenig ruhiger geworden. »Ich weiß.«

Luise zögerte, dann fragte sie sacht: »Willst du nicht mit ihnen gehen?«

Er schwieg lange.

»Ich habe schon darüber nachgedacht«, sagte er leise. »Früher wollte ich immer in die Mission. Aber jetzt … es wäre wie eine Flucht. Und du?« Er sah sie eindringlich an.

Sie schüttelte den Kopf. »Ich … Georg ist hier.«

Ihr Vater betrachtete sie lange. Das erste Mal, seit er zurück war, so kam es ihr vor, sah er sie richtig an, und dann spielte völlig überraschend ein kleines, wehmütiges Lächeln um seine Lippen. »Ja«, sagte er, »ich verstehe.«

Sie ging zur Tür. »Ich will noch ein bisschen schlafen«, sagte sie entschuldigend.

Ihr Vater nickte. Als sie die Tür schon hinter sich geschlossen hatte, rief er von innen: »Luise!«

Sie klinkte die Tür noch einmal einen Spalt auf.

»Danke«, sagte er leise, und noch einmal: »Danke.«

19

Obwohl sie doch die ganze Nacht wach gewesen war, konnte sie nicht lange schlafen. Es war vielleicht elf Uhr, als sie wieder aufwachte. Draußen war es sonnig, aber ein frischer Wind ging und bewegte die Flügel an Luises Fenster, das sie weit offen gelassen hatte, rauschte in den Blättern des Nussbaumes, und in ihm lag schon ein kühler Hauch von Herbst. Sie stand auf, trat zum Fenster und sah in den Himmel. Er war blau, die Wolken zogen schnell – ein guter Tag zum Fliegen.

Sie brauste sich ab, erst sehr heiß, dann so kalt, dass sie nach Luft schnappte, putzte lange die Zähne und fühlte sich danach kaum noch übernächtigt, als sie nach unten kam. Das Haus war leer, aber ihr Platz war noch gedeckt, und die Kaffeekanne stand unter dem gesteppten Kaffeewärmer auch noch auf dem Tisch. Neben ihrem Teller lag ein Zettel: *Gottfried im Landeskirchenamt. Erst nachmittags zurück. Bitte die Bohnen pflücken. Luana.*

Gerade, weil sie gewohnt war, sonst schon früh mit den anderen zu frühstücken, ließ sie sich heute viel Zeit. Aus der vergangenen Nacht klang das Außergewöhnliche, das Schöne in ihr nach, einzelne Bilder von Georgs Gesicht, von der Scheune im Mondlicht, die Erinnerung an seine Hände auf ihrer Haut, das war alles noch da, und sie überließ sich dem ganz bewusst. Sie wusste, es war ein fast trotziges Glück, gegen all das, was da draußen war, gegen Junge, der ihr die Stelle weggenommen hatte, gegen die Tatsache, dass Paul und Luana weggehen würden, gegen den Mesner und all die anderen, die Papa hassten. Es war ein Glück, das sie aufrecht sitzen ließ. Sie würde eine andere Stelle finden. Und Papa würde mit Luana und Paul nach Brasilien gehen, wenn er sich erst einmal mit dem Gedanken vertraut gemacht hatte. Und vielleicht … wenn sie Georg überzeugen konnte … er hatte hier so wenig eine Zukunft wie Papa. Er war auch keiner von denen, die den Mund hielten. Brasilien. Vielleicht würde er mitkommen. Sie überlegte, was es wohl kosten würde, ein Flugzeug zu verschiffen.

Luise räumte ihr Geschirr in die Küche, spülte Tasse und Teller und stellte sie zum Trocknen auf das Gestell neben dem Spülstein. Dann holte sie sich eine Emailleschüssel und ging in den Garten zu den Beeten. Die Bohnen hingen in dichten Büscheln, es war ein gutes Gartenjahr. Während sie pflückte, fiel ihr auf, dass sie keine Mauersegler mehr hörte. Natürlich, dachte sie, es war Ende August. Nur noch Stare, die im Nussbaum saßen und zwitscherten. Sie sah nach oben. Rauchschwalben. Sie mochte Schwalben auch – sie flogen gut, aber die Mauersegler vermisste sie. Es war so ein wunderbar windiger Tag, sonnig, aber nicht heiß, ein Tag, an dem alles bewegt war. Mauersegler hätten gut hineingepasst. Luise sah in den Himmel, und dann legte sie sich einfach auf die warme, trockene Erde des Weges zwischen den Beeten, stellte die Schüssel neben sich und sah den Schwalben beim Fliegen zu. So müsste Kunstflug wirklich aussehen, dachte sie, wie die würde ich fliegen wollen, oder wie Mauersegler. Durch die Luft stürzen und sich fangen, wie man will, immer oben bleiben und nach Süden fliegen, fort und fort. Sie schloss kurz die Augen. Doch. Sie würde Georg überzeugen. Er würde mitgehen.

Nachdem sie die Bohnen in die Küche gebracht und geputzt hatte, hielt es sie nicht mehr im Haus. Es war genau das Wetter, das sie liebte. Und sie hatte so spät gefrühstückt, dass sie nicht zu

Mittag essen musste. Sie machte sich belegte Brote, holte sich Tomaten aus dem Garten und ein Buch aus Papas Arbeitszimmer und ging zur Remise zu ihrem Fahrrad. Sie spannte ihre Sachen auf den Gepäckträger und suchte dann auf der Werkbank nach einem Stück Gummi, das sie zu einer Dichtung für den Tankdeckel an der Maschine zuschneiden konnte, denn der schloss nicht richtig. Als sie ihn gefunden hatte, sah sie auf der Werkbank einen Schlüsselbund liegen. Erst dachte sie, Paul hätte ihn vergessen, aber an dem Bund war ein Schlüssel, den sie kannte. Sie hatte ihn oft genug in der Hand gehabt. Es war der große Kirchenschlüssel. Sie war sich nicht sicher, ob es Papas Bund war. Mit einem zunehmend komischen Gefühl probierte sie die Schlüssel an Haus- und Hintertür und wusste dann, dass er nicht ihrem Vater gehörte. Keiner passte. Und es gab nur noch einen anderen Menschen, der einen Kirchenschlüssel hatte. Schwarz war in der Remise gewesen! Luise spürte, wie sie wütend wurde. Er konnte es nicht lassen! Er spionierte Papa immer weiter hinterher, hörte einfach nicht auf zu schnüffeln! Und war dumm genug, seinen Schlüssel zu vergessen. Aber vielleicht war er auch gestört worden. Vielleicht hatte sie ihn gestört, als sie heute Morgen so unerwartet heimkam. Es war ein unheimliches Gefühl – vielleicht war er in der Remise gewesen, als sie das Fahrrad eingestellt hatte. Sie war froh, dass Georg den Hektografen in die Scheune geholt hatte. Wenn er hier Flugblätter gefunden hätte! Sie musste Georg warnen, dass er immer die Matrizen vernichtete! Sie wog den Schlüsselbund in ihrer Hand, und ihr kam ein neuer Gedanke. Sie hatte jetzt schließlich auch alle Schlüssel zum Mesnerhaus. Das war nicht schlecht. Das war gar nicht schlecht.

Sie ging nachdenklich zu ihrem Fahrrad und stieg auf. Vielleicht konnte man den Spieß ja auch umdrehen. Sie musste sich mit Georg darüber besprechen. Aber während sie aus der Stadt fuhr, wurde sie wieder wütend, als sie an Papa und Schwarz dachte. Es war so unfair, dass ein so kleiner, schiefer, böser Mann einem großen Mann, einem klugen Kopf, einem guten Mann so leicht etwas antun konnte, ihn so leicht vernichten konnte! Es war so unfair, dass es die Bosheit so viel leichter hatte. Aber sie spürte den schweren Bund in ihrer Tasche und lächelte grimmig. Papa konnte das nicht. Aber sie schon. Sie würde einen Weg finden.

Der Wind und die Sonne, dieser vorweggenommene, klare Herbsttag, durch den sie da fuhr, hinaus aus der Stadt, an den Apfelbäumen entlang, und das Gefühl, in Bewegung zu sein, mit oder gegen den Wind, das machte, dass sie froh wurde. Wir leben, dachte sie, noch leben wir. Das alles nehmen sie uns nicht weg, das gehört uns genauso wie ihnen.

Sie fuhr durch ein paar Dörfer, bis sie das Ende des Tals erreichte, wo der Wald begann. Ein kleiner Bach floss da durch den Wald bergab; ein Rinnsal eigentlich nur, aber das Wasser war dort so kalkhaltig, dass es sich über die Jahrzehnte und vielleicht Jahrhunderte ein eigenes Bett aus Kalkstein gebaut hatte. Ein hüfthoher, moosbewachsener Damm führte durch den Wald bis hoch zur Quelle. Es war eine der wenigen Attraktionen für Sommerfrischler in dieser Gegend, aber heute waren nur ganz vereinzelte Wanderer unterwegs, und Luise schob ihr Fahrrad den Waldweg neben der Rinne hinauf. An einer Stelle, wo das Wasser sich an einem Absatz sammelte und einen See nachahmte, ganz en miniature, klar und kreisrund, aber nicht größer als zwei Hände breit, schöpfte sie ein wenig Wasser und trank. Es schmeckte, wie Wasser schmecken sollte: nach nichts, aber frisch und gut.

Als sie aus dem Wald kam, war ihr warm, doch hier, bestimmt dreihundert Meter über der Stadt, ging der Wind kräftig, und es war kühler. Sie stieg wieder auf und radelte noch ein paar Kilometer, ließ sich treiben, fuhr hier einen Feldweg entlang und nahm dort eine Abkürzung durch ein Waldstück, aber sie behielt doch immer ungefähr die Richtung zur Feldscheune bei. Es war Erntezeit. Auf vielen Feldern wurde gearbeitet, und ab und zu musste sie absteigen, um ihr Fahrrad an einem wartenden Gespann vorbeizuschieben. Nur ganz selten sah man einen Traktor – die meisten Bauern hier waren nicht reich und konnten sich keine Maschinen leisten.

Bei St. Egid passierte sie das Sägewerk und den aufgelassenen Marmorsteinbruch. Jetzt war sie tatsächlich allein. Es war Mittagszeit und die Bauern im Dorf. Beim Steinbruch legte sie ihr Fahrrad ins Gras, sprang über den Schlagbaum und kletterte zwischen den Brocken zur Abbruchkante hoch. Hier war längst alles überwachsen. Silberdisteln, hartes, hohes Gras, Hafer, Klatschmohn. Sogar ein paar wilde Apfelbäume gab es, von denen Luise sich zwei kleine, säuerliche Äpfel pflückte. Sie setzte sich in das Gras, zog die Knie hoch, lehnte den Rücken an die raue Kante eines Marmorbrockens und packte ihr Brot aus. Das hier war einer der geheimen Plätze, die sie hatte. Ein Lieblingsort, den sie mit niemandem geteilt hatte. Bisher. Sie musste mit Georg herkommen. Im Herbst, an einem Tag wie diesem. Von hier aus konnte man so weit übers Land sehen.

Sie nahm sich das Buch auf die Knie. Sie hatte es schnell, aufs Geratewohl herausgegriffen, eine Gedichtsammlung. Sie blätterte und las hier und dort ein wenig, ließ das Buch immer wieder sinken und biss von ihrem Brot ab, bis sie auf ein paar Zeilen stieß, die sie ein zweites Mal las:

Wo sind die Frühlingslieder, sag, wohin?
Denk nicht an sie, du hast dein eigen Lied [...]
der leichte Wind erstirbt, lebt auf,
und Lämmer blöken zwischen Berg und Tal
und in den Büschen zirpen Grillen, wenn
in späten Gärten zitternd zart
das Rötchen singt und letzte Schwalben
zwitschernd in die Himmel schwärmen.

Ja, dachte sie, so war dieser Tag. Sie hätte es nicht beschreiben können, sie konnte es nur fühlen. Aber Papa war so, der konnte so etwas. Der hätte diese Zeilen auch schreiben können.

Sie sah auf die Uhr. Es war noch lange Zeit bis fünf Uhr, aber es hielt sie doch nicht mehr. Sie faltete das Butterbrotpapier zusammen, steckte es in die Tasche und warf den Apfelrest in den Steinbruch. Hier oben, zwischen den warmen Steinen, gab es viele Grillen. Buschheimchen, dachte Luise belustigt, pflückte einen Grashalm, klemmte ihn zwischen die Seiten und klappte das Buch zu. Dann stieg sie hinunter zu ihrem Fahrrad und machte sich auf den Weg.

Sie sah das Auto schon, als sie noch nicht einmal aus dem Wald heraus war. Es stand schräg vor den halb geöffneten Scheunentoren, und sie erschrak so sehr, dass sie den Fahrradlenker verriss und beinahe gestürzt wäre. Sie konnte sich eben noch mit den Füßen auf beiden Seiten abfangen. Sie kannte das Auto. Es war dasselbe, das sie damals aus dem Pfarrhof hatte fahren sehen, in der Nacht, als sie Papa abgeholt hatten. Ihr Herz schlug auf einmal so schnell, dass sie es in der Brust spürte. Was sollte sie tun? Ihr erster Impuls war, einfach umzudrehen und so schnell wegzufahren wie nur möglich. Man hatte sie nicht gesehen. Anscheinend waren sie in der Scheune. Die Autotüren standen auch offen. Ihre Gedanken rasten. Dann schob sie ihr Fahrrad schnell ein Stück in den Wald, legte es hinter einen Busch und lief zwischen den Bäumen durch zur Hinterseite der Scheune. Der Wald reichte bis fast an die Mauern, und es gab dort eine kleine, unverglaste Fensteröffnung, die aber zu hoch für Luise war. Ein paar Bretter lagen an der Mauer, mit fliegenden Händen nahm sie eines und lehnte es schräg an, um einen Halt für die Füße zu haben, als sie sich am Fensterrand hochzog. Von innen hörte sie Stimmen. Vorsichtig lugte sie durch die Öffnung und versuchte gleichzeitig, sich zu beruhigen. Sie hatte nichts Verbotenes getan. Es war nicht verboten, sich ein Flugzeug zu bauen. Es war nicht … es hatte keinen Sinn. Sie hatte einfach Angst. Die Flügel der Maschine nahmen ihr etwas die Sicht, doch sie konnte einen Mann sehen, der zwischen Flugzeug und Werkbank stand und sich umschaute. Es musste aber noch zwei andere geben, denn sie hörte deren Stimmen. Dann tauchten auf der Leiter Stiefel auf, und der Gestapomann, der den General erschossen hatte, stieg vom Boden herunter.

»Nichts weiter«, sagte er noch von der Leiter herab zu dem anderen an der Werkbank. Der aber hob eben die Plane über dem Hektografen an.

»Schau an!«, sagte er befriedigt und rief seinen Kollegen: »Gerhard!«

Luise konnte sehen, wie der Mann die Matrize von der Walze abzog, sich drehte und gegen das Licht hielt.

»Volltreffer«, sagte der andere Mann, der hinzugetreten war.

»Was?«, fragte eine dritte Stimme, und dann kam der Mesner unter dem Flugzeug hervor. Als er den Hektografen sah, sagte er überrascht: »Das ist doch …«, er unterbrach sich, ging zur Werkbank und hob das Gerät hoch. Dann rief er mit seiner dünnen, kratzigen Stimme: »Das ist der Gemeindehektograf! Da ist das Pfarramtssiegel.«

Beide Polizisten drehten sich zu ihm um und betrachteten das Siegel. Dann nahm der Kleinere den Drucker und trug ihn nach draußen. Luise schluckte trocken vor Angst und Entsetzen. Sie musste nachdenken und konnte nicht. Der Hektograf! Sie wussten, dass er aus dem Pfarramt stammte. Sie würden denken … sie würden sicher denken, Papa hätte Georg den Hektografen gegeben. Aber wie kam der Mesner hierher? Wieso hatte er … ihr fiel der Radfahrer ein, den sie einmal im Wald gesehen hatte. Der abgebogen war, als sie sich nach ihm umgedreht hatte.

»Wahrscheinlich haben sie die Flugblätter vom Flugzeug aus abgeworfen«, meinte der kleinere Polizist, der wieder in die Scheune gekommen war. Der andere nickte und wandte sich an den Mesner, den Luise nun nicht mehr sehen konnte.

»Haben Sie dem Pfarrer schon von dem Hektografen erzählt? Dass Sie ihn vermissen?«

Anscheinend hatte Schwarz den Kopf geschüttelt, denn der Polizist nickte zufrieden.

»Gut. Da haben wir doch …« Er bückte sich, und Luise konnte nicht alles verstehen, aber als er wieder hochkam, murmelte er etwas von »zwei Fliegen mit einer Klappe«. Der Mesner stellte eine Frage, die sie ebenfalls nicht verstand, aber der andere Polizist machte eine knappe Handbewegung, als er antwortete.

»Nein«, sagte er, »das ist Hochverrat. Das geht nicht mit Schutzhaft ab. Gut, dass Sie die Augen offen gehalten haben.«

»… meine Pflicht«, hörte Luise noch die Stimme des Mesners, aber die drei hatten sich zum Gehen gewandt. Es wirkte alles so alltäglich, so ungeheuer normal. Die Scheunentore wurden zugedrückt, und dann hörte Luise, wie der Motor des Autos ansprang. Sie rannte um die Scheune herum und warf sich vor der Ecke auf den Boden, aber es wäre nicht nötig gewesen. Der Wagen holperte bereits über die Wiese in Richtung Feldweg. Die Polizisten saßen vorn, Schwarz hinten. Zuerst wollte Luise zu ihrem Fahrrad rennen, aber sie ließ es. Es hatte keinen Sinn. Egal, wohin sie fuhren, sie würden schneller sein. Es gab nur eine Möglichkeit. Der Wagen verschwand aus ihrem Blickfeld, und Luise zählte mit zusammengebissenen Zähnen bis zehn, bevor sie aufstand und die Scheunentore aufriss. Hatte Georg getankt? Ja. Ja, doch. Egal. Sie hatte keine Zeit mehr dafür. Sie konnte das Flugzeug nicht alleine schieben, sie musste es mit Motorkraft bewegen. Hastig stieß sie die Keile vor den Rädern weg, schwang sich über den hochgeklappten Flügel, öffnete mit zitternden Händen den Benzinhahn, sprang hinunter und rannte zum Propeller. Bitte! Bitte! Bitte!, flehte sie innerlich, als sie sich daran hängte. Einmal. Zweimal. Dann kam der Motor. Sie sprang an der Bordwand hoch, glitt ab, sprang wieder und zog sich hoch. Gas! Schnell! Sie rechnete, während das Flugzeug aus der Scheune rollte und sie sofort wieder bremste. Ein Auto brauchte eine Viertelstunde, vielleicht zwanzig Minuten zum Pfarramt. Zur Tankstelle fünf Minuten mehr, da mussten sie durch die Stadt. Schluchzend sprang sie wieder aus dem Flugzeug, ließ den Flügel herab, rammte die Verriegelung auf die Schrauben und lief zurück in die Scheune. Den Siebzehner. Sie brauchte den Siebzehner! An der Werkbank hingen die Schraubenschlüssel, und Luise rannte wieder zum Flugzeug. Der Schraubenschlüssel klirrte an den Schrauben, so zitterte sie. Sie biss die Zähne zusammen und zwang sich zur Ruhe, dann zog sie die Schrauben fest. Jetzt auf die andere Seite. Der Flügel fiel, sie stauchte sich die Hand beim Abfangen.

Verriegelung. Schrauben. Sie warf den Schlüssel ins Gras. Wie lange hatte sie gebraucht? Fünf Minuten? Acht? O Gott!

Der Propeller lief ruhig, und sie kletterte in ihren Sitz. Die Fliegerbrille! Wo war die? Sie gab schon Gas, während sie noch unter dem Sitz danach suchte. Hoffentlich! Ohne Brille konnte sie bei hundertzwanzig Kilometern nichts sehen. Endlich hatte sie sie, ließ für zwei Sekunden den Steuerknüppel los und zog sie über, gab Gas, wurde schneller, zwang sich, die Startgeschwindigkeit abzuwarten und zog dann hoch.

»Schneller!«, schrie sie verzweifelt, »schneller!« Die Maschine kam ihr entsetzlich schwerfällig vor, und sie fluchte und schluchzte in einem. Sie war jetzt auf hundert Metern, flog eine enge Kurve und suchte nach dem Auto. Es gab zwei Straßen, die über das Bärenloch und die andere durch das Tal. Sie flog den Feldweg ab, bis sie über dem Dorf war, wo die Straße sich gabelte. Sie waren schon weiter! Luise flog einen schnellen Kreis, um vielleicht zu sehen, welchen Weg sie genommen hatten, aber es war unmöglich. Egal. Sie musste nur vor ihnen in der Stadt sein. Sie entschloss sich für das Bärenloch und gab Gas. Der Motor heulte und lief zu hoch. Luise sah, dass das Öl zu rauchen begann. Er wurde zu heiß. Sie zwang sich, etwas Gas wegzunehmen. Wohin?, dachte sie fieberhaft, wohin? War Papa zu Hause? Sie konnte nur auf der Wiese neben der Stadtmauer landen. Dann brauchte sie noch fünf Minuten bis zum Haus. Und dann? Wenn er nicht da war? Und wenn sie zuerst zur Tankstelle fuhren? Da gab es ein Feld daneben. Luise versuchte verzweifelt, sich zu erinnern, was dort angebaut war. Wenn es Rüben waren oder Kartoffeln, dann konnte sie nicht landen, ohne Bruch zu machen.

Hochverrat! O Gott! Hochverrat bedeutete ein Todesurteil. Georg! Sie sah hinunter auf die Straße. Kein Auto. Da die Stadt tiefer lag, sank sie jetzt und konnte schneller werden. Georg oder Papa? Sie musste sehen, wohin sie fuhren! Am Ende des Bärenlochs wich der Wald zurück, und die Straße ließ sich drei oder vier Kilometer weit bis zur Stadt überblicken. Ein einsamer Lastkraftwagen fuhr dort, auf der anderen Seite ein Heuwagen mit einem einzelnen Pferd. Sie waren also auf der anderen Straße und fuhren zu Georg. Sie flog weiter auf die Stadt zu. Sie konnte ja darüber hinweg. Aber was dann? Würde sie schnell genug sein, um ihn aus der Werkstatt zu holen? Und was war dann mit Papa? Sie würden ihn wieder mitnehmen. Der Hektograf. Und der Mesner war in der Remise gewesen, wusste, dass sie mit Georg das Flugzeug … ihre Gedanken rasten. Was sollte sie tun? Sie musste sich entscheiden! Papa oder Georg. Sie schluchzte vor Angst und Hilflosigkeit und flog dabei schon in Richtung Norden auf die Tankstelle zu, weil sie genau wusste, dass sie zu weit entfernt von ihrem Haus hätte landen müssen. Sie konnte nur hoffen, dass Papa noch unterwegs war. Nachmittags, hatte Luana geschrieben, war er zurück, das hieß gar nichts.

Sie flog den Bogen, kam jetzt aus dem Süden auf die Stadt zu, und dann tauchte das Auto auf. Es war unverkennbar. Wie durch ein umgekehrtes Fernglas sah sie scharf und klar und sehr klein die drei Personen im Wagen sitzen. Sie waren vielleicht anderthalb Kilometer vor der Stadt. Zwei Minuten, rechnete Luise, fünf durch die Stadt, eine bis zur Tankstelle. Noch einmal gab sie Gas, ließ das Auto hinter sich zurück und ging schon in die Wendekurve, bevor sie die Stadtmauer überflogen und die Tankstelle ganz erreicht hatte. Dann sah sie das Feld. Grün. Zuckerrüben. Sie schaute verzweifelt auf die Straße. Zwei Fahrzeuge hintereinander, ein Brauereigespann, ein Lastkraftwagen dahinter. Alle zu langsam, die Straße wurde nicht frei. Sie konnte nicht landen.

In diesem Augenblick wurde ihr klar, was zu tun war. Sie flog die Schleife fertig und ging noch einmal etwas höher, um das Auto zu suchen. Jetzt hatte sie es. Die Polizisten passierten eben das Südtor. Sie würden an der Stadtmauer entlangfahren, durch die Einbahnstraße zum Marktplatz, weiter in die Bahnhofsgasse und dann nach rechts durch das Nordtor wieder hinaus zur Tankstelle. Und in einer Minute waren sie auf dem Marktplatz. Das genügte. Luise wurde ruhig. Auf einmal lag alles klar vor ihr. Die Polizisten hatten kein Funkgerät im Auto gehabt. Sie und der Mesner waren die Einzigen, die vom Flugzeug und vom Hektografen in der Scheune wussten. Sie waren die Einzigen. Es war ein wunderbarer Zufall, wie eine Fügung, dachte sie, während sie noch einmal über der Stadt kreiste und dem Wagen Zeit ließ, in die Straße zum Marktplatz einzubiegen. Auf einmal war es wie bei ihrem ersten Looping: Alles stand vor ihr, eine ganz genaue Vorstellung von dem, was richtig war. Sie dachte an Papa und an Paul und an Luana und an Georg. Sie hatte ihnen nichts hinterlassen. Sie vollendete den Bogen und flog über das nördliche Tor in die Stadt ein, dem Auto entgegen. Jetzt war sie nur noch wenige Meter über den Dächern. Ich hätte ihnen so gerne noch alles gesagt, dachte sie wild und voller Sehnsucht nach denen, die sie liebte, ich hätte so gerne das Kind gesehen. Und dann, weil sie nichts anderes zurücklassen konnte, keinen Brief und kein Wort und nichts anderes, und weil sie nicht schweigen wollte, fing sie an, in den Motorenlärm zu singen, das Einzige, was ihr einfiel, ein Lied aus Kindertagen. Für Papa und Georg, dachte sie, als sie sang: »*Lobet den Herren, den mächtigen König der Ehren …*«

Sie sang schluchzend, aber dann klar, flog in die Gasse hinunter mit all der Geschicklichkeit, die sie gelernt hatte, war nur noch vier Meter über der Straße, flog an den Bürgerhäusern vorbei und sang ihnen in die geöffneten Fenster ihren Motorenlärm und ihr Lied: »… *meine geliebete Seele …*«

Sie musste die Maschine schräg stellen, um zwischen Rathaus und Apotheke hindurchzuschießen, sie nahm die Wimpel mit und eine Fahne, die an der Tragfläche eine Sekunde flatterte, bevor sie davonstob. Jetzt sah sie das Auto, das ihr von der gegenüberliegenden Seite entgegenkam, sah, wie der Fahrer ungläubig zögerte und der Mesner von seinem Sitz aufstand. Sie dröhnte über den Marktplatz, aus den Augenwinkeln meinte sie Feinmann vor seinem Laden zu erkennen, flog drei, zwei, nur noch einen Meter über dem Boden. Der Wagen bremste, aber es war zu spät, und sie schob sanft den Steuerknüppel nach vorn, die Maschine neigte sich genau auf ihn zu, und sie gab noch einmal Gas. Die Münder der Polizisten zu lautlosen Schreien geöffnet, das Gesicht des Mesners in namenlosem Hass. Luise schloss die Augen, ließ alles los und sang: »… *der dich auf Adelers Fittichen sicher geführet …*«

20

Sie fielen niemandem auf, als sie sich der Bugreling auf dem Oberdeck des Atlantikliners näherten, denn obwohl sie jetzt bereits seit zwölf Tagen auf See waren und sogar schon in südatlantischen Gewässern, war es trotz des tropischen Sommers an diesem Tag windig und die See rau. Außer ihnen war kaum jemand an Deck. Die Maschinen liefen jedoch ruhig, und der Liner stampfte gleichmäßig. Paul hatte sich von einem der Stewards eine Leine ausgebeten und einen Eimer daran gebunden, den er jetzt in die See hinunterließ. Der Eimer schlug auf, tanzte erst eine Weile auf den Wellen, füllte sich dann aber zur Hälfte, sodass Paul ihn nach oben ziehen konnte. Luana stand neben Gottfried, der jetzt wieder seinen Bart trug, immer noch schwarz, aber längst nicht so lang wie vor einem Jahr. Sein Talar flatterte in der steifen Brise, und sein Haar wehte im Wind. Luana hatte das Kind in ihren Mantel eingeschlagen, um es zu schützen, solange Paul mit dem Eimer beschäftigt war. Als er ihn oben hatte, holte er eine kleine gläserne Schale aus der Tasche, schöpfte damit ein wenig Wasser daraus und gab sie seinem Vater. Dann stellte er sich neben Luana.

»Sie wollte immer den Atlantik sehen«, sagte sie leise und blickte übers Meer.

Paul nickte nur. Sein Vater schaute sie beide an und gab ihnen ein Zeichen. Auch er sagte nichts.

Luana schlug den Mantel auf, zog die Decke um ihre Tochter fester und legte sie Paul auf den Arm. Sie traten ein Stück vor. Gottfried blickte lange über sie hinweg aufs Wasser, dann setzte er an, aber konnte nicht gleich sprechen. Er legte seine Hand auf den Kopf des Kindes, das in der Wärme des Mantels eingeschlafen war. Sanft löste er die Bänder der Haube und schob sie nach hinten.

»Luise Luana«, sagte er und hob die Schale über den Kopf des Kindes, »ich taufe dich im Namen des Vaters …« Wieder stockte er. Die Tränen liefen ihm über die Wangen, doch dann straffte er sich und wiederholte noch einmal: »Ich taufe dich im Namen des Vaters und des Sohnes und des Heiligen Geistes.«

»Amen«, sagte Paul, und Luana bekreuzigte sich.

»Georg sollte hier sein«, sagte sie dann wehmütig. »Ein Pate sollte dabei sein, wenn das Kind getauft wird.«

Paul nickte nur, aber Gottfried sah kurz zwischen den beiden hin und her.

»Es ist so schwer, das Richtige zu tun«, sagte er leise, »und er hat sich dafür entschieden.«

Er stellte die Schale auf den Holzboden des Schiffes und band dem Kind die Haube wieder zu.

Als sie zusammen auf die Türen zugingen und Luana sich bei Paul einhakte, um bei dem Seegang nicht zu stolpern, hörten sie den Schrei einer Möwe. Sie sahen nach oben.

»Die erste Möwe«, sagte Paul, »wir sind bald da.«

Und dann, ohne zu sprechen, blieben sie alle drei stehen, das Kind in ihrer Mitte, und sahen der Möwe zu, wie sie mit dem Wind segelte, der immer mehr zum Sturm wurde, wie sie leicht und mühelos segelte, wie sie die Flügelspitzen stellte und dann immer höher stieg, ohne einen einzigen Flügelschlag, immer höher, bis sie schließlich abdrehte und mit dem Sturm davonwirbelte.

»Kommt«, sagte Luana schließlich, und sie gingen hinein.

—

»Arenz erschafft eine untergegangene Welt!«

BERLINER ZEITUNG

320 Seiten

Berlin in den 20er Jahren: Als bei einem Abendessen in einflussreichen Kreisen die Frage nach einem hervorragenden Diamantenschleifer aufkommt, nennt die ehrgeizige junge Journalistin Lili ihren Jugendfreund Paul. Kurz darauf findet man neben einem Mordopfer einen Rohdiamanten – und Lili ahnt nicht, wie tief sie in den Fall verwickelt ist …

www.dumont-buchverlag.de DUMONT